Blekingegatan 32

LENA EINHORN

Blekingegatan 32

NORSTEDTS

Av Lena Einhorn har tidigare utgivits:

Handelsresande i liv, 1999
Ninas resa, 2005
Vad hände på vägen till Damaskus?, 2006
Återblick, 2008
Om Strindberg (red.), 2010
Siri, 2011

FSC www.fsc.org
MIX
Papper från ansvarsfulla källor
FSC® C007584

ISBN 978-91-1-305033-1

Omslag: Nina Leino
Första upplagan, andra tryckningen
Tryckt hos ScandBook AB, Falun 2013

www.norstedts.se
Norstedts ingår i
Norstedts Förlagsgrupp AB,
grundad 1823

Till minne av Halina Lis-Himelfarb

❖

"Greta! Greta!"

Hon ser bort mot havet, kisar i solen. Han står och tittar mot henne, alldeles vid strandkanten. Allt hon kan se är konturerna av hans omisskännliga frisyr och av den gängliga kroppen med de långa benen. Nu gestikulerar han mot henne, gestikulerar att hon ska komma till havet, att hon ska springa i med honom.

Hon skrattar. Hon skakar på huvudet.

Men han ger sig förstås inte. Han ger sig aldrig, det är det som är det fantastiska.

Hon reser sig från förstutrappan, lägger ifrån sig manuset, slänger av sig blusen och springer över den mjuka, varma sanden, förbi honom, in i havet.

Hon springer fortare än han, mycket, mycket fortare än han. Och hon dyker ner i vattnet, med huvudet före.

När han kommit ikapp henne, andfådd, tar han tag i hennes våta huvud med båda sina stora händer och så tittar han på henne. Länge. Inte in i hennes ögon, inte in i henne. Han tittar på henne, så som man betraktar ett storartat konstverk.

"Greta", säger han, och nu tittar han in i henne. "Jag ska lägga världen för dina fötter."

1

En klocka klämtar, svagt, så svagt att ingen rimligtvis skulle kunna störas av den. Hon vänder sig på sidan, kniper ihop ögonen. Det är Allhelgonakyrkan, sex slag. Inte nu, inte än, hon borde ha en kvart till, minst. Hon har rätt till det.

”*Håll käften, ungdjävel!*” Ovanifrån.

Hon stönar, tyst. Så var det alltså ... Inte kyrkklockorna.

Nu hörs tunga stapplande steg hos grannen däruppe. Åh herregud. Varför sover han inte ruset av sig? Hon vill inte men kan inte låta bli att lyssna. De värsta slags ljuden hörs nämligen knappt genom taket. När det är verklig fara är det ofta oroväckande tyst. Men så försvinner stegen bort. Hon drar en suck av lättnad. Så tittar hon ut i rummet. Solljuset strilar in bakom den tunna gardinen, lyser upp kanten av porträttet på byrån. Vore det söndag skulle det vara något helt annat. Fjäderholmarna? Skansen? Nånstans där hon skulle kunna få vara ifred.

Men det är inte söndag. Det är nästan aldrig söndag.

Från andra delen av bäddsoffan hörs lugna, mjuka andetag. Alva hanterar allt, till och med när hon sover. Alva lyssnar inte genom taket på grannen, har aldrig gjort det i hela sitt sjuttonåriga liv.

Nu hörs skrammel från köket intill. Nu är det snart definitivt över.

”Kata!”

Ett, två, tre, fyra ...

”*Kata!*”

Ett, två, tre ...

”*Kata, inte en morgon till!*”

Det rör sig bredvid henne.

"Vi kommer, mamma. Både Kata och jag. Alldeles strax."

Ett svagt muttrande hörs från andra sidan dörren. En hand sträcks ut mot henne, stryker hennes kind.

"Kata, du måste upp."

Mammas förlängda arm. Nej, det var orättvist.

Hon låtsas sova.

Alva tar på sig morgonrocken, den som tillhört pappa, stiger upp och lämnar rummet.

Nu är hon ensam kvar, och det är plötsligt alldeles tyst.

Ett kort ögonblick.

"Greta Gustafsson! Du kommer inte för sent till jobbet en gång till, hör du det!!"

2

Vilken ung kvinna som helst i hennes situation skulle ha tackat sin lyckliga stjärna. Varenda flicka från hennes kvarter skulle ha varit salig över att ha fått en sådan chans.

Men inte hon. Och varför kunde hon inte ens svara på. Det var som om det var hennes grundtillstånd på något sätt. Hennes olycksaliga natur. För hur skulle man annars förklara att det inte räckte? Trots att det var bra så räckte det inte. Inte på långa vägar.

Man fick vara tacksam för att det fanns sidor av saken som uppvägde.

Hon strök med handen över asken. Två gånger. Så perfekt välvd, med en nästan luden yta. Prislappen hängde i en tråd. Tjugoåtta kronor, stod det. En hel veckolön! Hon kunde inte låta bli att le. Hattask eller mat och hyra? Hattask förstås, om man fick välja. Nä, inte hattask. Hattask var bara fåfänga. Tom, meningslös fåfänga. Sådant som egentligen bara gjorde en deprimerad. Jovisst kunde man bry sig om sitt utseende. Men tom fåfänga var värre än råttor i trappuppgången. Råttorna ville åtminstone något. Något viktigt. Sådant kan man respektera.

”Ursäkta, vad kostar denna?”

Hon tittar upp. En medelålders dam, från Östermalm helt säkert. Blicken passar väl ihop med det dumdryga tonfallet.

Hon sträcker genast på sig, så att hon blir nästan en decimeter längre än kunden. Så tittar hon rakt in i hennes ögon. Och väntar en sekund.

”Det är en helt ny modell som vår modist kallar för Margit.”

Rösten är stadig, lugn och utomordentligt saklig. ”Den är gjord av lisérébfläta, och finns i färgerna marin och beige, brun och beige, rosa och beige, grön och beige samt rost och beige.”

Nu blir det tyst. Är det bitar av lös mascara som har fastnat i kundens nedre högra ögonlock? Ja, och hon har missat en bit av vänstra ögonfransen. Inte vika av med blicken …

”Jag förstår …” Snorkigheten hos damen är som bortblåst. ”Och vad kostar den?” Nu låter hon närmast försynt.

”Arton kronor. Det är en av våra mest prisvärda hattar.”

Hon ser i ögonvrån hur hennes överordnade, tant Hellberg, tittar på. Tant Hellberg ser nöjd ut.

Hur har hon lärt sig? Hur vet hon? För den som känner till allt om henne kan det nog te sig som en charad, ett skådespel. En roll inövad av en femtonårig flicka framför spegeln. En låtsasgestalt. Fast så är det inte, inte riktigt. Hon låtsas inte. Hon bara inte visar allt alltid. Väldigt sällan gör hon det, i själva verket.

Och på varuhuset Paul U. Bergström AB – PUB, i folkmun kallat – uppskattas expeditassistent Greta Gustafssons stilsäkerhet och synbara kundvana storligen.

Hon är en utmärkt försäljerska. Men det hjälper inte.

3

Fast det hade funnits två ställen som hjälpte, under väldigt lång tid. Två räddande änglar, om nu platser kan vara änglar.

Skansen hade kommit först. Det var på den tiden då hon inte hade något alls att säga till om, eftersom hon ju var inlåst varje dag i den stora lådan vid Nytorget. Dit hade de tagit henne när hon var sju. Det fasaväckande, och samtidigt fantasilösa, i denna fula jättekista var på något sätt en sinnebild av vad den gjorde med henne – var avsedd att göra med henne. Hon hade räknat minuterna, varje dag, helt oförmögen att förstå varför hon borde intressera sig för hur många liter vatten som kunde rinna genom en kran med en viss bredd under en viss tid, helt oförmögen att förstå varför hennes språk skulle delas upp i små själlösa skelettbitar och helt oförmögen att förstå vad hon hade gemensamt med de jämnåriga personer som hon hade omkring sig, och som helt gnisselfritt tycktes anpassa sig till en tingens ordning hon inte begrep ett dyft av. Om livet bara gick ut på att beskriva, organisera och förklara, då förstod hon inte ens vad livet skulle vara bra för. Det värsta var att till och med leken skulle regleras på denna ohyggliga plats. Vilket fick henne att fasa för rasterna. Hon stod inte ut med att behöva stoja på order, i ett visst antal minuter. Hon stod inte ut med att på ett ögonblick förväntas öppna sig eller låta sig roas eller få spring i benen för att sedan lika plötsligt stänga av igen. De som levde runt henne – de som var i samma ålder som hon, och därför, och på grund av en viss geografisk närhet, hade förpassats till samma inrättning som hon – tycktes däremot redan i trappan ner till skolgården ha slagit om till kulspelsattityd eller

hopprepsattityd eller skvallerattityd. Hon stod inte ut med det.
Eller så var det bara sin egen blyghet hon inte stod ut med.

Men liksom en kärlekstörstande som plötsligt och oförklarligt hittar sitt kärleksobjekt, så hade hon funnit lösningen. Och det var faktiskt den förhatliga skolan som hade visat henne dit. Det hade börjat med att de blivit tillsagda att läsa boken av Selma Lagerlöf, den om pojken som flög på en gås över hela Sverige och kunde allt om landets städer och byggnader och landskap. Hon öppnade lydigt boken (för lydig var hon), och när de andra satt och läste den tjocka luntan lät hon som vanligt tankarna glida bort, samtidigt som hon på något sätt tog in fragment av texten. Men så, plötsligt, upptäckte hon något. Någonting sög tag i hennes uppmärksamhet. Den där pojken, han i boken, Nils Holgersson, det var han som sög tag i henne. Ja, *honom* förstod hon! Att sväva så där, långt över marken, högt ovanför alla människohuvuden ... Att se allt på håll ... Att vara de enda levande varelserna i rymden, pojken och den trogna gåsen, och få tillstånd att drömma sig bort. Ja ...

I slutet av lektionen förklarade fröken Rosenqvist att anledningen till att de läste denna bok just nu var att i den berättade författarinnan om Skansen, ”den stora trädgården utanför Stockholm, där man har samlat ihop så mycket märkvärdigt”. Skansen var dessutom lite som *Nils Holgerssons resa*, fast samlat på ett enda ställe: gator och hus från landets alla hörn, bondgårdar och marknadsstånd och fabriker, det mesta från en förgången tid. Läsandet av boken skulle, sa fröken, vara en förberedelse för ett besök på denna plats. Förberedelse, tänkte Greta, så att man inte skulle råka ut för det fruktansvärda att bli överraskad! Fast den här gången lurade hon dem. Hon läste inte den här tjocka boken för att lära sig. Hon *blev* Nils Holgersson, pojken som svävade högt över landet, och flög varthelst han ville, utan att någon kunde stoppa honom.

Så kom då dagen när de själva skulle få besöka den där trädgården. Det var en tidig morgon, höst på gränsen till vinter. Solen hade ännu inte gått upp och flera av gatlyktorna på Katarina bangata lyste när fröken Rosenqvist ställde upp dem på ett långt led på skolgården. Greta huttrade, men försökte att inte visa det för någon. Hon sökte sig snabbt till Lisa, den enda i klassen som hon stod ut att tala med. Eller snarare: den enda som inte förväntade sig att Greta skulle tala med henne. Så blev de tillsagda att börja röra på sig. I en lång välordnad rad gick de över Nytorget, sedan på Skånegatan mot Renstiernas gata, och till slut nerför den långa branta Katarinavägen. Det glimrade lite i kyrktaken men ännu inte i vattnet när de vandrade ner från det höga Södermalmsberget mot den gamla staden. Den gamla staden med sina många tak och sina till synes slumpmässigt utplacerade spiror, som strävade upp mot himlen men ändå inte lyckades ta sig upp till dem på berget. Ett två, ett två, ett två, som en liten armé marscherade de.

Det blåste snålt när de kom ner till Räntmästartrappan, där Djurgårdsfärjorna låg uppradade i morgondunklet.

”Flickorna först”, ropade fröken Rosenqvist. Flickorna först, eftersom de aldrig var lika varmt klädda som pojkarna, och dessutom ju var så oerhört mycket skörare.

Hon balanserade på landgången ut mot den lilla båten. *Djurgården 4* stod det med stora bokstäver på sidan. Så steg hon ombord, och såg de långa, låga, fernissade träbänkarna utmed sidorna. Kanske hände något redan då, redan när hon såg de där träbänkarna. För de var uppställda som på en teater. Och i samma ögonblick som båten la ut från kaj förstod hon att hon var på väg mot ett stort äventyr. Ut på det stora havet mot en främmande strand.

Det öppnade sig för henne på ett ögonblick, sagolandet. För se resa bort kan man göra på så många olika sätt. Man kan resa till andra platser, ja andra världar. Men man kan också resa till andra tider. I alla fall i fantasin. Och här på Skansen, här kunde man göra det i verkligheten.

Hon såg Kyrkhultsstugan på håll, alldeles bortom fågeldammarna. En liten bondgård med bikupor framför och träd vid varje husknut. Och hon visste att det var den stugan som pappa hade talat om så ofta, alldeles särskilt när han hade fått i sig lite för mycket. Utan att hon någonsin varit där hade hon alltid längtat till den timrade lilla gården i Norra Sunhult och det gröna, böljande landskapet runtomkring. För när hennes älskade pappa med tårar i ögonen talat om en himmelsk plats långt borta, så annorlunda jämfört med det elände de nu levde i, hade det gått rakt in i hennes barnasjäl. Det fanns ett paradis – någon helt annanstans. Nu var hon där. Doften, och målningarna – människor från en förgången tid, omgivna av färgglada blommor – och den enkla, oförfalskade salen med sitt träbord och sina kärleksfullt snidade stolar. Här fanns ingen plats för uträkningar, beräkningar och beskrivningar. Här fanns bara plats för livet. Det riktiga, äkta livet.

Så blev det hennes punkt, Skansen. Från denna dag hade hon tagit sig dit så ofta hon bara kunde och hade en slant. På söndagarna, på loven, ja ibland smet hon till och med dit efter skolan. Det enda problemet var att varje gång hon varit där blev återkomsten till vardagen än värre. Gråheten slöt sig runt henne så att hon ibland kände att hon var på väg att kvävas. Fast när det varit som värst märkte hon att det kunde hjälpa att bara tänka på Skansen. Och så utvecklade hon ett nytt utflyktsmål: Skansen i tanken. Hon kunde snart varenda stuga i dess minsta detalj, vartenda träd, vartenda stenröse. Ja, tankar var en välsignelse. Dem kunde ingen ta ifrån henne.

Sådant var alltså hennes liv på den tiden, i den stora fula lådan på Södermalm. Bland klasskamraterna ansågs Greta Gustafsson vara en udda fågel, en märkligt tilldragande men svåråtkomlig flicka, som man sällan förstod sig på.

Men det fanns ögonblick när denna flicka syntes räcka ut sin själ mot någon. Alldeles särskilt inträffade detta när någon i klassen blivit utskälld eller kvarhållen efter lektionen. Då kunde Greta stå i korridoren utanför och vänta. Och när klasskamraten åthutad och tillintetgjord stängde klassrumsdörren bakom sig fanns Greta där och slog armarna om den utskällda. Så stod hon länge, länge, ofta med tårar i ögonen, och tröstade.

***

Sedan dog pappa. Och då försvann det sista unset uthärdlig tillvaro. Det skedde inte snabbt, egentligen inte ens oväntat, han hade tynat bort så länge. Njurarna, sa de. Men död? Hur kan man föreställa sig det?

De hade inte ens låtit honom försvinna värdigt. Hon hade varit med, hon hade sett. De hade stått i ett långt led tillsammans, hon bredvid pappa.

"Ta av er hatten!"

Han hade tittat förvirrat på kvinnan. En blå blus med stärkt vit krage, ett alldeles bländvitt förkläde. De smutsgråa tänderna blev bara ännu gråare mot allt det vita.

Mödosamt hade han lyft handen mot huvudet och tagit av sig hatten.

"Ursäkta ..." Ögonen var alldeles blanka, han huttrade, trots att det var varmt.

"Inkomst?"

Hon stirrade på den vidriga sköterskan. Som var som hon var just bara för att hon arbetade på fattigkliniken. Som var som hon var bara för att hon ägnade sig åt människor som hade det sämre ställt än hon själv. Människor som inte kunde gengälda hennes förakt.

"Vad har ni för inkomst?!" Sköterskan hade höjt rösten.

Pappa tittade bönfallande på henne, på Greta, men hon kunde ju inte hjälpa honom. Hon visste ju inte.

"Inkomst, karl!"

Plötsligt stapplade han till.

”*Men ser ni inte!*” Hon hörde skriket ur sin egen strupe, som om det kom från någon annan. ”*Ser ni inte! Han dör ju!*”

Borta för alltid, för all evighet. Aldrig någonsin där igen. Hur klarar man det? Och vems är felet? Någons är det. Någon eller något har tvingat hennes stackars pappa att slita ut sig, att arbeta i regn och kyla utan tillräckligt med kläder på kroppen, att bära långt tyngre än hans spensliga kropp förmådde, att aldrig få vila på riktigt, att sakta brytas ner, ja, försvinna, bli ingenting, knappt en levande varelse.

Hon var fjorton. Men sörjde, det gjorde hon inte, inte öppet. Den förödmjukelsen tänkte hon inte bjuda dem på. Och när Alva och Sven grät inför andra, då blev hon arg. Sa åt dem att vara tysta.

Efter det blev Södran så oerhört mycket viktigare. Södran, det var hennes andra plats. Egentligen hade den funnits länge, till och med före Nils Holgersson och Skansen. Men det dröjde innan hon kunde börja bruka den på samma sätt. Då fick Södran å andra sidan en avgörande fördel framför Skansen: Södran bjöd inte bara på flykt, Södran bjöd på hopp. Ett mycket avlägset hopp, förvisso, men för en flicka van att leva i drömmar kan avlägsna hopp göra underverk.

Södran, det var Södermalmsbornas allra finaste teater.

Fast ska man vara riktigt noggrann började det redan när hon fick den där presenten från pappa på sin fyraårsdag. Pappa hade skrapat ihop till den, utan att berätta för mamma. Sedan hade mamma skrikit på honom på natten, skrikit att de inte hade råd. Mamma skrek ofta på pappa – framför allt på nätterna – och varje gång skar det i Greta. Så mycket att hon ibland somnade med händerna för öronen.

Hon borde alltså ha haft dåligt samvete för de där vattenfärgerna. Men det hade hon inte, för hon visste att pappa visste varför han hade gett dem till henne. Han hade nämligen inte gett henne något papper, bara färger och en pensel. Och hon hade omedelbart gått ut på bakgården, bakom skjulet. Och där, bland all bråte och alla glasskärvor, hade hon satt sig med de små färgade kakorna, penseln, ett glas vatten och en liten spegel. Och så hade hon börjat måla, bilder på sig själv, på sin egen kropp. Hus och solar och träd och små figurer. Sedan hade hon målat på läpparna och ögonen och kinderna. Och när hon tittade i spegeln så såg hon att hon hade förändrats, hon var inte Greta längre. Och då hade hon börjat kråma sig. Hon såg att hon kunde förvandla sig från en liten flicka till en gammal gubbe på ett ögonblick. Och skrynkla ihop hela ansiktet och känna att hon knappt orkade gå och få en röst så djup att den nästan var djupare än pappas. Och då skrattade hon. För så fantastiskt duktig hon ändå var! Sedan visade hon upp sig för pappa. Då såg han stolt ut. Och hon rös av glädje. Ja, ibland kunde hon känna så. När pappa såg glad ut, riktigt lycklig, då kunde hon rysa av glädje.

Så småningom skaffade hon medaktörer – Alva och Sven, storasyster och storebror. Hon klädde upp dem och gav dem anvisningar. ”Du är pappan” (hon pekade på Sven), ”du är mamman” (hon pekade på Alva), ”och jag är ert drunknade barn.” De ifrågasatte henne inte, hennes vilja var så stark. Fast Sven, som var hela sju år äldre, försvann snart bort, och Alva fick svårt att varje dag ägna timmar åt leken, trots att även hon älskade den. Så när Alva inte kunde fick Lisa kliva in. Lisa, hennes klasskamrat, lydde, hon gick med på nästan allt Greta föreslog. Det fick Gretas fantasi och påhittighet att blomstra. Ibland tog de sig ända ner till kungliga slottet. Där gick de omkring på Slottsbacken ”som prinsessor”. Vad det innebar att gå omkring som en prinsessa förklarade inte Greta närmare, hon bara sträckte på sig och höjde ögonbrynen, och tittade långt bort, på ingenting. ”Kanhända någon av prinsarna får syn på en”, förklarade hon.

Ja, Lisa hängde med på det mesta. Fast när Greta föreslog att de skulle sätta på sig Svens kläder och gå ner till skomakaren två kvarter bort, som pojkar, då blev Lisa generad.

"Det är ingen fara", hade Greta svarat. "Om du tar stora steg och ser ut som att du äger gatan, så kommer alla att tro du är pojke. Du *är* pojke!" Så Lisa hade hängt med, fast hon höll tyst. Och Greta, som pratade på mer än vanligt (*mycket* mer än vanligt), hade lurat alla. Till och med skomakaren, fast han kände henne.

"Jag är Gustafssons yngste son." Hon hade lyckats få rösten att låta riktigt mörk. "Och det här är min kamrat." Sedan hade hon börjat vissla och spatsera runt med händerna i fickorna. Skomakaren hade skrattat så att han kiknade, för till slut hade han ju ändå känt igen henne.

Efter den succén ville Greta göra klä-ut-sig-till-pojkar-leken varje vecka och söka sig till nya kvarter. Lisa hade aldrig blivit riktigt bekväm med det sprattet, men hon spelade ändå med för att få vara med Greta. Och för att få vara med om det som alltid hände efteråt. När de klättrade upp på taket till skjulet.

"Vi är på en vit sandstrand, Lisa, känner du?"

De hade tagit sig dit med hjälp av den gamla trästegen som stod lutad mot väggen. Sedan hade de lagt sig på plåttaket, så platt att ingen kunde se dem nerifrån bakgården. Bara ovanifrån.

Det var där de hamnade till slut. Varje gång.

"Kan du se vågorna som slår in mot stranden? Och himlen, titta på himlen, så klarblå! Hör du orkestern? Borta vid kasinot, så vackert det låter! Trombonen, åh så den tutar."

Lisa älskade att höra Greta berätta. Greta var lika duktig på att berätta som hon var på att bete sig. När hon berättade kunde Lisa nämligen se allt, varenda detalj. När hon berättade var hon alls inte blyg, alls inte som i skolan. Nej, i dessa stunder kunde Greta prata i en evighet.

Södran då? Ja, man skulle kunna säga att Södran var förlängningen av leken, den bortersta punkten. Inte för att de hade haft råd att gå på Södran – teaterbesök var för en annan klass av människor.

Utan bara för att den fanns där, nästan inom räckhåll. Och med lite fantasi mer ändå. Redan innan hon började skolan hade Greta börjat smyga sig iväg upp till Mosebacke torg, under förespegling att hon skulle ut på gården och leka. Eftersom man inte gärna kunde låsa in henne lyckades knepet ibland. Sedan, när de där hemma väl upptäckte att hon var försvunnen och Sven eller pappa gav sig ut att leta, och till slut lyckades hitta henne, så hade oftast en eller två timmar förflutit. Det var långt från Blekingegatan till Södran.

Hon försökte vara där till klockan sju, när skådespelarna kom. Hon ställde sig på verandan, den som ledde till sceningången. Där gick nämligen alla in, alla varietéartister, alla primadonnor, alla komedianter. Ingen stoppade henne, trots att hon var så liten. De tittade väl helt enkelt inte i hennes höjd. De var oftast välklädda, i pälsar och kostymer, och paraderade förbi som om de redan var på scenen. Ibland kände hon lukten av kvinnornas parfym, ja även männens.

Sedan, när de alla gått in, stod hon kvar. För hon kunde höra deras röster. Dörrarna stod nämligen alltid öppna, även på vintern. Och inte bara rösterna svävade ut till henne, utan även dofterna – teatersmink, scengolvsdamm, gamla kostymer. Allt i en enda berusande blandning. Om syner och berättelser och musik kan föra en till en annan verklighet, så finns det inget som slår dofter. Ingenting i hela världen. Att få uppleva detta var värt alla utskällningar som sedan väntade henne. För hon visste att det var det här som var hennes gudsrike. Det här och inget annat.

***

”Fröken Gustafsson.”

Hon vände sig hastigt om. Tant Hellberg tittade begrundande på henne. Och bredvid stod herr Bergström – chefen för hela PUB! Greta skälvde till. Vad hade hon gjort för fel? Hon neg hastigt.

”Vad säger ni?” Tant Hellberg hade vänt sig till herr Bergström, som betraktade Greta med rynkad panna. ”Hon är alltid ren och prydlig, och har ju ett trevligt ansikte.”

”Ja ...” Herr Bergström såg fundersam ut. ”Ganska lång ... Hur gammal är ni?” Han tilltalade henne! Hon svalde.

”Femton ... sexton snart ...” De skulle avskeda henne! Hon var för ung!

Herr Bergström höjde på ögonbrynen.

”Fast längden har väl ingen betydelse, eller hur?” skyndade sig tant Hellberg att inflika.

”Nej ... Nej ... så är det ju.” Han betraktade Greta igen under tystnad. Sedan log han, nickade snabbt och gick därifrån. Tant Hellberg skyndade efter.

Det var så det började, så enkelt.

❖

Han stirrade på bilderna. Hon försökte tolka hans ansiktsuttryck.

"Moje, tror du att dom hjälper?"

Fotografen på Fyrtionionde gatan hade bett henne att se trånande ut, trånande och jagad och förförisk på samma gång. Han hade sagt åt henne att lägga handen mot halsen, som ett djur som väntar på att attackeras. Han hade sagt åt henne att vara vacker. Även om hon inte helt och hållet förstod vad han menade hade hon gjort så gott hon kunnat. Och fotografen hade sett nöjd ut.

Men Moje, vad skulle Moje säga?

"Dom är fantastiska", mumlade han.

Hon ryste till.

"Tror du att dom hjälper då? Tror du att dom vill ha oss nu?"

Moje skrattade.

"Dom har velat ha oss hela tiden, Greta. Förstår du inte? Dom har velat ha oss så mycket att dom måste sätta oss på plats. Pulvrisera oss så att dom kan lösa upp oss i sin varma mjölk sen."

Hon tittade förvirrat på honom.

"Så bilderna gör ingen nytta då?"

"Jo då ..." Han log illmarigt. "Jag känner Lazar Mayer. Han kommer att skita i byxorna." Så skrattade han igen, sitt bullriga skratt, som hördes på hundratals meters avstånd, ja kanske ända till Central Park. Moje var inte någon man gick förbi utan att lägga märke till.

Nu tog han hennes hand, och med den andra handens pekfinger strök han över hennes nästipp. Så sänkte han rösten:

"Nu, ser du, nu kommer dom inte att kunna stå emot oss längre, Greta min."

4

Sidan 108 och sidan 109 i varuhuset Paul U. Bergströms vårkatalog för år 1921 visar en ung kvinna i hatt. Tio bilder, lika många hattar, men samma flicka. Hon ser ut att vara nitton eller tjugo. Hon är bara femton. För att vara så ung är Greta Gustafsson förunderligt duktig på att föra sig, eller så är det bara hennes natur. Hon tittar in i kameran med en blick och ett allvar som tycks säga: ”Här är jag. Jag gör mig inte till för dig, det här är verkligen jag, men du kommer inte riktigt åt mig.” Oförställdhet och oåtkomlighet på samma gång. Redan, så tidigt. Är det därför tant Hellberg har rekommenderat henne till katalogen? Eller är det för att Greta är en flicka som är född med jämna – ja, man skulle kunna säga sköna – drag? Själv bryr hon sig inte om det, inte inuti. Inte som något som är hon. Tvärtom, det vore förskräckligt om man la sitt värde i något så oviktigt och förgängligt som utsidan. Fast ibland, någon gång, vet hon att hon kan dra nytta av sitt yttre. När hon ser det på andra.

Gretas mor säger sig vara stolt över katalogen, förvisso, men hon säger också att hon inte riktigt förstår vitsen med bilderna. Det ingår nämligen i lönen, arbetet Greta gjort framför kameran – på PUB har man till och med sagt henne att *trots* att hon inte säljer några hattar medan hon fotograferas ska hon få full lön. Inget därutöver alltså. Det är dock inte i första hand detta som bekymrar Anna Gustafsson, för det förstår hon mycket väl. Säljer man inga hattar så drar man inte in några pengar till varuhuset. Vad som oroar Anna Gustafsson mer är att hennes dotter ska få för sig saker. Det är alltid det som oroar Anna Gustafsson. Och att hon ska dra med sig Alva, såsom hon gjorde förra året. Nu har Alva fått arbete som springflicka på ett kontor, och Anna delar sin tid mellan att bära ut tidningar på morgnarna, städa på en konservfabrik och göra sömnadsarbeten på kvällarna. Sven måste delvis reda sig själv. Han har gjort en flicka i kvarteret med barn, bor inte längre hemma, och försörjer tre personer på sitt arbete som biträde i en fruktaffär. Men Greta, hon har fått den bästa platsen av dem alla. Anna kallar PUB för "himmelriket".

Då kan modekataloger vara farliga ting.

Det finns andra saker som kan vara farliga. En biobiljett kostar åttiofem öre. Man betalar alltså ungefär lika mycket per timme bio som man skulle ha tjänat om man hade arbetat i stället. Man skulle kunna kalla det en dubbel förlust. Men det är förstås inte i det den stora faran ligger.

Greta Gustafsson brukar sitta på fjärde bänk, i mitten, förhäxad. Läpparna rör sig tillsammans med de ljudlösa replikerna på den enorma duken ovanför henne. Det finns inga speciella lukter i salongen. Det finns inga levande skådespelare. Men det fungerar ändå. Här sitter hon ofta, minst en gång i veckan – oftare om hon lyckas smussla undan några kronor. Just i kväll är det *Herr Arnes pengar*, den store regissören Stillers senaste. Förra veckan var det en amerikansk historia, *Kärleksprovet*, med Mildred Harris Chaplin. Den här är bättre, Stiller är bättre. Han griper tag i åskådaren. Han har aldrig bråttom, allt får ta sin tid. Det är så det ska vara, det är bara då man hinner leva med. Och Elsalill, Elsalill, när hon upptäcker att hennes älskade är hennes systers mördare! Blicken … Åh, så underbart! Så fruktansvärt plågsamt underbart!

Efteråt vacklar hon nästan ut från salongen, som en sömndrucken som abrupt väckts mitt i drömmen. Det tar ibland hela promenaden från Biblioteksgatan till Södermalm innan hon återkommit till verkligheten. Gudskelov för den promenaden. Har hon fått Alva med sig så vet Alva att man måste gå i tystnad hem, åtminstone halva vägen. Fast oftast har Greta gått ensam, eftersom Alva är mer plikttrogen när det gäller hushållssysslor efter arbetet. Och när Greta då kommer hem till Blekingegatan kryper hon ner i bäddsoffan bredvid sin syster och berättar hela filmen, från början till slut. Så förlänger hon upplevelsen. Alva älskar dessutom när hon berättar, för det är nästan som att ha varit med och sett skådespelet själv. Greta berättar som en storasyster, trots att Alva är två år äldre. Ibland kallar hon Alva för Lillan. ”Lillan”, säger hon när hon är klar, ”nu har jag berättat färdigt, nu ska du sova.” Och så pussar hon henne på pannan.

***

Varför var det som det var? Varför blev hon som hon blev? Så knepig, som mamma brukade säga. Alva och Sven var ju annorlunda, lättsammare, trots att de alla vuxit upp tillsammans, tillbringat samma långa vinterkvällar i ett rum som bar på döden. Med samma utfattiga och sjuka pappa, som satt i en gammal fåtölj vid fönstret och planlöst ritade figurer i en tidning, kväll efter kväll. Med mamma, som satt i andra änden av rummet och lappade kläder och suckade och sa ingenting. Nej, ingen sa någonting. Om barnen ville tala med varandra så viskade de. Men oftast satt de tysta. Det var som om det låg ett hot i luften, en spänning som bara utlöstes sent på natten, när de antogs sova, eller ibland när pappa kom hem full och mamma inte kunde hålla igen. Han drack för att han hatade sitt arbete, hon skrek för att han inte kunde hitta något bättre. Och det var nästan bättre när explosionen kom, bättre än detta outtalade vassa som de annars levde i.

Ibland när hon var litet barn brukade hon gå ut i köket, det enda andra rummet, och sätta sig under bordet. Där satt hon sedan i timmar och tänkte.

Och en gång när hon suttit så kom hennes farbror David (han körde taxi, och hade det bra) fram till henne och frågade vad hon tänkte på så länge. Då hade hon tittat upp på honom och sagt:

”Jag tänker på vad jag ska bli när jag blir stor.”

”Och vad ska du bli?” frågade han förstås och log.

Svaret kom pilsnabbt:

”Jag ska bli diva. Och sen så ska jag bli prinsessa. Och när jag blir rik ska jag ge nästan alla pengar till fattiga barn.”

Och farbror David, som inte hade några egna barn, och var alldeles speciellt förtjust i Greta, tyckte att det var det sötaste han hört. Ja, Greta var helt enkelt det sötaste han visste.

5

Förändringar kommer sällan ensamma. De har en tendens att föra med sig andra förändringar. Eller så ser man till att det blir så. Med tanke på Gretas intressen kunde man med fog fråga sig om hon till och med själv hade satt igång hela skeendet. Men nej, så kunde det inte vara. Om det inte berodde på tankeöverföring så hade det nog faktiskt satts igång utan hennes medverkan. Men att förvalta detta, ja, det var det som det handlade om; att förvalta de få chanser man får i livet. Att förvalta dem väl.

Det började nästan likadant som förra gången, fast personerna hade bytts ut. Den här gången var varken tant Hellberg eller herr Bergström med. Det var i stället han som gjort katalogen, han som hade fotograferat Greta i alla hattarna, som kom fram och ställde sig vid hattdisken. Och alldeles bakom honom kom den högväxte kapten Ring.

Kapten Ring som skulle göra en film om PUB, eftersom PUB snart skulle fira fyrtioårsjubileum.

”Hon är duktig”, sa katalogmannen och vände sig om. ”Hon poserar bra. Och dessutom ser ju flickebarnet bra ut.”

Hennes hjärta slog plötsligt mer än hundra slag i minuten.

”Jag är ledsen”, svarade kapten Ring medan han tittade ner i sitt anteckningsblock. ”Olga Andersson ska förevisa hattarna, hon är nog så vacker.”

Åh nej! Ett ögonblick blundar hon, förkrossad, men så samlar hon sig blixtsnabbt och tittar på kapten Ring. Tittar så intensivt att han inte kan låta bli att titta upp från sitt anteckningsblock. Och när han tittar tillbaka på henne så ler hon. Bara lite.

”Hm”, säger kapten Ring. ”Men vi behöver några statister som är lite roliga.”

***

”Psssss ...” En tändes. ”Psssss ...” Där kom nästa. Där den tredje, och den fjärde, och den femte. Varje lampa hade sin elektriker som vid anmodan tryckte på knappen. Det var kapten Ring som anmodade. Den lilla studion var full av folk, precis som förra året, då hon och Alva lyckades få vara med som statister i en film med Gösta Ekman (och mamma blivit rasande, eftersom Greta självsvåldigt tagit ledigt från PUB). Nu var hon återigen i ett litet utrymme packat med folk som alla visste precis vad de skulle göra. Ungefär som i det militära. Det var nog inte så konstigt att en kapten sökt sig till regissörsyrket.

Hon satt i ett hörn och tittade på. Hon skulle få vänta länge, hon hade ju bara en liten roll. Men Greta Gustafsson hade absolut inget emot att vänta. Tvärtom. Greta Gustafsson befann sig just nu i sjunde himlen. Den här gången kunde mamma inte säga något, det var PUB som hade bett henne. Synd bara att Alva inte kunde vara med.

”Knut! Stegen!” Kapten Ring pekade med hela handen och sa inte fler ord än vad som krävdes. ”Nej, där! Där! Olof, kan du höja draperiet, jag ser ovankanten i kameran.”

Hon log lite för sig själv. Kapten Ring pratade precis som hon hade pratat med Lisa. Hon tyckte om det. Hon tyckte om när människor visste vad de gjorde. Bara de inte försökte topprida henne.

”Ragnar, är du färdig?”

En stilig man i trettiofemårsåldern kom fram ur skuggorna. Greta drog efter andan, trots att hon visste att han skulle vara med. För nu stod han här, rakt framför henne. Ragnar Widestedt, som hon sett på bio, i *Dunungen*, för bara några månader sedan.

”Är du sminkad?”

”Aj aj, kapten!”

Alla skrattade. Trots den hårda regimen var det god stämning i studion. De flesta verkade känna varandra.

”Olga!” ropade nu kapten Ring. ”Och barnen!” En kvinnlig skådespelare, som hon också kände igen, kom fram och ställde sig bredvid Widestedt. Och strax efter henne en pojke i sjuårsåldern, hållande sin far i handen. Ring lutade sig ner.

”Vad heter du då, min lille vän?”

”Erick”, svarade pojken, så tyst att nästan ingen kunde höra.

”Du får nog släppa pappas hand nu”, log regissören. ”Jag tar hand om dig, jag lovar!” Så såg han sig omkring.

”Flickan då?”

Ingen svarade.

”Var har vi flickan?”

Det var fortfarande tyst.

”Hon kom inte till smink”, ropade någon.

”Inte?!” Nu blev kapten Ring plötsligt arg, det ingick säkert också i yrket. ”Varför har ingen sagt något! Vad hette hon?”

”Gustafsson.”

Greta ryckte till.

”Greta Gustafsson.”

”Och Gustafsson kom inte till smink?”

De pratade om henne! Skulle hon spela mot dem, Ragnar Widestedt och Olga Andersson? Hon reste sig från stolen och med en hård knut i magen gick hon fram mot studiogolvet.

”Men där är ni ju!”

”Jag visste inte … Jag trodde att …”

”Nåväl”, avbröt kapten Ring, ”skynda er på.”

Tjugo minuter senare var hon tillbaka, iklädd ett par enorma svartvitrutiga herrbyxor och en rock som var minst tio storlekar för stor. Mössan på hennes huvud var av en sådan sort att inte ens hennes mamma skulle ta den på sig, även om det var smällkallt. Det var kanske avsett att vara roligt, men det var det inte. Hon såg grotesk ut. Det tyckte hon själv, och det tyckte uppenbarligen alla andra i studion. De glodde på henne. Men ingen sa något. Plötsligt anade hon att de skrattade. Ingen visade det, men inombords, inombords skrattade de.

Hon ville sjunka genom jorden.

Nu såg hon hur Widestedt lutade sig fram mot Ring och viskade något i hans öra. Ring nickade. Sedan var de tysta igen. Så vände sig Ring åter till Widestedt och viskade något tillbaka. Widestedt skrattade plötsligt, högt den här gången. Hon kände hur blodet försvann från hennes ansikte.

”Då så! Är alla redo?” Kapten Ring stegade fram till henne.

”Ser ni den där klädhängaren?” Han pekade. ”Alla dom där kläderna ska ni få på och av er på tre minuter. Tror ni att ni klarar det?”

Greta nickade, knappt märkbart.

”Bra! Och roligt ska det vara, fröken Gustafsson. Så roligt ni bara kan!”

Efteråt var alla tysta. En sådan där förvånad tystnad. Så började de applådera. I minst en halv minut. Ja, det var klart att de blivit häpna. Den försagda expediten hade plötsligt förvandlats. Hon hade vankat omkring i de jättelika kläderna med händerna i fickorna, som en luffare på besök i Frälsningsarméns uppsamlingscentral, och efter ett blixtsnabbt kläd- och personlighetsbyte hade hon omedelbart börjat trippa omkring som en kontorsflicka. Rolig var hon dessutom. Speciellt efter nästa förvandlingsnummer, då hon blivit den snobbigaste Östermalmskärring man kunde tänka sig. De hade fnissat. Men hon kände att det inte var ett elakt fnissande. För nu visste hon precis vad hon gjorde.

Kapten Ring hade förstås inte anat att hon var en sådan som hela livet tagit på och av sig både kläder och roller i flygande fläng – pojkar och flickor, tanter och farbröder, fattiga och rika.

Och nu hörde hon hur Ring skrattande sa till Widestedt:

”Nä du Ragnar, det där klipper vi inte bort!”

***

Det var över på en dag. Sedan tillbaka till hattdisken, precis som efter en dag på Skansen. Så var det, och så skulle det förbli. Det var hennes öde. Ögonblick av lyckorus, men alltid ohyggligt korta. Och efteråt undrade hon om det varit värt det.

Fast en liten sak inträffade ändå på grund av den där enda inspelningsdagen. En liten sak som faktiskt förändrade något.

”Ni var rysligt rolig, fröken.”

Hon kände igen mannen som stod framför disken och log. Vem var han? Hon rådbråkade sin hjärna. En av elektrikerna från inspelningen? Nej, nej, inte med den klädseln. Var han maken till någon kund som hon betjänat? Nej, då skulle han knappast känna till filmen. Plötsligt mindes hon! Det var pappan till lille Erick, han som spelat hennes lillebror.

”Tack.” Hon knixade lite med knäna.

Då skrattade Ericks pappa. Han var i trettioårsåldern, såg elegant ut – svart kostym och fluga – och var ganska snygg, trots att hans hår hade börjat tunnas ut lite längst fram.

”Och hälsa lille Erick”, la hon till, för att visa att hon kände igen honom.

”Det ska jag göra. Min syster säger att han aldrig haft så roligt som den dagen. Han kan inte sluta prata om filmen.”

Hon tittade konfunderat på honom.

”Jo, jag undrar, fröken Gustafsson ...” – nu log han igen, försiktigt, men ändå inte osäkert – ”om ni inte skulle ha lust att gå ut och äta middag med mig någon kväll.”

”Midd...” Hon svalde. ”Jaha ...” Vad skulle hon säga nu? ”Kommer Erick med?”

”Erick? På middag? Nja ...” Han skrattade. ”Min syster brukar stoppa honom i säng vid sju, så det skulle i så fall bli en hemskt tidig middag.”

”Jaså ...”, sa hon bara.

”Men vill ni hemskt gärna att Erick kommer med så kan vi ju ta en middag vid fem.”

”Jag tror inte jag förstår …”, sa hon. Fast visst förstod hon. Mannen framför henne var Ericks morbror, inte hans pappa. Och han bjöd ut henne. Hon försökte vinna tid.

”Var … eh …?”

”Ja, det enklaste är ju om jag får bjuda hem er. Min köksmästare är en av de bästa i Stockholm.”

Ibland, ganska sällan men ibland – och hon kunde inte förklara varför – hände det att hennes blyghet på ett ögonblick övergick i djärvhet, att hennes osäkerhet oförklarligt förvandlades till självförtroende, att hennes försiktighet försvann och byttes mot framfusighet. Så hade det varit vid filminspelningen. Och så var det nu.

Hon tittade in i hans ögon, och så sa hon:

”Det låter hemskt trevligt.”

6

Max Gumpel hette han. Det var ett lustigt namn. Fick henne att tänka på en boll som studsar upp och ner, gump gump. Hon undrade om namnet var taget. Fast då hade han nog hetat Fjellstierna eller något liknande. Inte Gumpel. Han var byggmästare. Det hade tant Hellberg berättat, efter att han lämnat deras disk. En av stadens mest framgångsrika byggmästare.

Fast Greta hade inte berättat tillbaka att byggmästaren bjudit henne på middag, hemma hos sig. Tant Hellberg hade nämligen flera gånger sagt att hon borde akta sig för äldre män. Eftersom hon såg så intagande ut.

Han bodde på Drottninggatan 73C, mitt i staden. Hon hade förstås varit i trakterna förut, huset låg bara fyra kvarter från PUB, och ett kvarter från Folkets hus teater. Men innanför någon av de vackra portarna på denna paradgata hade hon aldrig tidigare befunnit sig.

Hon såg sig hastigt omkring. Nej, hon stack inte ut i folkvimlet. Gatan tillhörde alla. Så sneglade hon mot 73C igen. Herr Gumpel hade sagt att han bodde på andra våningen. Det var tänt där, man såg kristallkronor innanför nästan varje fönster. Vad var klockan? Hon gick några meter, så att hon skulle kunna se Adolf Fredriks kyrktorn. Tio i sju. Att vara tidig var normalt inte ett av hennes problem ... Hon stod kvar bakom hörnet, eftersom det skulle vara alltför förödmjukande om herr Gumpel såg att hon stod och väntade. Så, precis en minut i sju, gick hon hastigt fram till den tunga porten och drog i det runda mässingshandtaget. Som om hon just anlänt.

Kvinnan som öppnade såg ut som sjuksystern vid Fattigvården på Södermalm, fast blusen var svart, inte blå. Och hon neg, mot henne!

Greta fick behärska sig för att inte niga tillbaka.

Hon hade tagit på sig en av PUB-klänningarna. En blå, med ljusblå blommor på. Och ovanpå hade hon sin svarta cape. Alva hade hjälpt henne att göra i ordning håret. Sminkat sig hade hon gjort själv. Det enda hon berättat hemma var att hon blivit utbjuden av någon som hon träffat efter filminspelningen. Ingen hade frågat, de visste att man inte kunde få ur Greta det som Greta inte ville berätta.

”Men se god kväll!” Han kom släntrande genom den oerhört långa och breda hallen. Han var fortfarande klädd i svart kostym och fluga. Fast en annan fluga, och förmodligen en annan svart kostym.

”God dag, herr Gumpel”, svarade hon och reste sig hastigt. Hon hade satt sig på en stol i hallen för att ta av sig skorna.

”Max.” Han log stort. ”Kalla mig Max. Men för Guds skull, behåll skorna på!”

Nu gick han fram till henne, och sedan ner på knä! Vid hennes fötter! Han började omsorgsfullt snöra hennes ena sko igen.

”Sådär”, mumlade han. ”Sådär ja.” Och så tog han den andra.

Hon tittade ner på hans hjässa. Vad konstigt ... situationen borde kännas obekväm. Men det gjorde den inte. Hon tyckte om det, hon tyckte om att han böjde sig sådär. Som en far som hjälper sitt lilla barn att snöra på skorna, utan att bry sig om ifall byxorna blir skrynkliga.

Så tittade han upp på henne.

”Och Greta, visst kan vi väl säga du?”

***

”Kronärtskockor, Lillan! Vet du vad kronärtskockor är?” Hon fnissade.

Alva skakade långsamt på huvudet.

”Jo, ser du, det är ett slags tistel, fast enorm! Man äter den, fast inte hela.”

”Serverade han sådana?”

”Ja, först.” Nu skrattade hon högt, trots att det var mitt i natten och mamma sov i köket intill. ”Jag hade allt sjå i världen att inte sticka mig i munnen.” Hon gjorde en liten pantomim med tungan. ”Fast det var värt det.”

Alva betraktade henne i mörkret. ”Ni verkar ha haft roligt.”

”Ja! Vet du, Lillan, han hade minst tio rum!”

Hennes syster såg häpen ut, vilket var meningen.

”Hur gammal är han, Max Gumpel?”

”Trettioett.”

”Men Kata ...”

”Han är väldigt snäll.”

”Du är inte ens sexton ...”

”Du skulle ha sett hans badkar! Jag tror det var guld i handtagen!”

Nu blev det alldeles tyst i vardagsrummet på Blekingegatan.

”Men Lillan”, utbrast Greta skrattande. ”Det är bara lite flärd för din tjusiga syster! Inget allvarligt!” Så kramade hon om Alva.

Nej, hon hade förstås inte badat i Max Gumpels badkar, hon hade bara tittat på det. Och hon hade bara tittat på alla de andra rummen, och på utsikten från balkongen, och på blomsterarrangemangen, och på alla vinflaskorna i hans förråd, och på all konsten på hans väggar. Hon hade bara tittat, och hon hade bara ätit. Hon tyckte om Max, han var söt mot henne. Inte alls dryg eller överlägsen. Och när de hade ätit färdigt, och tittat på allt och pratat en stund, så skjutsade han hem henne i sin fyrtiofem hästar starka Daimler Saloon.

Fast hon hade bett honom att släppa av henne i hörnet av Ringvägen. Hon ville få lite luft, sa hon.

❖

Bilderna hade inte hjälpt. Jo, bilderna hade tagit dem över kontinenten. Men inte mer än så. Hon bodde sedan flera månader på ett hotellrum i den stadsdel av Los Angeles som kallades Santa Monica. Moje satt i en bungalow vid stranden.

De var sysslolösa. Nej, han skrev förstås på sitt manus, det som skulle ligga till grund för deras första film här. *Odalisken från Smolna.* Hittills hade ingen intresserat sig för det – eller för dem. Ändå satt han där, böjd, och plitade. Han började se deprimerad ut. Han sa det förstås inte till henne, men hon visste, hon kände honom så väl.

Själv försökte hon få tiden att gå genom att laga mat. Köttbullar och fläskpannkaka. Försökte ibland bli på bättre humör genom att springa på stranden.

Ibland träffade hon och han de andra svenskarna. Victor Sjöström och hans fru Edith var trevliga. Deras döttrar var rara.

Men Victor arbetade här i Amerika. Det gjorde inte hon och Moje.

Till slut kom julen. Den gröna julen med det blå havsvattnet och den varma solen. Hon längtade efter snö så att det gjorde ont.

En kväll när hon kom tillbaka från Mojes bungalow stod ett paket på nattduksbordet invid hennes säng på Miramar Hotel. Ovanpå fanns ett fastklistrat kort.

En tomte, omgiven av julkärvar.

Aj!

Hon öppnade paketet. Där fanns ännu ett kort: "Från mamma och Alva, som tänker på dig, alltid (Alva har stickat!)." Under låg något mjukt, invirat i silkespapper. Hon visste vad det var. Det var ett par lovikkavantar, gröna och röda, precis som julen. Tårarna föll på den mjuka ullen. Alva hade lovat, och Alva hade hållit. Som alltid, hela hennes liv.

Hon tog på sig vantarna, och hon gick omkring med dem i flera timmar, inomhus och på stranden, trots att det var mer än tjugo grader varmt. Folk måste ha tyckt hon såg tossig ut. Men då fick de tycka det.

Det var först på kvällen hon upptäckte brevet. Det hade legat under paketet, gömts. Hon studsade till. Hjärtat började dunka våldsamt. För den handstilen kände hon bättre än någon annan utom sin egen.

Hon fick så bråttom att kuvertet gick sönder när hon rev upp det.

7

”Har du sett en sådan tidigare?”

Greta vände på medaljen. Den var tung och av brons.

Hon skakade på huvudet.

”Vet du vad det är?”

”En medalj.”

Han skrattade. ”Ja, men vad för slags medalj, tror du?”

Hon ryckte på axlarna. Hon var inte så intresserad av idrott, i alla fall inte när det inbegrep tävlingar. Men det var tydligen Max.

”Har du hört talas om olympiska spelen?”

”Ja.”

”Den är från olympiska spelen.”

”Oj …”

”Från förra sommaren. Antwerpen. Och den här”, han tog fram en annan medalj, ”är från Stockholm. Den är i silver.”

Han var stolt. Han skröt för henne. Hon begrep inte varför Max Gumpel, som bodde så fint och var så rik, skulle behöva skryta för henne.

”Vad fint. Är det svårt, vattenpolo?”

”Ja vars …”, skrattade han igen, ”det beror sig på.” Han strök med baksidan av handen över hennes kind. ”Om man är duktig eller inte.”

Köksmästaren hade serverat räksallad i kväll, och en köttbit som hette chateaubriand, och som var gudomligt god. Max hade serverat henne champagne. Hon hade tagit lite, inte så väldigt mycket.

Nu satt de i soffan i hans salong. Han hade plockat fram medaljerna ur vitrinskåpet och lagt dem på soffbordet.

”Vad tycker du om att göra på fritiden då, Greta?”

Hon var tyst. Ställa sig vid Södrans sceningång och vänta i timmar? Gå på bio på Röda Kvarn?

”Jag har inte så mycket fritid.”

”Nej...” Hans ansiktsuttryck förändrades genast. ”Nej, det förstår jag.” Han tog en klunk ur sitt portvinsglas. ”Men dansa, tycker du om att dansa?”

Hon skakade på huvudet. Hon avskydde att dansa.

Och så tystnade de. Max försökte inte heller prata längre. Det var bra.

”Jag tycker om att gå på lina.”

”På lina!” utbrast han.

”Mellan två trän, i Enskede. Med min bror.”

”Varför just i Enskede?” Han strök över hennes kind, en gång till.

”Därför att vi hyr en kolonilott där. Där vi planterar morötter och rödbetor och potatis. Och bär. Hallonen är lika söta som dom man kan hitta i skogen. Jag tror pappa faktiskt tog en planta från skogen och planterade den ...”

Hon babblade plötsligt på.

”... och det fanns också röda vinbär. Men dom tror jag hade funnits där länge, innan vi kom dit ...”

Nu la han armen om hennes axel.

”... jag tror kanske att dom var planterade av en tant som dog i ...”

”Du är mycket tilldragande, Greta.”

Han hade avbrutit henne.

”Tack”, mumlade hon. Och blev tyst. Hans hand rörde sig utmed hennes överarm, upp och ner, upp och ner. Det var inte oskönt, det han gjorde, nej. Men hennes mage frös ändå lite. Hon borde väl kanske inte gå, det skulle väl vara oartigt?

”Ska jag köra hem dig, Greta?”

Hon vände sig hastigt mot honom.

”Hem?”

”Ja, om du vill, vill säga.”

Hon tittade ner i hans knä. Där låg hans andra hand. Den var ren, omskött. Inte som de händer pojkarna på Söder brukade ha.

”Jag vet inte.”

”Nej ...” Han log. ”Vill du kanske ta ett bad?”

”Åh ...”

”Har du badat bubbelbad förut?”

Hon skakade på huvudet.

”Det behövs ett speciellt slags tvål, som jag har köpt i Frankrike. Den luktar helt gudomligt.”

Hon tittade på honom. Han log igen.

”Jag ska be Maj göra i ordning ett bubbelbad åt dig. Bara åt dig.”

Så reste han sig och lämnade rummet.

Var hon så lätt att förföra? Nej, inte alls. Men man måste, förr eller senare. Och Max var snäll. Snäll, och vuxen, och trygg. Om det nu var så att man skulle, förr eller senare, så var det viktigt att det var med rätt person. Någon som fick en att känna sig värdefull.

Han gav henne en ring, en guldring med en liten diamant. Han gav den till henne samma kväll, inte omedelbart efter badet, eftersom det hade kunnat uppfattas fel. Nej, han väntade, till långt in på natten. Till efteråt. Alldeles efteråt. Då tog han fram ett sammetsetui ur en låda i nattduksbordet. Han gav henne hela etuiet. Hon öppnade det själv, hon trädde på sig ringen själv. Sedan pussade hon honom på kinden och sa att den strålade som en diamant i Englands kungakrona.

Och då märkte hon att han såg alldeles lycklig ut.

Sedan reste hon sig från sängen och sa att hon måste gå hem, för annars skulle hennes mamma bli arg. Och han reste sig också och han klädde sig lika fort som hon. Och sedan körde han henne hem. Och hon lovade honom att han skulle få träffa henne igen.

Han hade fått röra henne. Någon hade fått röra henne. Det var hon som bestämde, alltid. Numera.

8

Hon hade kommit för sent den morgonen. Det var inte första gången. Men det var ingen bra idé att komma för sent just dessa dagar. Tant Hellberg såg numera inte lika nöjd ut som tidigare. Greta hade varit mer disträ den sista tiden, inte lika alert med kunderna. Kommit för sent lite för ofta. Men hon hade gjort sitt bästa för att gottgöra försyndelsen denna dag. Packat upp de nya hattarna fort som blixten, varit speciellt uppmärksam på nya kunder, sett till att lägga alla mynt i rätt fack i kassaapparaten. Till slut hade tant Hellberg ändå börjat se lite belåten ut igen.

Klockan hade hunnit bli fem, bara en timme kvar till stängningsdags.

”Har ni något som passar till denna kappa?”

Hon tittar upp. Ännu en dam som inte bemödat sig om att påkalla hennes uppmärksamhet innan hon frågar.

Greta ler. På utsidan.

”Ett ögonblick.”

Hon går till hyllan för att hämta en beige filthatt, som borde mildra den kissgula färgen på damens kappa.

”Den här tror jag skulle passa utmärkt ihop med den fina kappan.”

Kunden tar hatten, utan ett ord. Så ställer hon sig framför spegeln som står på disken, sätter på sig hatten och börjar kråma sig. Länge. Och så fult hon kråmar sig. Greta måste titta bort.

Det är då hon ser dem.

”Ja, den är väl inte så illa …”, mumlar kunden.

Greta hör henne inte.

”Vad kostar den?”

Kunden får inget svar. Eftersom Gretas ögon är fastnaglade vid ingången.

"*Ursäkta!*"

"Ja ..."

"*Vad kostar den?!*" Väldigt högt.

Greta ser sig oroligt omkring, tant Hellberg är någon annanstans.

"Tjugofem kronor ... tror jag."

"Tror ni?!"

Hon springer tillbaka till hyllan för att titta på asken, samtidigt som hon kastar blickar ut mot lokalen. De är fortfarande kvar!

"Som jag trodde, tjugofem kronor." Hon har gått fram till disken igen.

"Jaha ... det var dyrt."

Åh herregud, nu går två av dem bortåt. Är de på väg att lämna salen?

"Ja, den kanske går ner i pris om någon månad, när vårkollektionen kommer."

Kunden stirrar på henne. Så tar hon av sig hatten och lägger den på disken.

"Då återkommer jag." Nu går hon äntligen.

Fast Greta märker det knappt. Hennes uppmärksamhet är helt fäst vid den unga kvinnan som står kvar och tittar på klänningar, ungefär tjugo meter bort.

"Tyra!"

Hon hör det ända hit, hur den andra kvinnan ropar.

Hon som kallats Tyra tittar upp, tvekar ett ögonblick. Så går även hon bortåt och gemensamt lämnar det lilla sällskapet lokalen.

Åh nej!

Greta ser sig omkring, handfallen.

Inte för att hon visste vad hon skulle ha gjort. Bara för att ögonblicket hade glidit henne ur händerna.

Minuterna kröp fram mot sex. Hon ville rusa hem, kasta sig på sängen.

Inte för att hon visste vad hon skulle ha gjort. Bara för att hon inte stod ut här längre.

Hon ser dem igen i samma ögonblick som gonggongen slår. Hon som kallats Tyra står nästan vid utgången, ser sig omkring, ungefär som om hon vill försäkra sig om att hon inte missat något.

De andra två tycks beredda att gå, med stora kassar i båda händerna.

”Kom nu, Tyra!” Det är mannen i sällskapet.

”Jag kommer.” Fast Tyra rör sig inte.

Lokalen töms långsamt, människor går förbi med kassar, en del paraderar som mannekänger, förmodligen iklädda sina nya plagg. De två personerna som står vid utgången, de som väntar på henne som heter Tyra, är nu inbegripna i ett samtal.

Men Tyra står kvar. Är det för att Greta stirrar på henne?

Nu rör hon sig mot hattavdelningen! Till slut stannar hon, några meter bort, tittar mot hyllan.

Greta känner sig plötsligt skygg, och alldeles torr i munnen. Förbannat!

”Ursäkta ...” Alldeles för ynkligt. Hon harklar sig. ”Ursäkta”, stadigare. ”Kan jag hjälpa till med något?”

”Tack, jag bara tittar.”

Fast hon kommer ändå ett par steg närmare.

Nu, nu!

”Ni är Tyra Ryman, eller hur?”

Kvinnan ler plötsligt.

”Det stämmer.”

Greta sväljer. ”Jag läste om er i tidningen ... att ni ska göra en ny film ... Med Erik Petschler ... ”

”Ja, ser fröken, det är därför vi har varit här. Provat ut kläder.” Ryman kastar en blick bort mot de andra två. De ser otåliga ut igen.

Vad ska hon göra nu?

”Kanske en hatt …?”

Men nej, Ryman verkar inte höra henne. Hon tittar fortfarande mot utgången.

”Är det Erik Petschler, där borta?”

Skådespelerskan vänder sig plötsligt, tittar förvånat på henne.

”Förlåt …”, mumlar Greta.

”Ja, det är det.”

Hon gnuggar med pekfingret på disken. Låtsas ta bort en fläck.

”Jag har gjort lite film … Här på PUB …”

”Jaha …”

Så börjar Tyra Ryman plötsligt storskratta. Greta tittar sig förfärat omkring. Nu ser hon tant Hellberg, hon är på väg mot disken. Åh, Gud! Nu är nog måttet rågat. En hånfullt skrattande kund. Men så tystnar Ryman. Hon kastar en blick på Gretas namnbricka. Så lägger hon sin hand på hennes arm.

”Fröken Gustafsson”, säger hon, och rösten låter faktiskt vänlig. ”Jag rekommenderar telefonkatalogen. P-E-T-S-C-H-L-E-R.” Sedan blinkar hon med ena ögat och går snabbt bort mot de andra.

9

För första gången det året stod alla fönster öppna. Solen sken, luften var varm. Positivhalaren hade vevat nere på Blekingegatan i över en timme nu, men det gjorde ingenting. Det ackompanjerade ljuden från gatan så fint – hjul mot torr sten, inte mot slask och grus, visslandet från cykelbudet som just for förbi, vinden i löven på det enda trädet utanför. Positiv var Skansen, och positiv var Vevar-Jon i Högsby, han som haft så fina melodier att han till och med fått spela vid bröllop när Anna var liten.

”*Det gingo sig två flickor åt rosendelund att plocka de rosorna röda ...*” Anna sjöng med medan hon taktfast gned med trasan på spisen. ”*Den ena, hon var så hjärteligen glad, den andra var så sorgeligt bedrövad.*”

Klockan var tio på morgonen. Om två timmar skulle de få besök av farbror David och hans fru. Det skulle vara rent till dess. Skinande rent.

Alva gick omkring och dammade i vardagsrummet. Även hon gnolade med, fast utan att kunna orden. Hon lyfte försiktigt på porträttet i guldramen, som stod på nattduksbordet bredvid bäddsoffan.

”God morgon, Tora”, sa hon mot det vackra ansiktet. Tora Teje var världens bästa nu levande svenska skådespelerska. Därför hade Greta ställt ett porträtt av henne invid sängen, så att hon var den första person de såg när de vaknade.

På pappa fanns däremot inget porträtt framme. Greta hade tvingat dem att ta bort det.

”*Den rika, hon talte till den fattiga så: 'Varför är du så ledsen i ditt sinne? Haver du bortmistat din fader eller mor, eller haver du förlorat din ära?*" Anna hade inte världens finaste sångröst, men den dög.

"Mamma ..."

"Ja."

Greta doppade skurborsten i hinken.

"Är det viktigt för mamma att jag arbetar på PUB?"

Anna vände sig tvärt.

"Vad menar du?"

"Ingenting."

"Det är klart att det är viktigt!"

"Ja ..." Greta är stilla ett ögonblick. Så tar hon upp borsten och börjar åter skura.

Men Anna står fortfarande och stirrar på henne, medan positivet oackompanjerat spelar vidare utanför.

"Varför frågar du?"

"Ingen anledning ..."

"*Lala la lala, lalalalalala*", hörs det från vardagsrummet.

"Har du förlorat din anställning?"

Greta skakar på huvudet.

"Är det säkert?"

Hon nickar.

Efter ett ögonblicks tvekan vänder sig Anna åter mot spisen och börjar gnida. Snart hörs åter gnolandet:

"*Nej, varken har jag bortmistat fader heller mor, och Herren, han bevarar min ära. Men väl sörjer jag för den fager ungersven, den vi höllo båda så kära.*"

"Finns det inget annat arbete som duger?"

Plötsligt liksom fastnar mammas axlar, högt upp. Hon står fortfarande vänd mot spisen, orörlig.

"*Har* du förlorat din anställning?"

"Nej ... Det är ingenting ... Glöm det."

"Glöm vad?"

"Jag kan ändå inte vara skådespelare."

Har positivhalaren vandrat vidare? Är han mellan visor? Varför är det så tyst? Hon hinner uppfatta att Alva står i dörren innan hon duckar. Innan mammas trasa far genom rummet, alldeles ovanför hennes huvud, och landar på väggen.

”*Kata!! Vi är ensamma nu! Själva! Kan du aldrig vara nöjd?! Jag vågar ibland inte andas av rädsla för att du ska förstöra våra liv!*”

Fast då är Greta inte längre där.

Hon står upptryckt mot väggen, invid garderoben, till vänster om bäddsoffan.

Alva står några meter framför henne.

Det enda som rör sig är visaren på klockan på nattduksbordet. Annars är allt stilla. Stilla som kalla vinterkvällar. Stilla som blyertspennor som planlöst skrapar mot papper.

”Varför är det så i livet … att man alltid förlorar?” viskar hon. ”Även när man tror att man vunnit.”

Anna glor på sin dotter. Hon står i dörröppningen, med trasan i handen.

”Men berätta då vad som har hänt!” utbrister Alva.

”Jag har blivit erbjuden en filmroll, mot tio kronor per dag.”

”Men Kata …” Ett stort leende sprider sig över Alvas läppar. ”Är det sant?”

”På PUB?” Mammas röst är kall.

Greta skakar på huvudet. ”Jag måste lämna PUB. De ger mig inte ledigt den här gången.”

Tick, tick, tick, tick, säger klockan på nattduksbordet.

”Fast mamma ska inte oroa sig. För det kommer jag inte att göra.”

Menar hon det? Menar hon det verkligen?

Alva gör stora ögon.

”Vad är det för roll?”

”I *Luffar-Petter*. Erik Petschlers nya. ”

Då exploderar Anna igen. Som en tryckkokare som aldrig tas av spisen.

❖

"Miss Garbo, is that right?"

Mannen framför henne plirar över sina runda, hornbågade glasögon. Han är kortare än hon, men det märks inte, eftersom han sitter på ett podium, tre decimeter ovanför golvet. Ett podium beklätt med orientaliska mattor i silke. Bakom hans rygg tronar ett marmorlejon, halvt insvept i en amerikansk flagga, större än någon flagga hon tidigare sett.

"*Yes*", svarar hon. Hon har lärt sig lite engelska under deras sysslolösa månader.

Louis B. Mayer drar ett djupt bloss på sin cigarr medan han betraktar henne. Hur kan hans skrivbord vara så blankt? Någon måste putsa det flera gånger per dag. Kanske medan han går på toaletten?

"Jag hoppas ni har haft det trevligt här i Los Angeles."

"Ja ..." Hon tvekar lite. "Men lång väntan. Mr Stiller och jag."

Nu skrattar han till. Ett ögonblick tycks den amerikanska flaggan fladdra, fast inga fönster i rummet är öppna.

"Den som väntar på något gott ...", mumlar han. Och så askar han sin cigarr, omsorgsfullt, medan han fortsätter att betrakta henne. Han vet inte att hon inte störs av tystnad. Han vet inte att hon är en mästare på tystnad.

"Känner ni kanske Ricardo Cortez?"

"Ricardo Cortez!" Hon lyser plötsligt upp. "Juan Martin i *Argentine Love*?"

Nu ler mannen i de hornbågade glasögonen.

"Just precis." Han tar bort en hudflaga från läppen, eller kanske är det en bit tobak? "Just den Ricardo Cortez, Miss Garbo ..."

Vad menar han? Har han visat *Odalisken från Smolna* för Ricardo Cortez?

"Vi kommer att skicka er manuset till *The Torrent* i eftermiddag."

"The Torrent?"

Han ler. "Er första film i Hollywood, Miss Garbo."

Det är alldeles tyst i rummet.

"Och ...", hon känner sig plötsligt förvirrad. "Och Mr Stiller sett manuskript?"

10

"Tyra, ställ dig vid trädet! Greta, Iréne, ni springer i! Kamera redo?"
"Redo!"
"Åååååå ... börja!"

Två flickor springer ner i en vik vid Dalarö, fyra mil utanför Stockholm. Det är en solig dag i början av augusti år 1922. Vattnet i viken är varmt, badvarmt. Greta älskar att bada. Just nu får hon betalt för att bada. Ja, just nu får hon faktiskt betalt för att göra precis det som hon har längtat efter att göra i hela sitt liv. Och hon tänker att hon och mamma har helt olika definitioner av "himmelriket". Och att ingen kan säga att hennes definition är fel.

Om bara inte filmen vore så fånig.

Fast just nu tänker hon inte så mycket på det. Säger Erik Petschler att hon ska springa så springer hon. Säger Erik Petschler att hon ska vissla så visslar hon. Gladeligen.

Fast det har tagit ett tag. I början hade hon känt sig illa till mods när de andra tittade på henne. Upplevt att hon blev sämre då. Eftersom hon förnam att hon nog kanske inte var någon skådespelerska, egentligen. Regissör Petschler hade ju bara träffat henne på en lunchrast, och hon hade bara reciterat Rydbergs *Tomten*. Inget mer. Så hur kunde han veta? Han var säkert enormt besviken.

Men efter hand släppte den känslan lite. Petschler var snäll, han sa att hon var duktig. Då kände hon att hon kanske *var* en tillräckligt bra skådespelerska för den här rollen, som ju inte krävde så mycket. Mest bara att springa och vissla och se glad ut. Kanske var hon till och med lika duktig som Tyra och Iréne? Kanske till och med duktigare? Ibland fick hon för sig att hon var *mycket* duktigare! Det svängde väldigt, från stund till stund.

Fast filmen var ändå gränslöst dum. Den handlade om – ja, vad handlade den om … Om en luffare som var lik en brandsoldat som var förlovad med en vacker flicka (inte Greta) som hade två systrar som tyckte om att bada. Och så lite förvecklingar under tiden. Mycket spring och mycket plaskande. Riktigt dumt. Men de hade ju roligt och det var sommar och det var skärgården och Greta fick filma, på riktigt. *Luffar-Petter* skulle bli mer än en timme lång och visas på biografer. Samma biografer som visade Stiller och Chaplin! Och hon skulle vara så där gigantisk på duken. Som Mildred Harris Chaplin. Och Asta Nielsen, den underbara. Och Tora … Tora Teje, den alldeles enastående, som nu blivit Stillers stjärna.

Och sedan? Ja, sedan. Det tänkte hon inte på just nu. Hon hade slutat på PUB för drygt två veckors jobb vid en badstrand. Och inget mer. Ändå hade hon fått mamma att skriva på:

Anledning: ”På egen begäran. För att filma.”

Hade hon verkligen skrivit så, mamma?

***

Max hämtade henne i sin Daimler efter första veckans inspelningar. Greta hade bett honom att komma till hotellet, inte till inspelningsplatsen. Hade hon visat upp sig i Daimlern så skulle de andra flickorna bara känna sig främmande, och hon skulle bli mer ensam, och Petschler skulle tycka att hon var löjlig och kokett. Det ville hon absolut inte. Det räckte med ringen och den nya klockan.

Max väntade alltså vid receptionen på Dalarö Hotell. Han kramade henne, länge, och sedan gick han ut och öppnade bildörren.

”*Après vous, mademoiselle.*” På franska.

Vinden drog in genom bilfönstret när de for fram på de smala landsortsvägarna. Det var en sagolik kväll. Allt var grönt, starkt grönt, som det blir när gräset och löven färgas av kvällssolen. Tänk om hon fick bo så här, ute på landet? I grönskan. Och i snön. Snö var lika fint, vintern var lika fin. Då kunde man åka skridskor långt, långt ut i naturen, i tystnaden. Tänk om ... Tänk om hon hade så mycket pengar att hon kunde köpa den där lilla röda stugan invid Lycksjön. Eller den vita herrgården vid Drevviken ... Eller varför inte Tyresö slott! Hon skrattade högt för sig själv. Då kramade Max hennes hand.

De kom in till staden vid Skanstull, in i hennes stadsdel. Men hon hade sagt till Max att hon inte behövde åka hem först. Hon skulle ha tid att träffa familjen på söndagen, sa hon. Hon berättade inte att hon just nu helst inte ville träffa dem alls. För mamma såg bara nervös ut, och Alva ... lilla Alva ...

”Vi är lika som bär och hon är lika duktig som jag!” hade hon sagt till Petschler. ”Regissör Petschler måste få träffa henne!” Men han hade inte velat. Det fanns plats för endast en flicka till, sa han. Och det var Greta. Hon vågade inte driva saken för hårt. Hon var ju inte precis någon filmstjärna som kunde ställa krav.

Nej då, Alva såg inte ledsen ut, hon var glad för Gretas skull. Det var bara Greta som led lite. Och hon lovade sig själv att nästa gång – *nästa gång* – då skulle hon ordna med en roll till Alva också.

”Åh Max, jag längtar så efter ett bubbelbad!” utbrast hon när bilen gled ut på Skeppsbron.

***

Vattnet forsade ur kranen, rakt ner i det redan varma. Hon hade satt sig i karet i precis rätt ögonblick, när det var så mycket vatten att hon skulle bli varm men innan alla bubblorna hade kommit. Hon ville inte missa bubblorna. Hon kunde sitta i vattnet och studera hur en enda bubbla växte fram. Hur den blev större och större och hur dess väggar antog alla regnbågens färger. Det var magi! Men så, poff, var den borta. Och då kom en annan och betedde sig likadant. Hon tänkte med en rysning att så var det nog också i skådespelarvärlden. Fast i samma ögonblick bestämde hon att hon inte skulle bli en sådan som man blåste upp och sedan stack hål på. Nej, även en skådespelare måste kunna ta makten över sitt öde! Inte bara vänta snällt på att bli uppvaktad. Inte bara vara vax i andras händer. Hon log plötsligt åt sig själv. Nu var hon så där igen: skarvade vidare i fantasin till en glansfull framtid.

Hon stoppade ner händerna djupt i vattnet, tog en hel fotboll av skum och lyfte den, tryckte den mot halsen. Och åh, så skönt det kändes, och ack, så ljuvligt det doftade.

Och så tänkte hon att hon nog skulle kunna tillbringa hela livet i ett sådant här bad. Och det skulle vara ett bra liv.

***

Han tittade på henne. Han hade precis sagt att han älskade henne. Hon hade lett när han sa det.

”Tycker du att jag är gammal?” sa han nu.

”Nej”, svarade hon, för det tyckte hon inte.

Då log han. ”Snart är du lika gammal som jag.”

”Jag blir aldrig lika gammal som du”, svarade hon.

Han tystnade. Han kunde inte riktigt tyda henne, ofta var det så. Och han förstod inte varför, vad det var som gjorde att han så ofta inte kunde tyda henne. Förbaskat! Samtidigt anade han att det var just detta han drogs till. Han var trettioett och framgångsrik byggmästare, hon var sexton, bodde i ett kyffe på Södermalm som hon vägrade att visa honom, och hade varken utbildning eller pengar. Men intuition, det hade hon. Eller något. Något som fick honom att vandra som en vilsen hund efter henne. Och bli alldeles galen av längtan när han inte fick träffa henne.

Passivitet, var det det? Men nej, ibland när hon tittade på honom med sina glittrande ögon var det med en så explosiv kraft att den hade kunnat flytta Kebnekajse. Hon ville något. Men vad var det? Han blev inte klok på det. Och det värsta var att han visste att även om han frågade så skulle han inte få ett svar som gjorde honom klokare. Han var således tvungen att hänga med som en vante, lyckligt besjälad i hennes närvaro, förkrossad när han misstänkte att hans känslor inte var besvarade, dömd att sväva i åtminstone relativ okunskap.

11

”Bryt!”

Det var tyst några sekunder. Alla hade vänt sig mot Erik Petschler. Han, i sin tur, stod och viskade med Norberg, fotografen. Norberg nickade. Då steg regissören fram, med ett leende på läpparna.

”Vi har en film! Premiär till julen.”

Nu utbröt jubel. Tyra sprang fram och gjorde sin regndans, den hon hade gjort med Greta häromdagen, när regnet bara öste ner över dem och de var tvungna att göra paus i inspelningarna. Iréne gjorde henne sällskap, och under vilda tjut och med stora åthävor dansade de två flickorna runt i gräset. En av chaufförerna tutade i bilhornet och snart var det full och uppsluppen kalabalik på inspelningsplatsen.

Men nere vid vattenbrynet, i sin våta baddräkt, stod Greta, alldeles stilla.

Fotografen och teknikerna började montera ner utrustningen, de andra samlades snart i små klungor och pratade. En filminspelning är ju nästan alltid en intensiv och gemenskapsskapande företeelse. Det var fortfarande tidig eftermiddag och ingen hade bråttom hem. Petschler stod och skämtade med Norberg, de var uppenbart nöjda.

Plötsligt märkte regissören att någon befann sig snett bakom honom. Han vände sig om. Där stod den unga expediten, hon som hade ringt honom i våras. Fortfarande iklädd sin våta baddräkt. Alldeles tyst och stilla.

”Greta!” Han klappade om henne. ”Det här var strålande, riktigt, riktigt lyckat! Vilken tur att du och Tyra stötte ihop med varandra!” Han gjorde tummen upp. ”Se nu till att hela din familj kommer till premiären! Och klä på dig varmt, så att du inte förkyler dig!" Så log han och vände sig åter mot Norberg.

I tio sekunder lyckades han motstå kraften. Kanske till och med i femton. Sedan gick det inte längre. Han vände sig om. Han betraktade den huttrande unga kvinnan som inte rört sig ur fläcken. Som obegripligt nog såg ut som om hon fordrade något av honom.

"Jag önskar att jag hade något annat att erbjuda dig, Greta", mumlade han. Han kände sig oförklarligt skuldmedveten. Han hade ju varnat henne. "Kanske du skulle ta kontakt med PUB igen? Dom skulle säkert ta dig tillbaka."

"Nej!"

Erik Petschler hajade till. Han drog fingrarna genom sitt mörka hår.

"Men jag vet inte hur jag ska kunna hjälpa dig, Greta ..." Han lät besvärad.

"Tycker du inte att jag duger?"

"Jo ... Jovisst ... Det är inte det. Jag har bara inga fler roller att erbjuda. Jag är hemskt ledsen."

Men flickan rörde inte en min. Vad ville hon ha av honom? Varför fick hon honom att känna sig så skamsen? Han hade ju gett henne nästintill en huvudroll!

"Greta, det här är en svår värld att hävda sig i, speciellt om man inte har någon utbildning."

Då sträckte hon trotsigt på nacken.

Petschler betraktade henne länge. Var kom kraften ifrån? Hon var ju så väldigt tystlåten ...

"Jag har en idé", sa han till slut. "Men den är långsökt."

"Vad?" Det kom blixtsnabbt.

"Dramatiska teaterns elevskola har sina intagningsprov om ett par veckor. Men konkurrensen är fruktansvärd. Dom tar in sex elever per år, och endast två får stipendier."

"Hur bär jag mig åt?"

Nej, hon skulle aldrig återvända till det där varuhuset, aldrig någonsin. Och det var hans fel.

"Jag känner Frans Enwall, elevskolans förre rektor. Han och hans dotter ger privatlektioner. Jag ska prata med honom."

”Jag kan inte! Jag kan inte, Moje!!”

”Jo då Greta, du kan.”

”Inte utan dig! Inte med dom där människorna! Vi kom ju hit tillsammans! Moje!”

Han tar tag i hennes axlar med sina starka, stora händer.

”Ta dig samman, Greta. Det är ett bra manus och en bra regissör. Och jag ska hjälpa dig.” Han är tyst ett ögonblick. ”Jag tror dessutom”, mumlar han, ”att Thalberg står på min sida.”

”Men vad vill dom? Varför vill dom skilja oss åt? Varför?!”

Moje är tyst. Så, plötsligt, ler han. Ett stort, listigt leende. Som om han just insett någonting. Som om han just insett att han faktiskt har alla trumf på hand.

”Tro mig, Greta. Det här blir bäst för oss båda. Sköter du dina kort rätt så kommer du att tjäna tusentals dollar. Och sen, Greta, sen är det vi som bestämmer! Du och jag! Vi! Och det blir dom som får följa vår pipa.” Och så skrattar han sitt bullrande skratt.

”Men Moje ...” Hon tittar på honom, och nu ser hon rädd ut. ”Tror du verkligen att det går att vinna över dom?”

12

Korridoren var mörk och oerhört lång. Det var nog meningen. Som inför en födelse, där man tar sig igenom smala trånga schakt för att – förhoppningsvis levande – komma ut i en svindlande, ny, och ändå färdigskapad, parallell verklighet. Pang in i ett annat liv. Bära eller brista. Och just nu kunde det inte annat än brista.

Hon stapplade fram. Det luktade som på Södra teatern här, det såg till och med ut som i de långa gångarna hon anat från verandan vid Mosebacke torg. Men förnimmelserna därifrån filtrerades bort, eller gjordes om till något annat, något skrämmande. Hon hörde röster långt borta. Var det scenen? Korridoren svängde lite, hon tog sig runt, i slutet anade hon nu ett ljussken. När hon kom närmare såg hon att det kom från en öppen dörr, en dörr från sidan. Det var därifrån rösterna hördes. Nu var hon nästan framme. Hon stannade till. Det var egentligen inga höga röster, mer mumlande. Var det kommittén? Hon kände sig helt oförmögen att konfronteras med andra människor. Förväntade de sig till och med att hon skulle vara trevlig? Nej, det var inte möjligt. Hon tog ett djupt andetag och så gick hon försiktigt fram till dörröppningen.

Det var ett omklädningsrum, ett vanligt slitet omklädningsrum med bänkar och skåp, som utanför gymnastiksalen på Katarinaskolan. Hon plirade förvånat på människorna som satt där inne. De flesta såg ut att vara i tjugoårsåldern, ett par eller tre år äldre än hon. Några tittade hastigt på henne, men de glodde inte, hade förmodligen inte ro att intressera sig. Mumlandet kom från två flickor längst bort. De talade till sig själva, inte till varandra.

”Är du här för att söka in?”

Den unga kvinnan var mörkhårig, väldigt mörkhårig för att tala svenska. Mörkhårig, lockig och liten. Hon satt på en bänk vid väggen mittemot.

"Ja." Greta stod fastfrusen vid dörren, med kappan och hatten på.

Den unga kvinnan log mot henne.

"Sätt dig ner. Den som väntar på nåt gott ..."

Så Greta gick in. Satte sig på en av bänkarna, mittemot den mörklockiga. Utan att ta av sig kappan.

"Som Dantes *Inferno*", sa flickan. Hon spärrade upp ögonen och log. Fast när hon såg att Greta inte förstod tillade hon: "Äsch, det är bara ett prov. Funkar det inte nu så funkar det nästa gång."

***

"Fröken ... eh ... Gustafsson?"

Rösten kommer rakt ur mörkret, omöjligt att säga varifrån. Utom att det är långt bortifrån.

Hon står mitt på en enorm estrad. Framför henne finns en lampa, eller snarare en strålkastare. Den lyser rakt i hennes ögon. För övrigt ser hon ingenting.

Hon knixar med knäna.

"Och ni hade tänkt framföra?" Samma röst.

Hon harklar sig. "*Dunungen ...*"

Det är tyst.

"Av Selma Lagerlöf ...", tillägger hon.

Det är fortfarande tyst. Hon vrider på sig. Pratar de med varandra? Hon anar att de är flera.

"Vad väntar ni på?" Det är rösten. Den låter otålig. Som om den har bråttom, så bråttom att den inte ens kan säga "varsågod".

Hon huttrar till.

"Förlåt ... Jag förstod inte ..."

Nu tar hon ett djupt andetag. Och så, rakt ut i mörkret, börjar hon sin monolog. Den hon har repeterat i veckor – hos Frans och

Signe Enwall, i badet hos Max, på nätterna för Alva. Varje vaken timme.

"Hur har 'det' kommit? Det, som hon inte törs nämna vid namn."

Det har lagt sig ett lager av damm på hennes stämband. Hon försöker blåsa bort det. Försöker göra rösten klarare. Den blir i stället gällare och ännu mer entonig:

"'Det' har visst kommit som daggen till gräset, som färgen till rosen, som sötman till bäret, omärkligt och ljuvt utan att anmäla sig på förhand. Det är ju också detsamma hur det kom och vad det är."

Vad hon låter! Hon måste försöka mjuka upp stämman. Nu!

"Vare sig det är gott eller ont, ljuvt eller lett, så är det det förbjudna, det, som ..."

"Och dialog då, har ni ingen dialog?"

Hon rycker till.

Det var rösten. Den hade avbrutit henne.

"Nej ... men jag har förberett en monolog ur *Madame Sans-Gêne* också ..."

Det är tyst ett ögonblick.

"Ja just det, ja." Så hörs ett svagt mumlande. Nu pratar de alltså med varandra. Bländande ljus, mummel. Som en tortyrkammare.

"Ska jag fortsätta?"

Hennes röst ekar tomt.

"Tack, fröken Gustafsson. Det räcker så. Ni hör ifrån oss om ungefär tre dagar."

Hon rusar genom den långa mörka korridoren, förbi sladdar och stegar och rekvisita, förbi omklädningsrummet, förbi kröken, förbi tavlorna med alla de leende, retuscherade fotografierna. Hon rusar, huvudlöst, mot utgången. Och hon sliter upp dörren.

13

Det är mörkt i rummet, trots att det är mitt på dagen. Gardinerna är fördragna och filtar hänger framför. Hon säger att ljus skär i hennes ögon. Hon har knappt rört sig ur fläcken på flera dagar. Bara för att kissa i nattkärlet, en gång för att gå på dass. Hon har inte ätit heller. Druckit lite vatten, när mamma tvingat henne.

Alva har kommit in ibland, satt sig på kanten av bäddsoffan:

”Kan du inte gå med på konditori, Kata? Sven bjuder.”

Nej, det är klart att hon inte kan gå på konditori, det måste väl Alva fatta. Bara en människa kan gå på konditori. Hon är ingen människa.

Hon sover ibland. Men på natten ligger hon oftast och stirrar i taket, medan Alva snusar bredvid. Lyssnar på grannen ovanpå, som ibland raglar runt. Hon tänker att livet är slut. Och att hon var en idiot. Hur kunde hon? Hon visade dem ... Åh herregud, skammen!

Max hade ringt till Karin Gustafsson, grannen med telefon, två gånger, fru Gustafsson hade kommit över och sagt till. Men Greta hade inte svarat när mamma knackade på vardagsrumsdörren. Max hade skickat brev också. Hon hade inte öppnat det. För då hade hon varit tvungen att tända lampan.

Hur länge skulle hon behöva ligga så här? När skulle kroppen förstå att det var slut? När skulle det sluta ticka i bröstet på henne? När skulle maskinen äntligen ge upp? Det var för att hon hade promenerat så mycket, hållit sig i trim. Det var hennes eget fel. Åh ...

Det ringde på dörrklockan. Fru Gustafsson igen. Kunde hon inte fatta! Greta fanns inte, hon skulle inte bemöda sig om att kliva uppför trapporna. Så dum fru Gustafsson var! Nu knackade mamma på vardagsrumsdörren. Hon svarade inte. Ännu en knackning. Nej. Men nu öppnades dörren! Nej! Mamma fick inte komma in!

”Kata, det är telefon till dig.”

Hon knep ihop ögonen.

”Från Dramatiska teatern.”

14

Morgonen var varm, trots att det redan var i mitten av september. I Berzelii park satt folk på bänkarna, åt en smörgås, läste en bok, eller bara solade sig. Det var måndag, arbetsdag för de flesta, men kanske inte för alla. Spårvagnarna drog med jämna mellanrum förbi på Strandvägen. Plingeling sa det när de körde vidare från hållplatsen framför Dramatiska teatern. Plingeling. Några ungdomar steg av en spårvagn, tre stycken var de. De gick runt den pampiga byggnaden, beslutsamt, som om de inte gjort annat i sitt liv. De pratade med varandra, men ändå ganska försiktigt – kanske hade de just lärt känna varandra? När de kom fram till Nybrogatan 2 tog en av dem, en lång yngling, tag i handtaget på porten och höll upp den för de andra två. Kvinnan log mot honom – hon hade ljuslockigt hår. Den andre mannen klappade honom på axeln. Så gick de in. Som om de inte gjort annat i sitt liv.

”Är ni de nya?”

En äldre kvinna tittade ut från ett portvaktsbås.

”Ja”, sa en av ynglingarna, han som hade hållit upp dörren. Nu var de faktiskt fem stycken, det hade stått ytterligare två kvinnor innanför dörren till sceningången.

”Då så, då är intendent Personne redo att ta emot er. Gå upp till Tornrummet, fyra trappor.” Hon pekade mot en öppen dörr som ledde ut till ett trapphus.

Ungdomarna kastade blickar mot varandra. Så började de i samlad tropp röra sig mot trapporna.

”Och lycka till!” ropade kvinnan efter dem.

Tornrummet kallades det. Det hade det alltid kallats. Här, i den hemlighetsfulla översta delen av teaterhuset, intill men avskilt från tredje raden, fanns det utrymme där Sveriges blivande skådespelare skulle danas. Först en avlång sal med speglar, och innanför salen det allra heligaste – det åttakantiga Tornrummet.

De sneglade in. Det såg ut som ett slottsgemak. Mitt i stod två långa bord av ek, bastanta, respektingivande. Ja, hela miljön andades traditionsfylld, sägenomspunnen atmosfär. Hit kom man inte för sent.

"Jag antar att vi ska gå in", sa Johannes och fnissade till lite. Det var han som hållit upp dörren till sceningången.

"Då gör vi det", sa Karl-Magnus och stegade in.

Fast de vågade inte sätta sig.

Nu började en av flickorna skratta. Högt.

Karl-Magnus tittade roat på henne.

"Förlåt, jag kan inte låta bli", sa hon. "Det är som om dom vill förbereda oss för en audiens hos konungen!" Hon skrattade igen. Hon hade mörklockigt hår, ovanligt mörklockigt för att vara från Sverige. Hon hette Mimi.

"*Där* är ni ju!" En äldre herre kom nu in bakom dem. Förebrådde han dem att de stegat in så självsvåldigt? Eller hade han kanske väntat in dem, för att göra sin entré i rätt ögonblick? Han var lång och gråhårig, bar kostym och fluga, och en portfölj i handen. Och så hade han en röd näsduk i bröstfickan. Uppenbarligen ett med omsorg valt attribut. De knixade och bugade, alla på en gång.

"Sitt ner, sitt, sitt!"

Så de gick fram till borden. Det fanns ju två bord, och minst tjugo platser. Lite trygga som de ändå hunnit bli med varandra klumpade de ihop sig kring det bord vid vars huvudände den äldre herren ställt sig. Så satte de sig, ungefär samtidigt.

Själv stod han emellertid kvar. Granskade dem, enerverande långsamt. Ja, han hade nog väntat in dem …

”Hm, många var ni inte i år.” Han snörpte lite på munnen. ”Då får jag hälsa er välkomna till Kungliga Dramatiska Teaterns elevskola. Nils Personne heter jag. *Intendent* Nils Personne.”

Nu log flickan med det mörklockiga håret igen, hon kunde väl inte låta bli. *Intendent* Nils Personne. Adjunkt, rektor, lektor, professor, assessor, kompressor. Och intendent. Ett attribut, som den röda näsduken.

Äntligen satte han sig ner, intendent Nils Personne. Ur sin portfölj tog han upp en svart vaxduksbok. Den såg ut som om den nyttjats i många år. Så halade han omsorgsfullt fram en guldpenna ur kavajens innerficka.

”Hm ...”, sa han igen. Han öppnade den lilla boken och tittade upp på dem. Granskade dem några sekunder till.

”Det första namnet på min lista är Lena Cederström.”

De fem ungdomarna sneglade på varandra. Det skulle alltså bli upprop. De skulle förvandlas till individer, åtminstone personer med namn.

En av flickorna reste sig. Det var hon den ljuslockiga. Näsan var lite sned – bara lite – och blicken intelligent.

”Det är ni som är dotter till Marika Stiernstedt, eller hur?” Intendent Personne såg intresserat på henne. ”Och flygbaronen?”

Den unga kvinnan nickade. Ja, första intryck skulle komma att retuscheras. De visste förstås vem Marika Stiernstedt var. Aristokrat och socialist. Och produktiv författare. Hon som hette Lena hade fostrats av en stark kvinna.

”Så trevligt ... Då kanske ni kan ta med er lite texter hemifrån.”

Lena gjorde en till intet förpliktigande min, men på ett vänligt sätt, säkert.

”Ni har tidigare studerat vid?”

”Vid Djursholms samskola fram till konfirmationen, därefter i klosterskola i Belgien.”

”Jahaja ... Katolik, som mor ...” Personne log lite outgrundligt medan han plitade. ”Hur gammal är ni?”

Lena Cederström var tjugoett. Nästan alla eleverna skulle visa sig vara tjugoett eller tjugo eller nitton. Framgångsrika nybakade studenter, just på väg ut i livet.

”Tack, fröken Cederström. Karl-Magnus Thulstrup!”

Han som hette Karl-Magnus skulle just till att resa sig när något hände. Något nästan omärkligt.

Det var en svag knackning. Svag, men ändå tydlig. Allt stannade upp. Eftersom intendent Personne så uppenbart stannade upp. De vände sig mot dörren – alla utom intendent Personne, som fortsatte att stirra ner i sin bok. Det var som om rummet stelnat, av ingen rimlig anledning alls. Och hon som hette Mimi hann tänka att även detta var nog teater.

Nu knackade det en gång till. Denna gång bestämdare.

”*Kom in!*” röt intendenten. Som om han inte hört den första knackningen.

Dörren till Tornrummet öppnades långsamt.

Därutanför, iklädd svart klänning och likaledes svart cape, står en ung kvinna. Lång, minst hundrasjuttio centimeter. Men hennes ålder är svårbestämbar. På ett sätt ser hon mogen ut, ja man skulle nästan kunna säga världsvan. Samtidigt finns där något skyggt och mycket ungt över henne.

”Jaha, vad föranleder denna ståtliga entré?” Intendenten tittar på nykomlingen. Ett litet leende spelar i ena mungipan.

Hon svarar inte.

”Fröken Gustafsson, eller hur?” Fortfarande leende.

Greta nickar, knappt märkbart.

”Det var väl ni som kom in på sluttampen? Så då kommer ni följdriktigt in på sluttampen, eller hur?”

Frågan kräver förstås inget svar, och får heller inget. Personne stöter långsamt med pennan i ekbordet. Tre gånger.

Men Greta står där hon står. Nästan utan att blinka.

”Nåväl, kom in och sätt er.”

Hon går utan ett ord fram till bordet där de andra eleverna sitter. Ett ögonblick, ett kort, stannar hon upp, rådvill. Då tittar den mörklockiga, Mimi, upp på henne. Och drar ut den tomma stolen bredvid sin.

Greta sätter sig snabbt.

”Vid tiden för er entré, fröken Gustafsson, höll de andra eleverna på att berätta om sina tidigare läroanstalter.” Han tittar inte på henne, trots att han fortfarande tilltalar henne. ”Karl-Magnus Thulstrup alltså!”

Och märkligt är det hur en enda person kan förändra stämningen i ett stort sällskap. Utan att ha sagt ett ord.

Karl-Magnus reser sig.

”Jag har gått ut läroverket i Södertälje. I våras. Jag är nitton år gammal.”

Mimi sneglar åt sidan.

”Ja, just det ja, det är ni som är borgmästarsonen. Så trevligt. Kan ni några främmande språk?”

”Jag har studerat engelska och tyska.”

Mimi kan se att kvinnan bredvid henne tittar ner i sitt knä. Och att nedanför kvinnans klänningsfåll löper en stor maska.

”Det är bra, herr Thulstrup. Man behöver goda språkkunskaper för att bli en framgångsrik skådespelare.”

Nu drar bordsgrannen blixtsnabbt ner klänningen över knäna.

Mimi kikar på hennes ansikte.

”Mimi Pollak!”

Hon rycker till. Kastar en blick runt rummet. Så tar hon ett djupt andetag och reser sig från stolen.

”Jag har gått ut Karlstads flickläroverk”, svarar hon, innan hon fått frågan. ”*Och* …”, hon höjer leende pekfingret, ”jag är nitton år gammal!” Leende, för att visa att hon inte är rädd för kompressor Personne.

”Så bra …”, mumlar han medan han skriver. ”Fast ni ser inte ut att ha varit länge i Karlstad … fröken Pollak …”

Mimis leende stelnar. Nej, den repliken går inte.

”Jovars!” svarar hon, påtagligt sturskt. ”Nitton år.” Hon ser honom rakt i ögonen.

Plötsligt vaknar Greta till. Hon tittar upp, iakttar sin bordsgranne intensivt. Och när Mimi sätter sig, då nickar Greta till hälsning. Hon får en nickning tillbaka.

De har setts förut, Greta minns inte var. Men någonstans var det. Det minns hon alldeles tydligt.

Han ropar upp henne allra sist. Kanske för att hon anlände sist? Kanske för att hon togs in sist? Eller så var det bara en slump.

”Greta Gustafsson”, säger han rappt.

Men Greta Gustafsson rycker inte till, i alla fall inte så att det syns. Greta Gustafsson skulle aldrig låta intendent Personne – allra minst intendent Personne – se henne rycka till. Hon har lärt sig, bättre än alla de väluppfostrade, världsvana, besuttna ungdomarna runt henne i rummet. Bättre än Lena och Karl-Magnus och Mimi och Barbro och Johannes. Greta Gustafsson reser sig långsamt och omsorgsfullt, till synes obekymrat. Den eleganta svarta klänningen förstärker det värdiga intrycket. Maskan kan man inte längre se.

”Så lyckosamt att ni hann hit, fröken Gustafsson, innan ert namn ropades upp.”

Hon svarar inte. Ingen skulle kunna ana att hon varit tvungen att hjälpa sin mamma städa på konservfabriken den morgonen. Å andra sidan skulle ingen kunna ana nästan någonting om Greta Gustafsson.

”Och ni har studerat vid?”

Greta fingrar på sin ring, en guldring med en liten diamant.

”Folkskola ...” Hon vrider ett varv på ringen. ”Katarina folkskola på Södermalm.”

Det blir tyst. Plingeling säger det utanför på gatan. Plingeling. Och så ljudet när spårvagnen rör sig mot rälsen. Johannes tittar förundrat på guldringen, som Greta inte kan sluta vrida på. Runt, runt, runt. Den lilla diamanten glimrar till i solljuset.

”Jaha ...” Personne drar på ordet medan han långsamt skriver.

Alla andra tittar förundrat på den till synes världsvana varelsen från fattigkvarteren på Södermalm.

”Och ni är hur gammal?”

Nu skruvar ändå Greta lite på sig.

”Sjutton”, säger hon tyst. Och så, efter någon sekund – oväntat, och därför så fullständigt avväpnande: ”Det är min födelsedag idag.”

Plötsligt brister alla ut i skratt. Men alls inte elakt.

Till och med intendent Personne ler vänligt.

Och Karl-Magnus reser sig:

”Ett fyrfaldigt leve för Greta!” ropar han. ”Hon leve!”

Och medan de alla hurrar blir Greta alldeles röd i ansiktet.

Hon ler, trots att hon försöker låta bli.

***

De står i en klunga framför Dramaten, alldeles nedanför de breda trapporna. Ljudnivån i den lilla gruppen är hög, alla pratar i munnen på varandra.

”Vad säger ni om att gå till Söderbergs kondis?” Karl-Magnus överröstar plötsligt de andra. ”Dit brukar folk från Dramaten gå.”

Johannes spärrar upp ögonen. ”Men då så!”

Och så börjar de alla röra sig, som en kropp, eller ett fiskstim. För nu hör de ju ihop. Söderbergs kondis, det är dit sådana som de går.

I samlad tropp rör de sig mot Birger Jarlsgatan.

Alla utom en person. Hon står kvar på trottoaren utanför Dramaten.

”Ska du inte följa med?” Mimi har stannat upp.

Greta snurrar på ringen, nej nu får hon sluta med det.

”Jag är inte så mycket för kaffegemenskap”, mumlar hon.

”Nej ...” Mimi tvekar en sekund. ”Röker du?”

Greta rycker på axlarna.

”Vill du följa med hem och röka i stället?”

De andra har hunnit en bit bort. Greta kastar en blick mot dem.

”Jag ska träffa någon.”

Mimi knäpper med fingrarna. ”Ja, du fyller ju år!”

Greta nickar.

”Grattis då.”

”Tack.”

Och så springer Mimi iväg, bort mot den lilla klungan.

Greta vänder genast om och börjar gå utmed Nybrokajen. Raskt, eftersom hon ju ska träffa någon. Energiskt, eftersom hon ju har så bråttom att hon inte hinner gå med de andra på konditori. Först när hon kommit så långt att hon känner sig säker på att de inte tittar efter henne vänder hon sig om igen. Långt borta, en bra bit upp på Birger Jarlsgatan, rör sig det lilla fiskstimmet. Tätt sammanpackat. Till och med på så här långt håll anar man att de skrattar, att de nojsar med varandra, att de håller på att skapa den gemenskap som ska binda dem samman under de kommande åren.

Hon står vid kajen och tittar efter dem ända tills de försvunnit utom synhåll. Sedan står hon kvar en stund till och tittar på ingenting. Till slut börjar hon gå, den långa promenaden mot Södermalm. Mot mamma och Alva – Alva som när hon kommer hem, om ett par timmar, ska be henne berätta om allt som hänt första dagen i hennes nya, fantastiska liv.

15

Det var två olika världar. Tre, om man räknade in Max. Världarna hade inget med varandra att göra. Ändå var det meningen att hon skulle höra ihop med alla tre. Hur var det möjligt? Hon skulle bli tvungen att bli en kameleont, mer än någonsin på PUB. Mamma hade inget med den nya världen vid Nybroplan att göra, inte på något enda sätt. Inte ens Max, inte egentligen, nej inte alls. Och de välutbildade ungdomarna i Tornrummet förstod nog ingenting av vem hon var. Inte tänkte hon berätta om det heller. Hon behövde inte, det var inte viktigt.

Den enda var Alva ... ja, Alva borde ha med den nya världen att göra om livet var rättvist. Hon borde inte vara den som efter löning smög spårvagnsslantar och kakslantar till Greta (som fått ett minimalt stipendium att livnära sig på). Alva borde också höra hit, dela Gretas nya kameleontliv. Men hur skulle hon kunna ordna det? Till sin förskräckelse upptäcker hon klyftan, efter bara en halv dag.

”Berätta! Berätta, hur var det!”

Systerns ögon lyser i halvdunklet.

Det är som om Greta lever ett nytt liv för dem båda. Fast så är det förstås inte.

Greta berättar. Om huset, om Tornrummet, om Spegelsalen – ett vackert rum, som ser ut som Versaj, som någon i klassen sagt. Greta säger likadant: som Versaj, fast med en balettstång utmed hela väggen. Alva gapar. Det är detaljer, sådant som hon antar Alva vill höra om. Scenen, lamporna, kulisserna. Och hon upptäcker att det andra, det kan hon inte berätta om. Är hon rädd att göra Alva besviken? Eller att Alva ska tycka att hon är otacksam?

Eller kanske tycka synd om henne?
Hon flyter omkring planlöst i sina tre världar.
Hon har sällan känt sig så ensam.

Korridoren är enorm. Överallt finns utspridda travar av stegar, sladdar och lampor. Det ser ut som lagerlokalen till en av världens största fabriker. Men det är ingen fabrik, bara en tillverkningsanläggning för teater på celluloid.

Hon håller krampaktigt i hans arm medan de ensamma vandrar i den långa gången. I slutet syns ett starkt ljus. Nu går de in i det. Hon är tvungen att hålla handen över ögonen.

"Good morning, Miss Garbo."

Rösten kommer ur en högtalare. Hon tittar upp, rakt in i en enorm lampa.

"Good morning", mumlar hon, så tyst att bara Moje kan höra det.

Nu sluter någon upp vid hennes sida.

"Miss Garbo, var vänlig följ mig." Det är en kvinnlig röst. Professionellt trevlig.

Hon följer med. Men hon håller hårt i Mojes arm. Ögonen börjar vänja sig. De befinner sig i en jättelik hangar. Det är ett myller av människor därinne, alla upptagna med något. Högt upp i en kran sitter en man som tittar stint på henne. Hon viker undan med blicken. Nu hörs en annan högtalarröst.

"Alla obehöriga, var vänliga lämna studion." Det ekar i hangaren.

"Jag beklagar, Sir." Det är hon den professionellt trevliga, alldeles bredvid dem. "Jag är rädd att ni måste gå."

Moje tittar oförstående på kvinnan. Hans engelska är usel. Och budskapet obegripligt.

"Jag beklagar, Sir", säger hon igen. "Lorna visar er vägen ut."

Så kommer det fram ännu en kvinna. Hon tar Moje under armen, och utan att vare sig han eller Greta hinner förstå vad som händer för hon honom ut ur hangaren, tillbaka till den långa korridoren.

Greta står ensam kvar, chockad.

"Miss Garbo. Monta Bell. Regissör till *The Torrent*." Någon räcker fram en hand mot henne. Det är han från kranen, de måste ha hissat ner honom. "Så trevligt att träffas."

Hon är alldeles för förskräckt för att svara.

"Låt mig få presentera er för er medspelare." Nu vänder han sig om: "Ricardo!"

Hon ser honom plötsligt, Juan Martin i *Argentine Love*. Han står en bit bort och samtalar med någon. Men han tycks inte reagera, trots att han måste ha hört.

"Ricardo!" ropar regissören igen, nu ännu högre. "Kom och träffa Miss Garbo."

Äntligen vänder han sig om. Ja, han är verkligen fager, en riktig Valentinokopia med sitt bakåtkammade svarta hår. Han håller högra handen i byxfickan medan han långsamt släntrar fram till dem.

"Nice to meet you", säger han avmätt.

Och innan hon har hunnit svara har han gått därifrån. Hon tittar storögt efter honom.

"Nice to meet you", mumlar hon.

De tar henne till sminklogen. Och den professionellt trevliga säger: "Bry er inte om Mr Cortez. Han är lite upprörd."

"Varför?" får hon fram.

"Åh, ni förstår ... Han hade hoppats få spela mot sin fru."

16

De var inte bara sex, det visade sig att de skulle bli fler. För nästa morgon var andraklassarna där också, och de var hela nio till antalet. Ännu mer självsäkra, ännu mer otvungna.

Hon hade kommit i tid denna morgon, hon hade ansträngt sig. Bett Alva att rycka av henne täcket och dra upp henne, om så krävdes. De hade lämnat huset tillsammans och tagit spårvagnen. Alva hade betalat.

Nu var hon här igen, i sin tredje värld, omåttligt förvirrad.

Det stimmades i Tornrummet, stämningen var helt annorlunda än under gårdagens upprop. De ”gamla” eleverna tycktes opåverkade av intendentens närvaro.

”Herr Funkquist! Pratsam som vanligt!” Nils Personne hade höjt rösten för att höras över sorlet.

Han som hette Funkquist log, men alls inte generat.

”Ber så mycket om ursäkt!” Den unge mannen förde upp handen till pannan, gjorde honnör. Nästan raljerande.

”Herr Funkquist här har förgäves försökt att få spela Hamlet till fröken Mårtensons Ofelia.” Personne hade vänt sig till nykomlingarna.

Andraklassarna skrattade. De nya drog försiktigt på smilbanden.

”Solbränd, herr Funkquist? Så kanske inte så mycket Hamlet?”

Funkquist ryckte glatt på axlarna.

”Fast intendenten ska veta att Funkan har använt hela sommaren åt att studera in Romeo!” sa hon som introducerats som Vera med hög och klar röst.

Och då skrattade alla, även Funkquist själv. Greta såg sig omkring i salen. De verkade ha en jargong. Till och med förstaklassarna. De verkade veta precis hur de skulle bete sig i varje ögonblick, de förstod alltid när skämtet var elakt och när det bara var retsamt. Fullständig uppsikt, utan att alls anstränga sig.

Nu slog Personne med sin penna i ekbordet. Tre gånger.

Då tystnade alla. Även andraklassarna.

"Skriv ner följande!" Hans röst var plötsligt bestämd.

Det låg en blyertspenna framför varje elev denna morgon, och ett skrivhäfte. Inom ett ögonblick hade alla plockat upp pennan.

Nej, tentakler, det saknade hon inte. Hon hade nog bara inte läst regelboken. Inte ännu.

Hon plockade också upp pennan.

"'Grundregler för lemmarnas riktiga verksamhet i åtbörden.' Understruket." Personnes röst ekade i Tornrummet.

Eleverna skrev. Prydliga rader på blekt, randigt papper.

"Ny rad!" Han hade en ljudlig, teatral stämma. "Punkt ett: 'Varje åtbörd måste uttrycka det som den *skall* uttrycka, enkelt, sant men bestämt.' Skriv det!"

Eleverna skrev. Alla, vill säga, utom en.

Hon stirrade på Personne.

"Ny rad! Punkt två: 'Varje rörelse som icke framgår ur den känsla som skall framställas, det vill säga icke betingas av henne, måste underlåtas. Rörelsen må vara aldrig så skön i och för sig, så blir den oskön om den bryter mot denna grundsats.'"

Hon trodde inte sina öron. Det var en diktamen, en sådan som Alva numera skrev efter. En sådan som fröken Rosenqvist givit när de övat rättstavning i den gula lådan.

"Ny rad! Punkt tre!" Nils Personne sträckte upp tre beniga fingrar i luften. "'Minspelet måste städse gå före åtbörden som ledsagar repliken. Enda undantag är vid upphetsade själsstämningar, då åtbörden kan gå före ordet.' Förstår ni?"

Eleverna tittade upp, nickade. Alla samtidigt.

”Bra! Ny rad! Punkt fyra: ’Åtbörden får aldrig godtyckligt avbrytas. Aldrig någonsin.’”

Hon hör ljudet av blyertspennor mot papper. Och till sin fasa känner hon hur hon börjar glida bort i tankarna. Inte för att hon vill, nej absolut inte. Utan för att hon inte kan annat. För att hon gjort så hela sitt liv.

”Ny rad! Punkt fem: ’Sparsamhet i åtbörden.’”

Hon tänker på hur konduktören brukar dra i spaken när han öppnar spårvagnsdörren, hur dörren sedan glider upp, hur lång tid det tar innan den stängs igen. I ren desperation börjar hon rita gubbar, bara för att göra något som ser uppmärksamt ut. Men intendentens röst är, trots den höga volymen, så fruktansvärt sövande.

”Ny rad! Punkt sex: ’Alla kroppens lemmar skall vara i harmonisk samverkan.’”

Är det en sparsam åtbörd när konduktören drar i spaken till spårvagnsdörren? Nej … fast när han kör, då är det nog det.

”Ny rad! Punkt sju: ’Åtbörderna får ej komma efter varandra utan i sam…’” Plötsligt tystnar Personne. Eleverna tittar upp från sina papper. Men Personne tittar inte på dem. Han tittar på Greta. Och det enda som hörs är det svaga ljudet av blyertspennan mot Gretas papper.

”Vad skriver ni, fröken Gustafsson?” Rösten är len.

Hon rycker till, tittar upp.

Blixtsnabbt lägger hon sin hand över streckgubbarna.

”Ni skriver ju så intensivt.” Personne ler. Med högra mungipan.

Hon håller kvar handen över pappret. Försöker täcka klottret helt och hållet med sina handflator och spretande fingrar. Förgäves. De sticker ut, ett ben här, en arm där. Åh, varför har hon inte större händer!

”Fröken Gustafsson, när föddes August Strindberg?”

Plötsligt är det alldeles, alldeles stilla i salen på fjärde våningen i det stora teaterhuset.

Hon kastar en blick runt rummet. Men ingen tittar på henne.

Ingen utom intendent Personne.

"Jag ..."

Där kom mungipan igen. Han har en grop i hakan, den blir lite sned när han ler så där med högra mungipan.

Så, med ens, minns hon. Detta kan hon. Hon sträcker på sig.

"På vintern!" Med klar och tydlig röst.

Man skulle kunna höra en knappnål falla.

"Jaha, det säger ni? På vintern ..."

Greta tittar rakt in i hans ögon.

"Ja, intendent Personne. Jag är faktiskt ganska säker på att det var på vintern." Inte vika av med blicken, inte vika av ...

"Ja, där ser man ..." Personne slår långsamt med pennan mot ekbordet. Tre gånger. "Det förklarar ju allt. Och kan fröken Gustafsson något som August Strindberg har skrivit?"

De andra eleverna tittar fortfarande ner i sina papper. Är de generade å hennes vägnar? För att hon är obildad?

"*Fröken Julie.*"

Utan ett uns av tvekan.

"Åh ... *Fröken Julie* ..." Han höjer ögonbrynen. "Får vi höra ... kanske?"

Greta tar tag i stolsitsen, trycker stolen bakåt. Så reser hon sig upp. Hon tar ett par steg, ställer sig bakom stolen.

Sedan lägger hon ena handen på höften och skjuter fram den.

Hon är tyst ett långt ögonblick.

"*Har ni älskat någonsin?*" Nu tittar hon rakt mot Personne, ja ner på honom, eftersom han ju sitter.

Rösten är ljus, tonen förförisk.

Så tar hon plötsligt ett steg åt sidan, och förvandlas. Inte en bit i taget. Allt, på en gång.

"*Vi begagna inte det ordet.*" Tonen är mörk, karlaktig. Hållningen trotsig. "*Men jag har hållit av många flickor, och en gång har jag varit sjuk av att jag icke kunde få den jag ville ha: sjuk ser ni som prinsarna i Tusen och en Natt! som inte kunde äta eller dricka av bara kärlek!*"

De har lyft blicken från sina papper, hennes klasskamrater. De stirrar förbluffat på henne.

Så byter hon fot igen. Blir överklasskvinnan.

”*Vem var det?*” En lätt blinkning med ögonlocket. ”*Vem var det?!*”

”Tack, tack, det är bra!”

Nils Personne har avbrutit henne.

Men hon står kvar.

”*Varsågod och sitt ner!*”

Greta sätter sig.

”Som jag sa, innan vi blev avbrutna, så är skådespeleriet en enkelhetens konst ...”

Nils Personne fortsätter diktamen som om ingenting har hänt. Men nu tittar han inte mer på henne. Inte alls. Inte en enda gång. Han kontrollerar inte ens om hon antecknar det han säger.

”Fasen, säger jag bara.” Det var han som kallades för Funkan. ”Fasen.”

De kom fram till henne, nu när Personne avslutat lektionen och lämnat salen. Den ena efter den andra. De höll sig kvar i Tornrummet, nyfiket beskådande den märkliga unga kvinnan.

”Tack”, svarade hon.

Funkan gjorde tummen upp. Och Vera, hon som hade retat Funkan, sa att det var det snyggaste krig hon någonsin sett.

”Du vann!” Vera gick fram och gav henne en kram.

Hon lät sig berömmas. Hon lät sig klappas om, trots att ingen hade stöttat henne då, tidigare. Och hon sa heller inte: ”Äsch, det var väl ingenting.” För det var ju någonting. En fulländad list. Hon hade förberett sig så väl, sedan igår. Sedan hon hade sett *Fröken Julie* sticka upp ur Personnes portfölj.

Till sist, när de flesta gått och de bara var några få kvar i Tornrummet, gick hon fram till den mörklockiga, hon som hette Mimi, som stod och packade sin väska. Och så sa hon:

”Ska vi ta den där cigaretten nu?”

❖

"Upp igen! Upp igen!"

Han står en bit bort, i sanden, barfota. Han har en skjorta på sig och ett par vida byxor med uppkavlade ben. Det är varmt, trots att det är kväll. Det är väl därför byxorna är uppkavlade. Och för att han inte är den som brukar vilja smutsa ner sina kläder.

I handen har han ett manus.

Hon går uppför trätrappan igen. För kanske femtionde gången. Och hon börjar om på nytt. Tio små steg, från Mojes veranda ner till sanden.

Men han stoppar henne, igen.

"För fort! För ivrigt. Låt honom ana dig, men inte riktigt få dig."

Hon lyder honom. Hon lyder honom alltid. Gjorde hon inte det skulle allt förvandlas till ett gungfly.

Nu höjer han rösten, och intensiteten:

"Lös i armarna, Greta! Lös i axlarna!"

Hon skrider nerför den väderbitna trätrappan, som om hon gjorde entré från övervåningen i ett palats. För kanske femtioförsta gången.

"Överkroppen bakåtlutad! Bakåtlutad! Låt honom inte få dig! Bara lukta på dig! Bara ana dig! Längta efter dig! Greta, du är drottning. Du har honom i din hand! Han är din, din! *Din, Greta!*" Nu skriker han.

Och hon gör allt han ber henne om, trots att han inte är regissör för filmen. Hon gör allt han ber henne om, därför att han är det enda hon har. Därför att han är den ende som kan förlösa henne. Därför att hon inte har något val.

17

Det var inte långt från Dramaten till Birger Jarlspassagen, kanske bara tvåhundra meter. Mimi bodde oförskämt nära.

”Det blir inte så mycket motion”, sa hon och log lite.

”Nä”, svarade Greta. Hon hade varit tyst sedan de lämnade Tornrummet, hela vägen nerför den långa trappan och hela den ganska korta snutten på Birger Jarlsgatan. Nu hade de kommit fram till passagen, den mystiska träpanelsförsedda gången mitt i stan. Mimi gick in, Greta följde efter. Hon sa fortfarande ingenting. Fast hon tyckte allt att Mimis entré var makalös, gömd i denna tunnel så fylld av dofter – från antikvariska böcker och bakverk och allt möjligt annat som samlas inne i mörka passager – och alldeles intill Bio Maxim, Lusasken som den kallades i folkmun. Det såg ut som utomlands här, som en kuliss i någon film. Men det sa hon inte.

”Här är det.” De hade kommit igenom hela den långa gången när Mimi öppnade en port. Man kunde se en mörk trappa innanför.

”Jag bor inackorderad. Högst upp, hos en änkefru.”

Greta nickade. Klasskamraten tycktes inte störas av hennes fåordighet, inte så att det syntes.

De började gå uppför trappan, Mimi först, Greta ett par steg efter.

”Är hela din familj kvar i Karlstad?”

Mimi vände sig om, glatt förvånad över det plötsliga flödet.

”Ja, vad får man inte göra för konsten!” log hon.

”Jag önskar att jag kunde flytta hemifrån …”, mumlade Greta, egentligen mest till sig själv.

Då tvärstannade Mimi.

"Det ska du alls inte göra! Man ska vara glad och lycklig så länge man har en familj. Människor som älskar en."

Då sa Greta inget mer.

Hela fyra trappor är det. Sedan står de framför en dörr på vilken det står "Tisell". Mimi halar fram en nyckel.

Greta tittar in i en stor hall, med en massa vapen hängande på väggarna. Svärd, musköter, och en hjälm som ser ut som om den kom från medeltiden. Hon har aldrig sett något liknande. Och hos en änkefru …

Mimi sätter upp fingret mot munnen, signalerar att de måste vara tysta. Så smyger de genom hallen. Halvvägs in kommer de förbi den öppna dörren till en salong. Innanför syns en massa speglar med guldramar, och mitt i salen en gammal dam i en fåtölj. Damen sover.

Hur kunde hon ta sig uppför alla de där trapporna?

"Hissen är inte för unga käcka flickor som vi!" viskar Mimi, som om hon läst Gretas tankar.

Och då måste Greta kväva ett skratt. Mimi är rolig. Och annorlunda. Ja, framför allt annorlunda.

Nu är de framme vid en skjutdörr som Mimi resolut drar åt sidan. De kommer in i ett rum på kanske tolv kvadratmeter. Det är litet, men ljust. Och helt annorlunda än resten av våningen. Utmed ena långväggen står en bäddsoffa, i vilken det ligger orientaliska bonader eller mattor, och framför den ett soffbord. Vid den andra väggen tronar en stor bokhylla och ett tvättfat. Vid fönstret finns ett skrivbord. Där står två porträtt, av en man och av en kvinna i femtioårsåldern – de ser ut som Mimi, båda två. Men speciellt kvinnan.

"Välkommen till mitt palats!" säger Mimi med ett snett leende och slår ut med armarna. Hon har stängt skjutdörren bakom dem.

Greta tycker om rummet. Det är inte alltför flickigt, men ombonat, ja vackert, med de färgglada mattorna i soffan. Det står många böcker i bokhyllan, Mimi måste vara beläst.

”Ska du inte sätta dig?”

”Jo …” Greta går fram till soffan. Hon sätter sig ner intill ena karmen, ganska långt fram, och så lägger hon benen i kors. Det ser inte helt bekvämt ut.

Mimi har under tiden gått fram till skrivbordet. Hon drar ut en låda.

”Abdulla, med rosenblad!” säger hon triumferande och tar fram något ur lådan. ”Det bästa!”

Greta stirrar på asken. Det ser ut som två turkar med hattarna på sned på locket.

”Har du provat Abdulla förut?”

Hon skakar på huvudet.

”Dom är ljuvliga!” Mimi öppnar asken och räcker fram innehållet. ”Här!”

Tändstickan flammar upp, alldeles framför Gretas ansikte. Hon stoppar snabbt cigaretten i mungipan. Så suger hon lite på den. Så lite som möjligt. Den doftar rosenvatten.

Det glöder till, och medan Mimi tänder sin egen cigarett rycker Greta hastigt pinnen ur munnen. Hon kväver en hostning.

”Det var helt otroligt det du gjorde idag.” Mimi blåser långsamt ut röken mellan nästan slutna läppar. Greta iakttar henne stint.

”Tack …” Hon sitter om möjligt ännu längre ut på soffkanten nu. Hon kan inte längre ha benen i kors.

”Fullständig knockout på Personne, den stroppen.” Nu kommer en rökring mellan Mimis läppar. Hon är uppenbarligen en van rökare, tar djupa bloss. Det har redan bildats aska längst ut på hennes cigarett. Hon drar fram askkoppen som står på soffbordet och knackar av det svarta.

”Tack”, säger Greta en gång till. Hon bestämmer sig för att luta sig tillbaka. För att se ut som om hon känner sig som hemma.

Då drar Mimi upp benen under sig i andra änden av soffan. Hon betraktar fundersamt sin gäst. Cigaretten vilar mellan pekfinger och långfinger, intill ena mungipan.

"Du är alltså en Stockholmsfjälla?"

Greta rycker på axlarna.

Plötsligt börjar Mimi skratta. Förmodligen för att Greta är så enastående svårpratad. "Vet du att vi har setts förut?"

"Har vi?" säger Greta ansträngt. Fast hon minns ju att de setts förut, hon minns det alldeles bestämt. Bara inte var.

"Ja, i ett slitet gammalt omklädningsrum på Strandvägen."

Greta tittar oförstående på henne.

"Fast du var inte du, och jag var inte jag."

"Inte?"

"Nä, du var kaos och jag var sönderfall." Mimi ler. "Det är inte konstigt att du inte minns. Jag minns bara därför att du verkade så fruktansvärt förskräckt – ännu mer förskräckt än jag, vilket jag inte trodde var möjligt. Det var ju hemskt ... rena sadismen ... Förresten", hon tar ett bloss på cigaretten, "hur har du lärt dig att spela karl så där?"

Greta är tyst ett ögonblick. "Jag brukade klä ut mig, jag och en kamrat."

"Hemma?"

"Nä, på stan. Vi gick ut på stan och lekte pojkar."

"Kul!" Mimi ler. "Vad kallade ni er?"

"Gurra och Fredrik."

"Gurra och Fredrik ..." Hon nickar långsamt. "Och du var ...?"

"Gurra."

"Gurra ... fint ..." Plötsligt upptäcker Mimi Gretas cigarett. Den hänger orörd mellan hennes fingrar. En lång askpelare har bildats längst ut på toppen.

"Åh förlåt!" utbrister hon och flyttar snabbt fram askfatet.

Greta sträcker sig fram och knackar lite på cigaretten. Askan ramlar av, lägger sig bredvid Mimis aska i den stora koppen. Som en liten tvilling. Så lutar hon sig bakåt igen. Cigaretten hänger mellan hennes fingrar. Det har den ju gjort hela tiden.

”Du, du kanske inte …” Mer hinner Mimi inte säga innan Greta hastigt för cigaretten till munnen och drar ett djupt bloss.

Det gick inte att spela den här gången. Det är ju fullständigt utsiktslöst att försöka låtsas som ingenting när ens lungor håller på att sprängas.

Mimis förvåning varar i högst ett par sekunder. Sedan börjar hon dunka den våldsamt hostande Greta i ryggen.

Men det hjälper förstås inte.

”Förlåt!”

Greta kan inte svara. Hon får ingen luft.

”Ibland är jag så korkad, så alldeles urbota korkad.” Mimi ser förtvivlad ut. Gretas ansikte är illrött medan hon med alla krafter försöker få hackandet att sluta.

Till slut lugnar det sig. Hon andas djupa andetag, långsamt, för att hostandet inte ska börja om igen.

”Jag ber verkligen om ursäkt. Att jag bara antog att du …” Mimi tar cigaretten ur Gretas hand, och sin egen, och fimpar dem. Grundligt. Fullkomligt mosar dem i det stora askfatet. Tills det bara återstår smulor.

”Olé”, mumlar Greta.

Och sedan börjar hon skratta.

Mimi tittar häpet på henne.

För det formligen kluckar ur den ännu medtagna flickan i hennes soffa. Ett så befriat, hjärtligt skratt, ända nerifrån magen.

Plötsligt flyger det två silkesstrumpor genom rummet. Gretas.

”Avskyr ormskinn!”

”Olé!” säger Mimi. Och så skrattar de båda två. Länge.

De blir kvar i rummet ända till sent. De dricker nybryggt kaffe och de äter kakor. Mimi har bakat kakorna själv, berättar hon. Hon har nämligen just lärt sig, eftersom hennes mamma vägrat släppa in henne i köket hemma i Karlstad. Greta försäkrar att de är goda.

Ja, hon försäkrar det om och om igen, eftersom Mimi tycks lida av komplex när det gäller kakbak. Ett område som Greta å sin sida behärskar.

”Dom bästa kakor jag ätit!” säger hon till slut, med eftertryck. Alldeles för stort eftertryck.

Och så skrattar de igen.

Greta tycker om att sitta i Mimis soffa. Soffan är som rummet, hemtrevlig i all sin enkelhet. Här bor en människa som förmodligen förmår känna sig hemma på ganska många ställen. Greta avundas henne det också. Nej, nu måste hon sluta känna så.

Hon reser sig och går fram till de två porträtten på skrivbordet. Studerar dem tyst. Mimi berättar att de heter Mizzi och Julius, och att de är hennes föräldrar. Greta tycker att Julius ser ut som en ingenjör, och det är han också (fast han tydligen även har en hemlig dramatikerådra). Mizzi, som verkligen liknar Mimi, ser däremot ut som en vilding, kanske på grund av de ostyriga lockarna. Men nej, det är nog inte bara därför. Det är något i ögonen också. Mimi berättar att hennes mamma växte upp på ett förfallet gods i det gamla Österrike-Ungern. Och att det enda mammans bröder gjorde var att jaga vildsvin. Men så hamnade familjen på obestånd och fick leva på betjänternas kvarlämnade silverknappar.

Greta tycker att berättelsen är fantastisk.

”Berätta mer”, säger hon.

”Om vad?”

”Vad du vill.”

”Jag kan berätta att mamma flyttade från skogen till Wien. Och blev konsertpianist.”

”Oj!”

”Hon hade egen konsert när hon var sjutton, och spelade för kronprinsessan Stephanie. Men så träffade hon pappa, som var arton år äldre och hade konstruerat den första hissen i Wiens rådhus.” Mimi skrattar till. ”Hon med sitt piano, han med sin hiss, dom passade nog ihop. Så dom gifte sig och flyttade till Karlstad och skaffade barn och så gick det som det gick."

Greta ser lite förbryllad ut. "Varför Karlstad?"

Mimi funderar ett ögonblick. "Dom säger att det var hans arbete, fast jag vet inte säkert. Karlstad är väl inte riktigt mammas stad – 'urtråkig', säger hon ibland – men hon blev ändå fri, på något sätt. Fri från mormor, som med piskan i hand hade tvingat henne att öva piano åtta timmar om dagen. Hon fick skapa sig ett eget liv, och pappa bejakade det mesta hon tog sig för."

Nu tystnar hon.

"Mer ...", säger Greta.

Mimi skrattar till. Greta är ju som ett nyfiket barn.

"Men berätta om dig i stället!"

"Sen", svarar Greta. "Nu vill jag höra om din familj."

"Jaha ..." Mimi funderar. "Ska jag berätta hur det gick till när vi fick en religion hemma?"

Greta ser förvånad ut.

"Sånt föds man väl med ..."

"Nä, inte hos oss", säger Mimi. "Mamma är född katolik, medan pappa är av judisk härkomst. Jag och min storebror Arvid döptes till katoliker. Men rektorn i skolan trasslade lite med det. Så då bestämde dom att lille Sven skulle döpas till protestant i stället. Det var bekvämast så."

"Jaha ..."

"Ja, tills några präster från katolska kyrkan kom från Stockholm. När dom upptäckte att yngste sonen blivit protestant blev dom så upprörda att dom mer eller mindre beordrade pappa att sätta mig i kloster."

Greta visslar till.

"Fast då slängde pappa ut dom, ringde till domprosten och bad honom att döpa oss allihopa till protestanter. Så jag antar att vi är protestanter. Vanliga svenska protestanter! Arvid, Maria och Sven ..."

Och så skrattar hon igen. Ja, visst är Mimi annorlunda, knasigt annorlunda, som hela hennes familj tycks vara. Och exotisk. Men det blir man kanske när man flyttar från vildsvinsskogar till Karlstad. Greta känner att hon skulle vilja träffa Mizzi och Julius och Arvid och Sven. Men det kan hon ju inte säga.

”Nu måste du berätta om dig!” säger Mimi.

Då blir det tyst.

”Om mig …?” säger Greta till slut.

Mimi höjer på ögonbrynen. ”Ja, om dig. Greta Gustafsson.”

Greta tittar ner på sina händer.

”Visste du alltid att du ville bli skådespelerska?” försöker Mimi.

Greta skruvar på sin ring. ”Visste du?”

Nu rynkar Mimi på ögonbrynen. ”Svarar du alltid på en fråga med en fråga?”

”Nej, inte alltid.”

Och det är fullständigt omöjligt att förstå varför en så enkel fråga uppenbarligen är att tassa fel. För en halvtimme sedan var det ju inte det. Då hade Greta berättat om Gurra och Fredrik.

”Fin ring.”

”Tack.”

Det är tyst igen.

Och så är det som om alla försök plötsligt leder fel. Antingen hittar de något förlösande, snabbt, eller så skiljs de nu.

Men Greta går inte, hon sitter kvar i Mimis soffa.

”All right då”, säger Mimi till slut och tänder en cigarett till. ”Vill du att jag ska berätta om hur *jag* förstod att jag borde bli skådespelerska.”

Plötsligt lyser Greta upp.

Mimi kan inte låta bli att dra på munnen. Nej, hon förstår ingenting, utom att det kommer att ta lång tid att hitta i Gretas vindlande gångar.

”Jo, förstår du”, säger hon och drar ett bloss, ”vi var på hotell i Köpenhamn, jag och mamma. Jag var visst bara två år. Av någon anledning som jag inte vet, eftersom jag inte minns, utan bara hört om det här av mamma, bestämde jag mig för att spela döende där på hotellrummet. Fråga mig inte varför, jag var väl helt enkelt ett elakt litet barn."

"Det tror jag inte", säger Greta.

"Tack. I alla fall: tydligen var jag oerhört övertygande som döende. Plötsligt blev jag – så säger i alla fall mamma – grön i ansiktet, flämtande i andhämtningen och fullständigt okontaktbar. Helt enkelt fasligt döende. Jag var så döende att mamma sprang ner till portieren storgråtande och bad honom att tillkalla en läkare. Läkaren kom förstås, och han hade en jättestor väska som han öppnade. Så knackade han på mig och lyssnade på mig och tittade på mig. Han höll på i evigheter. Till slut bad han mig att visa tungan. Men jag vägrade. Och när jag vägrat ett tag samlade han ihop alla sina attiraljer, la tillbaka dom i sin bruna väska, ryckte på axlarna och sa att han inte kunde hitta minsta fel på mig. Så mamma betalade, gråtande, och han gick. Det var mitt i natten, och hon var fortfarande alldeles förtvivlad över sin döende dotter. Men i det ögonblick doktorn slog igen dörren efter sig började jag mitt lysande utspel: Jag skuttade upp och fnittrade och dansade. Jag hoppade och studsade och sjöng. Och jag var alldeles överlycklig för att jag lurats så bra. Mamma blev förstås chockad. Men när hon hämtat sig en smula bestämde hon sig omedelbart: 'Barnet ska in vid teatern!'" Mimi ler. "Ja, sen var det klart!"

Greta tittar förbluffat på henne. "Blev hon inte arg?"

Nu är det Mimis tur att se förvånad ut.

"Nej … Det tror jag inte … Hon uppskattade nog att hon hade en så talangfull dotter."

Greta kastar en blick ut genom fönstret. Det är alldeles mörkt ute.

"Rolig historia", mumlar hon. Plötsligt verkar hon vara i egna tankar. Så tittar hon på klockan. Och säger:

”Oj, vad sent det blivit. Jag lovade att träffa någon.”

Mindre än en minut senare har hon lämnat rummet.

Och hon vet nog inte själv varför hon fick så bråttom ut. Hon skulle nog inte kunna svara på det även om hon ville.

18

Max har bjudit på sjötunga i kväll. Med en champagnesås som hans kock har rört till.

"Kan ens smaklökar bli vana?" frågar hon efter att hon tagit en tugga av fisken, som formligen smälter i hennes mun.

"Hur menar du?" Han ler varmt.

"Jag menar, kan man bli trött på fantastisk mat?"

Nu försvinner leendet lite.

"Tycker du inte om maten?"

"Jo, den är underbar. Jag bara undrar ... Du äter ju ofta sån ..."

"Vill du ha något annat?"

"Nej, nej ... Förlåt, det är rysligt gott."

Han häller upp mer vin i hennes glas. *Riesling* står det på flaskan. Han har redan berättat att det är ett trettio år gammalt vin.

"Fina viner kan lagras länge", har han sagt.

Och hon håller med om att det är gott.

Efteråt serverar kocken något som kallas för mousse. Det är som chokladpudding. Lite luftigare kanske. Hemskt läckert förstås.

Och hon undrar om Max ibland inte borde byta ut en tavla här och där. Så att det blir lite omväxling.

***

"Vad har mamma lagat åt dig då?"

Greta tittar förbryllat på det blonda huvudet, djupt nere i hennes matlåda.

Så fattar hon med ens galoppen. Hon lutar sig ner hon med, alldeles intill de blonda lockarna:

”Det luktar ...”, hon sniffar lite, ”flamberad sallad med ... mandelmassa!”

Vera tittar förvånat upp. ”Här med!” Hon skjuter fram sin egen låda. Så börjar hon, full av allvar, rota i sin kalops. ”Fast anklevern är inte av bästa årgång, tror jag.” Hon ser bekymrad ut.

Greta ler tacksamt. Vera är adlig och heter Schmiterlöw. Ändå har hon med sig matlåda.

”Trasadel”, har hon förklarat.

De är de enda i hela matsalen som sitter med matlådor. Alla andra har serverats på tallrikar. Panerad fisk och potatis. Det är vad som bjuds i Dramatens personalmatsal idag. Om man betalar.

Något hände den där dagen, den dagen då hon gjorde Jean och Julie, något som fick det att lossna lite. De andra eleverna har visat att de tyckte det hon gjorde var fint. Funkan har sagt ”fasen” fem gånger till, minst. Och Mona, hon som skulle spela Ofelia mot hans Hamlet, hon har lett varmt och ljuvt mot Greta. Mona ser ut som någon som aldrig skulle kunna göra en fluga förnär. Henne behöver hon inte heller vara rädd för.

Hon kastar en blick runt matsalen. Den är som en båtmäss. De styrande och de berömda – ledningen, skådespelarna, deras regissörer – äter vid sina speciella bord, i mitten, närmast fönstret. De inte bara drar till sig elevernas blickar, de hörs mest också. Det är som om man har sämre hörsel vid de berömdas bord. Eller som om man inte förmår ställa om efter repetitionerna.

Nu skrattar Lars Hanson ljudligt åt något Hilda Borgström sagt. Det liksom skakar i väggarna. Greta kan inte sluta stirra på dem.

Hennes eget bord, elevbordet, är placerat lite vid sidan om. Fast teknikerna i sina blåställ, de sitter ännu mer vid sidan om, längst bak, i själva verket.

”Förresten, var bor du?”

Greta rycker till.

Det är Funkan, från snett över bordet.

”Bor?”

”Ja, bor. Säng, bord, stol, lampa, spis.” Han ritar varje enskild möbel i luften. ”Och kastruller.”

Greta är tyst.

”Var har du själv dina kastruller, Funkan?” frågar Annie, en av andraklassarna.

”Hos Mona!” Funkan skrattar ljudligt.

Mona ler ljuvt.

Och han glömmer genast att han inte fick något svar.

Men Mimi kastar en blick på Greta, och förnimmer att hon drar en suck av lättnad.

De har haft lektion på morgonen, för Albion Örtengren. Han har sju ö-ljud, vilket är ytterligt förvirrande, eftersom den andra läraren i röstvård, Karl Nygren-Kloster, bara har fyra. Sju ö-ljud … När han hade demonstrerat dem alla började Mimi skratta, hon kunde väl inte låta bli.

Örtengren blev förstås sur.

”Jag ber så hemskt mycket om ursäkt”, hade Mimi sagt. ”Men nummer två, fyra och fem låter likadant.”

Då hade han upprepat dem, vilket förstås var hemskt vänligt. Och sedan bett henne att säga efter.

Och när Mimi sa efter lät verkligen två, fyra och fem likadant. Så hon, och alla andra, började förstås skratta igen.

Vilket givetvis föranledde ytterligare en sur min, och ytterligare en ursäkt.

”Tänker fröken Pollak bli skådespelerska?” undrade Örtengren.

”Ja …”, svarade hon och såg bekymrad ut. ”Men jag får kanske klara mig med fem ö:n …”

Hon var fräck, Mimi, men på ett sätt som ingen kunde bli riktigt arg på. För det var liksom på ett så godmodigt sätt. Och så verkade hon stark i all sin kroppsliga litenhet. Och gestikulerade gjorde hon också, som ingen annan i klassen.

Fast nu sitter hon tyst vid bordet. Så någonting av det som hände med Örtengren satte sig kanske. Fast hon inte kunde visa det då.

”Förresten!” säger Vera plötsligt. ”Tora repar på scen, om tjugo minuter.”

Greta studsar till. ”Vilken Tora?”

”Teje, förstås.”

Det är som om någon tryckt på en knapp. Så borde det ju inte vara, eftersom hon länge vetat att världens bästa nu levande svenska skådespelerska finns just här, på Sveriges nationalscen, intill hennes skola. Men det spelar ingen roll. Sådant kan man inte förbereda sig för.

”Får man …?” är det enda hon får ur sig.

”Det är klart du får!” utbrister Vera. ”Du är Dramatenelev nu! Vi får allt!” Och så skrattar hon. Nästan lika högt som Lars Hanson.

***

De befinner sig uppe på tredje raden. Den lägsta och den högsta, på samma gång. Att se ett skådespel från tredje raden har sin egen charm. Man är som en avsides betraktare, ovanifrån, utifrån, en åskådare av helheten, guldet, målningarna, publiken. Ja, och så skådespelet förstås. Men från håll.

De smyger mellan stolsraderna, så tyst de bara kan. Vera, Greta, Mona och Mimi. Det har redan kommit igång därnere, man kan höra mumlet. De vet inte om det är förbjudet det de gör. Jo, det vet de, det är förbjudet, fast alla känner till att eleverna gör det.

Hon stöter emot de uppfällda stolarnas träkanter. Men hon känner inte av kylan, inte ännu. Det drar nästan alltid kallt i salongen, utom när den är fylld av människor. Nu är den praktiskt taget tom. De blå fåtöljerna står prydligt uppfällda. Hon tittar upp mot taket ett kort ögonblick, de befinner sig bara några meter från den målade plafonden av Apollo och sånggudinnorna. Muserna i sina vackra svepande klänningar, dansande runt det höga berget. Så magnifikt ...

”Där”, viskar Vera och pekar på stolsraden i mitten, längst fram.

”Dom ser oss ju då”, viskar Mimi.

”Äsch!” säger Vera. ”Dom är alldeles för upptagna av sig själva. Tro mig.”

Och så sitter de där, i skuggorna, med hakorna lutade mot balustraden. Betraktande hela härligheten ur fågelperspektiv. Längst ner på scenen syns en man vid ett skrivbord. På skrivbordet står en grön lampa. Mannen har en sjal över axlarna – förmodligen mot kylan – och ett pjäshäfte i handen. Han är inte ensam. Mitt på det stora golvet befinner sig tre personer, ett medelålders par och en yngre man. Greta känner igen kvinnan, Tyra Dörum heter hon. Hon var med i en av Stillers filmer förra året, *De landsflyktige*. Och i *Vem dömer* av Victor Sjöström var hon också med. Små roller, men Greta minns sådant.

”Han börjar bli flintis, Henrikson”, fnissar Vera. ”Annars är han ganska snygg.”

”Sch”, säger Mona.

Nu börjar den andre mannen, den äldre, gå över scenen, nej snubbla.

”Ivar, ragla inte för mycket!” ropar mannen vid skrivbordet.

”Men jag ska ju vara full!” ropar han som heter Ivar tillbaka. Och så försvinner han ut i kulisserna.

”Akta er för honom, Ivar Nilsson”, viskar Vera med handen för munnen. ”Jag säger inte mer ... Spring bara all världens väg när han kommer in i rummet. Eller ta skydd bakom en man.”

”Sch, nu kommer hon!” Mona har rest sig upp. Och med ens är de alldeles tysta, alla fyra. Alldeles tysta, och alldeles, alldeles stilla.

Från sidan av scenen sveper hon in, som en gracil svan. Klädd i röd sidenblus och vid kjol. Hennes hår är mörkt, kortklippt, och ända häruppifrån kan man se de hasselnötsstora pärlorna i hennes örsnibbar. Hon spelar inte än, nej hon gör bara entré för en repetition. Ändå finns det där, det gudinnelika. Varför är det så att vissa människor drar till sig andras blickar, nästan utan att göra någonting? Att en del varelser suger tag i ens uppmärksamhet – ja, hela ens väsen – bara genom hur de går eller tittar eller vänder huvudet?

”Ta det från första replik, Tora!” ropar han bakom den gröna lampan.

Och nu lägger den gracila svanen ena handen på höften och sjunker ihop, stående.

”*Ge mig en whisky* …”, rosslar hon. ”*Med en skvätt sockerdricka i. Och var inte snål, ungen min.*” Hon inte bara rosslar, hon sluddrar. Tora Teje sluddrar. Och ingen kan sluddra så som hon. Mimi lutar sig ut över balustraden för att se bättre.

”*Ska ja servera det i en hink?*” Det är han, den yngre mannen, Henrikson.

Nu lägger Tora upp ett jättegarv:

”*Det passar mig precis!*” Och så böjer hon hela den eleganta kroppen bakåt, så att brösten skymtar ovanför den röda blusen.

Hur kan en gudinna lyckas se så behagfullt vulgär ut?

Henrikson häller upp ett glas, omsorgsfullt. Sedan spankulerar han fram till Teje, som satt sig ner. Hon sveper drinken, i en klunk.

”*Jösses, det där behövde jag så väl, så väl!*” Och så sträcker hon ut sig i stolen och breder ut benen, som vore hon en boxare eller fotbollsspelare. Trots kjolen!

Mimi kastar en blick åt sidan för att se hur de andra reagerat. Mona har handen för munnen, Vera ler förtjust. Ända längst bort i den mörka stolsraden sitter Greta. Helt blickstilla. Hon har inte sagt ett ljud sedan de kom upp hit. Nu sitter hon käpprakt upp i stolen, med ögonen fastnaglade på scenen. Och plötsligt upptäcker Mimi något. Greta gråter, fast helt tyst. Så för hon hastigt upp handen och torkar ansiktet. Snabbt, knappt märkbart.

”Bra! Tack!” Regissören har rest sig. ”Vi tar tio minuter!”

Flickorna tittar på varandra, tvärt återbördade till verkligheten.
”Jag måste gå”, viskar Mona.
Hon lyfter handen till hälsning och smyger ut.
Vera reser sig ur stolen och slätar till kjolen. ”Strålande, va?” säger hon till Mimi. ”Och gratis till på köpet.”
Men Mimis uppmärksamhet är riktad åt andra hållet, mot Greta, som sitter kvar i sin stol, synbarligen försjunken i sig själv. Till sist vänder hon ändå ansiktet mot dem. Man ser knappt att hon har gråtit, inte om man inte visste. Hon ler lite. Och så säger hon:
”Abdulla, med rosenblad?”

19

De har lyckats ta sig in genom ytterdörren, förbi den långa vapenprydda hallen, förbi den sovande tant Tisell och in genom skjutdörren. Utan att väcka den gamla damen.

Vera har aldrig varit i Mimis rum tidigare.

”Fina färger”, säger hon och tittar på mattorna i soffan. Kelimer kallar Mimi dem. De är turkiska, ungefär som de utlovade cigaretterna, får man förmoda.

”Är din familj från Turkiet?” frågar Vera.

Mimi skrattar.

”Nej … fast kanske nästan!”

Greta har, utan att fråga, gått fram till skrivbordet och dragit ut lådan. Nu tar hon fram cigarettasken och tändstickorna.

Vera tittar förvånat på henne. Så försigkommen är inte ens hon i andras hem.

”Ska du verkligen …?” säger Mimi.

Greta svarar inte. Hon har redan tagit en cigarett och räcker nu asken till de andra. Så tänder hon.

Hon måste ha övat, för snart sitter hon i soffan och blåser stora rökringar. Och Mimi undrar när hon kan ha hunnit. Ja, hon måste ha övat mycket, för rökringarna kommer som av sig själva, nästan omedvetet. Greta har blicken fästad någonstans långt, långt bort.

”Tror ni vi nånsin når dit?” Vera tar ett bloss på cigaretten.

Mimi funderar. ”Kanske *nån* av oss.”

”Vem?”

Hon rycker på axlarna. ”Det handlar nog mest om slumpen.”

”Det tror inte jag …”, säger Vera.

Det hörs plötsligt musik någonstans ifrån. Levande musik, ett piano och en kvinnoröst. Det är vackert, en vaggvisa låter det som. Mimi och Vera lutar sig tillbaka, lyssnar. Utanför har det nästan hunnit bli mörkt. Och snart är det som om de var på teatern igen, var och en i sin egen upplevelse. Musiken tillåter det.

”Jag fattar inte varför hon vill spela sånt”, mumlar Greta till sist, i bortre änden av soffan.

Mimi tittar förbryllat på henne. ”Vad menar du?”

”Fulla, prostituerade kvinnor. Jag begriper inte varför hon gör det. Hon borde kunna få annat.”

”Men det är ju självklart!” utbrister Vera. ”Såna roller tillåter henne att visa sin bredd. Kan en aristokratisk varelse som Tora ragla omkring som en suput så bevisar ju det bara att hon är en mästerlig skådespelerska.”

Greta skakar på huvudet.

”Inte?” Mimi höjer på ögonbrynen.

”Nej. Människor tycker bara att det är kittlande med snusk och sönderfall. Som när folk hängs på galgbacken. Det är därför dom tycker om sånt. Dom gottar sig i eländet.”

Vera skrattar till.

”Nej, men nu tar du väl i!” Hon sträcker sig över soffan och nyper lekfullt Greta i armen. ”Du är mig allt en lustig liten varelse. Trevligt lustig!” skyndar hon sig att tillägga medan hon tänder ännu en cigarett. Hon blåser långsamt ut rökpelaren. ”Och så är du hemskt dålig på att svara på frågor.”

Vera uppfattar det inte, att Greta plötsligt stelnar till. Därför att hon ännu inte känner Greta tillräckligt väl.

”Jag menar”, fortsätter hon, ”du lyckas ju ta dig till Dramaten varje morgon, så du kan ju knappast bo i Indien eller Mexiko eller ens på Långholmen! Jag menar … hur kan det vara så hemligt var man bor?”

Plötsligt vänder sig Greta tvärt mot henne. Vera hoppar till.

”En del människor föds i röda tegelhus”, väser Greta, med iskall blick. ”Andra föds i vita putsade. Vi föds alla i hus. Vi har alla en pappa och en mamma, åtminstone till en början. Varför måste man prata om det?”

Det blir alldeles tyst i rummet.

”Nä”, säger Vera. ”Varför måste man det?” Och så fimpar hon, trots att hon knappt rökt något på sin nya cigarett.

Det är en signal att fimpa. I alla fall när cigaretten inte är upprökt. Det är en signal om att man tänker bryta upp, eller åtminstone byta aktivitet. Det vet alla.

”När börjar vi imorgon?” Mimi sopar med handen ihop lite aska som hamnat bredvid askkoppen.

”Åtta”, svarar Vera och tittar på klockan. Så gäspar hon. ”Ledsen att du får sova i ett vulkanutbrott, Mimi lilla ...”

Nu hörs tant Tisell slamra i köket utanför. Hon måste ha vaknat, förhoppningsvis av sig själv.

”Ingen fara”, säger Mimi.

”Bra, tack för idag. Det var verkligen en höjdardag.” Vera tar sin kappa från stolen. ”Då ses vi imorgon, Madame Mysteriosa.”

Hon tittar inte ens på Greta när hon säger det.

Och så är hon i två kliv framme vid skjutdörren, drar den åt sidan.

”Ska vi leka kaniner?”

Vera hejdar sig.

Hon vänder sig om.

”Ska vi leka kaniner?” säger Greta igen. Med samma oskyldiga tonfall.

Vera kastar en blick mot Mimi.

”Vi har två stycken”, tillägger Greta.

Och det är stört omöjligt att förstå om hon skämtar.

”Nä, jag tror ...”, börjar Vera.

”Vad ska de heta?” avbryter Greta.

Mimi och Vera sneglar på varandra igen.

”Nå?” Greta ser uppfordrande på dem.

”Gusten?” säger Mimi.

"Gusten ... Det är bra." Greta smakar på det. "Gusten ..." Så nickar hon.

"Men vad är det för lek?" utbrister Vera.

"Den andra då?" Greta låtsas inte höra.

"Fingal", säger Mimi.

"Fingal ..." Greta smakar på det också. "Mmm ... Det är också bra." Hon nickar belåtet. "Gusten och Fingal."

Och plötsligt, innan de vet ordet av, har hon lagt sig på golvet och krupit in under Mimis soffa.

"Fingal!" hörs det dovt innanför soffan. "Fingalpojken!"

Nej, Greta Gustafsson är inte som andra. Det vet de redan. Ibland – ja, oftast – är hon som en mussla, tillknäppt, ilsket vaktande sin integritet och sina mystiska hemligheter. Men så plötsligt gör hon de mest oväntade saker. Rent ut sagt tokiga ...

Vera ser generad ut.

Men Mimi är redan nere på alla fyra.

"Vill du ha hjälp att hitta honom?" Hon tittar in under soffan.

"Ja tack, det vore hemskt snällt!" hörs det inifrån.

Fem sekunder senare ser Vera fyra ben sticka ut under Mimis soffa.

Vera är också rolig, Vera kan också vara smågalen, Vera kan också stoja och leka och säga de mest dråpliga saker. Men det här kan hon inte mäta sig med. Och hon vet inte ens om hon skulle vilja.

Hon står framför soffan och tittar på de utstickande benen.

Oförmögen att fatta ett vettigt beslut tar hon av sig kappan och sätter sig ner i en av stolarna.

"Eh ...", säger hon. "Hittar ni nåt?"

Hon får inget svar.

Vera känner sig ensam.

Till sist hasar hon ner från stolen, så ljudlöst hon kan. Hon sitter ett tag på golvet. Så lägger hon huvudet mot linoleummattan. Det är svårt att se in under soffan. Det ligger en massa ben i vägen.

”Hittar ni nåt?” frågar hon igen.

Fortfarande inget svar.

Så Vera kryper in.

”Han är stor och tjock, så han har nog fastnat”, mumlar Greta bekymrat, alldeles bredvid henne.

”Ja, vi måste nog slita loss honom”, svarar Mimi, längre bort.

”Jo …”, säger Vera försiktigt. ”Ska jag hjälpa er?”

”Ja, gör det är du snäll!” säger Greta glatt, som om det vore den naturligaste sak i världen.

”Oj! Det var den tjockaste kanin jag sett!” utbrister Mimi.

”Jag vet!” säger Greta irriterat. ”Han vill vara vacker, men han bara äter så mycket. Trots att han inte vill. För att det är gott. Och för att slippa vara vacker.”

”Det var mig en komplicerad en”, säger Vera. Och ler lite generat.

”Mycket komplicerad …”, suckar Greta.

”Den andra då?” frågar Mimi.

Greta tittar sig omkring under soffan. ”Ja den andra, ja! Gunnar! Gunnar!”

”Gusten …”, rättar Vera.

”Gusten menar jag förstås!” Greta ler urskuldande mot henne. ”Det är inte så lätt att komma ihåg vad ens barn heter när man har två stycken.”

Då börjar Vera gapskratta.

”Nu skrämde du bort honom!” säger Mimi förebrående.

”Jaha”, säger Greta. ”Lätt kommet, lätt förgånget. Nu ska vi inte ta så allvarligt på det här.” Och så kryper hon ut.

Tio sekunder senare står de där alla tre, lite handfallna. Som när man skojat och plötsligt ska bli allvarlig igen. Sådant är svårt.

”Ni var mig ena baddare på att leka”, mumlar Greta.

Så är de åter tysta.

Vera är den första som rör sig. Hon går fram till stolen och tar upp sin kappa igen.

”Tack båda ...”

”Nu repar vi”, avbryter Mimi. Hon står kvar mitt på golvet.

Vera tittar förbryllat på henne.

”*Fröken Julie*.” Mimi tittar uppfordrande på Greta. ”Du kan den ju.”

Så går hon resolut fram till bokhyllan och tar ner en bok. *Strindbergs pjäser* står det på framsidan.

”Du är Jean ..., Gurra.”

”Gurra?” säger Vera, som begriper allt mindre av vad som pågår i detta rum.

Hon får inget svar.

”Ska jag gå?” frågar hon.

Greta skakar på huvudet. Hon har blicken fäst på Mimi, som slagit upp boken och börjat bläddra.

Så Vera, som fortfarande står med kappan i handen, går bort till stolen igen. Och sätter sig igen.

Det är uppenbarligen inte hon som är Gurra.

Till slut tittar Mimi upp från boken.

”’Har ni älskat någonsin?’”

Greta står mitt på golvet. Orörlig.

”’Har ni älskat någonsin?’” Mimi har höjt rösten.

Greta tycks tveka. Så ändrar hon plötsligt kroppshållning.

”’Vi begagna inte det ordet.’” Rösten är djup. Benen står brett isär, händerna har hon stoppat i kjolsfickorna. Hon är en arbetargrabb från Södermalm. ”’Men jag har hållit av många flickor, och en gång har jag varit sjuk av att jag icke kunde få den jag ville ha: sjuk ser ni som prinsarna i Tusen och en Natt! som inte kunde äta eller dricka av bara kärlek!’”

Mimi tittar upp igen – Greta är minst tio centimeter längre. ”’Vem var det?’” Hon ler lite.

Hon får inget svar.

”’Vem var det?’” säger hon igen.

Greta tittar bort mot fönstret.

”’Det kan ni inte tvinga mig att säga.’”

Då placerar Mimi sin högra hand på hjärtat och lägger huvudet på sned.

”’Om jag ber er som en jämlike’”, säger hon, flickaktigt. ”’Ber en – vän! Vem var det?’”

”’Det var ni!’” utbrister Greta.

”’Så kostligt …’”

”’Ja, om ni så vill! Det var löjligt! Ser ni det var den historien jag inte ville berätta nyss, men nu ska jag förtälja den! Vet ni hur världen ser ut därnerifrån?’”

Plötsligt stannar hon upp, mitt i texten. Hon stannar upp som om hon tappat den. Hennes blick flackar mellan Mimi och Vera.

Då nickar Mimi åt henne, nästan omärkligt.

Och nu händer någonting med Greta. Hon får ett nytt uttryck i ögonen. Nej, de har sett det förut.

”’Vet ni hur världen ser ut därnerifrån. Det vet ni inte!’” Blicken är iskall. Rösten darrar. ”’Som hökar och falkar, dom man sällan får se på ryggen för att de mest svävar däroppe! Jag levde i statstugan med sju syskon, och en gris ute på gråa åkern, där det inte växte ett träd! Men ifrån fönstren såg jag grevens parkmur med äppelträden ovanför. Det var paradisets lustgård; och där stod många onda änglar med brinnande svärd och bevakade den. Men icke desto mindre hittade jag och andra pojkar vägen till livsens träd – nu föraktar ni mig!’”

Hon stirrar vilt på Mimi. Mimi tittar stumt tillbaka.

”’Ah … Stjäla äpplen gör ju alla pojkar …’”, mumlar hon.

”’Det kan ni säga nu’”, exploderar Greta, med gråten i halsen. ”’Men ni föraktar mig i alla fall!’”

Och sedan är det alldeles tyst.

Utmed hörnet av fasaden, ända från tolfte våningen och ner till gatan, står det med stora bokstäver: *Loew's State Theatre*. Och ovanför entrén: *The Torrent*. Sedan: hennes namn. Med lika stora bokstäver.

Flera våningar höga.

Hur känns det när ens namn står på en fasad, och bokstäverna är flera våningar höga?

Hur känns det?

Och fasaden tillhör den största biografen i den största filmstaden i världen?

Hon sitter längst fram, med Monta Bell på ena sidan och Ricardo Cortez på den andra. Och bortom honom Louis B. Mayer, och sedan Irving Thalberg.

De vet vad som just har hänt. De vet det, allihop.

Det är den 21 februari 1926, på Loew's State Theatre, i Hollywood. De har just upplevt det. En ung kvinna som tycks tränga igenom duken, som om den vore tunnare än silkespapper.

Vad var det som gjorde henne så åtråvärd? Så otroligt karismatisk? Hit men inte längre. Var det det? Ingen av dem kunde sätta fingret på det. De såg bara att det fungerade. Bättre än någonting de tidigare sett.

Fast en person hade faktiskt receptet.

I andra stolsraden, snett bakom huvudrollsinnehaverskan, satt en gänglig man med gråsprängt hår och skarpa anletsdrag. Han puffade belåtet på en av Louis B. Mayers cigarrer.

Det hade gått en månad sedan Greta Garbo gick upp till Mr Mayers kontor och sa honom att om Metro-Goldwyn-Mayer någonsin ville göra en enda film till med henne så var de tvungna att anlita Moje Stiller som hennes regissör.

Och vid det laget visste Mr Mayer – ja, han hade vetat det ett bra tag – att den som numera hade makten dem emellan, det var Greta.

20

En dörrklocka ringer. Ljudet ekar i den stora hallen, där finns inte mycket som dämpar. Nu tänds ljuset – en stor kristallkrona, mitt i hallen. Så kommer en kvinna in från ett angränsande rum, hon är klädd i svart blus och vitt förkläde, ända upp till hakan. Hon går fram till ytterdörren och öppnar den.

”God dag, Maj.”

Maj känner förstås igen den unga kvinnan, hon har träffat henne många gånger. Fast hon kommer inte så ofta längre.

”God dag, fröken Gustafsson.” Hon öppnar dörren på vid gavel.

Men Greta står fortfarande kvar i dörröppningen.

”Är direktören möjligen inne?”

”Ja ...” Maj tvekar. ”Vet han om att ni kommer?”

Nu hörs steg. Maj vänder sig om. Hennes arbetsgivare kommer strosande genom hallen. Han har väl hört klockan.

”Nej, men Greta!” utbrister han. ”Så trevligt att se dig!” Max sträcker leende fram båda händerna. Hon tar dem. Och så hjälper han henne av med kappan.

”Vilken underbar överraskning. Jag ber Maj att göra i ordning lite kaffe.”

”Nej, det behövs inte ...”, säger Greta. Snabbare än situationen kräver.

Han hajar till.

”Jag kan inte stanna så länge”, säger hon urskuldande.

”Nehej ... Men du kommer väl in?”

Javisst, hon kan komma in.

Så de går tillsammans till salongen. Till den salong de har suttit i så många kvällar, fast inte på sistone. Han visar henne på en av fåtöljerna. Själv sätter han sig i fåtöljen bredvid, eller egentligen snett mittemot. Här har de inte suttit ofta, de har ju oftast valt soffan. Nu står soffan tom.

”Hur har du det, Greta? Vi har inte setts så mycket på sista tiden ...”

”Nej ...” Hon fingrar lite på ringen.

Han tittar på hennes hand, med de långa, makalösa fingrarna. Själv tycks hon ha blicken fäst någon annanstans, på väggen. På hans Renoir? Han minns att hon en gång sa att hon tyckte om den.

”Jag funderar faktiskt på att köpa en Renoir till.”

Hon ger honom en hastig blick, ler lite. Så tittar hon ner i sitt knä. Och fortsätter att skruva på ringen. Enerverande ihärdigt.

”Det har blivit glest mellan våra träffar ...”, säger han då.

”Ja.”

Han ser på hennes ansikte. Det är det vackraste ansikte han någonsin sett. Det blir bara vackrare och vackrare ...

Han harklar sig. ”När man inte ses så mycket kan det på något sätt börja rinna ut i sanden ... eller hur?”

Hon svarar inte.

”Det kan liksom försvinna, av sig självt. Eller hur?” Han är tyst ett ögonblick. ”Har jag förstått dig rätt?”

Nu nickar hon, nästan omärkligt.

Och så ont det gör i honom.

Hon skruvar på ringen igen, fast nu börjar hon skruva av den. Han sträcker snabbt fram handen, stoppar henne.

”Jag vill att du behåller den. Som ett minne.” Äntligen tittar hon upp på honom, in i hans ansikte. Hon måste se att hans ögon är blanka.

”Det har varit en stor glädje för mig att få lära känna dig, Greta.” Han försöker göra rösten stadig, men lyckas inte riktigt. ”Jag hoppas vi kommer att fortsätta hålla kontakten.”

”Vi kan väl vara vänner?” säger hon snabbt.

”Givetvis”, svarar han och ler sorgset. ”Då så.” Nu klappar han sig själv på knäna. ”Då säger vi så.” Och så reser han sig. Så då måste hon också resa sig. Han räcker henne sin hand. Hon tar den.

”Hälsa din mor och dina syskon. Jag är ledsen att jag inte fick träffa dom.”

Sedan tar han henne under armen, inte runt midjan, som han brukar. Under armen, för att leda henne ut.

De går i tystnad genom hallen. Maj syns inte till. Han tar ner hennes kappa från tamburmajoren, håller upp den åt henne. Hon tar på sig, knäpper i tystnad.

Ett ögonblick tittar hon upp på honom igen, in i hans ögon. Ångrar hon sig? Kanske lite. Men nej, om några minuter kommer hon inte att ha ångrat sig. Det känner han.

Så sträcker han sig förbi henne och öppnar dörren. Hans arm snuddar vid hennes bröst. Men ingen av dem reagerar, inte så att det syns. Hon går ut. Sedan, i farstun, vänder hon sig om och tittar på honom en gång till.

Han nickar. Så stänger han dörren bakom henne. Och sedan, när han är helt säker på att hon inte längre kan höra, mumlar han för sig själv:

”Greta, finns det någon som kan få dig?”

21

Fyrans spårvagn börjar och slutar på Söder, men den tar sig igenom hela stan – Kungsholmen, Odenplan, Östermalm, Gamla stan. Från det rikaste till det fattigaste, så är det ofta med spårvägar.

Hon stiger av på Götgatan. Det är mörkt, och lite kallt i luften. Hon knäpper kappan upp i halsen. Götgatan är stimmig ikväll, det är lördag. Klungorna runt ölsjappen ligger jämnt utspridda, som blommor på en äng. En del av männen därute är berusade. Det är inte för inte som denna del av gatan kallas Fyllebacken, fast själva backen sedan länge är borta. Hon tar några steg. Det knastrar av glas under skorna. Det har det alltid gjort just här, i alla fall på lördagsaftnar. Det var här hennes pappa hade brukat tillbringa de kvällar då mamma lät honom gå ut. Han kunde låtsas att han bara gick ut för att ta sig en bit, men betalade man för smörgåsbordet så ingick tre supar.

Hon viker av in på Blekingegatan, och när hon vänder sig om ser hon klungan utanför Port Arthur. ”Jag ska bara gå ner på 'Pottan' en sväng.” Så brukade han säga. Eller så sa han ingenting, gick bara ut. Och det var inte så att Greta inte förstod honom. Hon förstod honom djupt inne i sitt hjärta. Hans uppgifter i livet skilde sig inte märkbart från dihlströmmarnas: renhållning, latrintömning, lumpsamling. I ur och skur, betittad, ringaktad – nej, inte ringaktad, värre ändå: nonchalerad, förbisedd, icke beaktad. Och mamma förärade honom därutöver förakt för att han inte kunde ta sig upp, inte ens lite. Hon brukade berätta att när Greta föddes var de så utfattiga att pappas arbetsgivare erbjöd sig att adoptera henne. Och då hade hon svarat: ”Om Gud ger en ett barn, så ger han en också bröd.”

Det krasar under skon igen. Hon sparkar bort buteljskärvan. Så slinker hon in i trettiotvåans port.

Mamma sover redan, i kökssoffan. Hon relegerade sig själv till köket efter att pappa dog, hon var ju ensam nu. I det fallet var hon rättvis. Greta smyger förbi och öppnar dörren in till rummet. Det är mörkt.

"Kata?" hörs en sömnig röst från bäddsoffan.

"Ja. Förlåt att jag väckte dig."

"Det är ingen fara. Kom, berätta."

Det säger Alva nästan varje kväll. Kom. Berätta. Det gör lite ont, varje gång.

Så Greta klär av sig och kryper ner i bäddsoffan bredvid sin syster. Hon lägger armen om henne. Alva luktar parfym. Hon måste ha varit ute på kvällen.

"Har du haft trevligt?"

Alva nickar. "Jag var ute med Erik."

"Erik … Är han trevlig?"

Alva rycker på axlarna. "Men berätta om dig, om din dag."

Och denna dag känner hon sig faktiskt annorlunda, annorlunda mot de flesta andra dagar då Alva frågat.

Greta tittar mot nattduksbordet, på porträttet som har stått där i så många år.

"Vet du, Lillan …", säger hon och betraktar det retuscherade ansiktet, så olikt den verkliga personen. "Jag har aldrig sett så många starka kvinnor." Hon rör vid Alvas arm. "Förstår du vad jag menar?"

Alva nickar.

"Hela, i sig själva. Jag har aldrig träffat sådana kvinnor förr. Att dom är annorlunda, inte riktigt passar in, gör dom inte mindervärdiga. Inte ens inombords. Förstår du? Dom är ändå hela."

"Som du", säger Alva.

Greta är stilla ett ögonblick. Så drar hon upp filten mot hakan och vänder ansiktet upp mot taket. Man hör karlarnas röster genom fönstren, enstaka skratt. Intill Götgatan kan det vara stökigt långt efter midnatt en lördag. Men grannen ovanpå är tyst i kväll.

”Nej, inte som jag”, mumlar hon.

Och så vänder hon sig bort för att sova.

***

”Ett, två! Ett, två! Spänn av! Ner med axlarna! Ett två, ett två!”

Den gamla kvinnan – hon är minst sjuttio – hoppar upp och ner som en boll. På ett ben.

”Ett två, ett två! Lär ni er inte vara enbenta så kommer ni att göra er illa på scen!”

Greta försöker förtvivlat att hålla balansen. Det går inte. Inte för Funkan heller. Mimi, däremot, hon är lätt som en älva, nästan lika lätt som Elisabeth Hjortberg. Och hon studsar minst lika högt. Vilket i och för sig är rimligt, med tanke på att hon är femtio år yngre.

”Ner med axlarna! Ner med axlarna!”

”Vad fasen!” viskar Vera, som hoppar mellan Greta och Funkan. ”Vad har det här med teater att göra?”

Plötsligt kommer Mimi studsande mot dem, och så mellan dem, som en pil, om en pil nu kan åka sicksack.

Greta börjar fnissa. Och så hoppar hon efter Mimi, fast på två ben. Och Funkan efter henne. De kryssar fram mellan de andra eleverna i bakre raden.

Och till slut syns de ju, även längst fram i Spegelsalen.

”Fröken Pollak! *Fröken Pollak!*” hojtar Hjortberg därframme. ”Vad gör ni!?”

Mimi tvärstannar, fast hoppande.

”Jag lär mig hålla balansen på ett ben, fru Hjortberg”, säger hon troskyldigt. ”För att inte göra mig illa på scen.”

Men de andra hann inte med. De krockade.

”*Ut!*” skriker fru Hjortberg med sin pipiga röst. ”*Ut med er!*”

Sedan sitter de på Söderbergs. Lyckligt utmattade.

Ja, det är det som är så konstigt. Här, just nu, just i denna period av livet, går det att vara både utmattad och lycklig. Det har Greta aldrig varit med om förut.

Hon tittar på kamraterna. De har köpt var sin kaka – hon, Mimi, Vera, Annie, Mona och Lena. Funkan har bara beställt in en öl. Nu betraktar Greta sin kaka. Länge, utstuderat allvarligt. Så för hon den till munnen.

"Usch så gott ...", säger hon efter den första tuggan, med en min av avsmak.

Då tar Mimi upp sin och glufsar i sig den på tre sekunder.

"Ja, usch så gott!" utbrister hon glatt. Varpå Lena lyfter upp sin kaka och håller den framför sig, i handflatan, som Hamlet med dödskallen.

"Säg mig, Yorick, när smakar en kaka som godast?" deklamerar hon allvarligt.

"På vintern", svarar Greta, mitt i en tugga.

Varpå alla brister ut i skratt.

"Är det ditt standardsvar?" undrar Funkan.

"Bara på vintern", svarar hon.

Då reser sig Funkan och tar på sig halsduken.

"I så fall, drottning Gertrud, tror jag att det är dags för mig att gå i ide", säger han. "Vi ses nästa vår."

Så försvinner han ut genom ytterdörren. Och endast flickorna är kvar.

"Jag önskar att det fanns lite spännande karlar på skolan", viskar Vera.

"Men sluta nu!" utbrister Mona.

Fast Vera slutar förstås inte.

"Nog skulle man bli mer inspirerad i sitt spel om man var riktigt förälskad i sin motspelare, eller hur?"

"Det är det som kallas skådespelarkonst, Vera", säger Annie snusförnuftigt. "Man *föreställer* sig att man är förälskad."

”Jaha!” säger Vera och himlar med ögonen.

Mimi sitter med munnen nere i kaffekoppen. Hon ser fundersam ut.

”Fast”, säger hon, in i koppen, ”om sanningen ska fram så var det faktiskt förälskelse som fick mig till teatern.”

”Jag trodde det var mamma”, säger Greta torrt.

Mimi fnittrar till. ”Mamma – och Maurice Chevalier! Mina föräldrar skickade mig till en flickpension i England för ett par somrar sedan. För att jag skulle bli bildad och kulturell. På vägen hem tog jag en sväng över Paris, och gick på revy. Med Maurice Chevalier.” Nu börjar hon sjunga:

”*Maurice, Oh Maurice, Oh Maurice, Oh …*”

Hon tystnar.

”Vackert”, säger Vera.

”Det var fantastiskt.” Mimis ögon är glansiga. ”Han valde ut mig i revysalongen, sjöng en kärleksvisa bara för mig, tyckte jag i alla fall. Sen kom han fram och tryckte min hand. Det var otroligt, en av mitt livs mest fantastiska upplevelser. Det gjorde i alla fall att jag började ta lektioner av Emma Rommel när jag kom hem till Karlstad. Och att jag nu är här!” Mimi slår ut med armarna.

”På Söderbergs konditori”, muttrar Greta.

”Det var värst vad du var sarkastisk, Gurra!” säger Lena. För så har de alla börjat kalla henne.

Greta rycker till. ”Nej då …”, säger hon. ”Förlåt …”

Men Mimi har börjat gnola igen, sången om Maurice.

”Vilken underbar historia. Jag blir alldeles lycklig …”, såsar Mona. ”Bara av att höra dig berätta.”

Greta tar en kaffeklunk till. Så ställer hon ner koppen, samlar ihop smulorna och reser sig.

De andra tittar förvånat på henne.

”Ska du gå?” frågar Vera.

Greta nickar. Då tittar Mona på klockan.

”Jag måste också gå”, säger hon.

”Då går vi väl allihopa”, säger Mimi och tömmer koppen. ”Går Gurra, går alla.”

Fast hon låter inte ovänlig.

De samlar ihop sina saker och sätter på sig ytterkläderna. Greta har sin svarta cape, den hon nästan alltid har på sig när det inte är sommar.

Det plingar när de går ut genom dörren. Hållplatsen är alldeles utanför.

”Ses imorgon”, ropar Lena och springer mot spårvagnen.

Det är kallt ute, sommaren är definitivt över. Människor på gatan flanerar inte längre. De skyndar. De ska någon annanstans.

Mimi stannar till, hon har fått något i skon.

”Vi ses imorgon”, säger hon, skickligt hoppande på ett ben.

De andra rör sig mot Nybroplan. Men inte Greta.

Hon står kvar.

”Behöver du hjälp?”

Mimi ler mot henne. ”Att tömma skon?” Och så börjar hon plötsligt skratta.

”Så roligt var det väl inte ...” Greta låter lite sårad.

”Nej, nej! Jag kom att tänka på en annan händelse under den där resan.” Hon skakar ur skon, fortfarande på ett ben.

”Med Maurice Chevalier?”

”Nej, i London. En dag råkade jag läsa att Isadora Duncan skulle dansa i Albert Hall.”

Mimi har fått på sig skon igen.

”Skickligt”, säger Greta.

”Tack. Vill du höra om Isadora?”

Greta nickar. Fast hon vet ju inte vem den där Isadora är.

”Vi skulle absolut se henne, jag och mina engelska väninnor. Vi hade hört att hon var väldigt fräck i sin dans, utmanande. Att hon dansade barfota med bara en skir grekisk toga på sig. Men när föreställningen börjar, så in på scenen glider en bastant ballong!” Mimi blåser upp kinderna. ”Som förgäves försöker lyfta. Det tog ett tag innan jag förstod varför. Hon var ju över fyrtio, och även om hon fortfarande hade toga och dansade barfota så var hon knappast någon sylfid längre. I alla fall, dansa kunde hon. Så vi glömde snart att hon var lite tung. Tills det …" Hon fnissar till. "Tills … Plötsligt i ett hopp så vände hon i luften. Och vet du vad som hände?"

"Nej."

"Brösten ramlade ut!" Mimi gör stora ögon. "Jag trodde jag skulle dö! Hela publiken höll andan, och vi väntade på att hon skulle stoppa in dom igen. Men det gjorde hon inte! Hon bara fortsatte. Hon genomförde resten av föreställningen med brösten dinglande utanför togan. Fattar du!" Hon tystnar ett ögonblick. "Först var jag så nervös att jag trodde att jag skulle gå åt. Men sen, till min förvåning, började jag slappna av. Hon var modig. Hon vågade. Jag tappade skräckkänslan, förstår du, och bara tittade. Hon gjorde hela föreställningen utan att försöka dölja att en katastrof hade inträffat. Det var så starkt! Hon skämdes inte. Så vi skämdes inte heller."

Greta nickar. Hon petar lite på en cigarettfimp med skon.

"Det var modigt."

"Ja, visst var det!"

Greta fortsätter att titta ner i gatan. Sparkar runt cigarettfimpen.

"Vad är det?" frågar Mimi till slut.

Det låter som om Greta suckar. Så tittar hon upp.

"*Luffar-Petter* har premiär nästa vecka …"

Mimi ser oförstående ut.

"*Luffar-Petter*. Petschlers film. Som jag är med i."

"Är du med i en film? Det har du inte berättat! Vad roligt!"

Greta skakar på huvudet.

"Inte?"

"Jag är rädd."

"Rädd? Varför?"

Plötsligt ser Greta gråtfärdig ut.

"Vad är det?" säger Mimi.

”Skulle du vilja gå med på premiären?” mumlar Greta.

”Visst, gärna … Men ska du inte be din mamma och dina syskon? Dom måste ju vara hemskt stolta!”

22

Brunkebergstorg. Nedre Norrmalms hjärta. Och mitt på ena fasaden den stora skylten: *Odéon*. Hon hade varit därinne många gånger, förstås. Obemärkt, förtjust. I kväll var hon inte förtjust, och om någonting fyllde henne så var det fasan för att märkas. Hon kröp ihop mellan Mimi, Mona och Funkan. Det hade spridit sig i klassen att Greta var med i en film. Hon lät dem komma med, inte för att hon egentligen ville, utan för att slippa vara ensam. Till mamma hade hon sagt att biljetterna tyvärr var slut. Mamma hade fortfarande inte kommit över att hon slutat på PUB. Hon sa förstås sällan något om det, bara surade på sitt karakteristiska sätt, fast mer. Och skulle mamma se den här smörjan skulle hon bara få vatten på sin kvarn. Sven och hans kvinna Elsa vågade hon heller inte bjuda.

Alva, däremot, hade hemskt gärna fått komma, för Alva skulle inte förakta henne. Men Alva låg hemma i feber.

Det var som att välja mellan pest och kolera. Att se klasskamraternas ömkande blickar. Eller att tvingas möta detta ensam. Hon kunde förstås ha vägrat komma. Men tanken slog henne inte. Man går till den gula lådan på Nytorget fastän man inte står ut. Och man går till sin egen premiär. Hur ohyggligt det än är.

Nu ser hon Tyra, i andra änden av foajén. Och Petschler bredvid henne. De skrattar. En kamerablixt fyras av. Tyra kråmar sig.

Greta gömmer sig bakom Funkan, hans rygg är bredast. Men han kommer inte att kunna skydda henne, inte efteråt.

"En svensk Chaplin", hade det stått i tidningarna den morgonen. En svensk Chaplin, eftersom denna film inte hade något egenvärde. En samling larviga tablåer. Ett hysteriskt flamsande där den bristande humorn skulle uppvägas av fjant. Hon kunde inte föreställa sig att någon i salongen skulle skratta. I alla fall inte vänligt.

Var det verkligen möjligt att hon inte tänkt på detta tidigare? Nej, det var det inte. Kanske var det det värsta, att hon visste att hon hade sålt sig. Och så fruktansvärt billigt.

Hon kröp ner i den röda sammeten. Petschler hade vinkat på henne, visat henne att hon skulle komma fram. Hon hade skakat lite generat på huvudet och pekat på sina vänner. Han såg besviken ut, men protesterade inte.

Så hon satt på kanten av femtonde raden, med Mimi och Mona på den ena sidan och Funkan på den andra, närmast mittgången. Hon försökte göra sig liten. Hon försökte titta åt ett annat håll.

Och nu gick ljuset ner, och pianisten började spela, och den vidriga ridån gick långsamt upp. Som till en avrättning.

***

Han tittar stint på henne. Leendet leker i hans ena mungipa.

”Ni har ju haft träning, fröken Gustafsson. Har jag hört. Filmen.”

Hon stelnar.

”Men ser ni, fröken Gustafsson, Shakespeare är lite, *lite*, annorlunda än Luffar-Petter.” Leendet är kvar, leker i högra mungipan. Alltid högra.

Hon tittar sig hastigt omkring. Fångar Johannes blick. Han tittar genast ner i golvet.

”Vem var Hermione?” Det är Personne igen.

Hon sväljer. ”Kung Leontes hustru.”

Nu skrattar intendent Personne.

”Ja, tack så mycket. Här får man verkligen svar på sina frågor.”

Hur kan han behandla henne så här? Hur understår han sig?

Plötsligt slår han på sitt bröst med knytnäven. Den beniga knytnäven, med de beniga fingrarna. Dunk, dunk, låter det.

”Här! Härinne! Vem var hon?”

Inte gråta nu!

”En stolt kvinna.” Hon försöker få rösten att låta stadig.

”Jahaja. Det var ju ett framsteg. Och mer?”

Åh Gud, vad hon hatar honom. Eller nej, nej. Sig själv.

”En missförstådd människa. En människa som står falskeligen anklagad!” Hon hör sin egen röst, långt borta.

”Aha!” Han sträcker sitt krokiga pekfinger i luften och tittar på de andra eleverna. ”Låt oss ta fasta på det. Vad gör man då, när man är falskeligen anklagad?”

Ingen svarar förstås.

”Står man som en präst i predikstolen och förkunnar Guds ord till menigheten? Gör man det, fröken Gustafsson?” Han gör alltid så. Först tilltalar han de andra, sedan henne, offret. ”Fröken Gustafsson, ni står och förkunnar Guds ord till menigheten. Och det tror jag inte det var Shakespeares avsikt att ni skulle göra. Shakespeare var en man som kunde fånga hela själens djup i några få ordvändningar. Har ni gjort det, fröken Gustafsson?”

Hon skakar på huvudet.

”Har ni gjort William Shakespeare rättvisa?”

Hon är tyst.

”*Har ni det?*”

”Nej”, viskar hon.

***

”Gurra ...” Rösten kommer ovanifrån. Den låter bekant.

”Gurra ...” Nu närmare. Alldeles intill henne. Någon tar tag i hennes arm, lägger hennes huvud mot sin axel.

Hon är alldeles slapp.

”Du får inte låta honom komma åt dig”, säger rösten.

Hon svarar inte. Hon finns ju inte.

Hur kan man hitta någon som inte finns?

En hand läggs runt hennes huvud. Stryker hennes hår.

Plötsligt märker hon att tårarna börjar välla ur hennes ögon.

Men hon gråter inte, nej inte som det känns. De bara rinner av sig själva. Hon finns ju inte.

Handen tar ett fastare tag runt hennes huvud.

”Du måste stå emot, du måste orka.”

Hon känner att det är alldeles blött i tyget under hennes haka. Förlåt, tänker hon.

”Gurra ...” Rösten mumlar, tyst. ”Gurra, vad är det du har varit med om?”

Hon skrattar, fast bara inombords. Det hörs inget. Hon skrattar inombords och gråter på utsidan.

”Det spelar ingen roll”, säger nu rösten, liksom till sig själv. ”Jag skiter i vad du har varit med om. Så här får du inte reagera! *Hör du mig, Gurra!*” Nu rycker händerna tag i hennes axlar och stöter bort henne. Hon tittar in i ett ansikte.

”*Hör du mig!* Jag har sett dig bli tillintetgjord två gånger på ett dygn! Det är två gånger för mycket! Du förtjänar det inte. Tror du inte jag är livrädd, tror du inte vi alla är livrädda! Man går ju på slak lina varje dag i det här yrket. Men man måste finnas kvar! Man måste!”

Hon tittar in i det andra ansiktet, de välbekanta ögonen. Det är fina ögon.

”Men tänk om dom avslöjar mig ...?”

Var kom det ifrån?

”Om dom ...” Mimi hejdar sig mitt i meningen. Hennes ögon fylls av värme. Greta ryggar tillbaka. För värme och medlidande ser likadant ut. Hon ångrar omedelbart sin oförsiktighet, ångrar den så att hon kunde dö.

”Gurra ...” Nu ser ögonen förmanande ut. ”Vad det än är du har varit med om, så är det inte allt du är. En ond blick gör inte att du förgås. Ett misstag gör inte att du är usel. Och är du inte storslagen så finns du ändå. *Glöm aldrig det!*”

Greta tittar in i de där ögonen – ja, de är fina. Pigga, livliga. Nej, ombytliga. Fantastiskt ombytliga. Som vädret i tropikerna, kanske.

Och ibland är det på något sätt som om det går en kraft ut ur dem. Just nu är det så. Vad märkligt … Den letar sig faktiskt in i henne, in mellan skrymslena, in mellan de icke-existerande bitarna av henne.

”Nej”, säger hon. Nej, hon ska inte glömma det.

Så tittar de där ögonen på henne igen.

”Nej”, säger hon, än en gång. Nej, hon ska inte glömma det.

Och plötsligt är det som om hon inte vet om hon ska skratta eller gråta. För allt är ju så komiskt. Och Nils Personne är egentligen en ganska skrattretande figur. Och vad gör hon här, i städskrubben på tredje raden? Och Mimi?

Hon börjar skratta högt.

Mimi tittar förvånat på henne.

”Gurra, om jag kunde begripa …”

”Åh Mimi”, säger Greta. ”Det finns inget att begripa!” Och så, utan att hon kan förklara varför, ger hon Mimi en puss. Mitt på munnen. Och så skrattar hon igen.

Mimi tittar förvirrat på henne.

”Vem ska gå ut först?” Greta ler.

Mimi rycker på axlarna, hon ser fortfarande hemskt förbryllad ut.

”Du”, säger hon till slut. ”Jag tycker det är så trivsamt i den här skrubben.”

Och då skrattar förstås Greta igen. Sitt allra mest pärlande och ljuvliga skratt.

23

Nästa dag är Nils Personne som vanligt igen. När hon kommer in genom dörren till Tornrummet, i tid, nickar han till hälsning. Hon nickar tillbaka. Och sedan har de en helt vanlig lektion. Allt är som om inget hade hänt. Sedan skojar Funkan med henne över lunchbordet. Säger att hon borde pröva Ofelia i stället. Och hon blir inte sårad, för Funkan skulle aldrig vilja såra henne. Vem skulle egentligen vilja det? Men igår var det bara som om hon gick sönder. Så är det plötsligt med henne ibland. Hon går liksom sönder. Fast det är över nu. Och Vera bjuder henne på sin kalops, eftersom hon inte orkar äta allt själv. Och sedan berättar Vera att hon ska träffa en karl som kallas Bambino – för att han är så stark. Och Bambino har en god vän som heter Gösta, och Gösta skulle gärna vilja gå ut på träff med någon trevlig flicka. Och har Greta lust, och kanske kunde de gå ut alla fyra? Och Greta tackar ja, för det var länge sedan hon träffade någon trevlig karl. Och då tillägger Vera att Gösta är gift, fast hemskt olyckligt, och han ska säkert skilja sig snart. Och det passar Greta bra.

Men Mimi ser hon inte till på hela dagen, och hon undrar om Mimi är sjuk.

Senare på eftermiddagen, efter att lektionerna är slut, går Vera och Mona och hon in i elevlogen för att läsa tillsammans, *Nana* av den franske författaren Émile Zola. En roman om en kvinna som lever ett liv i synd och förgör alla män i sin närhet. Det är Vera som har grävt fram boken, förstås. De har duschat och tvättat håret, och har stora handdukar på huvudet, som turbaner. I ansiktet har de smetat in vaselin, för att inte få rynkor. Nu lägger de sig på golvet och börjar, fulla av upphetsad nervositet, läsa högt för varandra.

”Nana var naken. Hon var naken med lugn djärvhet, viss om sin kropps allmakt. Det enda hon bar var en tunn slöja, och under den luftiga vävnaden anade, nej, såg man hela hennes kropp, vit som skum: hennes runda axlar, hennes amazonbarm, vars röda knoppar stod rakt ut och var styva som lansar, hennes breda höfter, som vaggade vällustigt, hennes vita, fylliga lår.”

”Sch!” utbrister Mona, alldeles röd i ansiktet. ”Du får inte prata så högt!” Så rycker hon boken ur Veras hand och börjar själv läsa (nej, viska):

”Hon väckte detta utbrott av brunstigt vanvett som hennes kön förmår, då hon slog upp portarna till åtråns outforskade rike ...”

Plötsligt rycks logedörren upp. Och där står ... Gösta Ekman! Och bredvid honom Pauline och John Brunius. De tre flickorna stirrar på giganterna.

”Det blev så tyst!” skrattar Ekman. ”Så vi antog att ni gått. Förlåt så hemskt mycket!”

Flickorna kommer snabbt på fötter, men det hjälper inte. Giganterna har hört. Och till råga på allt sett deras vaselinsmetiga ansikten.

Gösta Ekman skrattar så han kiknar. Så för han upp fingret till pannan och säger:

”Förlåt, än en gång. Beklagar så hemskt mycket.” Sedan försvinner han och paret Brunius. Men man kan höra dem skratta, ända långt bort i korridoren.

Och flickorna står där, mitt på golvet, alldeles mållösa.

”Det ...”, börjar Mona. Och sedan tystnar hon, med öppen mun, som en fisk.

”Ja, själva fasen att dom skulle komma!” stönar Vera och rycker av sig turbanen.

Men Greta bara ler.

”Åh Gud, vad kul!” säger hon. ”Så fantastiskt kul!”

24

De stod invid porten, den som Max stolt pekat ut för henne, den genom vilken han hade defilerat in under olympiska spelen för tio år sedan. Nu såg porten bara ödslig ut i vintermörkret. Ja, hela schabraket var som en övergiven kuliss. En stor fornnordisk teater, kom hon på sig själv att tänka. Kanske bra för en filminspelning? Ett av Stillers mastodontdramer? Hela veckan hade det talats om att Mauritz Stiller snart skulle göra film av Selma Lagerlöfs stora epos *Gösta Berlings saga*. I Stockholm. Värmland mitt i Stockholm.

Hon huttrade till och stoppade händerna i kappfickorna. Bredvid henne hackade Vera tänder. Greta räckte henne sin sjal.

”Kommer dom inte snart?” undrade hon.

”Snart …”, fick Vera fram. ”Fina herrar kommer alltid lite för sent.”

Jaha …

Hon tittade utmed Valhallavägen, så långt det nu gick att se genom ridån av snöflingor. Allt hon såg var ett tjockt snötäcke och en ensam kvällsvandrare.

”Är det kanske särskilt fint att komma för sent när det är smällkallt?” muttrade hon.

”Tyst!” ropar Vera plötsligt. ”Hör du?”

”Vad?”

”Bjällrorna!”

Hon spetsar öronen. Ja, något hör hon allt. Och nu anar hon också något, långt borta på Valhallavägen. Ett hästhuvud, och så syns en släde. Nej, två. Och en herre i hög hatt bakom varje häst!

Vera börjar hoppa och vifta med armarna.

”Här!” hojtar hon. ”Här är vi!”

Greta står bara still. Hon har ju aldrig träffat någon av herrarna förr.

Efter någon minut är ekipagen framme hos dem. Förutom hattarna är de två männen klädda i tjocka pälsar. Det är kanske därför de ser så glada ut.

”Men se gokväll, damerna”, säger han i den första släden och hoppar vigt ner på gatan. Han tar Veras handskbeklädda hand och kysser den. Vera ler förtjust.

”Bambino – Greta”, säger hon.

Greta skakar hand med den bjässe till man som väninnan introducerat som Bambino.

”Heter ni verkligen så?” dristar hon sig att fråga.

Då skrattar Veras kavaljer, och så vänder han sig till mannen bakom, som också klivit ner från sin släde.

”Heter jag verkligen Bambino, Gösta?”

”Nej”, svarar han som heter Gösta och kommer fram till Greta. ”Vi kallar honom så för att han är så omåttligt stark.”

”Bambino kan böja eldgafflar”, tillägger Vera stolt.

”Fast bara när han har fått i sig konjak”, förtydligar Gösta. Och så räcker han fram handen.

”Gösta Kyhlberger. Trevligt att råkas.” Han bugar djupt.

”Greta”, svarar Greta. ”Gustafsson”, tillägger hon och skakar hans hand.

”Då så!” brummar Bambino. ”Inte ska ni stå här ute i kylan. Upp med er i lyxåken!”

De ska dela på sig, det förefaller planerat så. Vera ska sitta med Bambino.

Greta sneglar på Gösta. Han ser väl vänlig ut. Nyseparerad, hade Vera sagt. Eller kanske var det snart nyseparerad …

Vera sitter redan i den främre släden. Bambino har tagit upp tömmarna och hon håller honom lätt under armen.

”Får jag lov?” Gösta räcker Greta handen.

Nej, inte blir det varmare av att man far fram i släde i denna snålblåst. Gösta har lagt en filt över hennes axlar. Och så har han sagt åt henne att flytta närmare, "så håller du dig gosig".

Gosig?

Men Greta flyttar närmare, för allt är bättre än denna kyla. Och Gösta verkar ändå vara en hygglig karl.

De har svängt in på Sturevägen. Här har plogats en remsa, just där spårvagnen går. Men större delen av gatan är fortfarande snötäckt.

"Tjoho!" hör hon Vera där framme.

Det var till Villa Foresta de skulle, "en flottare restaurang än åtminstone jag någonsin besökt", som Vera sagt. Den låg ända ute på Lidingön. Därav åkdonen. Efter några oändligt långa minuter är de framme vid pontonbron som leder över Lilla Värtan. Nu blir det ännu kallare. Och Greta ser ingen annan råd än att krypa ihop nära Gösta, som välvilligt lägger sin arm om hennes axlar.

Villa Foresta ser ut som en riddarborg. Gösta har hunnit berätta att det var en kvinna som låtit bygga den. En försigkommen kvinna, en gång i tiden chef för Grand Hôtel. Men nu hade hon blivit fattig, och riddarborgen var såld som restaurang. Greta tittar upp på den jättelika byggnaden, tronande högt över Lilla Värtan, och tänker att det är underbart att även kvinnor kan bygga sådana stora monument. Även om det är dumt att de sedan blir utfattiga.

En uniformerad man har mött upp ute på gårdsplan. Han leder dem nu in i borgen, där de får ta av sig ytterkläderna. Så kommer en annan man fram till dem, i precis rätt ögonblick, när de just fått av sig alla tunga kläder. Han är iklädd livré. "Vill herrskapet kanske följa mig", säger han. Så för han dem genom en lång korridor. I slutet öppnar han dörren till ett litet rum, nej ett ganska stort rum. Det första man lägger märke till är eldstaden, där brinner en stockvedsbrasa.

"Jag tänkte att det skulle bli fint med chambre separée", säger Gösta. "Så slipper man störas av andra."

Och så stängs dörren bakom dem. Vera ler förtjust. Greta säger inget.

Hon ser sig omkring. Mitt i rummet står ett dukat bord. Tre lager tallrikar av finaste porslin framför varje stol. Underst en av silver. Och tre vinglas i olika storlekar framför varje tallrikshög.

Ljusen i de två silverljusstakarna är redan tända. Precis som stockvedsbrasan.

"Har ni beställt eldgaffeln för din skull, Bambino?" skrattar Vera och trycker kärvänligt hans arm.

Greta kommer på sig själv med att tänka att det hade varit bra om Mimi varit med. Mimi hade vetat hur man skulle hantera tallrikarna, och alla glasen, och de parfymdoftande karlarna. Men Mimi är inte med. Hjortberg berättade idag att Mimi har fått ledigt för att ta emot sin faster, som kommit från Ungern till Karlstad.

***

Det blev en trevlig kväll, hon kunde inte säga annat. Gösta var gentlemannen själv. Drog ut och in stolen, var hela tiden uppmärksam. Dessutom kunde han konversera bra, visste massor om både film och teater. Lite för mycket Eau de Portugal kanske, men efter ett tag märktes det knappt.

Och gåsen, som bars in högt på silverfat, den var ju helt fantastiskt god.

Ja, han var nog ändå en ganska trevlig karl, hennes kavaljer. Vänlig och snäll. Fast inte förrän efter en timme eller så kastade hon ett öga på hans vänstra ringfinger. Där fanns ingen ring.

"Vad säger ni, flickor?" utbrast Gösta plötsligt när de satt framför brasan efter maten och rökte. "Maskeradbal på Berns?"

Vera lyste upp.

"Åh, vad roligt! Maskeradbal … När då?"

"Söndag om två veckor. Jag bjuder förstås på kostymerna. Ni

går bara upp på Sidenhuset och hälsar från mig!"

"Åh, vad roligt!" utbrast Vera än en gång. "Maskerad på en söndag! Eller hur, Gurra?"

Greta tog ett djupt bloss på cigaretten. Blåste långsamt ut röken.

"Kan du, Greta?" undrade Gösta. Han såg nog en aning orolig ut.

Greta log lite.

"Greta är ibland lite långsam!" skojade Vera och gav henne ett nyp i armen.

"Det låter hemskt roligt", sa Greta vagt och tog ett bloss till. "Hur många blir vi?"

"Tja …", sa Gösta lite konfunderat och vände sig mot Bambino.

"Jag tror Lennart vill gå också", sa då Bambino.

"Ja, det vill han säkert", sa Gösta. "Och ni får väl hitta någon söt skådespelerskeelev åt honom."

"Jag tror bestämt jag är ledig söndag om två veckor", sa Greta. Och så gav hon Gösta en liten klapp på armen. Nästan en smeksam klapp.

Då rodnade faktiskt Gösta.

De gav Bambino konjak och tog nästan lika mycket själva. Och sedan blev stämningen så uppsluppen att den stora karlen verkligen gick fram till eldgaffeln, och med ett vrål som måste ha väckt halva Lidingön böjde han den tvärt.

25

”Varför berättade du inte att du skulle till Karlstad?”

”Gjorde jag inte?”

”Nej. Hade du roligt med faster?”

”Roligt? Tja … Mamma var lite sur på henne för att hon inte bäddade sin säng själv.”

”Hå hå! En kvinna i min smak!”

Mimi log. ”Bäddar du inte heller din säng själv?”

”Jo. Men får jag råd så kommer jag genast att hyra nån att göra jobbet.”

Mimi skrattade. Så tog hon en klunk av kaffet.

”Fast Gurra, jag tror inte faster är helt i din smak.”

”Inte?”

”Inte klädsmak i alla fall.”

”Vad har hon för klädsmak då?”

”Svart klänning. Jättesvart.”

Greta log. ”Nä, jag föredrar halvsvart …”

”I pannan har hon en liten lockig vit lugg och ovanpå hjässan en stor fläta. På flätan har hon en liten vit spets. Och på den vita spetsen sitter en svart sammetsrosett.”

”Även när hon sover?”

Mimi höjde på ögonbrynen. ”Jag tror det!”

”Låter som en maskeradtant”, sa Greta och tog även hon en klunk av kaffet.

”Nä, jag tror aldrig faster har varit på någon maskerad.”

”Du då?”

”Jag?”

”Ja, har du varit på maskerad?”

”Vet inte. Nä.”

”Vill du gå på maskerad?”

”Menar du allvar?”

”På Berns. Din kavaljer heter Lennart.”

”Gör han?”

”Ja, men först måste du hänga med mig och Vera upp på Siden-huset. Prova kostym. Gösta betalar.”

”Gösta?”

26

Vera förvandlades till pudervippa. Med hjälp av ett ljusblått, lövtunt, genomskinligt sidentyg som stod rätt ut från midjan med ett stålband, från vilket det hängde dun från en hel svanfamilj. Allt annat än getingmidja. Men hemskt övertygande.

Greta blev turkinna. I fotsid glittrande grön sidenklänning, med slits ända upp till knäet (hade turkinnor sådana?). Till huvudet tillverkades en turban med en jätterosett bakpå.

Och Mimi var skär rokokoherdinna, med en krans av tygblommor i håret, nakna axlar och vid krinolin.

Mannen på Sidenhuset hade satt tonen, och de hade villigt låtit sig förvandlas. Men nu undrade de om de ändå varit för fega.

De stod tätt intill varandra utmed ena väggen i Berns stora salong och tittade förundrat ut över folkhavet under de gigantiska kristallkronorna. Nej, Mimi hade aldrig varit på maskerad förut, så världsvan hon var. Och inte Vera eller Greta heller. Och om de trott att de skulle se enastående formidabla ut i sina dyra kreationer hade de haft fel. Där borta, i ett hörn, stod de tre maskerade konungarna Gustav III, Karl XII och Gustav Vasa och språkade med varandra. Iklädda lika mycket siden som flickorna – åtminstone Gustav III – och tegelstenar till juveler ovanpå det. I ett annat hörn svärmade ett stim änglar med vingar så stora att de var tvungna att skrika till varandra för att göra sig hörda. Och mitt på golvet dansade fem damer cancan, i nätstrumpor, volangunderkläder och åtsittande svarta korsetter, där brösten exponerades så långt det bara gick utan att polisen skulle komma. Orkestern på scenen spelade tango, men det gick uppenbarligen bra med cancan till det också.

”En dans, mademoiselle?”

Mimi kände en hand som stötte till henne från sidan. Det var Göstas. Han hade smugit armen runt Gretas midja.

Hon tittade upp mot honom. Han var klädd som renässansprins. Ja, Gretas kavaljer var förmodligen en snygg karl, även om man just nu inte såg ögonen.

Med ett stort leende på läpparna svepte Greta ut med prinsen på dansgolvet. Och inte med en min avslöjade hon att hon egentligen avskydde att dansa. Eller så gjorde hon inte längre det.

”Den verliebte halvskilde bankiren”, viskade Vera i Mimis öra. ”Snart helskild.” Så gick hon resolut fram till Bambino, som stod och rökte några meter bort, tog hans cigarett, fimpade den i en hög askkopp och ryckte ut honom på dansgolvet.

Och Mimi stod ensam kvar.

Da-ram-tam-tam-tam-tarararara-ram-tam-tam-tam-tarararara … Hon såg att Gösta var bra på att dansa tango. Och Greta följde honom utmärkt. Ram-tam-tam-tam-tarararara. Kunde Greta alltså dansa tango? Det hade hon aldrig berättat. Gösta kunde det uppenbarligen. Och Greta, den stolta, okuvliga, hade en helt oförutsedd förmåga att följa honom. Vem hade kunnat tro det?

”Underbart ställe, Berns … Anrikt.”

Det var han som hette Lennart. Han hade ställt sig bredvid henne och puffade på en cigarett. Mimi skulle aldrig drömma om att rycka den ur hans hand.

”Ja, mycket”, svarade hon. Fast hon tittade inte på honom. Hon tittade ut mot dansgolvet.

”Har ni varit här tidigare?”

”Nej”, svarade Mimi. ”Men jag har ju läst … *Röda rummet*.” Hon hörde hur dum hon lät. Hon förstod själv inte varför. För Lennart var en vänlig man. Och snygg kostym hade han. Helvit, från topp till tå, med en vit mask för ögonen. Vera hade berättat att Lennart beställde alla sina kostymer i London.

”Ja, en utmärkt bok”, sa Lennart.

Nu hade Greta och Gösta slutat dansa. De stod och småviskade i varandras öron.

"Jag antar att ni får läsa mycket Strindberg på elevskolan."

Mimi nickade. "Ja, det blir ju en del."

"Kom nu, era tråkmånsar!" Plötsligt står Vera och Bambino framför dem och rycker i deras armar. Och Lennart tar tag i Mimis midja och tillsammans svischar de två paren ut i dansen.

Orkestern slår om till vals. Det visar sig att Lennart är en sagolik dansör, en wienervalsmästare. Och Mimi kan ju dansa, och Mimi älskar att dansa. Och Mimi börjar gnola med. Och musiken är förtjusande. Och Lennart missar inte ett steg. Ett-två-två. Ett-två-två.

Och plötsligt är både Vera och Greta där, alldeles intill henne, med var sin kavaljer. Och det känns som hemma, trots maskerna och kreationerna. Och nu dansar de alla i en ring, böljar fram och tillbaka i valstakt. Och Bambino säger:

"Så berätta, hur är det på Kungliga Dramatiska Teatern?"

"Ja ... hur är det ...?" skrattar Vera.

"Kallt!" Greta huttrar. Och ler charmigt mot Gösta.

"I alla fall på vintern!" Säger Mimi, alldeles för högt. Då blinkar Greta mot henne. Och Mimi känner sig så dum, så dum.

"Speciellt på toaletterna", säger Vera.

Bambino låtsas se förvånad ut.

"Det är likadant på Enskilda Banken. Alldeles för kallt på toaletterna!"

Och nu skrattar de alla.

"Då undersöker vi Berns toaletter!" fastslår Gösta. Och försvinner iväg med Greta. Vips, puts väck! Och trots att Mimi spanar efter dem ser hon dem inte längre.

"Nej, kom nu, så får vi oss lite punsch till livs!" Bambino har lagt armen om Veras axlar och gett henne en puss på kinden. De drar iväg till baren. Och Lennart och Mimi efter dem. Lennart är artigheten själv, chevaleresk, men alls inte påträngande. Där står de sedan länge, bland halvtomma glas och immiga flaskor av nykyld Carlshamns flaggpunsch och stora fruktfat, medan stämningen förändras i rummet. Och allt blir galnare och varmare och hetsigare. Mimi ser hur ögontuschen runnit nerför kinderna på en av änglarna. Och den kortaste av cancandansöserna sitter nu i knäet på en tjock grosshandlare, som krafsar i hennes dekolletage. Och uppasserskorna springer runt, svettiga och insvepta i serpentiner och nersnöade av konfetti. Det är kladdigt på golvet av utrunnen punsch. Det flotta har blivit backanalskt. Till och med orkestern spelar snabbare och snabbare. Som mot ett crescendo. Mimi känner det plötsligt som om hon håller på att svimma.

Då märker hon en hand på sin axel.

Hon vänder sig hastigt om.

Greta har sin mask uppe i pannan.

”Jag vill gå.” Hon kastar en snabb blick bakåt.

Mimi tittar överraskat på henne. Greta är ensam.

”Gösta?”

Greta skakar på huvudet.

”Han kommer om ett ögonblick”, viskar hon. ”Jag vill inte bli lämnad ensam med honom i droskan.”

Och så står Gösta där.

Och Greta ler så där varmt mot honom.

”Jo, Lennart”, säger han fryntligt, över Mimis huvud, ”Greta är trött, så jag ska ta henne hem.”

Med ens fattar Mimi galoppen. Ingen har fått komma hem till Greta, inte ens hon.

Hon gäspar – en riktig teatergäspning. ”Ja, jag börjar nog också bli trött.” Så vänder hon sig till sin kavaljer medan hon gnuggar ena ögat. ”Jag åker gärna hem nu också. Vi ska ju till Söder, både Greta och jag.”

Lennart tappar inte fattningen för en sekund.

”Ja, men då så”, säger han. ”Då tar vi väl en taxameter för fyra.”

”För ni ska väl åt ett annat håll?” säger han till Bambino och

Vera, som står bredvid. De hör honom förstås inte och frågan var väl retorisk.

Lennart dricker ur sitt glas och bjuder Mimi armen.

Och precis när de ska gå sticker Greta handen i en av fruktskålarna och tar ut ett stort saftigt päron, som hon låter slinka ner i sidenhandväskan.

***

Det är mörkt i Stockholm, de flesta gatlyktorna har redan släckts. Ändå gör snön som ligger på isen att staden liksom glimrar, i sitt eget ljus. Droskan rör sig långsamt, det är halt.

Mimi kastar en blick bakåt, mot Dramaten. Hon har aldrig sett den från ett bilfönster förut. Den är vacker, deras teater, speciellt i det dunkla vinternattsljuset. Så lämnar de Blasieholmen och är strax uppe på Skeppsbron.

"Det är inte ofta man är söder om slottet så här", säger Lennart glatt och vänder sig om. Han har tagit platsen bredvid chauffören. Gösta sitter i baksätet, mellan Greta och Mimi.

"Nä", svarar Mimi. Och inser alldeles för sent sitt misstag. Men hon korrigerar sig inte. Och antingen tror väl karlarna att de hört fel eller så är de artiga.

"Fast bor man på den här sidan av Södermalm går det nog ganska fort att ta sig till Dramaten", säger Lennart. "Eller hur?"

Mimi nickar. Hon är dålig på att ljuga.

När de kört förbi statyn av Karl Johan och börjar stigningen upp mot Söders höjder tar Gösta Gretas hand:

"Jaha", säger han. "Vem ska av först?"

Gretas svar kommer blixtsnabbt:

"Vi går båda av samtidigt. Vi bor hemskt nära varandra."

Nu ser Gösta förvirrad ut.

"Men vad är adressen?"

Hon ler älskvärt: "Det går bra i hörnet Ringvägen–Blekingegatan."

”Men vi kör er naturligtvis ända hem!” protesterar Gösta.

”Nej, det blir skönt med en liten promenad.” Greta trycker lätt hans hand. Och Mimi förundras över hur skicklig Greta är i att navigera detta samtal. Hon som aldrig tidigare visat tecken på taktiskt handlag.

Några minuter senare glider droskan fram på den plogade delen av Götgatan. Förbi klungorna runt ölsjappen, förbi stöket utanför Port Arthur. Förbi Gretas gata. Men det vet ingen annan än hon. Och hon kryper ihop lite. Och först när de svängt in på Ringvägen sträcker hon på sig igen och tittar ut genom fönstret.

”Där”, säger hon, ”där borta i hörnet.” Och med en liten halkning på det isiga underlaget stannar bilen.

Men det blir Mimi som får sköta avskedet.

”Tack Lennart. Tack Gösta.” Hon skakar artigt hand med kavaljererna, som står bredvid dem på trottoaren. De två männen tycks inte riktigt veta vad de ska göra.

Gösta ger Greta en kyss på kinden.

”Jag hoppas verkligen vi ses snart igen”, mumlar han.

Då ler äntligen Greta.

”Det har varit en fantastisk kväll”, säger hon. ”Nu ska det bli skönt att sova.”

Det tycks avgöra saken. Männen går motvilligt in i droskan igen, och chauffören startar motorn. Mimi vinkar efter dem:

”Tack för en alldeles underbar kväll!”

Så är de plötsligt borta. Och Greta och Mimi står ensamma kvar.

Ett fyllo kommer raglande nerför Blekingegatan.

”Stackars Lennart och Gösta”, skrattar Mimi och stampar med kängorna i snön.

”De klarar sig”, mumlar Greta.

”Det gör de säkert”, säger Mimi och stiger åt sidan så att den berusade mannen inte ska braka rakt in i henne. Hon tittar efter honom. ”Frågan är hur jag tar mig hem.”

”Det gör du inte”, svarar Greta och tar på sig handskarna. ”Du kan inte ta dig hem själv. Du får sova hos mig.”

Under normala omständigheter, i en annan situation, med en annan person, skulle detta ha varit en självklar inbjudan. Men knappast med Greta.

Mimi tittar undrande på henne. Men Greta säger inget mer. Hon bara hissar upp sidenklänningen och börjar gå uppför Blekingegatan.

Så då gör Mimi också det. Mitt i körbanan, där fordonen har plattat till snön.

De bär sina finskor i händerna. Och i de redan ganska blöta kängorna pulsar de uppför den långa gatan mot Helgalunden.

”Det är vackert här”, säger Mimi när hon ser Allhelgonakyrkans spira.

Men Greta svarar inte. Hon verkar sammanbiten. Eller så fryser hon.

Det tar inte mer än fem minuter så har de kommit till trettiotvåan. Mimi kastar en förvånad blick mot Götgatan. Hon inser genast att de har gjort en cirkel. En stor cirkel runt hela Blekingegatan, bara för att Gösta och Lennart inte skulle se. Vad skulle de inte se? Ibland är Greta outgrundlig.

Men nu öppnar hon porten, håller upp den för Mimi. Och Mimi går in i Gretas värld.

Det är mörkt därinne, och unket. Inte direkt illaluktande, bara en doft av gammalt och källaraktigt. Greta rör Mimis arm.

”Håll i mig.” Bara så många ord som behövs.

Så Mimi håller i Greta, och i kompakt mörker letar de sig uppför den smala trappan. Det finns ett räcke, men efter första våningen tar det plötsligt slut. Då tar Mimi stöd mot väggen. De tar sig upp en våning till i det mörka huset. Så stannar Greta. Hon tar fram en nyckel. Och på något förunderligt sätt vet hon precis var hon ska stoppa den. Dörren glider upp.

Det är lite ljusare därinne, man kan ana en liten hall. Greta tar bådas kappor och hänger upp dem på osynliga krokar, utan att tända. Så tar de av sig kängorna, stående. Det finns ingen stol att sitta på. I alla fall ingen som Mimi kan se.

Greta rör vid hennes arm. Och så går de genom hallen in i vad som ser ut att vara ett kök. Hon anar en stor svart spis och en soffa vid fönstret. Den är vitmålad, med en pläd ovanpå, men man ser inte färgerna i dunklet.

Lägenheten är kylig, trots att det pyr i spisen. Mimi ställer sig på trasmattan för att inte bli kall om fötterna. En vacker trasmatta, tätt mönstrad, omsorgsfullt vävd. Den ser gammal ut.

"Det är sent. Ska vi lägga oss?"

Aldrig har hon hört Greta så här korthuggen.

"Det är fint här", säger hon. "Du kunde gott ha tagit mig hit tidigare."

Då anar hon att Greta reagerar. Men hon säger inget.

Nu hörs snarkningar, från rummet intill.

"Min syster är bortrest", säger Greta utan vidare förklaringar. Och så går hon fram till kökssoffan och drar vant ut den, så att den blir till en säng. Hon ber inte om hjälp, hon behöver väl ingen. Sedan går hon till ett skåp, öppnar det och tar ut två nattlinnen. Det ena räcker hon till Mimi.

"Vilken sida vill du sova på?"

Mimi rycker på axlarna.

"Ta den yttre", säger Greta, "så får du mer luft."

Mimi ler för sig själv. Plötsligt lät Greta omtänksam. Fast det var nog inte meningen.

De klär om i tystnad, ackompanjerade av de rytmiska snarkningarna. Kreationerna hamnar på två köksstolar, finskorna ställer de under. Greta är den första som kryper in under täcket. Hon håller upp det för Mimi, som följer efter.

Det är ett tjockt täcke, varmt. Det är bra. Det behövs.

"God natt, då", säger Greta och vänder sig mot väggen.

”God natt”, svarar Mimi.

Hon ligger på rygg och tittar upp i taket. Målarfärgen har flagat lite. Det svaga ljuset från fönstret gör att hon kan ana fler detaljer i det lilla köket. Det hänger en tavla på väggen, ett landskap, en äng ser det ut som. På diskbänken bredvid spisen står en låda, en brödburk kanske. Och under står en balja. Nu blir snarkningarna plötsligt ljudligare. Hon börjar räkna dem, av ingen anledning alls. En två tre. Sedan tyst. En två tre fyra. Hon kan inte låta bli att le igen. Hur har hon hamnat här? Utan ett ord av introduktion …

”Gurra …?”

”Ja”, hörs det från väggen.

”Du ville inte gå hem till Gösta …”

”Nej.”

”Tror du att du kommer att vilja det så småningom …? Jag menar … nu när vi lät honom köpa maskeradkostymer åt oss.”

Det är tyst.

”Gurra”, säger hon, lite mer uppfordrande.

”Vad menar du?” säger Greta till slut. Fortfarande bortvänd.

”Tror du inte att han har några förväntningar?”

”Det vet jag inte.”

”Är du inte rädd att uppmuntra män?”

”Nej. Vill dom gå på maskerad med mig så får dom gå på maskerad med mig. Maskerad är maskerad.”

En bil tutar på gatan. Mitt i natten.

”Men du visste att han ville något mer. Annars hade du inte sagt åt mig att inte lämna dig ensam med honom.”

Det känns som om Greta tar ett djupt andetag.

”När man har mycket här i livet”, mumlar hon, ”då kan man ägna sig åt att fundera ut vad människor *egentligen* vill, förutom det dom säger att dom vill. Men har man inte det … så får man låta bli att tänka så mycket. Och uppstår ett problem får man ta itu med det då.”

Mimi nickar. Hon drar upp täcket till hakan. Tittar upp i taket igen.

Snart har snarkningarna tystnat. Även gatan är tyst. Bara ljudet av de brinnande kolen i spisen hörs.

"Varför släppte du in mig i din lägenhet nu?"

Gretas rygg rör sig lite. Hon är nog vaken. Men hon svarar inte.

"Greta ..."

"För jag kunde inte gärna låta dig gå hem ensam mitt i natten."

"Nej, det förstås." Mimi är tyst ett ögonblick. "Det var hemskt rart av dig."

Och så känner hon plötsligt hur det börjar skaka i sängen. Hon tittar förvånat över axeln. Det är Greta som skakar. Hon skrattar så att hon skakar. Och så vänder hon sig om och tittar på Mimi med sina allra mest ljuvligt skrattiga ögon.

"Åh herregud, vad du är söt", utbrister hon. Och Mimi tittar förvirrat på henne. Ibland är det omöjligt att hänga med i Gretas svängningar. Driver hon med henne? Tycker hon Mimi är fånig? Försöker hon få Mimi att sluta prata? Men nej, nu stryker Greta hennes kind.

"Bedårande", säger hon. Och hon säger det med ögonen också.

"Inte bedårande", säger Mimi då, med liten röst. "Kanske lite näpen, som en kanin."

Och då skrattar Greta så där hjärtligt igen. Men sedan tystnar hon. Och bara tittar. Rakt in i Mimis ögon.

"Världens mest bedårande lilla kanin", säger hon, och är alldeles, alldeles allvarlig. Så stryker hon hennes kind igen.

Mimi känner att hon är torr i halsen. Och Mimi känner att hon nog fryser, och nog måste gå upp och sätta på sig kappan. Men det gör hon inte. Hon ligger kvar, alldeles orörlig. Och tittar på Gretas ögon. Som tittar på hennes. Utan att släppa taget. Och någonting har hänt. Och Mimi är plötsligt så rädd, så rädd. För hon hade tänkt tanken. Men bara en bråkdel av en sekund. Hon hade tänkt tanken, men i sig, inte i Greta. Och nu ser hon den i Greta. Ja, hon ser den i Greta, vad är det annars hon ser? Men Greta ser inte rädd ut. Vad tänker hon?

”Vad ...”, får hon fram. Men så blir hon åter tyst.

Och hon ser Gretas ögon, de vackraste ögonen i världen. Och de ser på henne. Och hon tror att hon ska brista. Och just då, just när hon tror att hon ska brista, lägger Greta båda sina händer på hennes kinder, och så lutar hon sig närmare. Vad gör hon? Och ännu närmare. Och hon känner doften, berusande. Och det här är inte möjligt. Men så når Gretas läppar hennes. Och det var alltså så det var. Så absolut oerhört, omöjligt, outhärdligt. Och läpparna stannar kvar, så lätta, mot hennes. Väntar, utan att försvinna. Och hon berusas av doften. Och ingenting är så berusande som det omöjliga. Och hon lägger sina händer runt Gretas, känner med fingerspetsarna de långa vackra fingrarna. Och de håller henne, de håller henne, fast. Hon lägger sina händer ovanpå Gretas och rädslan är oförklarligt borta. Och hon trycker sina läppar mot Gretas. Och aldrig fanns det något ljuvligare än det som ingen någonsin berättat fanns.

❖

Vågorna slår in mot stranden. Hon ligger på rygg, tittar upp mot himlen. Sanden värmer hennes ben. Bortifrån kasinot kan man höra orkestern, trombonen spelar ett solo.

"Daisy, you are driving me crazy ..."

Hon gnolar med i musiken.

"Hallo, was machst Du heut, Daisy ..."

Hon ler för sig själv, det går fortfarande lika bra på tyska.

Det är sen eftermiddag på Catalina Island. Solen står lagom högt på himlen och bortifrån hotellet hörs weekendbesökarna från Los Angeles. De som har råd att tillbringa helgen på Catalina och förlora sina pengar på kasinot. Hon har råd. Snart kommer hon att ha råd hela livet.

Hon sträcker lustfyllt ut kroppen mot den varma sanden. Nästan klar. En film färdig. Två kvar, enligt kontraktet. Sedan ... äntligen ... Hon har skrivit hem att hon är tillbaka till nästa jul, allra senast.

Hon tar ett djupt andetag och drar in den varma luften i lungorna. Det är skönt att vara här på ön, långt från den otäcka fabriken i Hollywood. Fast nästa film blir med Moje. Det blir bra. Moje, som är kvar i Santa Monica och gör de sista förberedelserna.

Snart ska de börja. Ju tidigare desto bättre. För sedan är det bara en kvar innan hon får åka hem.

Och hon håller andan, länge, länge. Hon är bra på att hålla andan.

"Daisy, you are driving me crazy ...", tutar trombonen borta vid kasinot.

27

De går uppför den långa trappan i tystnad. De åkte hela vägen i spårvagnen i tystnad. Nu går de bredvid varandra, men ingen säger något. Snart är det bara en trappa kvar. De är sena.

De kastar en hastig blick på varandra innan Greta knackar på dörren.

Det hörs inget därinne. Han vill väl att de ska knacka igen, så att han får skrika på dem.

Hon knackar igen.

”Kom in!” Ilsket.

Greta öppnar dörren, utan att tveka. Så går de in, tillsammans, fast Greta först. Personne låtsas inte se henne.

”Fröken Pollak, så bra att ni är här.”

”Förlåt”, mumlar Mimi.

”Ni ser trött ut, fröken Pollak.”

”Nej då, det är ingen fara.”

Han ler, med högra mungipan. Och för att uppnå största möjliga effekt är han förstås tyst ett par sekunder. Det är precis i det ögonblicket som Greta passar på att gå fram till honom. Och med klar och oskyldig röst säger hon:

”Se vad intendenten får från mig!” Sedan halar hon fram ett stort saftigt päron ur väskan.

Mimi tittar förbluffat på henne.

Och Nils Personne kommer alldeles av sig.

”Åh, tack, tack”, mumlar han och tar emot gåvan. ”Det var mig ett fint päron.”

Och eftersom han inte vet vad han annars ska göra tar han en tugga.

***

De pratar inte mer med varandra den dagen. Mimi går hem tidigt, ja, hon ser trött ut. Fast hon säger att hon har ont i huvudet.

Och sedan, efter sista lektionen, när alla flickorna sitter på Söderbergs konditori, då skojar Greta och Vera om maskeraden. Och så berättar de om sina kavaljerer.

”Har han ett öppet konto där på Sidenhuset?” säger Lena häpet.

”Det har han helt säkert!” svarar Greta. ”Han har nog öppna konton hos varenda kunglig hofleverantör!” Hon gör stora ögon.

”Och så är han hemskt charmig”, inflikar Vera, ”och nästan alldeles helt säkert nästintill praktiskt taget skild!”

Och då skrattar de allihop.

”Är du inte orolig?” undrar Mona, som alltid månar om allas bästa. ”Tänk om han gör dig illa.”

”Äh”, svarar Greta. ”Han kan inte göra mig illa.”

***

”Vad har hänt med Mimi?” frågar Vera några dagar senare i matsalen.

”Med Mimi?” svarar Greta. ”Vad är det med henne?”

”Hon är så tyst.”

”Jaså?”

”Och så ser man er knappt tillsammans.”

”Gör man inte?” Greta biter i den medhavda smörgåsen.

Vera tittar konfunderat på henne.

”Har ni bråkat?”

”Nej.” Greta skakar på huvudet. Sedan vänder hon sig mot ingången. ”*Funkan!*” ropar hon, högt. ”*Hit! Hit!*” Och drar ut stolen bredvid sig.

Och de senaste dagarna har Greta varit mer sprudlande än vanligt. Och Mimi har varit nästan tyst.

***

Hon har en träff med Gösta. Bara de två. På Grand Hôtel.

Han rodnar när han möter henne. Kysser henne på hand. Så tar han hennes arm under sin och leder henne till bordet.

”Jo …”, säger han när de satt sig. Och han ser alldeles okarakteristiskt försagd ut. ”Jo … som du vet … kanske vet … håller jag på att skilja mig.”

Greta nickar.

”Och …” Han sväljer. ”Ja Greta, jag är ju hemskt förtjust i dig.”

Hon ler mot honom. Tar upp servetten och lägger den i knäet.

”Och …”, fortsätter han, ännu mer tafatt. ”Och jag vill så gärna veta om mina känslor … kanske är …”

Innan han hunnit avsluta meningen har hon lyft handen och lagt pekfingret mot hans mun.

”Gösta”, säger hon. ”Vi har ännu knappt lärt känna varandra.” Rösten är silkeslen.

”Nej men …”

”Låt oss bara ha trevligt tillsammans. Vi har ju så hemskt trevligt tillsammans.”

Och då rodnar han igen.

Senare på kvällen, efter att de tagit en liten promenad, kysser han henne, på en bänk i Berzelii park.

Och sedan bjuder han henne på taxameter. Utan att själv försöka följa med.

***

Hon är blyg och våghalsig. Förtegen och sprudlande. Bortkommen och förslagen. Skräckslagen för livet. Och alldeles, alldeles orädd.

Det var inte hon som våndades. Ändå oroade hon sig inte.

Hon bara väntade.

Två veckor senare var det jullov, och Mimi försvann. De tog inte ens farväl av varandra.

28

Det knastrar under fötterna. Inte glas, utan is, sådan som lägger sig över pölar på gatan när det just frusit till. Hon söker upp den, tycker om när det knastrar. Hon har promenerat den vanliga vägen ner mot staden. Nu stannar hon upp, vänder sig om. Man kan se ljus precis överallt, ljus som inte lyser upp men finns där ändå. Små, små eldar som bara ska förmedla värme i vintermörkret. Hon står på Karl Johans torg och tittar bort mot Fjällgatan och Söders höjder. Husen är uppradade som i en kuliss eller en leksaksstad - höga, låga, smala, breda, av tegel eller sten eller trä. Vissa med spetsiga tak, andra nästan platta, med snön praktiskt taget hängande över kanten, som bomull. Och alla har de små ljuspunkter i fönstren. Till endast för dem som finns utanför. Det är som om hela staden slutit sig samman mot mörkret, eller kanske i glädjen över att kunna leva i samklang med det. Till och med segelskeppen därute på Saltsjön har tända lanternor högt uppe i masterna.

Det är storslaget.

Hon kastar en sista blick över staden, hänger väskan över axeln och går in i Gamla stan. Det vimlar av människor på Österlånggatan, vuxna och barn. Klockan är fyra på eftermiddagen, den kortaste dagen på hela året. Pappa brukade berätta att när han var barn var det just denna dag, Tomasdagen, de åkte in till marknaden i Tranås för att handla julklappar. Sedan, när allt var färdighandlat, och huset städat och veden huggen och brödet bakat och julkärvarna uppställda, då gick man runt i gårdarna nära Norra Sunhult och smakade på varandras julöl. Pappa brukade skratta med ögonen när han berättade om det. ”Tomas fylletunna” kallade han det, och brukade ha detta som ursäkt för att gå ner på "Pottan" en stund. "Jag måste fira Tomas." Men nej, pappa söp inte på jul, inte så att han blev full åtminstone. Han ville vara med. Och mamma brukade stå vid spisen från morgon till kväll, i flera dagar, och det gjordes fint, fint, i hela kvarteret. All bråte på gården rensades upp och slängdes, samtliga hjälpte till. För alla ville de att världen omkring dem skulle vara fin till jul. Och dagen före dopparedan brukade pappa och Sven komma upp med en gran som de inhandlat på Stortorget, för där hade man de finaste granarna. Sedan fick barnen sova i rummet. Och nästa morgon, när de vaknade, stod det pepparkakor framdukade i köket, och det luktade av fläskspad och gröt. Morgonen ägnades åt att klä granen, med äpplen, nötter och pepparkakor. Och med små pappersfigurer som Greta och Alva klippt och målat dagarna innan. Och sedan kom farbror David, som då fortfarande var ogift. Han hade alltid med sig fina presenter. Det var liksom underförstått: Kalle och Anna bjöd på mat, David på presenter.

Fast hon hade mycket hellre fått presenter från mamma och pappa. Hon tyckte inte om farbror Davids presenter.

Hon rundar hörnet och är plötsligt framme vid Stortorget. Det spritter till i magen, ont och skönt. Varje år har hon varit här, ända sedan hon var liten och pappa höll hennes hand i sin stora, nariga. Det ser likadant ut i år, likadant varje år. Det tycker hon om. Hon tittar på människorna som förväntansfullt vandrar omkring bland bodarna, vilka står uppställda i långa rader framför Börshuset. I varje liten bod hänger en fotogenlampa som lyser upp handelsvarorna. Inget är bara praktiskt i detta utbud, allt ska vara vackert och lustbringande. Stickade vantar och nya läderkängor och färgglad konfekt, i långa rader. Hon öppnar sin väska, räknar pengarna i portmonnän. Till mamma har hon redan handlat, ett par doftande ljus, och till Sven en bok som hon fått billigt på ett antikvariat. Men till Alva ska hon köpa något riktigt fint. Till Mimi också. En ullmössa, ja … Hon ler för sig själv … Hon skulle vara så söt i en randig ullmössa.

***

Det är jul, och det blir nyår. Såsom varje år och ändå så annorlunda. På nyårsafton är det fest på Dramaten. Man får ta med sig en gäst, och Greta tar med sig Alva. Alva står i ett hörn och tittar, alldeles trollbunden, såsom hon minns att Alva var när de som barn gick på cirkus eller såg kasperteater i parken. Och sedan dess aldrig. Det är underbart att se hennes ögon när hon betraktar paret Brunius sjunga kuplett i fula pappershattar. Och samtidigt gör det ont. Som nästan allt i Gretas liv.

Hon hade sagt till Alva att söka in till Dramaten nästa år. Mamma hade gått i taket.

”Vill du att vi ska svälta?!” skrek hon.

Alva hade befordrats, till sekreterare. Det är hon som drar in det mesta av pengarna till familjen nu.

29

Det är rusningstid och stadsbuden springer omkring som illrar i den väldiga hallen. Det är svårt att orientera sig i denna röra, det syns heller inga skyltar någonstans. Bara en massa vågar och gods och jäktade människor i blöta vinterkläder. Hon tar sig snabbt igenom vestibulen men är tvungen att lösa perrongbiljett för att komma vidare. Sedan skyndar hon ut i banhallen. Ja, där finns det skyltar vid varje plattform, men vid närmare påseende ger dessa bara upplysningar om avgångar. Frustrerad springer hon bort till en uniformerad man som står invid ett spår och ser ut som om han hör hemma där.

"Ursäkta, tåget från Göteborg?" flämtar hon.

Den uniformerade mannen sticker ut underläppen och nickar långsamt. "Jaså", säger han, "har unga damen inte brukat så mycket järnväg kanske?" Leendet ska föreställa farbroderligt.

Hon går därifrån.

"Unga damen", ropar han efter henne.

Hon vänder sig om, fast inte omedelbart.

Mannen pekar med ett tjockt finger på en vägg. En vägg med en jättelik tavla.

"Ankommande" står det på vänstra sidan av tavlan. "Göteborg 18.02. Plattform 3", en bit nedanför.

Hon springer till plattform 3. Klockan är en minut i sex.

Hon hade fått ett enda livstecken. Ett vykort som föreställde en båt och ett runt torn och två människor som stod och tittade på båten. Det var inget speciellt vackert vykort. *Karlstad, hamnen,* stod det på baksidan. Och nedanför: "God Jul önskar Mimi".

Det var Vera som berättat att på hennes julkort hade det dessutom stått "Hemma 5 jan".

På spår 3 är det tomt. Det är nästan tomt på perrongen också. Ett par står invid en kiosk och pussar varandra. De verkar varken vara nyanlända eller i ett tillstånd av uppbrott.

Varför inte pussas på Centralstationen? Där är varmt. Det kan vara värt en perrongbiljett.

Annars syns bara en äldre man, som inte heller han ser ut att ha något speciellt ärende till perrongen. Kan tåget ha kommit och gått? Men Greta frågar bara om det är livsnödvändigt. Hon slår sig ner på en bänk och väntar.

En minut senare kommer stadsbuden skyndande med sina vagnar.

De såg varandra på långt håll. Greta hade nämligen ställt sig upp när tåget gled in på stationen. Mitt på perrongen.

Mimi hejdar sig med väskan i handen. Hon är förvånad, det ser man på kroppen.

Så börjar hon gå, och Greta också. Fast inte med hast. Nej, ingen av dem med hast.

De stannar framför varandra. Plötsligt ser Greta att Mimi har tårar i ögonen.

"Ställ ner väskan, den ser tung ut", säger hon. Så Mimi ställer ner väskan.

"Hur visste du att jag skulle komma nu?" Från två meters avstånd, som fastnaglad i betongen.

"För du är inte morgonpigg", svarar Greta.

Och då skrattar Mimi. Fast hon gråter.

Så tystnar hon.

"Jag har tänkt så mycket", säger hon till slut.

"Ja", svarar Greta.

Mimi verkar tveka. "Är du inte rädd?" mumlar hon.

”Nej”, svarar Greta.
”Varför inte det?”
”Jag orkar inte vara rädd för allt jag borde vara rädd för.”
”Nej ...”
”Och dessutom ...”
”Vad?”
”Jag kan inte förakta det som ligger allra djupast inne i mig. Jag får inte. Gjorde jag det ...”, hon är tyst ett ögonblick, ”... så finns jag inte.”
Så finns jag inte. Mimi har hört det förut.
”Gurra, vad är det du har varit med om?” mumlar hon.
Och så går hon fram till Greta, och så lägger hon armarna runt hennes hals, och så håller hon henne. Och snart är bådas halsdukar alldeles blöta.

***

De vill gå, inte åka spårvagn. De vill röra sig genom staden tillsammans. Greta bär Mimis väska. ”Jag är starkare”, säger hon. Mimi låter henne göra det. De navigerar genom myllret av människor på Hamngatan. Ibland snuddar deras armar varandra. Det låtsas de inte om. De tittar bara rakt fram. Och när de till sist kommer fram till passagen, den mörka, doftande mitt i staden, tar de hissen upp. Och Greta hälsar vänligt på tant Tisell, och tant Tisell hälsar nästan vänligt tillbaka. Och när de kommit in i Mimis palats så drar de försiktigt igen skjutdörren efter sig.

***

Det är nästa morgon som Greta berättar för henne. Det hon aldrig berättat för någon förr. Därför att det inte går att berätta. Vad det är hon har varit med om. Och efter det vet Mimi.

30

Kaninerna blev fler och fler, till slut ett helt menageri. Och när januari övergick i februari invigdes Funkan i djursköteriet. Han var en baddare på att leka kanin. Han föreslog en dag att de små kräken skulle tävla i lindans på en vajer högt under scentaket. Med risk för livet, invände de tre andra djurskötarna upprört. Dessutom favoriserade Funkan, det var inte bra tyckte Greta. Man får inte favorisera. Men då sa Funkan att han måste, för baby Tekla sög farbror Fingals blod. Och när hon hörde det blev ju även Greta bekymrad. Hon bestämde sig för att analysera varför Tekla (som i sanningens namn var hennes favorit) gjorde så. Efter ett långt samtal med Tekla kom hon fram till att Tekla helt enkelt ville bli stor – alla har ju rätt att bli stora någon gång – och att Fingal inte led, för han ville känna på hur det var att vara liten. ”De har alltså en överenskommelse”, sa hon, ”som de inte berättat för oss om.” Och då sa Mimi och Vera och Funkan ”Aha!” på ett så där ljudligt sätt, som när man verkligen plötsligt har fattat något. Och Funkan bestämde sig genast för att sluta favorisera Fingal. Men lindanstävlingen insisterade han på. Vilket, förutom våghalsigheten i hela projektet, medförde att man var tvungen att utsträcka kanintillvaron till Dramaten – och ändå bibehålla diskretionen. Något som var lättare sagt än gjort.

Men leka måste man. Därtill var man nödd och tvungen.

På Dramatens elevskola var tempot nu feberaktigt. För att dryga ut kassan hade både Greta och Mimi börjat statera på kvällarna, mot det gentila arvodet av 2:50. Och på dagarna hade de sina vanliga lektioner. Därutöver skulle andraklassarna ha sin stora vårproduktion – där Greta skulle ha en liten roll i ett stycke av Tolstoj.

En roll som icke desto mindre skulle repeteras och repeteras ("man vet ju aldrig vem som kommer", som lärarna sa, för att driva på dem). Och Mimi skulle få göra något ingen kvinnlig elev tidigare gjort: hon hade bett den unge regissören Olof Molander - bror till elevskolans chef - om att få hjälpa till med ett par av elevscenerna. Som regiassistent. Hon hade fått nådigt tillstånd. Mimi var liksom den typen, hon kunde hålla i trådar. Sådant som kvinnor inte brukar göra.

Ovanpå detta hade de alltså kaninerna att ta hand om. Kanske som en avledning från allt det hektiska. Och den allestädes naggande oron inför framtiden.

Ändå var inget av allt detta tråkigt - inte för någon av dem. Greta hade i själva verket aldrig njutit så av vardagen. Till och med ingående beskrivningar av munhålans rörelsemönster vid artikulation roade henne numera storligen. En kväll kom hon hem med följande diktamen:

> Sch-ljudet har tandspringan något större än S-ljudet, genom nedre tandeggens lätta tillbakadragning och inflyttning bakom främre tandeggen. Läpparna framskjutas med utrundning, tungpasset är stort med starkt tillbakadragen och djupt rännlad främre tungrygg, samt något nedböjd, starkt avtrubbad och kluven spets, i höjdläge rakt bakom tandspringan. Tungbladet får ej komma för nära övre tandvallen, ty då uppstår ett svagt, tjock-s-liknande sch-ljud för vilket ej nog kan varnas.

Det var efter Albion Örtengrens lektion. Och Karl Nygren-Kloster, den andre taltekniklläraren, hade ägnat en hel timme åt att lära klassen hur man talar nasalt, vilket han också demonstrerat genom att härma kända kabaréartister. När de därefter stötte ihop i korridorerna hälsade Greta honom alltid utomordentligt nasalt, med orden: "God morgon, direktör Nygren. Är det här rätt?"

Och det gick ju inte att bli arg på henne. Det gick inte att bli arg på någon som var så ljuvligt ostyrig, och så uppenbart munter.

Sedan var det Gösta, som fortsatte att svärma runt henne. Han gav sig förstås inte. Hon försökte heller inte få honom att ge upp. Hon bara tackade för sig runt klockan tio varje gång de träffades, "för jag måste ju tänka på min nattsömn". Och det fann han sig i. Han hade väl förstått, Gösta, att han inte skulle få henne. Han var ju inte dum. Eller så var han en sådan där långtidsplanerande strateg. Men det skulle han i så fall inte komma att ha mycket för.

Ingen runtomkring dem förstod nog riktigt vad som hänt mellan Greta och Mimi denna vinter. Ingen sa åtminstone någonting. Ändå gömde de sig faktiskt inte. När de satt tillsammans i elevlogen eller på Dramatens trappa i vårsolen hade Greta ofta sin arm om Mimi. Och Mimi kunde prata och skratta och skoja med andra under tiden, medan hon satt där så nära Greta. Och Greta satt oftast alldeles tyst. Med armen runt Mimi.

31

Det gnisslade i trä- och tågvirke. Uppe på tågvinden drog scenarbetare i tjocka rep för att höja och sänka kulisser. Såsom sjömän som hissar segel på ett skepp långt ute på havet. Samma lagarbete, samma sofistikerade och väloljade apparat. Och nere på scengolvet bars det omkring på lampor och stegar och rekvisita. Varje person ansvarig för sin lilla del i denna väldiga konstruktion som var teatern. Det sades att det en gång i tiden var galärbesättningar i sjöstaden Venedig som under sysslolösa perioder flyttade in i stadens operahus och med sina rep, block och taljor byggde upp det imponerande maskineri som nu bär upp varje skådespel. Så inte konstigt att allt påminde om ett skepp, en liten värld skild från den omgivande världen.

Och mitt på däck, till synes omedvetna om allt det maskinella som försiggick runt dem, befann sig illusionens gestaltare. För en illusion var det. En livsnödvändig illusion. Bröd och skådespel, som den romerske diktaren Juvenalis en gång sagt, lite satiriskt, men ändå.

”Alla skådespelare till påklädning och smink!”

Mimi tittade upp. Inspicient Pettersson såg manande på dem. Hon kastade en hastig blick mot Greta, som satt kvar, till synes försjunken i tankar.

”*Alla!*” hojtade Pettersson.

Detta var ingen vanlig dag på Dramaten, åtminstone inte för tiljans yngsta. Denna dag – en söndag – skulle de inte vara statister medan de stora elefanterna dansade. Denna dag *var* de de stora elefanterna, om än huvudsakligen för släkt och vänner och särskilt inbjudna. Denna dag, och kväll, skulle de till och med få beträda artistfoajén och beskåda sig själva i den mahognyinramade spegeln. Och sedan in till avrättning. Fast det gällde förstås i första hand andraklassarna. De enda förstaklassare som skulle stå på scen denna söndag var Greta och Karl-Magnus.

Att det huvudsakligen var hejaklacken som skulle infinna sig till dagens föreställning berodde nog mest på att det egentligen inte var en föreställning, det var en mängd scener, från en mängd pjäser, som var och en tjänade syftet att framhäva de blivande skådespelarnas talanger. Varje elev måste ju få en chans att visa upp sig för överheten.

***

Det hördes ett sus från andra sidan ridån. Som när nästan tusen människor viskar. Det var utsålt denna söndag.

Funkan stod mellan två byxor och lekte stumfilm med Vera. Han skulle strax ut på scen. Det tycktes inte bekomma honom. Eller så bekom det honom så mycket att han var tvungen att leka stumfilm. För övrigt var det tyst i kulisserna. Nu gjorde Gösta Pettersson ett tecken från scen och så stillnade allt. Till och med Funkan.

Plötsligt kunde man höra Nils Personnes röst på andra sidan. Det var omöjligt att urskilja vad han sa, man uppfattade bara att rösten lät entusiastisk. Ibland hördes spridda skratt från publiken – han sa väl något skämtsamt om dem. Personne talade i säkert fem minuter. Men så, plötsligt, avbröts hans röst av dånande applåder. Långsamt, långsamt hissades ridån på Dramaten. Och scenen var deras, bara deras.

Det tog nästan två timmar innan det blev dags för Tolstoj. Två timmar av väntan, förväntan och byxångest. De för tillfället overksamma hade fått bida sin tid ute i artistfoajén medan klasskamrater kom förbi i sina kreationer och för ett ögonblick, utan undantag, stannade upp framför mahognyspegeln.

Mona hade hunnit bli alldeles vit i ansiktet. Hon hade bara en roll denna dag, men det var en av huvudrollerna, i första akten av Leo Tolstojs oavslutade pjäs *Ljuset lyser i mörkret*. Ett ganska pratigt stycke, men långt, och för Mona en utomordentlig möjlighet att briljera. Nästan alla andraklassarna var med i denna scen. Och så Greta. Greta Gustafsson som antingen ansågs så begåvad, eller möjligen så vacker – eller kunde det vara så lämpad för rollen? – att hon som enda flicka bland förstaklassarna fått äran att agera, om än helt kort.

Fast just nu satt hon i en vrå och sa ingenting. Hon var iklädd sköterskekläder, såsom ryska ammor tydligen var på den tiden. I handen hade hon en liten flaska med bröstdroppar, för att hon var förkyld, eller åtminstone varit det. Hon stirrade ner i golvet. Och såhär utifrån skulle man aldrig tro att Greta och Mona snart skulle vara med i samma scen.

Plötsligt sprang Mona iväg till toaletten. Hon kom tillbaka efter bara någon minut, fortfarande kritvit, samtidigt som Pettersson kom in i artistfoajén.

”Fem minuter till entré.”

Och nu inträffade något märkligt. Med Mona. Alla kunde se det. Hon tog ett djupt andetag och liksom sträckte på sig. Så slätade hon ut den långa sidenklänningen som Maria Ivanovna skulle bära där hon satt på verandan till familjen Saryntsovs datja, och gick fram till spegeln. Sedan bara stod hon där. Färgen återkom långsamt till hennes kinder. Efter två minuter fanns inget som vittnade om den skräck som tidigare lyst ur hennes ögon. Där fanns bara fullständig koncentration.

Nu kom Pettersson in igen, och Mona, Annie, Funkan och Tore lämnade artistfoajén.

Greta tittade upp. Mimi – hennes regiassistent – nickade. Då reste även hon sig och gick ut mot kulisserna.

Det är märkligt att titta på ett skådespel från sidan. Ena halvan av varje ting, den främre, starkt belyst, den bakre i totalt mörker. Som om detta endast är en tvådimensionell värld. Men så är det ju inte. Tvärtom. Det finns fler dimensioner i skådespeleriet än färgerna på en palett. Problemet för Greta är att hon vet att hon bara äger några få av dem. Och rädslan hon bär på, den är att också någon annan ska upptäcka det.

"*I själva verket sanktionerar kyrkan familjen. Kyrkofäderna välsignade ju faktiskt familjen. Men för att uppnå högsta perfektion krävs att man avstår världsliga behag.*"

Funkan ser rolig ut i prästkläder, inte riktigt hans sorts mode.

"*Naturligtvis intog anakoreterna den hållningen, men vanliga dödliga, föreställer jag mig, bör uppträda mer som vanligt, såsom alla kristna.*"

Annie har instruerats att vara högdragen och snorkig. Det lyckas hon med. Hon, hennes likaledes snorkige man (det vill säga Tore), den betydligt mer sympatiska systern Maria Ivanovna och prästen Funkan sitter runt ett bord på vilket tronar en samovar. Kulissen i fonden målar upp ett grönskande ryskt landskap. Nu drar Greta i sköterskekostymen. Det är bara fyra repliker kvar … tre … två … en:

"*Ah, jag ser att ni i stället för att få Nikolaj Ivanovitsch på bättre tankar stöder honom. Detta, vill jag säga er rakt ut, är fel.*"

Nu!

Hon har ett sätt att gå som skiljer sig från alla andras. Åtminstone alla andra kvinnors. Hon går alltid med hälen först i golvet. Det är kanske det som får människor att lägga märke till henne - det stolta, okuvliga steget. Och så hennes makalösa skönhet.

"*Hör ni inte att barnet gråter?*" Hon talar till Mona. "*Kan ni komma och amma honom.*" Och så går hon ut.

Det var allt. Tio sekunder på scenen. Kanske femton.

Men det räckte.

32

Hon avgudar våren. Hon avgudar sommaren och vintern och till och med hösten också. De är alla så annorlunda från varandra. Man kan studera en trädgren och se hur ett helt liv passerar revy under endast ett år. Grönska som föds och dör, om och om igen. Så förunderligt vackert. Och alldeles gratis.

Hon går med Mimi på en stig mellan Söderbysjön och Dammtorpssjön. De har fått måndagen ledig, som kompensation för den långa söndagen. Fast någon kompensation behövs knappast. Alla hade svävat som på små moln efter föreställningen – även förstaklassarna, som sögs med i yran. Men det är klart, har man festat en söndagsnatt måste man få sova ut på måndagen.

Mimi älskar att gå med Greta i naturen, för Greta ser saker som hon själv aldrig skulle ha lagt märke till. Formen på ett löv. Spåren efter ett djur. Och hon, som hemifrån aldrig lärt sig att skilja mellan en räv och en hund, har lärt sig att se med Gretas ögon. En hel värld som man annars så lätt bara kan passera förbi, på väg någon annanstans.

Hon har också börjat lära sig att se Greta. Greta, som alltid är yngst, men ändå lik förbaskat äldst. Tyst och tankfull, och samtidigt så nyfiken på livet. Ibland sorgsen, men ändå den mest skrattlystna person hon någonsin mött. Att vara med Greta är som att gå på upptäcktsfärd. Man blir aldrig mätt, man blir aldrig less.

”Ni passar ihop”, hade Funkan konstaterat häromdagen, förmodligen utan att veta riktigt vad han sa. ”En vilt gestikulerande liten väderkvarn och en stalaktitgrotta till vilken man ständigt måste söka ingången.” Han kunde ha låtit ironisk, men det gjorde han nog inte. Alla tyckte att de passade ihop. Kanske för att de båda var så ensamma i sitt slag.

Greta håller Mimis hand, den kroppsdel som hon har utsett till Mimis allra mest betagande.

”Mimosan!” säger hon plötsligt, som om hon gjort en upptäckt. ”Jag tror jag ska kalla dig Mimosan!”

”Ska du?”

”Ja. Gurra och Mimosan. Det låter väl fint?”

”Hm ...”, säger Mimi.

”Eller föredrar du Misse?”

”Mm”, säger Mimi.

Då skrattar Greta och lyfter henne minst en decimeter ovanför marken. ”Akta dig så jag inte kallar dig Minimum”, mumlar hon. Och håller henne hårt. Och sedan säger hon, så tyst att Mimi nog inte kan höra det:

”Mimosan min, jag släpper dig aldrig.”

33

Det var tisdagen efter måndagen. Det var vardag igen, eller borde vara det. Men skratten ekade ändå i det stora huset vid Nybroplan, trots att där just då inte fanns någon publik. Det var studenterna, man kunde höra dem långt nere i trapporna.

Lyckligast var nog Mona. Har man varit på randen till sammanbrott och ändå triumferat så har man ju vunnit både över publiken och sig själv. Vilken eufori kan vara större än denna? Mona var helt okarakteristiskt flamsig denna morgon.

”Han brukade vara en så kärleksfull och uppmärksam fader”, sa hon bekymrat, högt, med tjock rysk brytning, ”men nu verkar han inte längre bry sig alls!” Hon sprang fram till Funkan och spärrade upp ögonen. ”Igår berättade jag för honom, att Vanya inte studerar ordentligt, och inte kommer att kunna ta sin examen. Och han svarade att det absolut *bästa* som kunde hända honom vore om han slutade skolan *helt*!”

”Mais bien sûr!” svarade Funkan leende och slog ut med armarna. ”Stoppa honom i kloster, Ofelia!”

De kunde helt enkelt inte sluta spela teater denna morgon.

Första lektionen var plastik för Elisabeth Hjortberg. Stackars fru Hjortberg hade osedvanligt svårt att få ordning på de bångstyriga eleverna. Hon hade de senaste veckorna begagnat sig av en monolog skriven av Personne, ”Svartsjuka” hette den, och det var det mest idiotiska pekoral man kunde tänka sig. Men stycket bjöd på mycken kroppslig förstärkning av sinnesuttryck. Eleverna skulle lära sig både att trycka händer mot bröstet och att torka – riktiga eller imaginära – tårar. Fast när de verkligen tog i ropade Hjortberg alltid: ”Spänn av! Spänn av!”

Denna morgon hade eleverna inga problem att spänna av. De hade desto större problem att koncentrera sig. Och i den långa spegeln kunde man se hur blickar flackade och fnissningar kvävdes. Det var fortfarande söndag denna tisdag.

Det var när lektionen nästan var slut som det knackade på dörren till Spegelsalen. En bestämd knackning, från någon som uppenbarligen inte betvivlade sin rätt att störa denna lektion.

”Kom in!” ropade Hjortberg med sin ljusa stämma.

Dörren öppnades och där stod Molander. Gustaf Molander, föreståndare för Kungliga Dramatiska Teaterns elevskola.

”Stör jag?” frågade han retoriskt.

”Nej då”, svarade Hjortberg. ”Kom in.”

Allting stannade förstås upp, och alla knixade och bockade.

”Ja, egentligen ville jag bara se till att vara här när lektionen är över”, sa han, liksom för att inte avbryta, vilket han ju redan gjort.

”Det går så bra”, svarade Hjortberg. ”Lektionen är över precis nu. Tack ska ni ha”, sa hon till eleverna, som något förbryllade började samla ihop sina saker.

För något ville ju Molander.

”Ja”, sa han högt och harklade sig för att påkalla deras uppmärksamhet. ”Jag undrar om två av eleverna skulle kunna komma ut med mig en liten stund.”

Det kastades snabba blickar i Spegelsalen.

”Monica Mårtenson och Greta Gustafsson.” Sa Molander.

34

De satt i Berzelii park. Bara för att slippa sitta i huset. Bara för att kunna tänka högt.

Mimi verkade som i chock, eller – snarare – helt överrumplad, häpen.

”Men Gurra, det är ju helt fantastiskt …”, viskade hon.

Greta svarade inte. Hon stirrade bara rakt ner i marken. Och med tanke på vad som just utspelat sig var det onekligen en märklig reaktion.

”Gurra!” Mimi höjde rösten, tog tag i hennes arm. ”Är du inte glad?”

Greta nickade vagt.

”Vad är det med dig?”

Äntligen tittade Greta upp.

”Man kan inte vara glad för något innan det har hänt”, fräste hon. ”Det förstår du väl!”

”Men *något* har ju hänt!”

Fast Greta såg inte det minsta glad ut.

”Jag förstår inte …”, sa Mimi. ”Det är ju vad du alltid har drömt om.”

”Han vill ju bara se mig!” utbrast Greta. ”Inget mer! Man kan inte bygga upp förhoppningar på det. Det gör för ont att bli besviken.”

Mimi tittade på henne. Det hade just hänt något makalöst. Något som skulle kunna komma att förändra hela Gretas liv. Det borde ha varit hon som blev rädd. Inte Greta.

”Jag är lite konstig, Misse”, mumlade hon.

”Ja, djävla konstig!” utbrast Mimi och nöp henne i kinden. ”När?”

”När vad?”

”När ska du träffa Stiller?”

”Efter pingst.”

Pingst, det var i nästa vecka.

”Vet du vad det är för film?”

Greta nickade, fortfarande med blicken i marken.

”Gösta Berling. Lagerlöfs Gösta Berling.”

Mona och Greta. Han hade valt skolans vackraste, i alla fall med gängse mått mätt. Han hade suttit i den stora salongen, långt bak, så långt bak att ingen kunnat lägga märke till honom. Och tur var väl det. För hade de sett att han var där hade de väl fått kramp, allihop. Sedan hade han rest sig och gått direkt efter *Ljuset lyser i mörkret*. Han hade stannat genom hela den tre timmar långa föreställningen, och sedan rest sig och gått när det bara var en liten scen kvar.

Mauritz Stiller hade sett vad han behövde se, berättade Molander. Men han berättade inte vilka roller det handlade om. Eller hur många flickor den store regissören skulle träffa.

”Gurra ...”, sa Mimi. ”Jag har en fråga.”

”Han såg mig ju bara i tio sekunder”, mumlade Greta. ”Han kan inte veta någonting om mig.”

”Jag har en fråga, Gurra”, sa Mimi igen. ”Vad gör du under pingsten?”

Greta skakade bara på huvudet.

”Har du lust att följa med mig till pingst?”

Nu tittade äntligen Greta på henne. Hon såg förvirrad ut.

”Pingst?” sa hon.

”Ja, vad gör du då?”

Greta ryckte på axlarna.

”Har du lust att följa med mig. Till Hammarö?”

”Hammarö?”

”Till vårt sommarställe. Vid Vänern.”

Plötsligt var det som om slöjan över Gretas ansikte lättade. Hon lyste upp. Som om Mimi hade sagt: "Gurra, Tora Teje vill spela mot dig." Men det var inte det hon sagt.

"Får jag träffa tant Mizzi då?" sa Greta andlöst. "Tant Mizzi och farbror Julius och Arvid och Sven?"

Mimi nickade. "Ja ... din lustiga prick ... tant Mizzi och farbror Julius och Arvid och Sven. Och Plutten."

"Plutten?"

"Vår fula jycke."

***

Hon berättade inte för mamma och Alva om Mauritz Stiller. För då skulle de få en massa känslor som hon inte kunde hantera. Tids nog, när det var över. Då skulle de få veta. Det var inte för att hon trodde att Alva skulle vara missunnsam. Absolut inte. Snarare tvärtom: Alva skulle bli *för* glad. Och så skulle hon prata om det hela tiden och bygga upp förväntningar. Och det skulle bli som att Greta inte hade en fri plätt någonstans. Nej, hon ville inte prata om det. Om sanningen skulle fram ville hon inte ens tänka på det. Och riktigt varför visste hon inte.

Men en sak var hon tvungen att berätta: att hon inte skulle vara hemma till pingstdagen. Då de brukade ha familjemiddag ute i grönskan i kolonilotten.

Alva gladdes åt nästan allt som hände i Gretas liv. Inga av skildringarna från skolan fick henne att känna sig utanför. Inga av historierna ur Gretas nya liv fick henne att känna sig övergiven. Men nu kände hon sig övergiven. När Greta berättade att hon inte skulle vara hemma till pingst.

Det skulle bara bli Alva och mamma och Sven och Elsa och deras lille son Åke. De skulle bära ut ett bord i gräset och duka fint och äta gott. De skulle leka med Åke och sjunga sånger om våren. Men Greta skulle inte vara där. Och för första gången kände sig Alva lämnad ensam. Men det berättade hon inte för Greta.

❖

Det kom ett brev. Från Alva. Hon skrev att hon var så trött – men väldigt lycklig. Efter premiären hade tidningarna skrivit att hon var "den nya Garbo". Och det var hon ju! "Alva Garbo", kallades hon. Men jämförelsen gjordes inte bara för att de var systrar och så otroligt lika varandra. Det var annat också. Samma talang, sa man. Samma värdighet. Samma förmåga att tränga igenom filmduken.

Alva hade dessutom en riktig "Garboroll": grevinnan Magdalena Rudenschöld, älskarinna till Gustav III:s gunstling Armfelt. Och på Röda Kvarn hade hela personalen – från vaktmästare till konfektförsäljerskor – varit klädda i gustavianska kläder.

"Du skulle ha varit här", skrev Alva. Inte förebrående. Stolt.

Och Greta önskade inget hellre än att få ha varit där.

Men inom ett par månader skulle hon få träffa henne, här. Det hade Moje lovat att ordna. Och sedan skulle Alva vara med i den tredje filmen. Den sista.

"Kom till pingst, Lillan", skrev hon. "Då är vädret som bäst här i Kalifornien. Och jag ska ta hand om dig. Här kommer du inte alls att vara så trött."

Fast hon förstod så väl varför Alva kände så. Man blev ju så fruktansvärt trött av filminspelningar.

35

Tåget for fram genom det värmländska landskapet. Skogsbygd och ängar och vatten. Greta kunde inte sluta titta ut genom fönstret. För då skulle hon kunna missa något viktigt. En sjö som glittrade mellan träden, en stig som slingrade in i skogen och sedan försvann, en häst och vagn som tog sig fram på knaggliga landsortsvägar. Allt gled bort på ett ögonblick när man färdades fram genom naturen så här. Stugor i vilka människor levt hela sina liv. Sjöar de metat i sedan de var små. Vips, så var det borta.

De hade suttit på tåget sedan tjugo i nio i morse, med byte i Laxå. Nu var klockan efter två. En liten ort som hette Björneborg hade just passerats, de var återigen omgivna av det värmländska landskapet.

”*Lika lång som sjön är slätten. Men man må tro, att den har vanskligt med att komma fram mellan sjöar och berg, alltifrån kitteldalen vid sjöns norra ändpunkt, där den först vågar breda ut sig, och sedan allt framgent, tills den segrande lägger sig till maklig vila vid Vänerstranden.*”

Mimi hade suttit med en bok i handen. Plötsligt började hon idka högläsning.

”*Det kan ju inte vara tal om annat, än att slätten helst skulle vilja följa sjöstranden, så lång den är, men bergen lämnar den ingen ro. Bergen är väldiga gråstensmurar, täckta av skog, fulla av klyftor, svåra att färdas i, rika på mossa och lav, i dessa gamla tider hem för massor av vilt.*”

Greta tittade roat på henne.

”Repeterar du?”

Mimi låtsades inte höra henne.

"En sank myr eller en tjärn med mörkt vatten råkar man ofta mittuppe bland de långsträckta åsarna. Här och där finns också en kolbotten eller en öppen plats, där timmer och ved ha tagits, eller ett svedjeland, och dessa vittnar om ..."

"Men vad *är* det för något?"

Äntligen tittade Mimi upp.

"*Gösta Berlings saga*", sa hon. "En av de vackraste berättelser som skrivits om Värmland."

Greta blev tyst.

"Tycker du att jag ska läsa den ...?" sa hon till slut.

"Ja, det tycker jag", sa Mimi allvarligt. Hon räckte fram det nötta bandet. "Så att det är din berättelse. Och inte bara hans."

"Nu gick du väl händelserna i förväg lite", muttrade Greta. Men hon tog emot boken.

Klockan var strax efter tre när de kom in i staden. Mimis stad. Och alldeles innan dess Vänern, i all sin storslagenhet. Greta hade aldrig sett ett så öppet hav. Och ändå var det inget hav.

"Badar ni där?" frågade hon andlöst, med ansiktet tryckt mot tågfönstret.

"Inte i maj, om jag slipper", svarade Mimi leende. "Men du kan, om du vill. Om någon timme eller så."

Och det såg faktiskt ut som om Greta ville.

"*Mimi! Mimi! Här!*" Det var ett väsen, ett jehu, ett yrväder som kom farande över perrongen. En Mimi till! Lite äldre, men annars otroligt lik. Mizzi Pollak kastade sig i famnen på sin dotter.

Och det blev som ett jättelikt burr av svart krulligt hår.

Längre bort kom en pojke i kanske tolvårsåldern. Och bredvid honom en betydligt äldre herre, distingerad, med pincené. Pojken hade ett koppel i handen, fäst vid en stor schäfer. Var det Plutten?

"Det här är Greta", sa Mimi, som till slut släppt taget om sin mamma. "Men vi kallar henne för Gurra."

”Goorra! Vilket härligt namn!” utbrast Mimi-kopian och sträckte fram en hand. ”Jag är Mizzi, Mimis mamma.”

Och vilken härlig mamma! tänkte Greta. Så alldeles enormt annorlunda mot hennes egen.

”Detta är min man, Julius. Och min son, Sven.” Greta sträckte fram handen mot den äldre mannen, som nu nått fram till dem. Han bockade hövligt.

”Välkommen till Karlstad …”

”Goorra!” fyllde Mizzi i.

”Gurra”, sa mannen och log vänligt. ”Så trevligt att råkas.”

Nu utbröt pusskalas mellan Mimi och Julius och Sven.

Och Greta kände det som om hon känt Mizzi och Julius och Sven hela sitt liv. Bara för att Mimi hade berättat om dem.

”När åker vi ut till Hammarö?” undrade Mimi.

”*Nu!*” utbrast Mizzi glädjestrålande. ”Direkt ut till Hammarö! Pråmen är packad!”

Mimi hade berättat att hennes mamma tyckte Hammarö var det bästa med Karlstad. För där var det lantligt för att det *skulle* vara det.

De promenerade i rask takt genom tågstationen, Mizzi ivrigt pladdrande, Julius mestadels tyst. Så kom de ut på det som hette Hamngatan.

”Pråmen ligger där borta”, sa Julius och pekade gatan fram.

Greta tittade nyfiket på honom. Vad var detta om en pråm? Så lantligt var väl ändå inte Karlstad …

Men det visade sig att farbror Julius menat precis vad han sa. Efter en kort promenad genom staden – som inte verkade särskilt stor – var de framme vid älven. Och där låg verkligen en pråm prydligt förtöjd vid kajkanten.

”Ibland är det behändigt att bo vid en kanal”, sa Mizzi glatt och hoppade i. Till landet tog man sig alltså med pråm. En pråm fylld av sommarmöbler och blomkrukor och hundkorgar och kattburar och fågelholkar, som Mizzi tydligen skulle sätta upp. Hur förtjusande kunde det bli?

De stuvade nu in även sig själva och det nytillkomna bagaget i den redan ganska välfyllda farkosten. När de var klara fanns det knappt en centimeter över. Så det var nog tur, sa Mizzi, att Arvid skulle komma ut först på lördagen med en kamrat. Idag var det torsdag – elevskolan hade bjudit på två dagar extra efter allt slit. De skulle ha hela fyra dagar här tillsammans.

Och det pirrade så behagligt i Gretas mage.

Mizzi Pollak var verkligen alldeles särskild. Hon gnolade högt, Peterson-Bergers ”Sommarsång”, under nästan hela färden. ”Sommarsång”, med små egendiktade ord här och där:

”*På Hammarö slår blommorna ut, tralalalalalalaa-laa ... De blåa först, och sen kommer vitt och tralalalalalaa ...*”

Hon ruskade Julius axel, den som ledde till armen som ledde till handen han höll på rodret. ”Jag sa dig, sa jag inte det? Att alla blommorna skulle slå ut innan dom kom!”

Och så vände hon sig om med ett leende på läpparna.

”Det sa jag!”

Och Greta älskade redan tant Mizzi.

***

Lantstället låg bara en halvmil utanför Karlstad. Men ingenting under båtfärden dit kunde ha förberett henne för detta.

”Åh, Mimi”, var det enda hon fick fram.

Hon stod på ett berg och såg ner mot en dunge av knotiga tallar belysta av solens sista brandgula strålar. Och bortom tallarna en bård av låga, mörka, mjuka klippor, mot ett oändligt stilla vatten.

”Vad ligger där borta – Amerika?” mumlade Greta.

”Nej, Mariestad”, sa Mimi och tryckte hennes hand.

Huset var en röd sommarvilla i trä, med utkragande tak, snidade konsoler, glasveranda, joddlarbalkong och den mest detaljrika ornamentik, hopsatt och utsmyckad av någon som måste ha haft fruktansvärt roligt. Och den som invärtes möblerat detta träslott måste ha förnöjts minst lika mycket. Greta tog bara för givet att det var tant Mizzi.

De skulle få sova i samma rum. Det var ingen diskussion om den saken. Ett rum med en vacker gammal herrskapssäng, och ett fönster som vette mot det stora havet.

Och om någon senare i livet skulle ha bett henne att beskriva paradiset, ja då skulle hon nog ha beskrivit detta rum, en vårmorgon på gränsen till sommar, när hon var nästan arton år gammal och vaknade av solens strålar med Mimis huvud mot sitt bröst.

***

De satte ekan i vattnet direkt efter frukost. Bara Mimi och hon. Mizzi sa till Sven att han fick vänta, att han fick vänta till eftermiddagen. Eller till imorgon.

Hur kunde hon veta?

Det var Greta som rodde ut, för Greta älskade att ro, och var så sagolikt bra på det. Och när de kommit en bit ut på det stora vattnet hissade de det gamla seglet upp i masten och la ner rodret. Nu tog vinden dem framåt. Mimi kunde segla, det skulle Greta aldrig ha gissat. Hon kunde segla som någon som suttit i denna lilla båt sedan hon var liten. Och några öar gled sakta förbi dem och det var märkligt hur den lilla vinden räckte – räckte för att ta dem ut i det stora vattnet. Och allra längst bort anade man en sista kobbe i havet. ”Det är dit vi ska”, sa Mimi. Och Greta nickade. Det var dit de skulle. Med sin matsäck och sina böcker, med sin Gösta Berling och sina ostsmörgåsar. Och kobben kom närmare och närmare. Och nu såg man att den var helt naken. Och det var pingst, och solen värmde deras ansikten. En bit från kobben revade de seglet och la ner årorna i klykorna igen, och Greta fick ro igen, och skickligt styrde hon dem in mot stranden, till en liten skreva mellan två runda hällar. Och de gick ur utan att bli det minsta våta. Och de drog upp båten lite. Och Mimi bredde ut två tjocka filtar under dem och några dynor från båten, och packade upp matsäcken och böckerna. Och de åt, och sedan la de sig ner för att läsa. Men de kunde inte. Det gick inte. Och Mimi rörde vid Greta, försiktigt, bara med fingertopparna. Rörde vid hennes ansikte, vid hennes slutna ögon, vid hennes hår, som luktade så gott. Och nu la hon sin arm om henne, la sitt huvud mot hennes hals. Drog in doften. Den förunderliga, berusande doften. Och så knäppte hon försiktigt upp knapparna i både hennes jacka och blus, en blå blus från PUB, och blottade det vackraste bröst hon någonsin sett. Och kysste det. Och det var ännu inte sommar, och Gretas hud var alldeles vit och alldeles mjuk. Och snart låg hon naken framför henne – låg de nakna framför varandra. Och hon täckte Gretas kropp med sin, så att hon inte skulle frysa. Och hon svepte den ena filten över sig själv. Och det var Greta som mumlade: ”Åh herregud, vad du är vacker …” Och det var Greta som kysste henne och mumlade i hennes öra. Och de höll varandra hårt, hårt, för att inte frysa, för att de inte kunde annat, för att detta var det skönaste ögonblick som fanns, och de rörde sig som ett, och varje punkt av Mimis kropp rörde varje punkt av Gretas kropp, och samma punkt rörde vid samma punkt, samma hisnande punkt, som om det inte gick att skilja dem åt. Nej, det gick verkligen inte att skilja dem åt.

36

Dörren var målad, en röd bård och röda kanter på de tre speglarna. Så utsökt grann, som en dörr på Skansen. Hon knackade försiktigt.

”Kom in”, hördes det från andra sidan.

Greta öppnade, men stannade precis innanför tröskeln.

Biblioteket var fyllt av böcker från golv till tak. Många i läderband, med bokstäver i guld. Tre väggar av böcker och ett stort fönster på den fjärde. Mitt på golvet stod ett litet bord med ett oavslutat schackparti. Det var Mimi och farbror Julius som spelade schack. Fast inte nu. Nu var farbror Julius ensam här.

”Kom in”, sa han igen och vinkade åt henne. Så hon gick fram till honom där han stod vid en av hyllorna med en uppslagen bok i handen.

”Vilket fint bibliotek ...”, sa hon.

”Ja, jag har samlat länge.” Han nickade belåtet. ”Det är bara här jag har tid att läsa”, tillade han eftersom det ju inte tillhörde vanligheterna att ett sommarhus hade hyllmeter med böcker i förgyllda läderband.

Farbror Julius var en vänlig man, försynt, distingerad, men med en sådan där varm nyfikenhet som ibland är så utpräglad hos lite mer tystlåtna personer. Det tog mer tid att lära känna honom än tant Mizzi. Men det var väl värt besväret.

Hon kastade en blick på boken han höll i sin hand.

”Vad läser farbror?”

”Åh, det här” – han höll upp framsidan – ”Goethe ... *Dichtung und Wahrheit*. Känner Gurra till Goethe?”

Hon kunde inte låta bli att le för sig själv. Han uttalade "Gurra" med en så underbar tysk brytning som ansträngde sig att vara svensk.

"Inte så mycket. *Faust* ..."

"Åh, *Faust*!" utbrast farbror Julius och blev med ens ivrig. "Ett mästerverk! Goethe kallade dramat för 'summa summarum' av sitt liv. Jag håller med, fast på ett annat sätt än Goethe kanske menade. Det är ju den stora faran som hotar oss alla, att sälja sin själ till djävulen."

"Oj då!" sa Greta häpet. "Inte alla, väl?"

"Nåja", log farbror Julius. "Det beror förstås på vad man menar med 'djävulen'. Men säg mig", han tittade nyfiket på henne, "Mimi har berättat så mycket om sig och Gurra. Och alla de andra förstås. Och om hur roligt ni har det på Dramatiska Teatern."

"Mycket ...", svarade hon tyst. Och så tillade hon: "Farbror Julius har en alldeles underbar dotter."

Det var kanske lite vågat att säga, fast det syntes att han tyckte om att hon sa så om hans dotter.

Men nu såg han plötsligt lite bekymrad ut.

"Kan en kvinna få regissera, tror Gurra?"

"Mimi kommer att få det, om hon vill", sa hon bestämt. "Mimi kan få allt hon vill!"

Då skrattade Julius.

"Ja, hon brås på sin mor. Viljestark!"

Greta tittade nyfiket på honom: "Men brås hon inte på farbror också?"

"Det vet jag inte ...", svarade Julius blygt. "Jag är ju ingenjör ..."

"Men farbror skriver ju pjäser också."

"Ååhh", utbrast han. "Har hon berättat det! Nej ... det är ingenting."

Fast Greta gav sig inte.

"Kan jag inte få titta?"

Ett ögonblick såg Mimis pappa handfallen ut.

Men så blev han liksom pillemarisk, som om han och Greta var i maskopi med varandra. Han böjde sig fram och viskade (trots att ingen annan befann sig i rummet): ”Om Gurra lovar att inte berätta för någon annan.” Och så gjorde han en lustig min.

Hon log. Och hon lovade.

Han gick fram till en av de välfyllda hyllorna, tittade över sin pincené på den långa raden böcker, och så sträckte han upp handen och plockade ner ett band. Ett med gyllene bokstäver.

Han vände sig mot henne, men höll boken mot bröstet, som om han ännu inte riktigt vågade visa.

”Det här är *Themistokles: Ein dramatisches Gedicht in fünf Aufzügen.*”

Nej, hon förstod inte vad han sa, men det lät väldigt vackert.

Hon lutade sig fram för att titta. Då räckte han henne ändå boken.

”Men jag avråder från läsning!” viskade han. ”Det är för gripande. I just den här pjäsen har jag lyckats få ihop till tjugoåtta lik innan ridån faller!” Och så gjorde han stora ögon.

Och då kunde Greta inte låta bli att skratta. För han var ju så underbar, farbror Julius. Lika underbar som sin hustru, fast så helt annorlunda. Och Mimi hade sagt att hon var så nöjd med sina föräldrar för de var så nöjda med henne. Och just så var det ju. Och det var nog inte avundsjuk hon kände sig, Greta, nej snarare varm. Och kanske lite sorgsen över att ha missat så många år med familjen Pollak.

Nu betraktade han henne, farbror Julius, lite begrundande.

”Så vad tycker Gurra bäst om att spela?”

”Bäst?”

”Ja, vilket slags teater? Drama … komedi … modernt … klassiskt?”

”Allt …”, svarade hon efter ett ögonblicks tvekan.

”Allt?”

”Ja … jag tror det …”

Men denna gång var det farbror Julius som inte gav sig. ”Finns det inte favoritroller? Något som Gurra känner att: det *här* vill jag göra med mitt yrke!”

Nu var Greta tyst länge.

”Vad jag tycker bäst om … är när … när jag hittar tonen inne i mig. När det vibrerar så där, som det gör … när en segeljolle ligger rätt i vinden. Eller … som det måste kännas för katten när den spinner. Den där vibrationen … Det är den jag älskar.”

Och då nickade farbror Julius, som om han förstod precis.

***

Det var mitten av maj, nästan sommar. På Hammarö blommade häggen. Pingstafton hade kommit och gått, endast ett par dagar återstod tills vardagen åter skulle träda in. Ett par dagar tills helggästerna på denna ö åter skulle packa pråmar med hundkorgar och kattburar och väskor och fara tillbaka till staden.

Och hade man vägarna förbi familjen Pollaks hus ute på Hammarö dessa majdagar år 1923 och råkade man titta in genom fönstren till nedervåningen i det stora röda träslottet så skulle man upptäcka små klungor av människor, liksom utspridda i dessa öppna rum: en man och en ung kvinna som spelade schack i ett hörn medan en pojke satt bredvid och tittade på; två kvinnor – en ung, en äldre – som stod invid spisen och pratade oupphörligt (åtminstone den ena av dem); en man i tjugoårsåldern som gjorde upp eld i kakelugnen, assisterad av en annan ung man. Och ibland rörde sig en liten klunga mot en annan, möttes ett kort ögonblick, eller så ändrade någon riktning, bytte aktivitet, anslöt sig till en annan klunga. Och allt detta försiggick liksom utan ansträngning, såsom naturens rytm, såsom knopparna som kommer fram varje vår och brister varje försommar, och blommar och vissnar och vaknar igen, utan någon synbarlig kraft som styr dem.

Det är detta som kallas teater.

***

Hon vaknade med ett ryck. Det var fortfarande beckmörkt i rummet, så det måste vara natt. Hon tittade åt sidan och upptäckte att hon var ensam i sängen. Bredvid henne låg en hopknölad kudde och ett täcke som hade lyfts och vikts åt sidan. Det tog ett ögonblick innan hon förstod, hon var fortfarande inte riktigt vaken.

Nu tittade hon på klockan. Den var två. Hon mindes hur Greta hade lagt sig invid henne, för kanske en och en halv timme sedan, och lagt sitt ansikte intill hennes och pussat hennes kind, och mumlat god natt. Och sedan hade de somnat tillsammans.

Men nu var Greta inte här.

Hon lyssnade, kanske skulle hon höra något. Steg i trappan, en dörr som stängdes. Kanske hade Greta bara gått på dass.

Men nej, det var alldeles tyst. Trots att hon väntade länge.

Nu var hon plötsligt klarvaken. Hon vek undan täcket, klev försiktigt upp ur sängen och sträckte sig efter morgonrocken.

Ute i hallen var allt stilla. Hon tog sig nerför trappan på bara fötter, ner till kapphallen på nedre botten. Där fanns ingen. Så hon gick fram till dörren som ledde in till stora rummet och öppnade den. Det var helt mörkt där inne.

”Gurra …”, viskade hon.

Hon fick inget svar. Hon såg sig omkring. Dörren in till köket var öppen, men där var också mörkt. Nu viskade hon lite högre:

”Gurra …”

Men nej, ingen hörde henne. Så hon gick tillbaka ut, genom hallen, och fram till ytterdörren. Hon öppnade den. En iskall vind drog in. Hon huttrade till och stängde snabbt igen. Så gick hon bort till kapphängaren och skohyllan, stoppade fötterna i mammas trätofflor och satte på sig pappas stora rock.

Det var verkligen kallt ute. Det blåste från Vänern. Hon tittade bort mot dasset. Där var mörkt. För säkerhets skull gick hon ändå dit och viskade Gretas namn.

Hon fick inget svar.

Nu började hon bli riktigt orolig. En sådan där oro som väcker en massa befängda tankar.

Men Greta hade ju legat alldeles intill henne. Vad kunde ha hänt?

Hon knäppte rocken om sig och såg sig omkring. Ögonen hade börjat vänja sig vid dunklet, så nog kunde hon ta sig fram. Men vart? Skulle hon gå ut på vägen och leta? Nej, det vore också befängt.

De flesta skulle kanske bara gått upp till sängen igen, lagt sig och försökt sova. Men hon förmådde inte. Hon kände Greta för väl.

Det var på andra sidan huset hon upptäckte henne, på långt håll. Hon satt på en stubbe, med ryggen mot henne, liksom hopkrupen och alldeles stilla. Hon hade en filt över axlarna. Mimi rörde sig försiktigt fram mot stubben. Det var omöjligt att förklara varför hon inte bara ropade, varför hon inte bara gav sig till känna. Det var något med den hopkrupna gestalten.

Hon stannade, kanske tio meter bort, och hon viskade:

”Gurra ...”

Hon fick inget svar.

Nu gick hon ändå fram till stubben, och runt. Hon ställde sig framför Greta.

”Gurra, vad är det?”

Hon anade att Greta rös till. Inget mer. Då gick hon ner på knä framför henne, tog hennes händer i sina. De var iskalla.

”Men vad har hänt?”

Nu såg hon att Greta var rödgråten.

”Åh, Gurra ...” Mimi tog henne i famnen. Men Greta reagerade knappt.

Och hon hade varit med om det här en gång tidigare. Men denna gång höll Mimi henne bara, utan att prata. Hon höll henne tills det gick över.

Och nästa dag, precis när de skulle ta sin packning till pråmen, precis när Mizzi höll på att låsa ytterdörren till träslottet, la Greta sin hand på Mimis arm. Och så mumlade hon:

”Jag vill att du lovar mig något.”

Mimi såg upp. Greta hade något vädjande i blicken, och nästan förskrämt.

Hon nickade.

”Jag vill att du lovar mig att vi kommer tillbaka hit.”

Och fastän frågan rimligen borde ha betingat ett förvånat skratt till svar – de hade ju redan kommit överens om att komma tillbaka tillsammans i sommar – så sa Mimi bara:

”Jag lovar.”

❖

Trots att inspelningarna av *The Temptress* skulle börja vilken dag som helst hade han kallat på henne. Han hade något viktigt han ville dryfta, sa han. Hon kunde inte begripa vad det skulle vara. Både motspelaren, Antonio Moreno, och regissören, Mauritz Stiller, var ju klara och kontrakterade. Och alla andra också. Vad ville han nu? Men Louis B. Mayer var hennes arbetsgivare - så var det här i Amerika, regissörerna var bara hantlangare - och kallade han var hon väl tvungen att gå.

Än en gång satt hon alltså framför (eller snarare under) podiet med det flagginsvepta marmorlejonet, det blanka skrivbordet och alla telefonerna. Och andades in hans cigarrök.

"Ida, inga telefonsamtal nu!" ropade han genom den stängda dörren. Och så log han mot henne. Sitt allra mest sirapslena leende.

"Grettaa", sa han. Eftersom de nu var bästisar och bundis.

"Ja, L.B.", svarade hon.

"Grettaa, du vet att vi älskar dig här."

Vad skulle hon svara? Jag älskar er också?

Hon log.

"Grettaa, som du vet har vi lagt ner en massa pengar på dig. Inte bara för produktionen av *The Temptress,* utan all marknadsföring, och ... ja, du vet hur det är. Vi skapar något och ..."

Hon stelnade. Skulle han försöka sänka hennes lön? Det kunde han glömma! Hon hade ett kontrakt – tre filmer, fyrahundra dollar i veckan för den första, sedan sexhundra och sedan sjuhundrafemtio. De kunde inte bryta ett kontrakt, det hade Moje sagt. Och förresten var sexhundra dollar i veckan alldeles för lite pengar för någon av hennes kaliber. Det hade Moje också sagt.

"Grettaa ... att lägga alla dessa pengar på dig lönar sig bara om vi vet att du stannar."

"Jag stannar", sa hon lugnt. "Två filmer till."

Lugnt, eftersom hon, till skillnad från nästan alla andra skådespelare som suttit i denna stol, alls inte hade något emot att åka hem när hon tjänat ihop sina pengar.

Nu ryckte det lite i hans mungipa. Inte ett riktigt leende.

"Grettaa, låt mig tala klartext: Vi kan bara behålla dig om du skriver på ett femårskontrakt med oss!" Pang. Sådär.

Den var hård, stolen. Inte bara låg. Obekväm. Hon skiftade kroppstyngden lite.

Nej, det hjälpte inte, inte ett dugg. Hon tog tag i båda stolskarmarna. Och så reste hon sig. Och nu stod hon över honom, trots podiet. Hon stod över honom och hon tittade ner på honom.

"Mr Mayer", sa hon. "Jag tror jag måste gå nu."

Och så lämnade hon rummet.

37

Klockan var redan kvart i ett och hon hade bara hunnit till Hötorget. Hon kastade en hastig blick mot PUB och sprang sedan över Kungsgatan ut på Sveavägen. Handen höll hon på hatten så att den inte skulle flyga av. Hon borde förstås ha tagit spårvagnen, men som vanligt hade snålheten bedragit visheten – eller så var det väl bara hennes osvikliga förmåga att alltid skjuta på viktiga avmarscher till sista ögonblicket.

Men den här gången hade hon utmanat ödet mer än tillåtligt.

Det gick fort nu, hon rusade förbi barnbördshuset och Ateneum och såg spårvagnen försåtligt glida förbi precis när hon korsade Tegnérgatan. Så tittade hon på klockan igen – fyra minuter tills hon skulle vara där! Det var tur att hon hade satt på sig de låga skorna, de svarta, för att inte se så lång ut. Annars hade hon aldrig kunnat springa så här.

”Heja, heja!”

En cykelpojke kom upp vid hennes sida, alldeles intill trottoaren. Nu började han låtsastävla med henne, la sig en hjullängd före.

”Heja, heja!” Han skrattade.

Hon tittade inte ens på honom.

Sveavägen 86 ... Sveavägen 88 ... hon brakade nästan in i en kvinna som kom ut från saluhallen med händerna fulla av kassar.

”Akta sig, fröken!” ropade cykelpojken.

Sveavägen 102 ... 104 ... 106 ... vilka fruktansvärt långa byggnader! Folket här måste bo i jättevåningar.

”Fröken är duktig på å springa!” tjöt pojken uppmuntrande.

Sveavägen 112 ... 114! Hon ryckte upp porten och rusade uppför trappan.

Hon kände igen honom så fort han öppnade dörren. ”Torarin”, fiskmånglaren i *Herr Arnes pengar*. Men vad gjorde han här?

Torarin tittade lika frågande på henne. Och hon kom sig inte för med att säga något.

”Fröken Gustafsson?” sa han till slut.

Hon nickade. Då öppnade han dörren för henne.

”Kom in.”

Hon stannade precis innanför, på en utomordentligt elegant, vävd dörrmatta. Framför henne låg en lång hall, inte helt olik den hos Max. Men inga kristallkronor hängde i taket, nej här fanns endast små eleganta vägglampor. De spred ett dunkelt, nästan mystiskt ljus i den stängda hallen. Inte en rock, inte en hatt, inte ens en hängare. Där var nästan helt kalt förutom de små lamporna. Och inte en tillstymmelse till annan mänsklig närvaro än mannen som öppnat.

I avsaknad av övriga instruktioner började hon ta av sig skorna.

”Nej, nej.” Torarin vinkade avvärjande. ”Här är det lite kontinentalt, förstår fröken. Vi tar inte av oss skorna.”

Man tog tydligen inte av sig hatt och kappa heller, åtminstone inte i hallen, för han sträckte nu ut armen mot en dörr längre bort.

”Fröken kan kanske vänta i salongen.”

Och så ledde han henne dit. ”Gör er hemmastadd”, sa han.

Hon tittade in. Det var en privat salong, att döma av möblemanget. Och uppenbart präglad av en människa med smak för det påkostade. Det var pråligt, och ändå kyligt. Hon rös lite, trots ytterkläderna. Man kunde ana vissa likheter med Mimis rum – i förkärleken för det orientaliska – men här var så elegant att det övergick från att vara ombonat till att vara … ett museum. Jättelika möbler, med vävda saker hängda över karmar och fåtöljryggar. Ett svart, snidat träskåp med inlagd pärlemor och ett tillhörande bord. På bordet en gigantisk målad vas, som någon lyckats fylla med så mycket blommor som krävdes – en hel rabatt förmodligen. Tunga, stormönstrade draperier, en orientalisk matta som täckte hela golvet. Allt uppenbart utplacerat med minutiös precision, som om det hade krävts en linjal. Nej, det här kändes inte som ett hem, trots alla bonader och vävnader och mattor. Det kändes som en utställningslokal.

Fast mitt på mattan stod en hundkorg ... Den bröt uppenbart mot resten av möblemanget.

Hon vände sig lite förbryllat mot Torarin.

”Ja, jag kanske ska presentera mig”, sa han och räckte fram handen. ”Axel Nilson, regissör Stillers assistent.”

Torarin hade alltså gått från att vara skådespelare till att bli assistent ... Hon tog hans hand.

Han log. ”Då kommer säkert regissör Stiller snart.” Och så gick han därifrån.

Hon stod kvar, rådvill. Hon antog att han menade att hon skulle sätta sig därinne. Men det kändes konstigt att tassa in på en sådan matta i ytterskor. Hon tittade på den lustiga korgen. Den store mästaren måtte älska sin hund ... Om det nu inte var en känguru ... Så betraktade hon de magnifika fåtöljerna. Mauritz Stiller var säkert en sådan som inte ville att man skulle sätta sig i hans favoritfåtölj. Hon tog ett par steg in i rummet. Så gick hon fram till soffan. Och efter en stunds tvekan satte hon sig ner.

Kappan behöll hon på, liksom hatten. Ingen hade ju erbjudit henne en hängare.

”Dong!” Hon ryckte till. Hon hade glidit iväg i tankarna. Hon tittade bort mot det stora golvuret. Klockan var halv två.

Kunde det vara fel dag? Eller fel tid? Men assistenten hade ju väntat henne. Han hade ju till och med vetat hennes namn.

Skulle hon resa sig, gå ut och leta rätt på honom? Nej ... han hade sagt att hon skulle stanna här. Fast det började kännas obehagligt alltihop.

Och så tillgrep hon återigen det enda knep hon hade i situationer som dessa. Tankarna flöt bort, till Hammarö. Till tant Mizzi och farbror Julius och lille Sven. Och Mimi, som just nu repeterade på Dramaten …

Hon lutade sig bakåt i soffan och slöt ögonen.

”Dong! Dong!” Hon blinkade och kastade en blick mot den stora klockan. Denna gång kontrollerade hon för säkerhets skull sitt armbandsur. Ja, hon var faktiskt två!

Nu blev hon arg. Tänkte han sätta sig på henne? Kunde inte den där Nilson åtminstone berätta varför Stiller var så sen? Ja, hon brukade också vara sen. Men inte en timme. Och inte när någon satt och väntade på henne. Så här tänkte hon inte bli behandlad! Hon tittade på klockan igen. En kvart till, sedan skulle hon resa sig och gå. Och den store regissören fick säga vad han ville. Det var säkert ändå bara någon liten hopparoll det gällde.

I samma ögonblick hörde hon något bortifrån hallen. En nyckel som vreds om i låset, en dörr som öppnades. Sedan blev det tyst. Som om personen gått igen.

Han bara stod där, i dörröppningen. Med en hund bredvid sig, något slags bulldogg. På en sekund var hon på fötter och gjorde en snabb nigning.

Men han bara stirrade på henne, utan att säga någonting. Han var klädd i vit kostym, med vita skor och vita handskar. Helt vit, alltså, utom juvelerna, ringarna. Och håret. Det var svart, nej, gråsprängt, uppstruket. Och det var precis som man sa: Mästerregissör Mauritz Stiller såg skräckinjagande ut. Lång, med penetrerande blick och de mest pregnanta drag. Den buskiga mustaschen gjorde inget för att mildra intrycket. Det sas att han var ungefär fyrtio, men de markerade anletsdragen gjorde att han såg äldre ut, fårad. Och hon visste det med en gång: detta var inte bara en man med makt, det var en man som tyckte om att visa det. Hon drog kappan om sig.

Nu tog han plötsligt ett par steg in i rummet. Han rörde sig på ett egenartat sätt, mjukt, elastiskt, ljudlöst – hon associerade omedelbart till ett rovdjur. Och så började han glida fram och tillbaka, alldeles framför henne. Medan bulldoggen sprang fram till korgen och la sig.

Hon skruvade på sig.

"Fint väder vi har idag, eller hur?" Hans röst var förvånansvärt mjuk. Och den finlandssvenska melodin närmast gemytlig.

"Ja", svarade hon. Och så tillade hon, efter ett par sekunder: "Mycket."

Han fortsatte att glida fram – och stirra.

"Den svenska sommaren kan man ju aldrig lita på. Men det börjar bra, eller hur?"

"Ja ..." Hon började snurra på ringen.

Så stannade han plötsligt upp.

"Varför tar ni inte av er kappa och hatt?" Han lät förvånad.

"Åh, förlåt", mumlade hon, som om det var hennes fel. Och tog genast av sig ytterkläderna.

Mauritz Stiller lät blixtsnabbt blicken glida nerför hennes kropp.

Hon drog lite i kjolen.

"Jaha, då kanske ni skulle vilja uppge ett telefonnummer där jag kan nå er." Han tittade på hennes mage när han sa det.

Hon gav honom numret till grannen.

Då vände han på klacken och gick, utan att titta henne i ansiktet igen. På vägen ut sa han:

"Då så, då säger vi så."

Sedan var han försvunnen.

Hon tittade på bulldoggen som låg och sov så obekymrat i korgen. Som om den drev med henne.

Det var åter tyst. Audiensen var uppenbarligen över och Greta Gustafsson hade uppenbarligen inte behagat det stora geniet. Men det konstiga var att hon inte brydde sig. Inte ett dugg. Hon tog bara på sig kappan och hatten och lämnade hastigt det besynnerliga museet.

Sedan sprang hon hela vägen till Dramaten.

38

Mauritz Stiller ringde själv. Fem dagar senare.

”Kom ut till Filmstaden imorgon”, sa han till henne. ”Klockan tio. Monica Mårtenson kommer också. Vi provfilmar.” Så la han på.

Och hon förstod absolut ingenting. Det kändes som om hon hade blivit kallad till en hästtävling. Eller en utställning för orientaliska möbler. Han hade sett mindre av henne på Sveavägen än han sett på Dramaten. Där hade hon åtminstone framfört en och en halv replik! Det fanns ingen rimlig förklaring till att han bett henne komma tillbaka.

De fick förstås ledigt från skolan, Molander såg bara glad ut.

”Jaså flickor, så det gick bra hos Stiller.” Ja, han såg nog till och med lite stolt ut.

Hon träffade Mona på Norra bantorget. Det fanns en ny spårvagnslinje, nr 15, som gick ända ut till Råsunda, och dessutom hade en hållplats alldeles invid Filmstaden. Resan skulle ta en halvtimme. Fast de sågs redan vid nio.

”Vi kanske inte hittar”, hade Mona sagt som förklaring till den goda tidsmarginalen. Eftersom hon var en snäll person.

Sedan satt Mona alldeles tyst hela vägen ut. Hon hade inte behövt vara med om någon hästbesiktning, Stiller hade förmodligen hunnit se tillräckligt av henne redan på Dramaten. Men hon var förstås nervös ändå. Greta, däremot, var rädd. Fast hon berättade nästan ingenting om mötet med Stiller – varför göra två människor rädda?

Och hon försökte lugna sig själv med att det hela ju inte spelade någon roll, egentligen.

Trettiotre minuter senare stod de framför en stor smidd järngrind. Som var stängd. Och täckt av skyltar på vilka det stod *Stopp!* och *Obehöriga äga ej tillträde* och *Varning för hundarna.*

”Jaha ...”, muttrade Greta. ”Det är väl bäst att vi går hem då.” Filmstaden, som låg så långt utanför den verkliga staden, var uppenbarligen en uppförstorad förortsvariant av Mauritz Stillers våning. Här skulle man bli uppskrämd och satt på plats.

”Nej, det kan vi ju inte!” protesterade Mona, som ibland inte uppfattade ironi.

Nej, det kunde de ju inte, fastän Greta verkligen hade stor lust.

”Kan jag hjälpa till med något?” En man hade dykt upp ur tegelbyggnaden intill grinden.

”Ja, tack”, sa Mona och neg. ”Vi skulle besöka regissör Stiller.”

”Väntar han er?” frågade mannen, misstänksamt.

Mona nickade, men tydligen inte tillräckligt övertygande.

Det dröjde en kvart innan de fick passera grinden. Det var Torarin som till slut kom ut och hämtade dem.

”Så fint att ni är i tid”, sa han. Helt utan ironi.

Filmstaden var verkligen som en liten stad. Några riktiga mastodontbyggnader varvade med en mängd små paviljonger. Mitt ute i grönskan. När hon spelade in *Luffar-Petter* hade hon fått höra om Svensk Filmindustris nya stad, som kommit till bara för att skapa film. Ungefär som de där städerna i Orienten hon hade läst om under historielektionerna i gula lådan. De som hade kommit till bara för att hysa de döda. Ibland byggdes städer för en parallell verklighet, och tjusigt var väl det. Men det var onekligen märkligt hur många byggnader och människor som behövdes för att skapa lite remsor som skulle passera genom en projektionsapparat.

De blev förda direkt till en sminkloge, utan att någon talade om vad de skulle sminkas för. Genast kastade sig flera människor över dem samtidigt. En gjorde hår, en annan pudrade och målade, en tredje plockade fram kläder, en fjärde beordrade den tredje att plocka fram andra kläder. Allt på en gång. Och fort skulle det uppenbarligen gå.

Men ingen förklarade varför eller för vad.

Mitt under allt detta kom det in en man, i vit jacka och svart fluga.

”Hur går det för er, flickor?” sa han. Utan att säga vem han var.

”Tack”, sa Mona bara. De kunde ju själva knappast avgöra hur det gick.

Mannen gick runt sminkstolarna och sträckte fram handen.

”Julius Jansson”, sa han. ”Det är jag som är fotograf.”

Herr Jansson verkade faktiskt vänlig, den första person de hittills mött här som varit vänlig och dessutom inte uppstressad. Så Mona, sin blyghet till trots, dristade sig att fråga:

”Hur vill han att man ska vara ... regissör Stiller? Som skådespelare?”

Fotograf Jansson log: ”Det spelar inte så stor roll, flickor. Mauritz Stiller går efter utseendet.”

Och så försvann han ut genom dörren igen.

När de kom ut stod alla och väntade på dem. Jansson, som hade en stol på vilken det stod Jaenzon, och Nilson, som inte hade någon stol, och trettio personer till. Som på parad. Som om de två flickorna hade uppehållit hela Filmstaden.

De befann sig i en enorm växthusliknande byggnad. Och mitt på golvet stod den skräckinjagande Mauritz Stiller i ensamt majestät. Några meter från en säng.

”Sååå”, sa han långsamt, på sin klingande finlandssvenska, ”damerna har alltså infunnit sig.” Sedan suckade han djupt och ljudligt. Och pekade på sängen.

”Där”, sa han och lät närmast uttråkad. ”Gustafsson.”

Hon tittade oförstående på honom.

”*Där!*” sa han igen, fast nu högre. Och så slog han ut med pekfingret som om det var en fällkniv.

”Ursäkta …”, mumlade hon. Och gick fram till sängen. Ställde sig intill den.

Då kom fällkniven igen.

Så hon satte sig på sängkanten. Med händerna knäppta i knäet.

”I en säng ligger man!” utbrast han.

Så hon la sig ner, med skor och allt. Och tittade rakt upp i glastaket, många meter ovanför.

Hon kunde höra att han närmade sig. Mjukt, kattlikt.

Så stod han rakt ovanför henne. Hon kände hans andedräkt mot sin hud.

”Åh herregud …”, sa han begrundande, såsom till sig själv. ”Ni är ju minst tio kilo för tjock …”

Hon kastade en snabb blick åt sidan. Ingen i rummet rörde sig. Inte Mona heller.

”Sjuk!” sa han plötsligt. ”Var hemskt sjuk!”

Hon förstod inte. Och även om hon hade förstått, och även om hon hade velat göra något, kunde hon inte.

”Titta …”, sa han, fast inte till henne. ”Titta. Har ni någonsin sett sådana ögonfransar?”

Hon blinkade till.

”*Men herregud, människa! Vet ni inte vad det är att vara hemskt sjuk!?*”

Hon som inte tålde att någon skrek på henne. Som inte tålde att någon skrek på någon. Som aldrig stod ut med gemenhet. Hon förde upp handen till pannan. Och medan hans intensiva blick genomborrade henne började hon flämta och svettas. Hon vred sig i plågor och la sig i fosterställning och försökte få in luft i lungorna. Det gick inte, det gjorde så ont i bröstkorgen. Och så kallt det var! Hon drog upp filten över kroppen, över huvudet. Hon låg och skakade.

”*Tack!*” hördes det ovanför henne. ”*Mårtenson!*”

39

”Han är inte klok! Han är fullständigt galen!”

Vera skrattade åt henne.

”Vad vill du? Han är ju mästerdomptör.”

”Ja, mig lyckades han då inte domptera!”

”Hur vet du det?”

”För han bara skrek på mig. Och kommenterade mitt utseende, sa att jag var fet, förolämpade mig inför andra. Om någon låter sig dompteras av det vet jag inte hur hon är funtad!”

”Nä”, sa Vera. ”Hur gick det då?”

Greta skrattade torrt. ”Gick? Ja, hur tror du? Han bara gapade. Och sen, innan vi gick hem, viskade fotografen att det säkert skulle gå bättre nästa gång jag provfilmade, att jag ju är så oerfaren.”

Vera höjde på ögonbrynen. ”Sa han samma sak till Mona?”

”Det vet jag inte. Vi pratade knappt efteråt. Vi var så chockade.”

”Välkommen tillbaka till Dramaten då!” sa Vera glatt.

Men Greta satt bara och stirrade framför sig.

”Fattar du vad som ger en människa rätten att bete sig sådär?”

”Makt”, svarade Vera och log. ”Och att andra går med på det.”

***

Det tog henne ett par dagar att hämta sig. Men själen är ju så vanvettigt genialiskt funtad att den efter en tid alltid silar bort det värsta. Och så kan man oftast bara skratta åt vad som hänt. Och tycka att människan som vållat en detta obehag bara är dum i huvudet, eller oviktig för ens liv.

Det var snart juni och allt stod i blom. Alva och hon hade åkt till kolonistugan i Enskede under söndagen och planterat i grönsakslandet. Alva var på ett alldeles särskilt gott humör. Hon var kär, sa hon. I Erik. Greta hade ännu inte fått träffa Erik, men mamma hade det.

”Vad tyckte hon?” undrade Greta.

”Vet inte, hon sa inget”, svarade Alva.

”Berätta, vad är det som är så underbart med honom?”

”Jag vet inte om jag kan förklara. Han är vacker, och han kan föra sig.” Hon ryckte på axlarna. ”Och så är han snäll mot mig. Omåttligt rar!” Hon log. ”Och du?”

”Jag?”

”Ja, har du inte träffat någon ny?”

Greta var tyst ett ögonblick. ”Ja, han Gösta går jag ut med ibland ...” Så tystnade hon och strök med fingret över Alvas näsa. ”Tids nog, Lillan.”

***

Mimi och hon kom överens om att de skulle resa till Karlstad redan dagen före midsommarafton. Tant Mizzi och farbror Julius ordnade nämligen midsommarfest i stadsvillan invid kanalen. Mest för Julius affärsbekanta och deras fruar. Men Mizzi insisterade på att barnen skulle med också, varje år. Och hon frågade om inte Mimi kunde ta med sig den trevliga väninnan från Dramaten denna gång.

Greta blev jätteglad. Hon älskade ju Mimis familj.

Mimi förklarade för henne att det tyvärr inte serverades någon sill och att Greta skulle få bekanta sig med några maträtter hon säkert aldrig tidigare smakat: Schlickkrapfeln, Leberknödel, Fretatinudeln. Och till efterrätt mammas Apfelstrudel.

”Mums”, sa Greta.

”Och så brukar vi sjunga, jag och Arvid, medan mamma ackompanjerar på flygeln. *Nach Frankreich zogen zwei Grenadier*.”

”*Oh Maurice, Oh Maurice, Oh Maurice*”, sjöng Greta.

Och så skrattade de, länge. För Greta hade ju med absolut bestämdhet hävdat att hon inte var den svartsjuka sorten.

Sedan, efter midsommar, skulle de ut till paradiset igen.

40

Telefonsamtalet kom första veckan i juni, till grannfrun på Blekingegatan. Det kom inte från Mauritz Stiller den här gången. Det kom från Torarin. Och det var märkligt kort:

”Herr Stiller har bett mig meddela fröken Gustafsson att om ni går ner tio kilogram i vikt under den närmaste månaden så engageras ni i rollen som Elisabeth Dohna.”

Det var tyst i luren.

”Hallå ...?” sa Torarin efter några sekunder. ”Hör ni mig?”

”Ja ...”, fick hon fram.

”Då så. Herr Stiller tar kontakt med fröken Gustafsson imorgon.”

Så la han på.

❖

De går genom den stora korridoren tillsammans, arm i arm.

I slutet syns ett starkt ljus. Bländande.

Runtomkring dem ligger utspridda travar av rekvisita och lampor.

Han tar hennes hand i sin stora, trycker den. Hon känner honom så väl. Nu är han lycklig, det känner hon. Hon har stjälpt honom, utan att vilja göra det. Men nu ska hon hjälpa honom. Det gör också henne lycklig.

De närmar sig det bländande ljuset, fortfarande arm i arm. Man hör röster därinifrån, men inga starka röster. Ingenting har ännu börjat, inte innan de anländer. Allt börjar först när de anländer, hon och Moje.

Fast nu hörs också andra ljud inifrån den stora hangaren. Ljud av saker som hissas upp och ner. Ja, just det, Moje har gett noggranna anvisningar till scenografen, det skulle tillverkas stora kulisser, en palatsliknande interiör. Och det skulle göras förberedelser för ett stort fyrverkeri. Man har arbetat med detta i veckor.

Nu trycker Moje hennes hand igen.

Hon ler.

Ja, det är de som har vunnit. Hon och Moje. Till sist.

41

Kunde hon känna det? Ja, det kunde hon. Det fanns sådana stunder. När allt, för ett ögonblick, stod helt stilla. Och sedan kom det. Något, en rörelse, en våg av något slag kom rusande igenom hennes kropp. Från huvudet, genom bröstet, ner till magen – ja, magen, det var där det fick fäste och virvlade. Större och större. Och hela hon flöt med denna våg och allt löstes upp.

Det hade hänt några gånger i hennes liv. Två av dem var hos fru Gustafsson, grannen på Blekingegatan.

Kunde hon hålla fast den, vågen? Kunde hon flyta på den? Hade hon det i sig, att kunna flyta på den hela vägen?

Frågan var egentligen ovidkommande. För det fanns bara ett som var säkert:

Hon hade inget alternativ.

***

Hon är fortfarande så ung, på så många sätt. Hon ska snart skriva flamsiga brev till Mimi, om hur hon och Mona går på krogen. Om hur de tävlar om vem som ska bli mest kär i Gösta Berling. Om Veras kavaljerer – ja, Vera följer ibland med dem på krogen. Om hur de bolmar och dricker och tjattrar och suddar i breven. För ofta stoppar alla tre brev till Mimi i samma kuvert, där de sitter på krogen. Och så slickar de igen kuvertet utan att ha läst varandras brev. Och Greta skriver: ”Så fort jag dricker starkvaror (öl) talar jag om dig älskling. Kanske det är oartigt att skriva älskling med litet ä? Ölet! Mitt huvud!!!” Och så mycket är fortfarande på lek – ja, kanske mer nu än någonsin. Nu, när allt ännu inte har hänt och allt snart ska komma att hända.

Nej, hon får inte åka med Mimi till midsommar i Karlstad. Hon får inte ens åka till Hammarö. Stiller har sagt henne att hon måste vara i stan. För kostymprovningar, och för att inspelningarna när som helst kan börja, och för att han måste ha henne till hands. Och hennes enda uppgift nu är att gå ner i vikt.

Och hon får inte åka med Mimi därför att så mycket har hänt.

Men hon är ju ännu så ung. Och livet så otroligt öppet. Och hon och Mona ska få tretusen kronor var för sex månaders deltidsarbete. Tretusen kronor!

Är hon lycklig? Ja, det är hon nog.

Fast en sak kan hon inte begripa: Varför har han valt henne?

42

Stockholm, 1 juli 1923

Mimi min vän.
Hoppas du har det skönt ute på ön. Jag avundas dig, man ska inte sitta här i stan på sommaren! Men vi måste ju! Känner du till vårt uppdrag, Gurras och mitt? Vi ska gå ner en massa kilo, hon för att hon måste, jag för att jag måste! Vi går till Turken tillsammans. Och sedan äter vi så lite vi bara kan … Fast Gurra är mer ambitiös än jag: Hon går dessutom varje eftermiddag till duschrummet i elevlogen på Dramaten och sätter på vattnet på högsta volym. Och så lägger hon sig på mage under duschen och ligger där, hur länge som helst. Hon säger att det inte gör så ont och att man får mindre fett runt magen då. Och sen, på nätterna, binder hon benen med hårda bandage. Kanske gör hon rätt, för jag har bara gått upp i vikt denna sommar! Fyra kilo, usch! Men Greta blir slankare och slankare. Hennes bröst syns inte längre. Det är bara två knappar. Tänka sig att lilla Gurra kan vara så disciplinerad! Vem trodde det?
Nä fy, till nästa gång ska jag berätta något mer spännande!
Njut där borta på landet. Och så ses vi snart.

Din
Vera

Skillnaden var väl den att Greta skulle bli grevinnan Elisabeth Dohna, medan Vera bara var kär.

Elisabeth Dohna, det var en riktig roll, en stor roll. Det var Elisabeth Dohna som Gösta Berling till slut skulle älska. Och Gösta Berling, det var Lars Hanson. Lars Hanson! Hur fruktansvärt fort får saker i livet gå?

Var hon nervös? Ja, visst var hon det. Men nej, hon tvekade inte. Lika lite som hon tvekat när Tyra Ryman kom in på PUB:s hattavdelning för ett år sedan.

Och Mona, hon fick också en fin roll: Ebba Dohna, svägerska till Elisabeth. Hon skulle också älska Gösta Berling, men sedan skulle hon dö. Ganska tidigt i filmen.

Fast Mona var nöjd. Hur kunde hon vara annat än nöjd? Och Gustaf Molander gav dem ledigt de månader av höstterminen som eventuellt skulle komma att överlappa med inspelningarna. Om något var självklart så var det väl det. Mauritz Stiller kom först.

Men varför hade han valt dem? Herr Jaenzon hade ju till och med sagt att hon gjort dåligt ifrån sig.

43

Det drog ut på tiden. Först hade man meddelat att inspelningarna skulle börja i början av juli. Sedan hände något. Det sas att det var fröken Lagerlöf som satte käppar i hjulet. Hon hade i åratal gjort allt för att förhindra att Stiller skulle få regissera hennes mästerverk om den försupne och avsatte Värmlandsprästen Gösta Berling. För när han avslutat *Herr Arnes pengar* och *Gunnar Hedes saga* – som även de byggt på hennes böcker – hade fröken Lagerlöf upptäckt att viktiga scener, scener de hade kommit överens om, var bortklippta. Hon litade inte på honom längre. Och nu när hon, på grund av ett avtal med Svensk Filmindustri, inte längre kunde hindra honom från att peta i hennes epos ville hon in i det sista tillförskansa sig diverse försäkringar från SF. Så sas det.

Men problemet var tydligen inte bara Selma Lagerlöf. Det var också någon som hette Esbensen – hetat Esbensen – någon som varit Stillers scenograf, men nyligen dött, på nyårsdagen. Stiller hade tydligen svårt att ersätta honom. Ja, man sa att denna vånda till och med var ett viktigare skäl till fördröjningen än fröken Lagerlöfs vånda.

Så Gretas dagar fortsatte att tillbringas under duschen i Dramatens elevloge. Och hennes möjligheter att gå ner tio kilo i vikt ökade för varje vecka som gick.

”Vi går här och väntar och längtar till vår älskade Stiller”, skrev Mona till Mimi, den sista dagen i juni. ”Vi längtar naturligtvis att få älska våran Gösta Berling i grund och botten. Ack, vem blir den lycklige??!!”

Och med tiden övertygade sig Greta om att Stiller ändå måste ha sett något hos henne eftersom han valt henne.

***

Häggen hade blommat ut, syrenen också. Nu var det klöverns tid, och ängssyrans. På bryggan nere vid Vänerns strand stod Mizzi Pollak varje morgon med ett metspö. Nu fanns här mer fisk än på länge, i alla fall vid femsnåret på morgonen. Mizzi Pollak tyckte om att meta, inte för att man fick upp fisken, eller dödade den, eller matade katten med den. Utan för att man fick gå ner till sin alldeles egna brygga och hämta upp sin (och ja, kattens) mat. Och här var så vackert, vackrare till och med än i vildsvinsskogarna i Serbien. Och här fanns så många andra fina djur. På tomten vistades både tama skator och tama ekorrar. Och gässen från Vänern gick kacklande ut och in i träslottet. Och för att riktigt säkerställa viltets välmående hade Mizzi börjat gräva en damm, i vilken det skulle finnas en liten ö på vilken hon tänkte placera och vårda skadade fåglar hon hittat i vassruggarna.

Mycket av detta hann Mimis mor med mellan fem och åtta, då övriga i familjen steg upp och gjorde frukost. Och när klockan var nio var de alla samlade runt det vitmålade träbordet i bersån. Och de åt bröd som Mizzi bakat kvällen före, och ägg, och gröt.

Och Mimi var inte ledsen, nej det var hon inte. Hon var glad för Gretas och Monas skull. Men hon skulle tillbringa sex veckor här på Hammarö. Och för första gången var det inte längre här som livet fanns.

44

I mitten av augusti 1923 inleds inspelningarna av *Gösta Berlings saga*, den hittills dyraste produktionen i Svensk Filmindustris historia. De påbörjas i Filmstaden, SF:s kungarike. Man ska filma i det stora växthuset eller, som det egentligen heter, Stora ateljén. ”Ateljé”, det är en finare beteckning än ”växthus”, och i kungariket SF spelar beteckningarna roll. Men senare ska man göra inspelningar i norra Uppland också, och utanför Lidingön. Detta jättelika epos kräver sina miljöer.

Hon står precis innanför järngrindarna. Hon har lustigt nog lyckats ta sig förbi bara genom att uppge sitt namn.

Hon är ensam, Mona ska inte vara med förrän om ett par dagar. Greta tittar på den låtsade staden. Hon har en knut i magen. Som man har när man påminns om bortglömda obehagligheter. Rakt framför henne ligger logerna där alla hade kastat sig över henne, som en skyltdocka. Och där bakom, Växthuset. Åh … Hon ruskar på huvudet. Nej fy, så dum hon är! Han har ju valt henne! Han måste ändå varit nöjd med henne! Hon sträcker på sig och så går hon rakt mot de stora husen, utan att se sig omkring mer. Hon ska till sminklogen denna gång också, det har hon fått besked om. Fast inte av Stiller, han har inte pratat med henne sedan den dagen han lät meddela att hon måste gå ner i vikt. Det är dessutom det enda han sagt henne. Mycket annat än att hon, enligt hans sätt att se det, varit tjock kan han dessutom knappast veta om henne. Det bidrar också till knuten i magen.

Hon bara hoppas han blir nöjd med hennes ansträngningar.

Nu är hon framme vid porten. Alldeles intill står en automobil, en enorm kanariegul öppen sak, med en förarhuv som säkert är en och en halv meter lång. Till och med fälgarna är gula. Och i passagerarsätet, som är av mörkbrunt läder, sitter en liten bulldogg.

Finns det inga parkeringsplatser i Filmstaden?

Den här gången är det hela sju personer som klär henne och sminkar henne och gör hennes hår. Ändå blir det inte riktigt samma hets som sist, mest på grund av Ingrid Günther. Fru Günther är ansvarig för kostymerna, och henne har Greta redan träffat ett par gånger i stan. Hon är i trettiofemårsåldern och är inte någon jäktad sort. ”Jag är van vid att tampas med mäktiga män”, viskar hon till Greta. ”Min man är politiker.”

Det hjälper en stund. Men inte sedan. Inte när hon står i Växthuset. Framför Lars Hanson, och Gerda Lundequist, och Ellen Cederström, och Karin Swanström, och Jenny Hasselquist, och Torsten Hammarén. Då hjälper det inte.

De har vänt sig mot henne. Men de ler inte och de hälsar inte. Fast det är ju självklart, vad ska dessa scenkonstens titaner i hennes sällskap att göra? Greta Gustafsson från Blekingegatan 32, som inte ens kan låtsas vara sjuk. Fast nu kan hon. Hon mår illa.

”Ge mig en cigarett!”

Mauritz Stiller står med ryggen mot alla, längst bort i Växthuset. Han kan inte ha noterat hennes ankomst.

Nu vänder de sig åt hans håll i stället. Som ett flyttfågelssträck.

Fem män kommer springande, alla med en cigarettask i handen. Den första som kommer fram sträcker snabbt fram asken. Stiller tar en cigarett, det ser man. Och så ser man hur en annan sträcker fram en tändare.

Men vänder sig om, det gör han inte.

Förtvivlat tittar hon sig omkring. I Växthuset finns bara två stolar. På den ena står det ”Jaenzon”, på den andra står det ”Stiller”. Hon kan inte sätta sig i någon av dem. Hon upptäcker en pelare, bara några meter bort. Hon tar sig snabbt dit, lutar sig emot den, tar några djupa andetag. Försöker låta bli att kräkas.

Till slut tittar hon upp. Rakt in i hans ögon. Han blickar stint på henne, från tjugo meters håll. Så tar han långsamt cigaretten ur munnen och fimpar den omsorgsfullt med skon. Och så säger han:

”Då så. Då börjar vi.”

45

Hon hatar honom. Han är ond. Han har valt henne för en av de viktiga rollerna i sin hittills största film. Men ingen, inte hon själv och uppenbarligen ingen annan heller, förstår varför.

”*Ni är fumlig! Fumlig och klumpig och fet!*” Mauritz Stiller skriker åt henne. Redan första dagen, när hon inte förmår gå fram mot Lars Hanson på ”rätt” sätt. Och andra, när hon har något slags ryckning i kinden. Och tredje, när hon inte går uppför en trappa för att möta Hanson tillräckligt behagfullt. Och Mona – som han hittills skonat – kan bara stå bredvid och se sin kamrat bli förnedrad.

Till slut springer Greta förstås ut och gråter. Men han kommer inte och hämtar henne, och ingen annan gör det heller. Hon står ensam och snyftar bredvid den kanariegula automobilen och den lilla bulldoggen tills hon snyftat färdigt. Och sedan går hon tillbaka in.

Varför går hon tillbaka in? Varför går hon inte bara hem?

Därför att man går inte bara hem. Inte när alla står och väntar.

Och Greta är ju inte den enda han skriker på. På förmiddagen skrek han på självaste Vilhelm Bryde, scenografen. Sin egen vän, den man som efter många ratade kandidater fått uppgiften att bygga upp filmens alla miljöer.

”Vad är det för djävla skittrappa du slängt ihop?! Va?! Esbensen hade skrattat ut dig om han varit här!”

Esbensen, det var han som var död.

Och sedan undvek alla Bryde ett tag. Kanske var de bara rädda? Ja, så var det säkert. För snart ska en journalist intervjua den sextiotreåriga friherrinnan Ellen Cederström, här i Filmstaden. Och mitt under intervjun hörs plötsligt ett vrål. Journalisten registrerar i sin artikel den stora aktrisens reaktion:

> ”Gud, är det Stiller som ropar, då störtar jag”, viskar Cederström. Vi lyssna båda med återhållen andedräkt. Nej, det är någon annan arm syndare det gällde.

Men hur kan de vara rädda? Hur kan han göra titanerna på den svenska scenen rädda?

Fast det finns faktiskt de som han aldrig skriker åt. Lars Hanson är en. Om Mauritz Stiller skrek åt Lars Hanson skulle nämligen Lars Hanson lämna rummet. Utan att gråta. Mauritz Stiller vet vilka han kan få att gråta och vilka han måste hantera på annat sätt. Dessa andra – dem som man måste hantera på annat sätt – kallar honom för Moje. Moje är Mauritz Stillers smeknamn – på samma sätt som ”Gula faran” är bilens smeknamn.

Han kommer alltid i Gula faran, som egentligen heter Kissel Kar. Och den franska bulldoggen, som heter Charlie, är en del av inredningen, varhelst Stiller befinner sig. Vistas Mauritz Stiller i vackra miljöer så ska Charlie också göra det. Mauritz Stiller älskar nämligen Charlie. Mauritz Stiller beter sig helt annorlunda mot Charlie än mot någon annan, han är alltid mjuk mot honom, nästan som en mor. När han tittar på Charlie kan man ibland se den mest betagande kärlek i hans ögon.

När Moje – eller regissör Stiller, som han fortfarande ska tilltalas av Greta och Mona – kommer farande i sin spektakulära Gula fara finns det ingen som inte lägger märke till honom. Och lägger man inte märke till den gula automobilen (vilket det alltså är fullständigt omöjligt att inte göra) så lägger man märke till de många glittrande stenarna i ringarna på händerna som håller i ratten, och till blicken och hållningen hos den som kör. Man lägger också märke till Mauritz Stiller därför att han kör som en vettvilling, som om inga regler i trafiken gäller just honom. En gång rundade han tydligen Odenplan med sådan hastighet att Charlie åkte ut genom den nerfällda rutan. Efter denna händelse är regissör Stiller något försiktigare när han kör. Det berättar sminköserna viskande för varandra i en paus mellan tagningar. Och så fnissar de. När Mona är borta är sminköserna nog de enda som Greta känner sig befryndad med här. Så hon pratar ibland med dem, lite grann. Och då hör hon vad de viskar.

Och det är som om de är barnsligt förtjusta i honom, nästan svärmiska. Trots att han är så fruktansvärt elak. Hur kan de vara det? Hur kan man svärma för någon som är elak?

Hon stod aldrig ut med gemenhet, aldrig någonsin.

Hon längtar till Dramaten, något så oerhört. Och till Hammarö … Åh Mimi, Mimi, vad gör du nu? Tänker du på mig? Snälla, säg att du gör det ibland. Det skulle göra denna sommar mer uthärdlig om jag visste att du tänkte på mig. Och mamma Mizzi, berätta, vad gör mamma Mizzi? Sätter hon upp fågelholkar på tomten? Eller bakar hon bröd till ett helt kompani? Och spelar pappa Julius och du schack? Vem vinner? Mimi, kära snälla Mimi, ge mig något från er. Lämna mig inte ensam här i denna döda stad.

***

"Är det svårt att filma?"

Kvinnan tittar nyfiket på henne. Hon håller både anteckningsblocket och pennan i vänster hand, som om detta ännu inte är en intervju, som om det bara är ett trevligt samspråk.

Greta ler lite försiktigt:

"Man måste ju vänja sig … Jag har ju hållit på mest med teater …"

"Ja, det har jag hört", säger kvinnan vänligt. De står på Filmstadens gård. Hon har fortfarande inte tagit fram pennan.

”Men säg mig, hur är det att arbeta med Mauritz Stiller? Jag har ju hört att han är rätt så krävande.”

Greta sneglar på kvinnan. Ja, hon ser hemskt trevlig ut, och hon är den första som talat med henne om Stiller så här, i denna filmstad.

”Det har varit ett Getsemane.” Hon talar tyst, så att ingen annan ska höra. ”Men regissör Stiller är en stor konstnär. Han skapar människorna, och formar dem efter sin vilja. Därför måste man stå ut med en del. När det gäller mig själv så är jag en snäll och hygglig flicka, som blir mycket ledsen om man är stygg mot henne. Lite fräckhet måste man förstås också ha här i livet, fast det är kanske inte så kvinnligt. Av denna ljuva egenskap har jag måhända inte så värst mycket.”

Nu tittar journalisten verkligen nyfiket på henne. Och så tar hon fram pennan och antecknar snabbt något i sitt block. Plötsligt anar Greta faran:

”Ni får inte skriva opp vad som flyger ur mig!” utbrister hon. ”Jag hör till de där obetänksamma människorna, ser ni, som talar först och tänker sen.”

***

Han står med en tidskrift i handen. Han håller den högt, så att alla ska se. *Filmjournalen* står det på den. Och under finns ett stort målat porträtt av en kvinna.

Kvinnan är Greta.

Det är tyst i Växthuset.

”Vad ska det här betyda?” Han talar lågmält, så pass att man knappt hör honom.

Ja, hon har sett tidskriften. Den låg framme i sminklogen i morse.

”Förlåt”, säger hon, utan att egentligen blivit avkrävd någon ursäkt. ”Jag visste inte att hon tänkte … att hon skulle skriva upp allt som flög ur mig.”

Han höjer på ögonbrynen. ”Flög ur dig…?” Han lägger huvudet på sned.

”Ja …” Hon sväljer.

”*Flög ur dig!?*”

Hon ryggar tillbaka. Han slår om så fort, det är det värsta.

”*Har du inte fattat någonting, flicksnärta!? Va?! Vet du inte vem som sätter upp reglerna här?!*”

Greta ser sig förtvivlat omkring.

”*Se på mig!*” vrålar han.

Hon ser på honom.

”*Du ska fråga mig om du kan säga något, varje gång någon frågar dig om filmen! Har du inte fattat att man inte kan lita på journalister?! Dom är asgamar som bara jagar villebråd! Har du inte fattat det?!*”

Hon nickar stumt.

”*Så varför har du smetat ut dig själv på det här sättet då?*” Han skakar tidningen så att sidorna fladdrar. ”*Låtsats vara stor aktris … Va?! Och babblat som en barnrumpa! Det du är, det har jag skapat! Förstår du det?*”

Nej, nu kommer de! Tårarna!

”*Fattar du det!?*”

Nej, nej, låt inte tårarna komma nu. Låt honom inte se henne gråta!

Plötsligt rör han sig, tar några mjuka kattsteg. Men inte mot henne. Han rör sig mot Jaenzon, ställer sig intill honom.

”’Elisabeth, du måste be herr Berling om förlåtelse.’”

”Va …?”

”*Titta på mig!*”

Hon tittar på honom.

”’Elisabeth, du måste be herr Berling om förlåtelse.’”

Hon förstår inte.

”*Din replik!*” ryter han.

Hennes replik? Vilken replik? Hon tittar sig förskrämt omkring.

”’Men Henrik … jag ville bara …’”, säger han långsamt, som till ett barn.

”’Men Henrik … jag ville bara …’”, säger hon efter.

”En gång till!”

”’Men Henrik … jag ville bara …’” Hon är en automat, med en knapp som han trycker på.

”En gång till!”

”’Men Henrik… jag ville bara …’” Och nu kommer de, tårarna. Hon kan inte hålla undan dem längre.

”*Vad ville du bara!?*” Han skriker igen.

Men nu kan hon inte.

”*Har du ingen förbannad stake i kroppen!*” vrålar han. ”*Ska man behöva tvinga odugliga skådespelare att hitta lite känsla i kroppen? Det är väl själva fan!*” Plötsligt vänder han sig mot de andra och ändrar med ens tonläge. ”Vad säger ni?” Hans röst är försåtligt mjuk. ”Vad är det dom tar in på Dramaten nu för tiden? Lars, Torsten, titta!” Och så skrattar han. ”Märkligt … är det bara för dekoration, eller…?”

”*Sluta!!*”

Han rycker till.

”*Sluta att behandla mig sådär! Ni bestämmer inte över mitt liv! Det här är ju tortyr!*”

Det är ur hennes strupe det kommer.

”Jag vill inte … Låt mig vara …” Hon har sjunkit ihop, hon hulkar av gråt. ”Snälla låt mig vara …”

Mauritz Stiller tittar stint på henne. Leendet är borta.

”’Ge mig er hand, herr Berling!’” säger han.

Hon hör honom inte.

”’Ge mig er hand, herr Berling!’” En gång till.

”’Ge mig er hand, herr Berling!’” Hon apar efter honom.

”’Ni måste.’” Han försöker fånga hennes blick.

”’Ni måste’”, snörvlar hon. ”’Ge mig er hand, herr Berling. Ni måste, jag vill det …’”

”Kasta dig ner!”

Hon går ner på knä framför honom. Hon säger det igen:

”’Ge mig er hand, herr Berling. Ni måste, jag vill det!’” Tårarna rinner nerför hennes kinder. ”’Jag vill visa honom där, hur underdånig jag kan vara.’”

Och så lägger hon pannan mot det kalla, smutsiga golvet.

Han står alldeles stilla. Han kan inte slita blicken från henne.

Till slut tittar han upp, på Jaenzon.

”Fick du det?” mumlar han.

Fotografen slutar veva.

”Fick det.”

Ett stort leende bryter fram i Mauritz Stillers ansikte. Så sjunker han ner på knä framför sin unga skådespelerska. Tar hennes rödgråtna kinder i sina stora händer och lyfter hennes ansikte mot sig.

Han torkar försiktigt bort tårarna under hennes ögon. Ömt, varsamt. Och så viskar han, så att ingen annan än hon ska höra:

”Greta, min ljuvliga varelse. Jag ska lägga världen för dina fötter.”

❖

De har kommit in i ljuset, Moje håller ett fast tag om hennes arm. Där står hela teamet, alla skådespelare, dagens statister. Kanske hundra människor. De väntar. Hon tittar upp i det höga taket. Upptäcker tronen, regissörsstolen. Man ser ända härifrån vad som står skrivet på tygryggen. "Maurice Stiller." Och nedanför står hennes favoritfotograf, Bill.

Moje tittar sig omkring. Han ser stolt ut. Det är den gamle Moje. Nedstämdheten är som bortblåst.

Nu går de fram. De går fram och de ställer sig mitt på golvet. Och så säger han, högt:

"Good morning, all people!"

"Good morning", mumlas det från studions alla hörn.

Så släpper han taget om hennes arm och sträcker glädjestrålande båda händerna i vädret.

"Today", utbrister han. *"Today, we filma!"*

46

Det var ovanligt kyligt denna september. Löven på träden var ännu gröna, men det kändes som om frosten skulle ta dem endera natten. Stockholmarna hade ställt om sig, så som de gjorde varje år när värmen obönhörligt dragit sig undan och lagren hos stans alla ved- och kolhandlare fyllts till sina bräddar. Klädesbutikerna hade redan rensat ut de mer färgglada bomullsplaggen och ersatt dessa med bruna, beigea och gråa ullkläder. Det var som om invånarna i staden inte ville förolämpa hösten med att låtsas som om den inte fanns – trots att detta egentligen var den färggrannaste av alla årstider. Men brunt, beige och grått passade kynnet bättre nu. Man drog sig undan lite, ställde om sig, och började leva inomhus. Fast väl där, innanför de tjocka väggarna, kunde livet fortgå nog så innerligt.

Det skulle bli upprop på Dramatens elevskola. Flera av förra läsårets andraklassare var redan ute i livet. Men förvånansvärt många hade utsetts till så kallade premiärelever – avlönade aspirantskådespelare som Dramaten trodde mycket på och ville behålla. Funkan skulle bli kvar, liksom Mona och Vera och Tore och Arnold – den sistnämnde var dessutom så djupt förälskad i den ännu ej utexaminerade Barbro Djurberg att det skulle ha behövts vilda hästar för att dra honom från Stockholm.

Många band skulle få förbli obrutna ännu en tid.

De hade skrivit långa brev till varandra hela sommaren. Alltmer uppsluppna ju närmare återseendet de kom. När i livet kan man säga så, att man längtat hem från sommarlovet? Det var sällsynta år, dessa.

***

Storstaden slog emot henne omedelbart. De svarta droskorna for fram och tillbaka på Vasagatan, stannade till, släppte av och tog upp. Stadsbud kom med kärror fyllda av gods som de körde in i den stora byggnaden bakom henne. Resande myllrade på den öppna platsen framför stationen, en del – ofta stressade eller glada – på väg ut någonstans i landet eller världen, andra – i allmänhet tröttare, långsammare i rörelserna – just hemkomna. Fast alla var de på väg någonstans. Även hon.

Det duggade lite när hon kom ut från Centralen.

Hon drog capen om sig. Det var kallare här än i morse vid Forsmarks bruk, trots att tåget tagit henne söderut. Men det gjorde inget. Hon tog ett djupt andetag och lät Stockholmsluften med alla sina bekanta dofter fylla henne. Så kastade hon en blick bort mot Riddarholmen, och mot Söder som skymtade där bakom. Det hade börjat mörkna, men hon anade Mariaberget.

Hade hon inte redan bestämt sig? Jo, det hade hon, hon måste bara döva samvetet lite.

De hade släppt hem henne, som en födelsedagspresent, sa de. Det var förvisso ännu en månad kvar innan man skulle bryta inspelningarna i väntan på vintern, men hon behövdes inte längre, till skillnad från Mona, som skulle komma att missa uppropet. Henne, Greta, skulle de inte behöva igen förrän i november eller december. Åh, måtte det dröja länge innan snön föll i år!

Hon kastade ännu en blick mot Söder. Så böjde hon sig ner, lyfte sin resväska och började promenera upp mot Klara kyrka.

***

Rummet här bredvid mig är ledigt kostar 60 kr. i mån. Kaffe o gröt extra 10 kr i mån. Trevligt bemötande. En bedårande vägg i vägg rumskamrat vid namn Monica Mårtenson, en väldigt trevlig flicka, Greta träffade henne

i dag, hon sa det.
P.S. Du får skorna borstade.

Mona hade börjat truga Mimi redan vid midsommar, föreslagit att hon skulle lämna Tisellskan och flytta hem till hennes värdfamilj i stället. Amilons hette de, herrn i huset var apotekare. Det var billigare, framhärdade Mona, och våningen låg på Blasieholmen, nästan lika nära Dramaten som passagen.

Så Mimi lät sig trugas och flyttade till Amilons så fort hon kom tillbaka från Karlstad, trots att Mona ännu inte var där. Priset hade förstås fått sin omedelbara förklaring: Rummet var av typen garderob – en sådan där garderob av det större slaget, som herrskap anser sig ha plats för om de bor i stora våningar eller villor. En enda lampa hade hon, en spetsprydd sak som dinglade i taket och som hon, om hon sträckte ut sin lilla lekamen tillräckligt långt när hon låg i sängen, kunde släcka med tårna. Befann hon sig i sin garderob kunde hon dessutom höra precis vad folk sa när de kom uppför trapporna. Fast egentligen var det nog inte en garderob utan en jungfrukammare, eftersom utrymmet låg invid köket. Som dock inte fick begagnas för tandborstning. För att nå ett tvättfat var hon tvungen att famla sig fram genom en lång mörk korridor belamrad med skor. Möjligheter till tvätt utöver den lekamliga erbjöds inte heller. Och eftersom pappa Julius var ingenjör hade han räknat ut att det skulle bli mer ekonomiskt för Mimi att skicka hem smutstvätten än att lämna in den till någon tvättinrättning i Stockholm.

Men billigt var det, och skorna blev (ibland) borstade, och snart skulle hon få njuta av Monas bedårande sällskap.

***

Hon kände igen stegen, trots att ljudet kom långt nerifrån trapphuset. Hon kände igen dem trots att hon inte väntat sig att få höra dem. För ingen hade sagt något, och ingen hade skrivit. Inte på länge. Jo, hon själv, på artonårsdagen, för att gratulera. Men hon hade inte fått något svar än – kanske var det postgången? Ändå, där var de. Nästintill omisskännliga. Hon kände hur hon började darra.

Men hon reste sig inte. Hon satt kvar på soffan, den som också tjänade som säng. Hon gick inte stegen till mötes. Varför? För att ingen sagt något och ingen skrivit? För att hon bara fått två brev denna sommar, och ett kort? För att en vag undran smugit sig in? Av ingen anledning alls, eftersom hon ju visste att den som kom uppför trappan just nu var världens uslaste brevskriverska.

Det var allt. Men ändå.

Nu kom de närmare. Skulle de gå förbi Amilons dörr, fortsätta upp till nästa våning?

Nej, det ringde på dörrklockan, den till stora dörren. Sedan röster. Hon blundade, ja det var hon.

Ändå reste hon sig inte. Ändå rörde hon sig inte ur fläcken. Hon satt där, i den lilla soffan, tills det knackade på hennes dörr.

"Kom in", sa hon.

Dörren öppnades. Tant Amilon såg lite besvärad ut.

"Fröken har besök."

Mimi nickade bara.

Då steg tant Amilon åt sidan och gick. Och där stod hon. Vackrare än någonsin. Så vacker att Mimi kippade efter andan.

"Hej …", var det enda hon fick ur sig.

"Hej …", sa Greta. Och stod kvar.

Då reste sig Mimi äntligen. Hon gick fram till dörren, sträckte en arm bakom Greta och stängde den.

Det var så obekant att mötas i det lilla utrymmet mellan dörren och soffan som ibland blev säng. Det var så obekant att stå mittemot varandra igen. Nej, det var inte obekant, det var mycket, mycket bekant. Men så oförberett att Mimi blev tafatt. Hon tog Gretas hand och ledde henne de få stegen till soffan. En ny möbel för dem att sitta i, tillsammans.

Något värkte i henne. Hon kunde inte riktigt förklara varför.

Så satt de i soffan, höll varandras händer. Och efter en stund la Greta sitt huvud i hennes knä och burrade in huvudet mot hennes mage och höll sina armar runt hennes midja så hårt att Mimi kände att hon skakade.

Hur kunde hon ha tvivlat?

Greta stannade hos henne, trots att hon hade lovat att sova på Blekingegatan. Hon låg bredvid henne i den utfällda soffan, höll hennes mjuka kropp i sin.

Sedan frågade hon. Om allt som hade hänt under sommaren, om Hammarö, om klasskamraterna, om Mimis familj. Hon hade ju tänkt på dem nästan varje sekund, sa hon.

Och visst, svarade Mimi, hon lovade att berätta om sin sommar, varenda detalj om Greta så önskade, men först ville hon höra om hennes, om deras. Gretas och Monas sommar, som alla på Dramaten pratat om men som de fått så magra glimtar av.

Då hände något.

Greta tryckte ner huvudet i kudden och vände sig bort.

Det blev alldeles tyst.

”Vad är det, Gurra?”

Mimi fick inget svar.

”Är han så hemsk som dom säger ...?”

Så smal hon var, så mycket smalare än när de sist hade setts. De nakna axlarna stack upp ovanför täcket, det ljusbruna håret låg som en solfjäder på kudden.

”Gurra, för tusan!” utbrast Mimi. ”Nu får du säga något!”

Då vände hon sig äntligen om, tittade äntligen på henne. Men utan att närma sig.

”Det har varit en korsfästelse.” Rösten lät nästan mekanisk.

Ögonen var alldeles torra.

”Åh, Gurra ...” Mimi såg förfärad ut. ”Vad har dom gjort med dig?”

”Han är en lustplågare.”

Som om hon beskrivit en maträtt, eller en blus.

"Men herregud! Vad vill han åstadkomma med det?"

Greta ryckte på axlarna. "Mästerverk ..."

Mimi skakade på huvudet. "Inte på det sättet."

Greta log lite. "Jo ...", sa hon. "Kanske just på det sättet."

"Men för tusan!" utbrast Mimi. "Det låter som att du ger honom rätt att vara din plågoande!"

Greta svarade inte.

"Nej, det kan du inte mena, Gurra!"

Så här hade Mimi inte sett henne förut. Aldrig så här.

"Jag vet inte", mumlade Greta och nu slöt hon ögonen. "Han har fått mig att åstadkomma saker som jag inte trodde jag var förmögen till."

"Till priset av en korsfästelse?" Mimi satte sig käpprakt upp i sängen. Hon stirrade på den alltjämt blundande Greta. "Gurra! Du har ju aldrig låtit dig förtryckas i hela ditt liv!"

Greta svarade inte.

Mimi gick upp och fram till det lilla skrivbordet intill fönstret, där det nätt och jämnt fanns plats för de två porträtten. Hon drog ut en låda, tog en cigarettask och tändstickor och tände. Sedan stod hon och rökte, med ryggen mot sängen. Hon tittade ut genom det mörka fönstret, och hon försökte förstå varför hon kände sig så fruktansvärt upprörd. Till slut vände hon sig ändå om och tittade bort mot sängen, bort mot Greta. Som låg där och såg på henne.

"Jag älskar dig, Misse." Hon log, ett så sorgset leende. "Jag älskar dig, och jag kommer alltid att älska dig."

47

Det var som om sommaren bara varit ett synnerligen beklagligt avbrott i deras liv. Som om tingens ordning äntligen var återställd och deras tillvaro återtagit sin verkliga bana. Nils Personne hade varit precis så där barsk som förra året. Men ingen av dem var rädd den här gången. Och de nya förstaklassarna - endast fyra nervösa satar detta läsår - hade förskrämt iakttagit intendentens manér. Och inte vågat skratta och inte vågat tala, annat än efter tilltal. Och spårvagnen hade plingat och en kort stund hade det duggat mot fönsterrutorna och de hörde bekanta deklamerande röster utanför dörren och så var det dags att slå igen vaxduksboken. Men ingen av dem hade lämnat Tornrummet.

Åh, älskade, älskade elevskola ...

Sedan hände något nytt - eller, snarare, någon ny. Han kom som en stormvind.

Det var efter uppropet, nej efter första lektionen med Schildknecht. Greta och Mimi stod i ett hörn i tredje radens foajé och skulle just till att tända var sin Bridge. Då kom han, rusande över golvet, som om det var de olympiska spelen och de var målsnöret. Och precis när Mimi skulle till att dra tändstickan på plånet exploderade något i hans hand och det slog upp lågor. Men han sa inte ett pip. Han bara stod där och log framför dem.

"Alf", sa han. "Alf Sjöberg."

De tittade på den förkolnade tändsticksasken som nu låg på golvet.

"Det där måste ha gjort hemskt ont, herr Sjöberg." Sa Mimi.

Han skakade på den långa blonda kalufsen. Och höll krampaktigt om sin vänsterhand, den han hade hållit tändsticksasken med.

”Mimi”, sa Mimi. ”Mimi Pollak.”

”Så där gjorde jag också en gång”, sa Greta. ”’Röda Rosen’ är mycket säkrare.”

Han var en alldeles särskild person, Alf, det upptäckte man nästan på en gång. Den där sortens människa som fyllde upp varje utrymme han befann sig i, som ändrade stämningen i varje rum han beträdde. Han var ännu för ung för att försöka dölja sin yviga personlighet. Och tillräckligt erfaren för att veta sitt värde. Alf Sjöberg var nämligen begåvad. Så begåvad att de hade låtit honom hoppa över hela första årskursen, som om allt det som Schildknechtan och Personne och Örtengren och alla de andra hade lärt dem kunde ha inmundigats i sömnen. Eller kanske med generna. När unge herr Sjöberg vid intagningsproven denna höst hade avslutat sin deklamation av Antonius liktal från Shakespeares *Julius Caesar* utropade Anders de Wahl: ”Den mannen är född för scenen!” Det var unikt. Men Alf var unik. Han klev alltså rakt in bland andraklassarna, och fick snart diskussionerna på Söderbergs konditori att anta en helt ny karaktär:

”Vad håller vi på med?!” utbrast den blonde ynglingen, som om han befunnit sig i denna miljö i åratal. ”Världen brinner därutanför och här står vi och deklamerar Shakespeare! Vad är det för kloster vi befinner oss i? Va!”

Och det fanns säkert de som retade sig på honom, men Mimi och Greta tyckte han var förtjusande. Han brann, liksom tydligen världen därutanför. Och han spelade som en gud. Han om någon hade löst rätt biljett när han valde yrke, sa Mimi.

Festerna på elevskolan antog nu en ny dimension, och det var väl delvis Alfs förtjänst. Fast också tidens – den som förflutit och den som ännu fanns kvar. De kände varandra så väl nu, både till kropp och själ. Och samtidigt visste de att denna tid i deras liv var ändlig.

Att de måste suga upp varje sekund av sina sista månader tillsammans.

De söp och de diskuterade, om vartannat. Nej, samtidigt. Ofta blev det mer intellektuellt ju längre natten led och ju mer berusade de var. Och stod de vid pianot och sjöng så blev det snart revolutionära kampsånger (ja, det var nog Alfs förtjänst). Och inte slutade det när de gick hem. Nej, nästa dag upptogs samma argument som hade fått avbrytas natten innan – av klockan eller fyllan.

Alldeles särskilt var det Mimi och Alf som befann sig i ständig debatt. De kunde gå in i diskussioner som var inte bara oändliga utan också gränslösa i sina uttryck. En dag under en rast – de hade som vanligt diskuterat ”livet kontra teatern” – blev Alf alldeles till sig av upprördhet. Fast inte på Mimi, utan på den grandiosa byggnaden de befann sig i.

”Jag ska måla om hela det här djävla huset!” utropade han. ”En meningsfull teater kan väl för fan inte se ut som det här gamla templet!”

Han vandrade fram och tillbaka i kvinnornas elevloge i ett moln av rök.

”Jaha du”, sa Mimi, ”vilken färg hade du tänkt dig?”

”Rött, för fan! Bort med skiten!”

Rött, det var revolutionens färg. Sex år tidigare hade det skett en revolution i ett land helt nära deras. En revolution som hade befriat miljontals människor från århundraden av förtryck. Det var skit, tyckte Alf, att låtsas som om allt i världen var som förut, som till och med före världskriget, att fullständigt stoppa huvudet i sanden, att inte hoppa på detta nya tåg mot framtiden.

”Rött?” sa Mimi och log lite pillemariskt. ”Alltihop, varenda kuliss?”

”Javisst!” Han gestikulerade vilt. ”Teatern ska inte spegla verkligheten! Teatern ska *revoltera* mot verkligheten! Teatern är ett vapen! Dom här djävla stofilerna vet ingenting om livet, dom har inte sett fattigdom, dom har inte sett hur det brinner där ute. Dom är helt liknöjda. Den här teatern är så in i helvete dammig!"

"Men nu får du väl ge dig!" kontrade Mimi. "Vad har du sett? Östermalms bakgårdar, håhå! Den världsvane Alf Sjöberg som sett hur det brinner!" Och hon kunde inte låta bli att skratta.

Då tog det hus i helvete.

"Jag har varit landsortsaktör i Norrland och sett livet - *livet* - på djävligt nära håll! Jag har inte bara kastat mig in i den här bomullsfållan, som vissa andra!"

Men Mimi bara fortsatte att skratta, speciellt när han sa *Norrland!* Som om han hade sagt *Nordpolen*, eller *Nordafrika!* Ja, hon skrattade så hon kiknade, och då kastade han sig över henne. Men hon var så vig och så stark, så liten hon var, att hon slogs lika bra som han. Så det slutade med att de tumlade runt på golvet bland alla fimpar. Tills de var fullständigt slut och bara kunde skratta åt alltihop.

I ett hörn satt Greta, alldeles tyst. Alldeles oåtkomlig. Hon hatade när människor skrek på varandra.

Han kallade henne för Tintomara. Sa att hon var en vit näckros, flytande på en insjö av mörker och tystnad. Han var poet, Alf, när han ville.

Men hon tyckte om honom, ja det gjorde hon. För han ville något, något annorlunda än alla andra. Han var som Mimi, fast på ett annat sätt. Unik.

Och så blev de som en radartrio den här hösten, klassens allra mest olika individer. Och när de inte satt på Söderbergs och diskuterade så satt de på Avéns på Sturegatan, där de kunde inta en buffémiddag (det vill säga obegränsad) för en och tjugofem. Fast de gick mest dit för Gretas skull, för buffén var lite bortkastad på Alf, som var ett ypperligt mänskligt exemplar i alla avseenden utom när det gällde magen. Han kunde bara äta kokt fisk. Kokt fisk och kokt potatis. Någonstans satt väl nerverna även hos denne yngling.

Och Alf visste förstås hur det var med dem. Hur det var mellan Mimi och Greta. Han visste, liksom alla i klassen anade. Och de flesta sa ingenting, men Alf, som var revolutionär, tyckte att dylika allianser var upphöjda. Ja, allt som bröt mot den mossiga normen var upphöjt!

Greta lät bli att gå in i de hetlevrade diskussionerna runt den nyanlände revolutionären, även om hans argument om samhällets orättvisor onekligen fann genklang hos henne. En sak höll hon dock alls inte med honom om: att teatern måste göras om från grunden, att den måste tjäna som ett vapen, att den inte hade något egenvärde. Nej, på den punkten fann han inget gehör hos henne – trots att detta var hans huvudtes. Teatern var inte ett dammigt, inkrökt kloster, världsfrånvänt och onödigt. Inte för henne. Fast när han frågade henne vad som drivit *henne* hit, vad *hon* hade för hemlig gemenskap med det här huset, då kunde hon inte svara. Det gick inte att formulera i ord. Och när han frågade henne om hon inte ägde en medveten vilja till att uttrycka något bestämt, i denna tid som begärde fasta formuleringar, då blev hon stum. Mimi hade då inflikat att han, Alf, nog var som ateisten som med matematiska formler skulle bevisa Guds icke-existens för någon som just uppnått salighet i bön. Alf hade skrattat, men Greta hade tittat tacksamt på henne. För just så var det ju. Teatern, och nästan enbart teatern, hade en gång erbjudit henne möjligheten att uppnå något slags tillfredsställelse i en stundtals outhärdlig vardag. En annan verklighet, en som erbjöd frid. Dessutom var hon övertygad om att det var så även för publiken. Nej, hon visste det. Det var som åskådare hon hade upplevt det.

Publiken gick inte på teatern för att förändra världen. Den gick för att komma bort från världen. Och nog visste Alf det också. Ja, han nästan sa det, en kväll efter Lusasken.

Lusasken, det var alltså Bio Maxim, filmsalongen i passagen. De gick dit ibland, oftast efter buffémiddagarna på Avéns.

Just denna kväll hade de gått för att se en film med Asta Nielsen. *Vanina* hette den. Den handlade om guvernörens dotter Vanina – det vill säga Asta – som älskar upprorsledaren Octavio. När Octavio tillfångatas övertalar Vanina sin far att befria honom och låta dem gifta sig. Men faderns medgivande är bara en sadistisk fint och redan under bröllopet grips Octavio igen. Denna gång hjälper Vanina honom att fly, men de tillfångatas och han avrättas. Vanina dör då av brustet hjärta.

Greta och Mimi kan inte sluta snyfta där i salongen.

Det kan dock Alf (som förmodligen aldrig började snyfta, fast det kan man inte så säkert veta).

När ljuset tänds torkar Mimi och Greta snabbt tårarna, för egentligen är de ju alla överens: det här är skräp. Och anledningen till att de gått till Lusasken är endast att de inte hade något annat för sig – och att Greta är utomordentligt förtjust i Asta Nielsen, ända sedan hon såg henne i *Avgrunden*, där Asta med fenomenalt knappa medel lyckats få fram en djupt tragisk karaktär. En karaktär man trodde på, och led med. Men detta var inte *Avgrunden*.

Så en sak till är de överens om: Asta Nielsen borde inte slösa bort sin talang på sådan här sentimental smörja. Och hur kom det sig att när stora skådespelare ställdes framför en kamera blev det allt som oftast pekoral?

Ja, mest var det Alf som utgöt sig. Men han hade ju rätt. Detta var usel konst.

”Det finns bara ett slags film som har något som helst existensberättigande”, tillkännagav han. ”Den ryska!” De hade tagit sig ut från Lusasken och vandrade nu upp- och nerför Birger Jarlsgatan.

”Där är filmen en kanal för befrielse och framtid. Där betyder den något! Det här” – han svepte med handen bort mot passagen – ”det är bara tysk scheiss! Cirkus för folket, som inte begriper bättre!”

”Jag håller med”, sa Mimi. ”Hon gör sig billig, Asta.”

”*Hon* gör sig billig! Och regissören! Och vi, som betalar pengar för det här! Skiten utger sig för att handla om uppror och förtryck, men det är bara sockersmet. En sentimental kärlekshistoria för massorna."

Ja, snart var Mimi och Alf åter inbegripna i ett av sina yviga samtal, där de förunderligt nog lyckades frammana en ofantlig energi trots att de denna gång höll med varandra.

Det var väl därför de inte märkte att Greta blivit blek.

De hade hunnit fram till Berzelii park när hon plötsligt satte sig på en bänk. Mimi och Alf reagerade samtidigt, eftersom Gretas tystnad inte varit tillräckligt ljudlig för att gripa in i deras samtal, medan hennes plötsliga frånvaro definitivt var det.

"Vad är det, Gurra?" Mimi satte sig bredvid henne.

"Nej förlåt, det är ingenting", mumlade Greta.

"Sårade jag dig?" sa Alf, som alltid var beredd att tolka tystnad som tyst motstånd. "Jag menar film ... alltså att du håller på med ..."

Hon skakade på huvudet.

Och då teg även han.

"Stiller?" sa Mimi till slut. Mimi, som kunde Greta bättre än någon annan.

Hon svarade inte, vilket i Gretas vokabulär var ett "ja".

Och nu såg de den. Ångesten i Gretas ögon, den för Mimi så välbekanta.

"Är han en sån skitstövel som dom säger?" frågade Alf.

Greta svarade inte.

"I så fall ska du inte gå tillbaka dit!" sa han bestämt.

Mimi tittade på henne, tittade på den torra, inåtvända blicken. "Nej, inte sedan. Inte efter att du är klar med inspelningarna", mumlade hon. "Ingen får behandla en annan människa såsom han behandlar dig."

"Vad är det för djävla skit!" utbrast Alf, som hittills inte diskuterat filmen med Greta, eftersom Greta inte velat diskutera den med någon.

Men hon förblev stum. Så de bara satt där, hon och Alf och

Mimi. Tysta, för en gångs skull. Och så blev det till sist ändå Greta som höjde sin stämma.

”Har ni hört talas om Axel Esbensen?” Hon såg ut mot vattnet.

Nej, ingen av dem hade hört talas om Axel Esbensen.

”Han var Stillers scenograf, i alla hans filmer nästan. Stiller var helt beroende av Esbensen.”

Hon tystnade, petade med skon i gruset.

”Vad är det med Esbensen?” sa Alf.

”Han dog.”

”Dog?”

”Tog livet av sig.”

Nu sa ingen något. Varför berättade Greta detta?

”Det börjar bli kallt att sitta så här”, sa Alf och drog åt sin slankiga vita scarf, den som han alltid bar runt halsen.

Ja, det var kallt, och man kände blåsten när man inte längre gick omkring och eldade upp sig.

”Tänkte du på det på grund av filmen?” sa Mimi. ”Asta?”

Greta skakade på huvudet.

”Han var hans älskare.”

”Vems?” sa Alf, som åter vaknat till liv.

”Stillers.”

”Hå hå!” utbrast han och gjorde ett stort kors i luften.

”Hans slav”, tillade Greta.

Mimi gjorde en min. ”Jag vet inte om jag vill höra det här”, mumlade hon.

”Han behöver en annan slav ...” Greta fortsatte att peta med skon i gruset. ”Det säger sminköserna.”

”Varför tog han livet av sig?” Alf tittade begrundande på henne. Greta ryckte på axlarna. ”Jag vet bara att det var på nyårsnatten. Efter att han och Stiller hade varit på middag hos Charles Magnusson.” Charles Magnusson, det var chefen för SF.

Mimi lutade huvudet i händerna.

”Var han olycklig?” undrade Alf. ”Knäpp?”

”Det sägs att dom hade haft ett fruktansvärt gräl efter middagen. Men jag vet inte.”

”Usch …”

”Och ändå kan han vara så förtjusande rar”, invände hon plötsligt, mot ingen annan än sig själv. ”Och öm. Nästan tillbedjande. Han älskar kvinnor, på något mystiskt vis.”

”Jaha du”, mumlade Alf.

Mimi sa ingenting.

”Titta på Tora … på Mary Johnson … på vad han fått fram hos dom …” Så rörde hon runt med skon. Kras, kras, sa det. Och enstaka bilar for förbi på kajen. Och vinden blåste i de ännu gröna löven i träden i Berzelii park.

”Nej du”, sa Alf och slog sig på knäna, ”det här duger inte!” Så reste han sig, som för att ta dem, eller åtminstone sig själv, ur denna konstiga stämning.

”Jag har bara en sak att säga dig, Gurra”, sa han. ”Den där skiten ska du inte ägna dig åt. Din rätta plats är teatern!”

Då lyste hon upp. Som om han sagt något revolutionerande.

”Din rätta plats, min Tintomara”, sa han och log medan han hjälpte henne upp, ”är framför en andäktigt lyssnande, intelligent publik som förmår att uppfatta stor, levande, *talande* konst. Du, min Tintomara, har nämligen den mest fantastiska, djupa, sensuella röst som någonsin ljudit bakom dessa väggar.”

Och han pekade bort mot det grandiosa bygget, det mossiga gamla templet där de tillbringade sina dagar, och allt som oftast sina kvällar.

Och att han just nu motsade sig själv fullständigt tycktes varken han eller de bry sig om.

***

Ju längre tiden gick efter hennes återkomst till Nybrokajen, desto mer blev Greta sig själv igen, och desto mer återtog hon sina gamla vanor och sina gamla lekar. Ja, sällan hade de förstås tid för kaninlek längre, men åtminstone en gång i månaden måste de, som ett kaninjubileum, en kaninåterträff. De var ju tvungna att se hur det gått för Fingal och Gusten och Tekla. Något annat hade varit rent ut sagt känslolöst.

Så Greta och Mimi och Vera och Funkan hade ibland små kafferep i Mimis säng. Små kafferep med sju koppar.

Och Mona, stackaren, fick vackert acceptera att de hade ett hemligt ordenssällskap i hennes hem.

Fast allra bäst denna termin var ändå Galoschhyllan. Bäst, underbarast, mest magisk. Det var där de satt när de staterade. Mellan scenen och artistfoajén. Den förstnämnda hade de tillträde till endast de korta ögonblick då de fick göra sina entréer, den sistnämnda fick de aldrig beträda (utom en gång om året, på elevuppvisningarna). Det var där, på Galoschhyllan, de hörde de stora elefanterna vara formidabla – på scenen – och våndas, i artistfoajén. Större ögonblickliga kontraster fanns nog inte.

Där, intill dem på hyllan, stod Ivan Hedqvists galoscher, han hade märkt dem. Där stod Ivar Nilssons, han som brukade vifta med en snusnäsduk framför munnen för att få bort öldoften, och som när han fått för mycket i sig hade för vana att jaga de kvinnliga eleverna för att "stjäla en kyss", som man så vänligt uttryckte det. Och där stod underbara Toras. De var precis så nätta, så eleganta, som man kunde förvänta sig. Och tänk att man kunde få befinna sig så nära Tora Tejes galoscher!

De satt och tittade på galoscherna som om de var helgonreliker, och de satt och lyssnade på sina idoler:

"Pjäsen är ju hopplös! Jag har försökt blåsa liv i smörjan men det går ju inte, inte med ett sånt mossigt manus!" Det var Anders de Wahls röst, inifrån artistfoajén. "Dom kommer att skylla på mig, det vet jag, eftersom jag ska föreställa förste älskare!"

"Nej då, Anders." Det var Karin Molander. "Min påkläderska satt i salongen igår och hon tyckte det var den bästa pjäs hon sett."

Då skrattade de Wahl, så högt att Greta förskräckt undrade om det hördes på scenen.

Och varje gång galoschernas ägare kom förbi – på väg in eller ut, till scen eller artistfoajé – flög de upp som skjutna ur en kanon, hon och Mimi, och neg.

Det var ju fortfarande så på teatern, så fullt av ritualer och hierarkier, så inpyrt av traditioner. Men vilken magi det skapade. Vilket drömtempel de befann sig i. Och så lekfullt allt var här, till skillnad från i Växthuset. Där syntes ju allt vara på liv och död.

Fast det var väl för att hon satt på helt olika pinnar i Växthuset och på Galoschhyllan.

Det var märkligt att det kunde vara så förtjusande att statera, samtidigt som hon just gjorde en av de stora rollerna i Stillers största film. Det gick bara att förklara med att det inte var samma sak. Teatern var något annat. Och hon var ju så ung fortfarande. Så kvar i sin barndoms gamla drömmar. Så oförmögen att inkorporera det faktum att hennes namn snart skulle skrikas ut från tidningssidor och ovanför biografentréer. Det var något annat, någon annanstans. Någon annan. Inte hon.

***

Minst någon natt i veckan sov hon hos Mimi – de ursäktade sig inför tant Amilon med att kvällarna blev så sena på Dramaten och att spårvagnen ju gick så sällan.

Resten sov hon hemma, på Blekingegatan. Alva var inte alltid där, hon var ofta hos Erik, som var äldre och hade egen lägenhet. Han var kontorschef, Erik. Det var så de hade träffats. Kärlek på kontor.

Anna tyckte inte om att Alva sov borta. Men hon kunde ju inte hindra det, Alva var tjugo. Och dessutom fruktansvärt kär. Sådant kan man heller inte hindra. Fast Anna muttrade ofta när Erik nämndes.

”Berätta om honom”, sa Greta en kväll i utdragssoffan. För säkert tionde gången.

”Men kom ut med oss imorgon kväll!” utbrast Alva. ”Så får du själv träffa honom!”

Ja, Erik var stilig, och precis som Alva beskrivit honom. Han kunde föra sig. När Greta träffade honom nästa kväll, på Hamburger Börs, kysste han hennes hand.

”Det var väldigt vad ni var lika!” sa han.

Ja, det var de ju. Det sa alla. Att de såg ut som tvillingar.

Och hon såg att Erik var hemskt förtjust i hennes syster och det värmde hennes hjärta.

Erik hade ett barn sedan tidigare, en treårig pojke. Han hade nämligen varit gift.

”Men frun var klen i nerverna”, berättade Alva. ”Speciellt efter att hon födde barnet. Så nu tar Erik hand om honom större delen av tiden. Det är en lustig liten krabat.”

Det lyste om Alva på ett sätt som Greta aldrig sett tidigare. Hon hade blivit så gudomligt vacker. En kväll i utdragssoffan berättade hon fnissande att hon skulle låta sig fotograferas. Det fanns nämligen en fotograf som trodde att han skulle kunna få med henne i en katalog för tvålar.

”Det du, Kata!” sa Alva och gjorde stora ögon. ”Då får man hem ett helt lass med såpa. Och blir torr som fnöske!”

Och Greta gladdes med sin stora lilla syster. Och hon visste att dit hon själv gick, dit skulle Alva förr eller senare gå.

Hon skulle tala med Magnusson om henne, så fort hon kände sig lite säkrare i kläderna. Inte med Stiller, utan med Magnusson.

***

Han ringde. Ungefär mitt i höstterminen.

”Du måste byta namn”, sa han. ”Du kan inte heta Gustafsson.”

”Kan jag inte?” sa hon förvånat.

”Nej, när *Gösta Berlings saga* har premiär kan du inte heta Gustafsson. Det måste stå något annat på affischerna. Du kommer att ha en huvudroll.”

”Kommer jag?”

”Ja, hitta på något så får vi diskutera det.”

Så la Mauritz Stiller på.

Hon kände sig alldeles förvirrad. Ja, mycket hände onekligen i hennes liv. Men huvudroll …? Det hade ingen sagt. Och byta namn? Hennes namn – det var ju hon! Greta Gustafsson.

Alf tyckte förstås att det var en förtjusande tanke. ”Kalla dig Gyllenkrook”, sa han. ”Och skriv in dig på Riddarhuset.”

”Men det kan hon ju inte”, invände Vera. ”Det namnet finns väl redan?”

”All right, Gyllencwoook, med tre o:n. Det finns nog inte.”

Greta sa ingenting.

Vad skulle hennes mamma säga? Hon som alltid hävdade att man skulle vara stolt över den man var.

”Jag vet inte”, sa hon. ”Jag tror inte jag vill.”

”Men Gurra, nu har du ju chansen!” insisterade Alf. ”Bli precis vem som helst! En revolutionär! Greta Gusparinovitsj! Det finns nog inte!”

”Jag vet vem jag är”, muttrade Greta. ”Greta Gustafsson.”

”Nej, nu tänker vi!” sa Mimi, som oftast var den klokaste av dem. ”Låt oss tänka på något vackert. Kanske hittar vi något som du tycker om.”

”Men det måste börja på G”, mumlade Greta. ”Jag vill inte märka om mina handdukar.”

***

Det var Mimi som kom på Garbo. Eller så var det Mimi och Greta samtidigt. De satt och lekte med bokstäver en hel kväll och så ramlade det bara ut ur Mimis mun. Eller så var det ur Gretas. Det såg vackert ut på pappret också. Lagom exotiskt. Greta tyckte om det exotiska, hade alltid gjort det.

Nästa dag ringde hon upp Stiller, och till hennes förvåning sa han att det var utmärkt och att hon måste se till att ordna namnbytet snabbt.

Så Mimi kontaktade sin gode vän Oskar Adelsohn som jobbade på justitiedepartementet, och beställde tid. För säkerhets skull frågade hon: "'Garbo', det finns väl inte?"

"Nä, det tror jag inte", svarade Oskar.

Och Anna då? Ja, mamma Anna skulle få veta i sinom tid. Allra senast när pappren skulle skrivas på. Greta var ju trots allt inte myndig.

48

Snön föll i mitten av december. De första späda flingorna landade på henne en morgon när hon gick ut från trettiotvåans port.

Samma eftermiddag ringde Torarin. Som ett brev på posten.

”Fröken Gustafsson önskas in imorgon eftermiddag”, sa han. ”Klockan två.”

De kallade honom Döva-Nisse i Växthuset. Antagligen därför att han skötte allt, visste allt, teg om allt.

Och så var det med ens slut med Galoschhyllan och Avéns och Lusasken och de underbara vännerna i hennes tempel. De var så få, så dyrbara, de dagar de hade kvar tillsammans. Inte ens Mona skulle hon få med sig.

Det var som en landsförvisning. Nej, värre.

***

Han kom emot henne redan i entrén. Han kom emot henne med öppna armar.

”Greta!” sa han, glädjestrålande.

De måste ha ringt honom från grinden.

”Greta, som vi har längtat!”

Och så tog han henne i sin enorma famn.

Och hon förstod ingenting.

Han höll henne länge och kramade henne hårt och innerligt.

Och när hon kom in i sminklogen stod det en ofantlig blomsterbukett på bordet framför spegeln.

Redan från dörren såg hon texten på det stora guldkantade kortet. *Fröken Greta Gustafsson*, stod det.

Sminkösen sa att det var fyrtio röda rosor. Hon hade räknat.

Nej, det kunde inte vara inbillning. De var nyfiknare, mer intresserade av henne. Sminköserna, kostymörerna. De frågade henne om hennes höst, om elevskolan, de berättade vad som hänt medan hon var borta. Efter en stund kom Jaenzon in i sminklogen. Precis som den där första dagen. Och han gick runt stolen och han sträckte fram handen, precis som den där första dagen. Men nu sa han:

”Fröken Gustafsson, får jag säga Greta?”

Hon nickade. Hon förstod fortfarande ingenting.

Han skakade hennes hand. ”Julle”, sa han.

”Julle”, mumlade hon.

Plötsligt såg han allvarligt på henne:

”Greta, vi har tittat igenom sommarens alla tagningar. Och vi har upptäckt något.”

”Jaså”, fick hon fram.

”Från och med nu”, sa fotografen, ”ska vi bara fotografera dig på mycket nära håll.”

Hon svalde.

”Är det något fel …?” viskade hon, och tänkte att hon hade ju gått ner tio kilo, som de bett henne.

”Nej då!” utbrast Julius Jaenzon och började skratta. ”Alls inte! Tvärtom! Vi har upptäckt världens mest sagolika ansikte.”

***

Han tittade henne djupt i ögonen.

”Det är du och Lasse nu”, sa han. ”Bara du och Lasse.”

Nej, Mauritz Stiller verkade inte driva med henne. Det såg faktiskt nästan ut som om han vädjade till henne. Vad märkligt …

”Det är du och Lasse nu. Och han kanske kommer att skrämma dig. Men var inte rädd. Det finns inget att vara rädd för.”

Nehej …? Vad var det som skulle hända? Och varför skulle hon lita på Stiller? På Stiller, av alla varelser på denna jord.

De hade klätt henne i en fårskinnsfodrad mössa och en stor päls. Hon befann sig på en stor inhägnad isbana, i en vagn tillsammans med Lars Hanson. Fast hon satt och han stod. Det var alldeles mörkt bakom dem. Det skulle se ut som när de var ute på Värmlandsisen, och det var mörkt som när de var i släden och jagades av vargar.

Plötsligt kom det: *Svisch … Klatsch!* En pisksnärt alldeles intill hennes ansikte. Hon blev skräckslagen, och ja, nu hörde hon Julle veva, alldeles framför henne. Hon tittade hastigt upp i Stillers ansikte, bredvid Jaenzons. Han såg så intensivt på henne, och alldeles, alldeles allvarligt. Så kom det igen: *Svisch … Klatsch!* Bara centimeter från henne! Hon ville rusa, men hon fick ju inte! Och hon tittade upp i hans ansikte igen, Stillers. Han nickade åt henne, nästan faderligt. Och plötsligt gjorde hon det. Hon litade på honom. Han skulle inte göra henne illa, inte med det ansiktsuttrycket.

Svisch … Klatsch! Hon kunde inte hjälpa det, hon började gråta. Men hon sprang inte, hon satt kvar. Hon satt kvar i det som skulle vara släden och hon såg piskan vina alldeles intill ansiktet, hon satt kvar medan tårarna rann nerför kinderna. Och underligt nog var det något som kändes skönt i den där skräcken, något gjorde det skönt att befinna sig just där, just i den där skräcken, och vara där, och inte försvinna ur den, och inte rädda sig själv. Och hon tittade bort mot honom igen, alldeles bredvid Jaenzon. Och hon såg hans ögon, som behärskade allt och visste allt. Nej, han skulle inte göra henne illa, inte nu.

Och kameran kom närmare och närmare. Till slut kände hon Julles andedräkt i sitt ansikte.

***

Det hördes röster från andra sidan dörren. Hon hade nu sin egen loge i Filmstaden, Moje hade sett till det. ”Moje”, han hade bett henne att kalla honom det tidigare idag. Även de skulle alltså vara du med varandra. Det vill säga hon också, inte bara han.

Plötsligt blev det tyst på andra sidan. Någon avlägsnade sig. Någon stannade kvar. Så knackade det.

"Kom in", sa hon.

Dörren öppnades långsamt. Det var han, "Moje".

"Jag undrar ..." Han log lite försiktigt mot henne. "Jag undrar om du har lust att följa med på en liten tillställning ikväll? Hos Karl Gerhard och Valborg Geyron."

Hon såg stumt på honom. Vad menade han?

"Ja, om du inte är upptagen, förstås."

Nej, hon var inte upptagen, men vad menade han?

Hon tittade ner på sin klänning.

Han log. "Vi tar en tur förbi Nordiska Kompaniet."

Vem? Hon och han?

***

Expediten höll fram tre klänningar.

"Nja ..." Stiller rörde lite vid ena axelbandet på den längst till höger. "Har ni inget i crêpe de chine?"

Två minuter senare kom hon ut med en benvit, lövtunn sidenklänning, broderad med pärlor.

Han sträckte ut handen igen, rörde vid tyget.

"Hm", sa han. "Den provar vi."

Så sneglade han på Greta, som stod bredvid.

Hon nickade. Ja, den var sagolikt vacker. Och den skulle förmodligen passa hennes kropp utmärkt. Framhäva hennes längd och hennes nya slankhet.

Nu tog han klänningen ur expeditens hand och la den mot hennes kropp. Han rättade till axelbanden så att de låg dikt an mot hennes axlar. Han la midjan mot hennes midja, och strök handen över den.

"Utmärkt", mumlade han. "Den provar vi."

Vi?

***

På vintern körde han inte längre omkring i Gula faran, det var för kallt. Han använde en sluten svart bil. Hon satt bredvid honom, iklädd sin nya benvita crêpe de chine-klänning. Hon kände varm luft mot benen, värme från motorn. I handen hade hon ett par nya vita skor, även de inhandlade på Nordiska Kompaniet. Charlie var förpassad till baksätet, men det hade han nog varit förut, han verkade inte opponera sig.

Hon anade att Mauritz Stiller verkligen ville att hon skulle sitta där bredvid honom i sin benvita sidenklänning. Han kastade hela tiden blickar mot fotgängarna och mot ekipagen runt dem på Hamngatan. Han hade ett litet leende på läpparna, inte ett elakt leende, nej det såg ut som ett stolt litet leende.

Karl Gerhard ... Den berömde kuplettsångaren och hans nya hustru Valborg bodde på Roslagsgatan, bara tio minuter från Nordiska Kompaniet.

Moje parkerade lika elegant som han hade kört. Men när han hade stannat bilen, när han hade stängt av motorn, när han hade tagit fram sina vita handskar ur handskfacket och satt den ena på sig, då dröjde han mitt i rörelsen. Betraktade henne. Plötsligt rynkade han lite på pannan. Hon förde instinktivt handen upp till ansiktet. Var han missnöjd med något? Hon hade ingen spegel, hon kunde inte titta efter. Men så sträckte han fram höger pekfinger och rörde vid hennes vänstra ögonbryn.

"Två av hårstråna gick åt olika håll", mumlade han.

***

Varför? Varför reagerade hon som hon gjorde? Varför kände hon att hon ville tillfredsställa honom? Han, som gjort henne så illa, han som hon nästan hatat, han som hade skrikit på henne, trots att ingen någonsin fick skrika på henne. Kanske var det inte så konstigt; han var den store mästerregissören, hon en artonårig elev. Men ändå ... Det var inte bara att hon var rädd att göra honom missnöjd. Inte bara att hon ville att han skulle tycka att hon var duktig. Nej, det var mer än så.

Och hon kunde inte förstå: Varför känns värmen så mycket intensivare när den kommer från någon som gjort en illa?

❖

Hon spelade förförerska, precis som hon gjort i *The Torrent*, en kvinna som fick män att ta livet av sig och av varandra. Elena hette hennes rollkaraktär. Antonio Moreno var hennes motspelare, han spelade Manuel. Elena och Manuel träffas på en maskeradbal. Elena har både make och älskare, men Manuel blir den ende man hon ska älska. Fast de kan förstås inte få varandra, så kan det inte bli för en förförerska i filmens värld.

Hon vet hur hon ska agera. Hennes blick är distanserad, hennes ögon ofta fokuserade på något långt i fjärran. Hon är som vanligt ointaglig, och oemotståndlig.

Moje har lärt henne väl.

"Stopp", säger han. Och kameran stannar.

Han går fram till Moreno.

"Antonio. You ta av mask."

"Excuse me?" De mörka ögonen tittar frågande på Stiller.

Nu går även Greta fram. Hon ställer sig bredvid Stiller, framför Moreno.

"Tony", säger hon leende, *"he means we should remove our masks now."*

"Aha", säger Moreno.

"Yes, yes", säger Moje otåligt. *"You ta av mask."*

49

Det var ännu en av dessa stora våningar som gömde sig bakom storstadens fasader. Hon har börjat vänja sig - och ändå inte, egentligen vänjer hon sig aldrig.

Det var stimmigt där inne, trots att klockan nog inte var mer än sex. ”Afternoon tea”, hade Moje sagt och skrattat. För eftermiddagsinbjudningar till paret Johnson (som de aldrig kallades) angav tydligen aldrig någon sluttid.

Moje hade förstås vetat vad som gällde, vetat vilket mått av elegans man förväntades visa upp här. Gretas sidenklänning var exakt rätt. Och männen bar, liksom Stiller, smoking. Fast hon blev brydd när hon såg hur informellt allt ändå verkade. Den minutiösa perfektionismen vad beträffade inredningsdetaljerna - och kreationerna - stod i skarp kontrast till den närmast lössläppta attityd som rådde.

”Moje, din gamle räv!” Karl Gerhard låtsasboxade Stiller i magen. Rakt in i smokingen. Så böjde han sig ner och klappade hunden. ”Och Charlie, my dear ...”

”Tillåt mig att presentera fröken Greta Gustafsson”, avbröt Stiller, utan att ens beröra det faktum att hon inte varit inbjuden.

Fast Karl Gerhard verkade inte förvånad över hennes ankomst. Oinbjudna gäster tillhörde kanske vanligheterna.

Han böjde åter sin gängliga kropp och kysste hennes hand.

”Fröken Gustafsson”, mumlade han. ”Välkommen.”

Och hon kunde inte hjälpa det. Hon neg. Det kom som en reflex, utan att hon hann tänka.

De båda männen tittade överraskat på henne och så började de skratta, Karl Gerhard först, sedan Stiller. De skrattade nog vänligt, men det hjälpte inte. På en sekund sköljde skammen över henne. Hon fick tvinga sig själv att stå kvar, att behålla lugnet, så att de inte skulle se henne rodna. Så att de inte skulle se att hon skämdes. Och i nästa ögonblick bestämde hon sig. Hon var inte längre den hon alltid varit. Jo, det var hon. Men det skulle inte få synas. Aldrig mer. Och en sak lovade hon sig själv, dyrt och heligt: Från och med nu skulle hon aldrig mer i sitt liv niga. Inte för någon.

”Du har träffat min hustru, eller hur?” Karl Gerhard vände sig bakåt och vinkade.

”Nä du, Gerhard”, skrattade Stiller innan den vackra Valborg Geyron hunnit fram, ”det går för fort för att jag ska hinna med!”

”Jag vet, och jag har en ny hemlighet att berätta”, viskade revykungen och kastade en hastig blick mot sin hustrus mage.

Då såg Stiller genuint förvånad ut.

Han ägnade sig inte åt henne på hela kvällen. Han pratade med alla andra, gick omkring, med hunden i hasorna, som om han ägde dessa rum och umgåtts med dessa människor mycket, mycket länge. Men henne pratade han inte med. Hon satt för sig själv i ett hörn, framför brasan i eldstaden, och sa inte ett ord.

Fast så fort någon kom fram till henne, om det så bara var en servitör med ett glas vin, såg hon att han kastade en blick åt hennes håll.

Vantrivdes hon? Nej, egentligen inte. För trots att hon inte sa någonting, och trots att hon av övriga gäster måste ha upplevts som en konstig liten mus, så förnam hon att hon motsvarade hans förväntningar. Hon hade sett i hans ansikte om så inte varit fallet.

Sedan, efteråt, skjutsade han henne till Söder. Och precis innan han skulle släppa av henne i hörnet Ringvägen–Blekingegatan sa han:

”Vi är samma, du och jag. Vi kommer från samma smutsiga trappuppgång.”

Hon tittade förvånat på honom.

Han log: ”Det trodde du inte, eller hur?”

Hon skakade på huvudet.

Nu trummade han lite med fingrarna på ratten. ”Min mor tog livet av sig när jag var fyra år gammal, min far dog en månad senare.”

Rakt upp och ner, som om han beskrivit en filmscen.

”Åh herregud”, mumlade hon och kände hur tårarna vällde upp inom henne.

”En bekant till familjen tog hand om mig sen” – han såg på henne – ”och lät mig arbeta i sin hattaffär. Precis som du ...”

Hur visste han?

”Var gick du i skolan?” fick hon fram.

Moje ryckte på axlarna.

”Men ...”

”Greta ...”, nu knackade han med fingret på hennes panna. ”Kunskaper kan man tillägna sig på så oerhört många sätt – och förmodligen är skolan det allra sämsta sättet. Kom ihåg det. Det allra viktigaste är att man skaffar sig erfarenhet och att man alltid bibehåller sin öppenhet. Kom ihåg det.”

Hon nickade.

”En del människor”, fortsatte han, ”går omkring och tror att dom är förmer för att dom utbildat sig eller fötts av rika föräldrar. Och andra, såna som vi, går omkring och tror att det syns på oss att vi är dumma i huvet, eller utfattiga, eller vad det nu kan vara. Men” – nu spände han ögonen i henne – ”man är inte ett *dugg* bättre för att man fötts rik, och inte ett *dugg* klokare för att man gått i dyr skola. Det är bara yta! Yta, inget annat! Låtsas att du är rik, så tror alla att du är det!” Och så skrattade han sitt bullrande skratt.

Och hon visste inte vad hon skulle tro.

Men så blev han plötsligt tyst.

”Sen finns det andra saker som kan hända en i barndomen”, sa han stillsamt. Och nu iakttog han henne stint. ”Saker som inte har med fattigdom att göra. Saker som man nästan aldrig talar om. Saker som görs i hemlighet. Saker som ingen ung människa någonsin ska behöva genomleva, och ingen någonsin helt kan återhämta sig ifrån."

Han låtsades titta bort, men han sneglade på henne.

Och han såg att hon plötsligt såg alldeles blek ut.

Han nickade långsamt.

"Då så ...", sa han. "Då så ... Det är sent, och vi måste alla sova vår skönhetssömn."

Sedan öppnade han bildörren på sin egen sida, gick ur bilen, runt den, och fram till hennes dörr, som han öppnade.

"Då så, Greta, då ses vi imorgon."

50

Några dagar före jul åkte Mimi till Karlstad. Greta var medbjuden, och Greta hade frågat Moje. Han svarade att de hade flera exteriörer kvar, bland annat isfärden. Och så sa han att man aldrig visste säkert när vädret skulle bli rätt.

Men på julafton?

Ja, kanske till och med på julafton.

Han lät henne inte.

Hon stannade hos Mimi natten före Mimis avfärd, men hon kunde inte sova. Hon längtade så efter att få åka till Karlstad, efter att återse Mimis familj, efter att bara få tillbringa obruten tid med henne. Hon längtade efter den kravfria vilan, den varma, omslutande vänligheten. Hon längtade efter att känna sig fri. Men hon fick inte. Och nästa morgon, med knappt någon sömn i kroppen, följde hon Mimi till Centralen, och hon sa att hon skulle försöka komma några dagar efter jul. Att hon skulle göra allt för att försöka komma. Och de tog farväl av varandra, och hon grät. Och efteråt kände hon sig alldeles tom. Och hon visste inte vart hon skulle ta vägen. Och det enda hon kunde komma på var Alva. Alva var den enda hon kunde komma på som skulle kunna få henne att inte känna sig så tom. Så hon tog spårvagnen hem till Söder, och hon pulsade genom snön som låg på Blekingegatan, och hon såg trettiotvåans port, och hon sprang uppför trappan, och hon bad till Gud att Alva skulle vara hemma.

Halsduken var söt, nej vacker – grön och röd, som julens färger. Den var nästan färdig. Alva visade den bara eftersom hon såg att Greta var ledsen.

”Du får den i julklapp”, sa hon. ”Och till nästa år ska jag försöka sticka ett par lovikkavantar i samma färger.”

Ja, det fanns människor som älskade henne. Som ville henne väl, alltid, som led när hon led och gladdes när hon mådde bra. Hon hade fått den gåvan i livet. Men bara ibland förmådde hon känna det.

Sedan låg hon bredvid Alva, i deras gemensamma bäddsoffa, och de pratade som de hade pratat när de var små. Om små dumma saker och viktiga saker. Om skridskofärder och dofter och kärlekar och mat.

Och när de sov på natten höll Alva henne, såsom hon hade gjort när de var små och skriken från rummet bredvid hade varit outhärdliga. Då hade Alva hållit henne, medan hon själv höll händerna över öronen. Alva hade alltid stått ut bättre. Nej, man kunde inte säga att Alva var starkare, för det var hon, Greta, som aldrig böjt sig, aldrig förlorat sin integritet, aldrig släppt sina drömmar, och alltid följt sin inre kompass. Men Alva var ändå starkare, för hon stod ut. Hon behövde inte alltid vara oböjlig, för hon stod ut.

***

Dagen före julafton tog hon mod till sig.

”Moje”, sa hon (det var fortfarande svårt att säga hans namn så där), ”Moje, du måste få träffa min syster. Hon ser ut som jag, hon har spelat teater hela sitt liv, som jag, hon är charmig och vacker och tjusig!”

Han tittade oförstående på henne.

”Ser jag ut att behöva träffa en ny kvinna?”

”Nej, nej”, sa hon och kände att hon blev alldeles röd. ”Hon är enormt lättfotograferad – bättre på bild än jag. Mycket bättre.”

”Ja …?”

Visst förstod han vad hon menade. Han förstod mycket väl.

”Finns det ingen liten roll kvar att besätta ...”, viskade hon. ”I *Gösta Berling*?”

Då skrattade han sitt bullrande skratt.

”Du är för sent ute, min vän!” Så strök han henne på näsan och gick därifrån.

Menade han det? Menade han att felet var hennes? Att hon borde ha frågat tidigare?

51

Stora Värtan låg svart och genomfrusen framför henne. På andra sidan bara anade man Bogesundslandets svarta träd utmed stränderna. Och så långa vita stråk av snö som låg som broar över isen. Ödsligare än så här kunde det inte bli – fast det var så helt nära staden. Men solen var nästan borta och ljuset tycktes komma från de långa snölinjerna, inte från himlen.

”Där!” Han pekar ut mot den svarta isen. ”Där släpper vi hundarna.”

Hon ryser. Hon hör de stora schäfrarna skälla från en inhägnad alldeles intill. Snart ska de jaga henne. Moje väljer alltid det storslagna, och han vet hur han ska fånga det. Att han har valt just denna trakt är heller inte så konstigt. Han har berättat att han besökt Aurore Loofts pensionat på udden i åratal, och så är han tydligen i färd med att låta bygga en egen villa i närheten. Moje är stadsmänniska, men han älskar det storslagna. Stora Värtan är just nu mer än storslagen i all sin ödslighet.

Hon huttrar till igen, om det är kylan eller polishundarna är svårt att säga. Eller isen. Hon och Lars ska fara fram i fruktansvärd hastighet medan hundarna jagar dem. Ja, Moje älskar inte bara det storslagna, han älskar också det farliga. Häromdagen, när de gjorde branden på Ekeby, röt han som ett lejon. ”Var inte försiktiga!” skrek han åt skådespelarna. ”Fortsätt! Det kommer inte att se ut som en riktig eldsvåda om ni inte visar mod!”

Stackars Lars Hanson hade tvingats springa på taket med flammorna slickande benen. ”Jag brinner!” ropade han.

”Jag är hemskt ledsen”, hade Stiller ropat tillbaka. ”Du måste brinna lite längre.”

Släden är redan framdragen till strandkanten. Nu går någon fram till hundarna – deras svansar har tyngts ner med blyvikter, så att de ska se ut som vargar. Det var ju vargar som jagade Gösta Berling och Elisabeth Dohna över isen. Det var så filmen skulle sluta.

Julle kommer fram med ett glas champagne till henne. Han gör det ibland när hon ser rädd ut. Hon tar tacksamt emot. Annars står hon mest för sig själv. Det brukar vara så, hon brukar inte tala med de andra. Mona har sagt att det liksom finns en osynlig gräns runt henne under inspelningen. Hon vet själv inte varför. Men det är sant det som Mona säger: hon talar bara med Moje, och ibland med Julle. Och med Mona förstås, de korta stunder hon har varit med.

"Lasse! Greta! Redo?"

Hon tar en klunk till.

"Lasse! Greta! Är ni klädda?"

Ja, hon är klädd. I samma päls och samma fårskinnsmössa som i ishägnaden. Hon har inte behövt någons hjälp att kontrollera klädseln, att kontrollera att lika många knappar är knäppta som sist, att håret sticker fram på samma sätt. Hon är annorlunda nu än tidigare. Hon kan sin kostym, hon kan sina repliker. Och hon kommer alltid i tid. Det är Moje som har lärt henne.

Hon tittar ut över isen. I bakgrunden hör hon hans röst. Han verkar upprymd, pratar och skrattar om vartannat.

Men han kommer inte att vara med henne. Inte där ute. Det blir bara hon och Lars. Och hundarna.

"Då så, då kör vi!" ropar han glatt.

***

Vinden biter i ansiktet. Allt hon uppfattar är det svarta som rusar emot henne.

"Fortare!" skriker Moje från en släde långt bort. "Piska hästarna, Lasse!"

Nej, tänker hon, nej! Hon sitter längst fram, det blir hon som tar emot smällen när de välter.

Men hon är tyst.

”Piska, piska, Lasse!”

Hon hör piskan vina ovanför sig. Det går fortare och fortare.

Och nu hör hon skallen, de har släppt lös hundarna från stranden.

De kommer närmare och hästarna hör dem.

”Piska mer, för fan! Lasse, för helvete, piska mer!”

❖

Det är mästerligt, ett fyrverkeri. Hon glider fram i ett hav av människor. Människor som lyfts dansande över folkhavet, eldar som fyras av, masker och överdådiga kostymer och berusning. Berns var som en liten lägereld jämfört med detta. Men ingen kan ju skapa det storslagna såsom Moje Stiller. Alla spärrar är borta, allt rör sig mot undergångsextasen. Och ändå under så absolut kontroll. Såsom bara han kan.

Man hör honom skratta hela tiden. Han driver på, han göder ruset.

"*Yes, yes, yes! Bill, high!* Upp! Upp! Marc, elak! *Bad!* Greta, spring! Spring för allt du är värd!"

Och de begriper, allihop. Man behöver inte förstå Mauritz Stillers ord för att förstå.

Och det spelar ingen roll att manuset var bättre innan Dorothy Farnum gjorde om det. Och det spelar ingen roll att Antonio Moreno är en medelmåttig skådespelare. Och det spelar ingen roll att budgeten egentligen inte tillåter en scen som denna. Detta är världens bäste regissör i sitt esse. Då är allt tillåtet och allt möjligt.

Allt är så storslaget att hon till och med, för ett ögonblick, lyckas glömma brevet.

52

Det var en sådan lättnad som bara infinner sig när man har klarat av en verklig pärs. När man kommit ut helskinnad och gjort det man skulle och allt blev bra.

Hon var helt slut. Och väldigt lättad. Ja, nästan glad.

Hanson hade kommit fram till henne, kramat om henne.

”Det var inte illa, Greta”, sa han. ”Det måste vi ta ett glas på!”

Hon tittade förvånat på honom. Han bjöd ut henne, Sveriges störste skådespelare ville bjuda henne på ett glas. Tidigare hade han knappt tilltalat henne.

”Ja …”, sa hon och log lite omtumlad. Och hon tänkte att just nu, i det här sinnestillståndet, ställdes allt på ända.

”Har du något favorithak?” frågade han.

”Nja …”, sa hon. ”Välj du.”

”Då går vi till Den Gyldene Freden, så får vi en bit mat också!”

Hon kom sig inte för med att göra något annat än nicka.

Lars Hanson log. ”Utmärkt!”

I samma ögonblick kände hon att någon stod bakom henne. Hon vände sig hastigt om. Och tittade rakt in i Mojes rock.

”Jag tänkte”, sa han, ”att vi kanske kan ta en bit mat, Greta.”

Hur hade han lyckats komma så nära utan att hon hört?

Hon såg sig förvirrat omkring. Hon hoppades att Hanson skulle berätta att de skulle gå på Den Gyldene Freden. Kanske ville Moje följa med?

”Operakällaren känns rätt just nu, efter en så lyckad inspelning.” Sa Moje.

Och han rörde sig inte ur fläcken.

Hon tittade upp i Lasses ansikte. Skulle han inte säga något?

Men Lasse log bara. Tittade ovanför henne, på mannen bakom. Och så sa han:

”Det är nog bäst att du går med Moje, Greta. Operakällaren är ändå lite finare.”

Och så vände han på klacken och var borta.

”Vilken fjant”, hörde hon bakom sig.

***

De åkte till Operakällaren, hon och Moje. De tog en droska ända från Björkudden. Ända från Björkudden och hela vägen in till stadens centrum. Moje hade redan beställt den förstås, den stod och väntade. Det fanns inte så hemskt många droskor i Stockholm, och förr eller senare skulle det ju ofrånkomligen ha hänt när hon åkte droska så här.

Det var farbror David som stod och väntade. Hon låtsades inte känna honom. Han sa inget.

53

Brevet kom alldeles innan år 1923 tog slut. Det var ett formellt brev, maskinskrivet. *Justitiedepartementet* stod det högst upp på kuvertet. Hon var inte längre Greta Gustafsson.

Garbo ... Hon smakade på det. Skulle det uttalas med kort eller långt ”a”. Och ”o:t”, skulle det låta som ”o” eller ”å”? Hon visade brevet för mamma, och mamma såg lite konstig ut, trots att hon skrivit på. Mamma sa att hon borde behålla Gustafsson också. Man kan inte bara radera ut sig själv. Den här gången höll hon med mamma. Dessutom ... Greta Gustafsson Garbo ... Greta G:son Garbo ... Hon log. Det lät faktiskt nästan adligt ...

***

Brevet kom alldeles innan år 1923 tog slut. Mimi frågade om Greta inte kunde komma till Karlstad till nyår. Hon skulle på fest med alla sina läroverkskamrater. ”Bara flickor, ingen får ta med någon karl! Men inget hinder för kvinnor!”

Sedan kunde de båda vara tillsammans i huset invid kanalen, så länge Greta kunde komma ifrån.

Men Greta kunde inte komma ifrån, i alla fall inte till nyårsafton. Det fick i så fall bli efter nyårsafton, ja hon skulle försöka komma efter nyårsafton. Men innan gick inte. För hon hade lovat bort sig, Moje hade bjudit henne till en tillställning på nyårsafton.

”Du kommer att tycka om den”, hade han sagt. ”Den är hos Charles Magnusson, chefen för SF. Vi firar nyårsafton där varje år.”

❖

Det kom ett brev till. De kom varje dag nu. De låg i en hög på hennes skrivbord på Miramar Hotel. Inte på nattduksbordet, hon ville inte se dem när hon vaknade, inte när hon skulle gå till studion.

"Fröken Greta Garbo, Miramar Hotel, Santa Monica, Kalifornien, USA", stod det på kuverten. Handstilen var alltid densamma. Hon ville nästan lägga en handduk över högen. Men det gjorde hon inte.

Fast när hon arbetade tänkte hon inte så mycket på det. Det var efteråt, när hon kom hem. De senaste dagarna hade det nästan blivit så att hon var rädd för att komma hem och finna ännu ett brev stämplat "Stockholm".

54

Det är nästan bara män i rummet. Och så hon själv och någon som heter Alma, som talar finlandssvenska. Alla verkar känna varandra väl. Utom hon, som känner bara Moje. Fast hon känner igen Torarin och Charles Magnusson. Magnusson har dykt upp på inspelningarna ibland, och då alltid pratat vänligt med henne. Och så känner hon igen Einar Hansson, den unge tvålfagre, som spelade huvudrollen i *Gunnar Hedes saga*.

Annars är väl det mest påtagliga att så många av männen är unga och tvålfagra.

”Känner fröken Gustafsson Garbo Nils Asther?” Magnusson presenterar henne för en av de underskönа männen. ”Han har liksom ni vistats en hel del på Dramaten.”

”Utan allt för mycket framgång”, hörs Stiller, alldeles bakom henne.

Åh Gud, så elak han kan vara …

Den unge mannen låtsas inte höra. Han tar hennes hand och kysser den.

”Enchanté”, säger han. Och hon undrar om det är hans namn. Fast han hade introducerats som Nils.

”God kväll”, svarar hon.

De flesta i rummet förefaller vara skådespelare. Men en presenteras som kulturintresserad banktjänsteman, en är läkare, och en kallas ”officer som provfilmades som Gösta Berling”.

Hon försöker pejla vad de har gemensamt, och varför där finns så få kvinnor. Hon anar varför. Men hon känner sig inte obekväm, för de verkar alla snälla. Hon tycker bara att de tittar lite för mycket på henne. På henne och Moje.

Efter ungefär en timme går alla in i matsalen och sätter sig vid ett långt bord med vit linneduk och blåvitt porslin. Först serveras en ärtsoppa med grädde, som smakar champagne. Sedan en kycklingragu med kräftor, som smakar cognac. Det är gott, som så ofta i paradvåningar.

”Jag träffade Asta Nielsen häromveckan”, säger Nils Asther medan hans glas fylls på av den ständigt påpasslige servitören.

Hon hajar till.

”Är hon tillbaka i Köpenhamn?” frågar Magnusson.

”Ja, just nu är hon det. Hon söker sig hemåt så ofta det är möjligt.”

Greta undrar varför.

”Varför?” säger Einar Hansson.

Asther rycker på axlarna. ”Hon sa en kväll, när vi fått i oss en del, att popularitet är jordens helvete när man inte är besatt av den självupptagenhetens lycka som får en att förväxla rollen med livet.”

”Det låter otacksamt!” skrattar Stiller.

”Jordklotets största aktris önskar att hon var brevbärare”, flinar officeren, som bryter på tyska och tydligen heter Franzl.

”Nej, nu är ni orättvisa!” utbrister Asther. ”Asta måste ibland isolera sig för att inte tappa bort sig själv. Det är väl inte så konstigt när alla sliter i henne.”

Hon förstår precis vad Nils Asther säger. Och ändå inte.

”Men hon *valde* ju att flytta till Berlin och bli stjärna!” invänder Franzl, som själv inte lyckats bli stjärna.

”Framgång är ett tveeggat svärd, Franzl”, säger Magnusson stillsamt.

Ja, hon tycker om Charles Magnusson, han är rar.

”Vi gick på middag tillsammans en kväll”, fortsätter Asther, ”och Georg Brandes, den åttioårige bocken, reste sig upp för att hålla tal, men han var så full så det enda han fick ur sig var: ’Asta basta!’ ”

”Asta basta!” skrattar Franzl och börjar sjunga: ”Asta basta! Pararampam, pararampam …” Nu illustrerar han med flamencorörelser. ”Asta basta! Pararampam, pararampam …”

”Nej, men sluta nu!” utbrister Nils Asther. Och Greta känner precis likadant. Varför ska de göra narr av Asta när hon inte är här och kan försvara sig? Karlar som ger sig på en försvarslös kvinna.

”Allt du behöver, Moje, är en ny Asta Nielsen”, säger nu läkaren, som inte introducerat sig. ”Sen är du i kapp.”

Det blir tyst. Hon tycker att några kastar blickar på henne.

”Jag är redan i kapp”, säger Moje lugnt och tar nonchalant ett bloss på cigaretten.

Då är det tyst igen. Plötsligt är det öppet mål för skämt på Mojes bekostnad. Men skämten kommer inte. Som en blixt från klar himmel inser hon att *ingen* driver med Moje, ingen *någonsin*. Inte ens hans närmaste vänner.

”Varför är det så?” säger Gösta Kellgren, den kulturintresserade banktjänstemannen. ”Jag menar lilla Sverige och två mästerregissörer.”

Moje fortsätter att bolma på sin cigarett. Han tycker kanske frågan är dum. Men så blåser han ut en rökpelare och säger: ”Det är Charlies förtjänst.”

Menar han bulldoggen? Nej, det gör han förstås inte.

”Charlie ger både mig och Sjöström fria händer. Det är därför svensk film är så storartad.”

Och det ser nästan ut som om Magnusson rodnar.

”Ni ska veta”, fortsätter Moje, ”att det är så många producenter som tror att de är allsmäktiga bara för att de sitter på pengarna.”

”Nej, vi tror inte att vi är allsmäktiga”, protesterar Magnusson, ”och vi idkar ingen välgörenhet. Det är ren logik. Jag bestämmer, till hundra procent. Men efter att jag har fattat ett beslut måste jag lämna regissören ifred. Om han inte förtjänar det förtroendet har jag valt fel regissör.”

”Noli me tangere”, mumlar Stiller.

”Men räcker det som förklaring?” undrar Kellgren. ”Är det verkligen bara detta som gör lilla Sverige till ett så storslaget filmland?”

”När den sanne konstnären får skapa, då rör han vid Gud.” Det är Alma Söderhjelm. Hon har hittills mest varit tyst.

Och just så är det ju. Mauritz Stiller rör vid Gud. Greta har alltid känt det, ända sedan hon såg sin första Stillerfilm. Han får sina skådespelare att bli något långt utöver den egna förmågan, han förlöser dem. Och hon tänker på Elsalill. Elsalill när hon upptäcker att hennes älskade är hennes systers mördare …

”Ja, ser du Gösta”, säger Magnusson, ”Sjöström är poet och Stiller är målare. Skulle jag tvinga Sjöström att måla skulle det bli kludd.”

Nu skrattar alla.

”Fast Alma …”, säger Stiller och ler, ”skulle vi slå våra påsar ihop, du och jag, så skulle vi bli Shakespeare.” Och så blinkar han till den finlandssvenska.

Och hon kan inte hjälpa det, hon kan inte hjälpa det! Trots att hon förstår att Alma är författare, trots att hon förstår att detta är en fullt rimlig kärvänlighet, så känner hon ett sting av svartsjuka.

Varför, förresten, är just Alma bjuden? Som den enda andra kvinnan?

”Så vad säger du om att Sjöström åkt till Amerika?” undrar Franzl.

Magnusson rycker på axlarna. ”Sånt är livet”, mumlar han. ”Alla vill någon gång i livet försöka nå solen. Och då får man bara hoppas att de inte bränner sig.”

”En sak kan vi i alla fall konstatera”, säger Gösta Kellgren och höjer sitt glas. ”Ingen, och jag menar *ingen*, kommer nånsin att kunna bränna Moje Stiller. Den saken är nu *solklar*. Världen är din! Skål, Moje!”

Och de skålar alla för Moje, som lyckas se oberörd ut. Och när han inte längre gör det då utbrister han, till en av de tvålfagra:

”Nä du, Paul, ska du inte ta och sjunga en sång för oss. Så att vi får gråta lite.”

Ja, det är Mauritz Stiller som sätter dagordningen i detta sällskap. Hela tiden.

Och den unge Paul Seelig ställer sig verkligen upp och sjunger. En sentimental dansk sång av Grundtvig. Och är det inte så att några faktiskt torkar ögonen efteråt?

Sedan sjunger de allihop, i timmar. Och det blir sentimentalare och sentimentalare, ju längre klockan lider, ju mer vin som hälls upp i glasen. Och klockan blir efter midnatt, och hon blir ett, och två. Och till slut säger någon det som inte fick sägas:

”Idag, Moje, är det exakt ett år sedan Axel dog.”

***

Det är hjärtskärande. Och så överraskande. Nej, han låter henne inte röra vid honom. Men han låter henne se. Hon förstår inte varför han ger henne det förtroendet.

”När vi starka, vi som burit andra på våra axlar, kroknar – vem hjälper då oss? Ingen!” Tårarna rinner nerför hans kinder. ”Vi som trivs bland böljande och böjliga hjärtan och viljor, vi som ensamma bär andra, vem bär oss när det gäller? Ingen! Vi får krokna ensamma.” Han ser så sorgsen ut att det gör ont i henne. Och hon vet inte vem det är han sörjer, Axel eller sig själv.

”Tro mig”, säger han, ”jag kommer att dö ensam.”

Sedan vänder han sig bort.

Noli me tangere.

Varför har han visat henne? Varför har han inte visat Lasse, eller Charles? Människor han respekterar?

Försiktigt sträcker hon ut handen och stryker hans hår. Och han låter henne göra det. Då stryker hon hans kind. Han låter henne göra också det. Då lägger hon sig bredvid honom. Och det låter han henne göra. Då kysser hon honom.

Sedan, senare, på morgonen, då vaknar hon av att det är han som stryker hennes hår.

”Du är så vacker”, mumlar han. ”Och ibland har jag kysst kvinnor.” Han stryker hennes hår. ”Det finns en annan möjlighet. Det är ditt val.”

”Vilket?” viskar hon.

55

Älskade Mimi-killen,
Jag kommer inte att kunna komma till Karlstad alls detta lov, för i morgon måste jag upp till Vira bruk i Roslagen för att filma några scener. Hela schemat hamnade upp och ner när Gerda Lundequist bröt benet, och man var tvungen att skjuta på branden vid Ekeby. Jag är så fruktansvärt ledsen för detta, Misse, jag hade så längtat efter att få träffa dina föräldrar, och bara vara tillsammans. Men jag tröstar mig med att det bara är någon vecka tills jag får se dig, och – sköna tanke – röra vid dig igen. Älskling. Hälsa lilla mamma o pappa och små små syskon. Älskling – GGG.

56

Solen höll på att gå ner och Julle hade just sagt till alla att packa ihop för dagen. Moje hade redan lämnat dem, gått till det arbetsrum han tilldelats på bruket.

Hon kände sig trött och bestämde sig för att gå tillbaka till stugan och lägga sig. Det var något som börjat hända med henne sedan inspelningarna inleddes: Hon blev så lätt utmattad. Var jämt och ständigt tvungen att lägga sig ner och vila. Om hon utan vidare kunnat klara sig på bara ett par timmars sömn efter festerna på Dramaten, var hon nu alltsomoftast piskad att gå till sängs vid åtta för att klara nästa dags arbete. Det var som om filmandet sög all kraft ur henne.

Hon pulsade långsamt genom snön, det mesta gick långsamt i slutet av dagen. Hon kom fram till vägen, sparkade av snön från kängorna och korsade den. Så öppnade hon sakta grinden och gick in på den skottade grusgången som ledde till stugan.

Hon var nästan framme när hon upptäckte henne. På verandan, med en väska bredvid sig. Det såg ut som om hon frös.

Åh, makalösa syn …

Hon rusade fram till stugan, hon sprang uppför den lilla trappan, hon kastade sig i hennes famn:

”Mimi, Mimi! Varför berättade du inte att du skulle komma? Åh, Mimi, kom in, så du blir varm.”

Det var helt otroligt. Mimi hade tagit sig från Karlstad till Stockholm, sedan med Roslagsbanan till Åkersberga, och så vidare med bussen till Vira bruk. Och hon kunde inte ha fått brevet förrän igår.

”Varför väntade du inte?” sa hon, men hennes röst avslöjade att hon var själaglad över att Mimi inte hade väntat. Över att Mimi gjort denna ansträngning att komma till henne. Över att Mimi bara fanns där, livs levande. Och nu kom allt tillbaka. Det hon trängt undan – för att kunna bli Elisabeth Dohna, för att kunna bli huvudrollsinnehaverska i Svensk Filmindustris största produktion någonsin. Plötsligt visste hon varför hon varit så fruktansvärt trött. Ändå var hon tvungen att fråga:

”Varför kom du?”

Mimi ryckte på axlarna.

”Jag kom”, sa hon bara.

Och Greta skrattade, för så enkelt allting ändå kunde vara.

Och hon pussade Mimi över hela ansiktet. Ja, framför allt på hakan, den var ju så söt ... Och hon undrade hur hon hade kunnat klara sig utan denna varelse i tre hela veckor ...

I samma ögonblick knackade det på dörren.

Hon for upp ur sängen. För det fanns ju inget lås på hennes dörr. Hon rättade snabbt till klänningen och skyndade fram till dörren.

Så kastade hon en blick bakåt. Mimi satt redan på sängkanten.

Hon öppnade.

Det var Moje. Han kikade in i rummet. Han såg Mimi. Hon satt upp, på Gretas obäddade säng, inte i soffan bredvid.

”Jag vill påminna dig om att vi börjar halv sex imorgon bitti.”

Rösten lät inte naturlig.

”Halv sex ...?” sa Greta förvånat.

”Ja, jag räknar med att du är punktlig.” Och så stängde han plötsligt dörren och gick.

Han hade inte hälsat på Mimi. Han hade inte frågat vem hon var.

Greta stod kvar och glodde på den stängda dörren.

”Vad är det?” sa Mimi.

”Halv sex ...”, mumlade Greta. ”Vi brukar aldrig börja förrän åtta. Det är ju mörkt ute.”

”Kanske är det något särskilt imorgon”, försökte Mimi.

”Han lät sur …” Hon stirrade på dörren.

”Vad hände?” sa Mimi.

Greta svarade inte.

Mimi reste sig från sängen, men stod kvar.

”Vad hände med dig? Just nu?”

Greta svarade inte.

”*Gurra!*” Hon hade höjt rösten. ”*Prata med mig!*”

”Jag vet inte vad som händer, Misse …” Greta stod som paralyserad. ”Jag vet inte … Och jag är så fruktansvärt trött …”

Mimi gick fram till henne och la en hand på hennes axel. Mer än så fick hon inte. Det kände hon.

”Noli me tangere”, mumlade Greta.

”Vad sa du?”

”Det är något Moje brukar säga.”

Hon tittade fortfarande inte på Mimi. Hon mötte henne inte med blicken.

”Vad gör han med dig?” viskade Mimi. ”Vad *är* det han gör med dig?”

Greta stirrade framför sig. ”Jag älskar honom.”

Så där. Rakt ut.

Och Mimi stelnade. Och Mimi drog undan handen från hennes axel.

Och äntligen vände sig Greta om. Och hon tittade henne rakt i ögonen.

”Jag älskar honom. Och jag älskar dig, Misse.”

Men hon såg plågad ut.

Mimi rörde sig inte.

”Varför älskar du honom?” sa hon torrt.

”Jag vet inte. Åh Gud, om jag visste! Men han ger mig kraft. Och jag känner att jag ger *honom* kraft.”

”Gurra, det ser inte ut som om han ger dig någon kraft alls. Det ser ut som om han pumpar all kraft ur dig.”

”Men förstår du inte!” utbrast Greta. ”När man är född i fattigdom, när man har ingenting, då är man en så fruktansvärt liten och inskränkt varelse. Man går aldrig över sina egna gränser. Och så förblir det hela livet om man inte mirakulöst nog råkar någon, någon som visar en vägen. En äldre person, som har levt och sett och plöjt sin egen väg!"

"Och det är Moje?"

"Ja, det är Moje."

"Vad är det han har visat dig?"

"Allt! Allt, Misse! Han har lärt mig våga. Att i korta stunder besegra min egen blyghet. Det är som om jag verkligen blivit en skådespelerska först med honom. *Bara* med honom!"

"Vad menar du? Du kom ju in på Dramatens elevskola, som klassens yngsta!"

Greta skakade på huvudet.

"Det var bara för att jag var vacker ..."

Nu skrattade Mimi till. "Det var det dummaste jag hört!"

Men Greta fortsatte att skaka på huvudet. "Du vet vad Maria Schildknecht tycker."

"Nej, vad tycker Maria Schildknecht?"

"Att jag är fullständigt obegåvad, och hopplös i ensemblespel."

"Det var ju bara ett utbrott hon hade! Så säger ju alla pedagoger ibland."

Greta log lite.

"Nej, Misse. Du vet att jag har rätt."

Och så tystnade de. Och bara stod där, mittemot varandra.

"Du vet, Misse", mumlade Greta, "att jag lätt blir förtjust."

Förtjust? Det var inte det ord hon använt tidigare.

Mimi blundade.

"Har du legat med honom?"

Hon väntade några sekunder. Hon fick inget svar.

Då vände hon på klacken, gick fram till soffan, stängde igen resväskan, tog på sig kappan, tog på sig skorna, tog resväskan i handen, gick förbi Greta och fram till dörren.

Det tog säkert en halv minut innan Greta vaknade till. En halv minut efter att hon hört smällen, dörren som slog igen. En halv minut innan hon rusade ut. Och sprang nerför trapporna och ryckte upp ytterdörren och ställde sig mitt på gårdsplanen och skrek, som vore hon ett skadeskjutet djur:

”*MI-MI!!*”

Det måste ha hörts över hela bruket. Det måste ha hörts långt, långt bort. Och människor måste ha vänt sig om, förskräckta.

Och Mimi, som hunnit ut på vägen, stannade upp. Och hon vände sig om och tittade bort mot stugan.

Och nu kom det igen:

”*MI-MI!!*”

Och endast en omänsklig varelse skulle ha kunnat ignorera detta, endast en robot skulle ha kunnat gå därifrån.

Och hon vänder åter, och hon går fram till Greta, som sjunkit ihop på förstubron.

Och hon säger:

”Gurra, säg vad jag ska göra.”

Och Greta viskar: ”Älska mig.”

Och Mimi ser på henne. Nej, Greta behöver inte be om att bli älskad av henne. Det är inte där problemet ligger. Det är hon som borde be. Men hon kan inte. Och hon vet, i detta ögonblick, att ja, hon kan bli älskad av Greta. Men hon kommer aldrig att kunna hålla henne, och hon kommer aldrig att få henne. Och hon böjer sig ner, och hon hjälper henne upp, och de går tillsammans uppför trappan, och hon öppnar dörren till rummet, rummet där Greta har sin säng och sin soffa. Och hon hjälper Greta till sängen, och hon hjälper Greta att lägga sig tillrätta, och hon lägger sig bredvid henne, och lägger armen runt henne, som så ofta. Och när Greta börjar kyssa henne så hindrar hon henne inte, och när Greta börjar ta av henne blusen och behån så hindrar hon henne inte, och när Greta kysser hennes bröst så lägger hon armarna om hennes hals, och när Greta kysser hennes kön så lägger hon händerna om hennes huvud. Och det är som om hon dansar på randen till ett slags död, och hon vet att det är det enda hon kommer att få. Och hade hon kunnat stanna upp, och hade hon kunnat säga 'nej, jag går vidare nu, och jag finner mig ett annat liv', då hade hon gjort det. Men hon kan inte. Det är för sent. Greta finns i henne, och så – hemska bitterljuva tanke – skulle det kanske komma att förbli, resten av hennes liv.

57

Det var början av februari månad och inspelningarna av *Gösta Berlings saga* var äntligen avslutade. Nu skulle filmen klippas ihop, på bara några veckor.

Men det var inte Gretas bekymmer. Greta var äntligen fri, fri att återvända till Dramaten. Och återvände gjorde hon, fortare än blixten.

Det tog inte lång stund innan hon upptäckte att något hade hänt. Något förvirrande och lite omskakande. Hon älskade att återse kamraterna, hon älskade att åter få vara med Mimi dag och natt, hon älskade att slippa de fruktansvärda energikrävande filminspelningarna – där allting måste ske nu och alltid vara perfekt. Men någonting hade ändå förändrats. Den stora lyckan över att få vistas nära de stora elefanterna. Den sagolika tillfredsställelsen varje gång hon närmade sig templet.

Inget hade lyckats ersätta hennes tempel. Ändå hade hon på något sätt förlorat känslan. Nästan som när man slutar älska någon och bara vill vara vän.

Fast det var inte människorna hon slutat älska. Det var inte Mimi, det var inte vännerna. Nej, det var något annat. Det var som om hon förlorat sin oskuld. Den kan man aldrig få tillbaka.

Med tiden kom ändå något åter. Och väggarna började om inte sjunga som förr så dock gnola. Och när hon återfördes från huvudrollen i Sveriges dittills dyraste film till att tyst sitta på Galoschhyllan och höra elefanterna dansa, ja då kunde det börja pirra lite igen.

Och kvällarna, ja kvällarna med de vackraste, finaste, ljuvligaste vänner man kan få, de var precis som förr. Hon blev inte trött, hon behövde inte vila, och hon kunde åka sparkstötting och vada genom snön i Tantolunden i många timmar med de vackraste, finaste, ljuvligaste vänner man kan få, och sedan ligga framför brasan och dricka likör och berätta dråpliga historier. Det kunde ingen ta ifrån henne. Och det skulle ingen någonsin ta ifrån henne.

Och så var det en sak till: Vilken åsikt Maria Schildknecht än hade framfört om Garbos ensemblespel så tycktes detta inte ha någon kvarstående effekt i Dramatens korridorer. För i slutet av februari erbjöd man Greta att stanna kvar ytterligare ett år på Dramatens elevskola, som betald premiärelev. Endast Alf, geniet Alf, hade fått samma erbjudande detta år.

***

Den 10 mars 1924 hade första delen av *Gösta Berlings saga* premiär. På Röda Kvarn i Stockholm, på Skandia i Stockholm, på Regina i Gävle, på Röda Kvarn i Gävle, på Cosmorama i Göteborg, på Victoria i Göteborg, på Röda Kvarn i Helsingborg, på Röda Kvarn i Jönköping, på Skandia i Karlskrona, på Metropol i Malmö, på Skandia i Norrköping, på Slottsbiografen i Uppsala, på Imperial i Örebro, på Metropol i Östersund, på Röda Kvarn i Eskilstuna. Överallt på samma gång. Fast nej, någon världspremiär var det inte. Denna hade enligt Mauritz Stillers önskemål ägt rum dagen före, i Helsingfors.

Andra delen skulle ha premiär en vecka senare. På lika många ställen.

Hon kom i en stor svart bil. Hon satt i baksätet, mellan Lars Hanson och Gerda Lundequist. Moje satt i framsätet. I bilen bakom befann sig Mona och Charles Magnusson och några till.

Det var inte hemskt. Nej, det kändes mycket bättre än förra gången, med *Luffar-Petter*. Alla hade nämligen försäkrat både henne och Mona om att deras insatser var utmärkta. Och filmen var den här gången gjord av en mästare. En mästare som överfört en av de stora svenska romanerna till film – inte någon som försökte korsa Chaplin med Kapten Grogg.

Hon var tillräckligt stolt och förväntansfull för att bjuda mamma, Alva, Erik, Sven och Elsa. Och så klasskamraterna förstås.

Det var när de kom till stadens centrum, när de närmade sig Biblioteksgatan, som hon fick uppleva något hon inte varit med om på sin första premiär: Massor av fotoblixtar. In genom bilrutan, invid bildörren när hon gick ur, alldeles framför dem när Moje slussade in henne till Röda Kvarn.

Till sin förvåning upptäckte hon att hon ryggade.

Moje, däremot, föreföll njuta i blixtljuset.

”Mina damer och herrar!” Hans djupa röst trängde igenom sorlet i foajén. Gästerna tystnade.

”Tack för att ni alla varit så vänliga och kommit hit.”

Det hördes spridda skratt i lokalen.

”Ni ska idag”, fortsatte Moje, ”få uppleva premiären av första delen av den av Selma Lagerlöf auktoriserade filmatiseringen av *Gösta Berlings saga.* Jag är stolt och lycklig över att än en gång ha fått förtroendet att överföra ett av fröken Lagerlöfs storartade epos till vita duken.”

Nu applåderade alla, och man tittade sig om i lokalen efter författarinnan. Hon syntes inte till. Det låtsades Moje inte om.

”Som ni snart ska få se har vi i denna film engagerat några av Sveriges mest kända skådespelare. Men min vana trogen har jag i flera stora roller också nyttjat noviser. Jag vågar hävda det paradoxala att kvaliteten hos spelfilmer, liksom för övrigt teaterproduktioner, gagnas av nyttjandet av amatörer. Till och med i stora roller, om de är kapabla till detta. När en utbildad skådespelare är i sanning ’stor’ försöker han nämligen alltid förenkla sina uttryck.

Han försöker komma tillbaka till den naturens enkelhet som var hans när han ännu inte kände till alla yrkesknep. Och konstigt nog är det detta, att hitta tillbaka, som är det svåraste av allt för skådespelaren. Just därför kan man skatta sig lycklig när man har hittat en ung person, till och med en amatör, som ännu inte hunnit lägga sig till med manér. Dessa unga har närmare till det äkta uttrycket och man har som regissör mycket lättare att hjälpa dom nå det."

Greta kastade en blick mot Gustaf Molander, som stod en bit bort. Det gick inte att uttyda något i hans ansikte.

Moje höjde nu sitt glas: "Men nog med filosofi! Låt skådespelet börja!"

Sorlet ökade igen och alla började röra sig mot salongen. Det var då hon såg honom. Kronprinsen. Han gick bredvid Molander. Och bredvid honom hans nya kronprinsessa. Skulle de gå på bio med henne? Skulle de sitta i samma salong som hon? Men … men … ingen hade ju sjungit Kungssången. Hon såg sig omkring. Visste människorna i foajén att kronprinsen och kronprinsessan var där? Och vad gjorde de där? Skulle de *titta* på henne? Skulle kronprinsen och kronprinsessan sitta i biosalongen, bakåtlutade, och titta upp på en gigantisk projektion av henne, Greta från Blekingegatan?

Hon blundade.

"Åh, pappa …", mumlade hon.

58

Recensenterna tyckte inte om filmen. Signaturen *Robin Hood* skrev i *Stockholms-Tidningen* att det han sett på Röda Kvarn var "intet mästerverk":

Och i *Socialdemokraten* var man direkt elak:

> Gösta Berlingfilmen hör närmast hemma bland de misslyckade filmexperimentens stora skara. Det finns en del vackra scener och tablåer i filmen omväxlande med ganska medelmåttiga sådana ... Men vad som fattas i filmen, det är Gösta Berlings saga.

Det var elakt sagt, att det som fattades i filmen var det som filmen skulle handla om.

Och Greta då, vad säger man om henne? Inte mycket. Man tycks helt enkelt inte ha lagt märke till henne.

Jo, förresten, Torsten Tegnér har lagt märke till henne. Han skriver i *Idrottsbladet*:

> En halvmullig och okryddad brödbulle, som varken kittlar eller mättar – rena vita plåstret.

❖

"Moreno!"

Allt stannar upp. Den manlige huvudrollsinnehavaren tittar förvånat på sin regissör. Man brukar ju i allmänhet inte avbryta en scen om den inte är usel.

Tony Moreno känner sig förolämpad. Känslan har för övrigt götts under några dagar. Inte nog med att denne yvige och koleriske så kallade regissör inte kan det språk han är anställd att regissera på. Maurice Stiller tycks inte följa några regler över huvud taget. Dessutom ... medan denna svenska import vanligen ägnar timmar åt samtal och promenader med Morenos tillika svenska motspelerska behandlar han Moreno själv som vore han en statist. Häromdagen hade den idioten försökt få honom att raka av sin mustasch! *"Hair, putz weg!"* hade han sagt samtidigt som han dragit i sin egen voluminösa läppbehåring.

"Moreno!"

Han tar ett djupt andetag.

"Yes, Mr Stiller."

"Shoes! Too much little!"

Tony Moreno höjer på ögonbrynen.

"Excuse me ...?"

Och nu blir pajasen irriterad:

"Big shoes!" skriker han och pekar på Morenos fötter. *"Too much little!"*

Nej, även om Tony hade velat förstå vad människan sa, så ...

"I'm sorry, Mr Stiller. I don't quite understand what you are saying."

Då går Maurice Stiller fram till honom, ställer sig alldeles invid honom och pekar ner på hans fötter.

"More ... big ... shoes!"

"Bigger shoes?"

"Yes!"

"But Mr Stiller, this is my shoe size." Han förvånas själv över att han kan låta så lugn. Han kastar ett öga på Gibbons, scenografen. Gibbons ler.

"More big than Greta!" Det är pajasen igen.

"More big than ...?" Han sneglar på sin motspelerskas fötter. Plötsligt går det upp ... Men är det möjligt ...?"

"Mr Stiller, are you saying that you want me to get bigger shoes, so that my feet will look bigger than those of my co-star?" Tony Moreno tittar klentroget på regissören.

"Yes!" Nu ler plötsligt pajasen. *"You not stupid, Moreno!"* Och så lägger han glädjestrålande armen om hans axlar.

59

Något hände en vecka senare, efter premiären av den andra delen. Nej, något hände *under* premiären av den andra delen.

Torsten Tegnér ifrån *Idrottsbladet* formulerade det nog bäst:

> Jag begriper inte hur hon fotograferades i första avdelningen – eller var det jag som inte var disponerad att se vackert?

Det var först under den senare delen av inspelningarna av *Gösta Berlings saga* som Mauritz Stiller och Julius Jaenzon hade upptäckt hur man skulle fotografera Greta. Nära. Det var först i andra delen av filmen som detta material klippts in.

Tegnér är inte den ende som reagerar. En recensent noterar att Greta ”nu har nästan huvudrollen. Hon är både vacker och skicklig.” En annan konstaterar att hon ”säkert erövrat platsen som en stjärna av första ordningen inom den svenska filmen”.

Det var vad man brukar kalla för ett genombrott. Eller åtminstone början till ett genombrott.

För nu började det skrivas om Stillers nya skådespelerska i Sveriges tidningar.

Och i Finlands, och i Danmarks.

Nej, alla recensenter tyckte inte om filmen – även om den fick ett betydligt varmare mottagande i de övriga nordiska länderna – men Greta … ja, där hade Stiller hittat något.

***

Vad som händer när man blir upptäckt är att människor från ens förgångna plötsligt dyker upp i ens liv igen. Det är nog inte så konstigt.

Lisa skrev till henne. Lisa, hennes barndomskamrat, hon som hon hade kråmat sig med vid Slottet, hon som hon lekt Gurra och Fredrik med. Lisa sa att hon sett filmen och var så glad och stolt.

Greta bjöd hem henne. Mest för att visa upp de saker hon nu, efter utbetalningen av gaget, kunnat inhandla: en ring och ett pärlhalsband till sin mor, en ny bäddsoffa till sig och Alva (fast hon sov mestadels i den själv). Och en kokosmatta.

Lisa, i sin tur, hade med sig ett tidningsurklipp: *Greta Garbos väg mot stjärnorna tycks vara klar*, stod det högst upp.

”Är du inte glad!” utbrast hon.

Till sin förvåning fick hon svaret:

”Jag tyckte inte jag var vidare bra. Jag hoppas bli bättre i nästa roll.”

Men pengarna, de tretusen kronorna, de gav upphov till en alldeles ogrumlad glädje hos Greta. Den plötsliga insikten om att hennes nya yrke kanske skulle kunna hjälpa henne, hjälpa hela hennes lilla familj, att kliva upp ur ett stort svart murket hål där de befunnit sig hela livet, det påverkade henne på djupet. Nya horisonter öppnade sig. Om hon nu bara såg till att inte spela bort sina kort. Om hon nu bara såg till att inte försumma att ta vara på möjligheterna. Om hon nu bara såg till att inte ramla tillbaka ner i det stora svarta murkna hålet.

”När jag blir stor ska jag bo i många stora rum.” Lisa hade påmint henne. Greta brukade säga så nästan varje gång de låg på taket till skjulet på bakgården.

***

Det var förstås inte bara gamla vänner som skrev. Okända människor tog också kontakt. Hon tyckte det var konstigt. De kände henne ju inte. De hade bara sett henne projiceras i en biosalong. Ändå skrev de saker till henne som om de kände henne, som om de visste vem hon var, och *hur* hon var. Det var nästan obehagligt. Trots att de skrev snälla saker.

Men ungefär en vecka efter den andra premiären fick hon ett brev som såg ut att vara ett elakt skämt. Det var adresserat till Blekingegatan 32 och löd på följande sätt:

Bästa fröken Greta Garbo!
Mitt namn är Edvard Du Rietz, och jag och min hustru hade den stora glädjen att se Edert framträdande i Gösta Berlings saga på biografen Röda Kvarn häromkvällen. Ni gjorde stort intryck på oss.
Den direkta anledningen till att jag tar kontakt med Eder är emellertid en annan, och jag hoppas att ni ursäktar en påträngande fråga: Var er far möjligen avlidne Karl Alfred Gustafsson, född 1871 i Norra Sunhult, Frinnaryds socken, Norra Vedbo härad? Er hemadress och ålder tycks ge detta vid handen. Ja, ursäkta att jag tar upp ett så personligt spörsmål, men saken är den att jag på min fritid ägnar mig åt släktforskning, och har anledning att tro att Ni och jag är släkt. En genomgång av kyrkböckerna i Norra Vedbo och Ydre härader har nämligen gett vid handen att Karl Alfred Gustafssons farfars farfars farfars mormors far och min farfars farfars morfar är samma person, närmare bestämt majoren och jorddrotten Gabriel Gyllenståhl, ägare till Liljeholmens säteri i Torpa socken, och därutöver ett sextiotal gårdar i Östergötland och Södermanland. Majoren adlades av konungen den 16 september år 1677. Karl Alfred Gustafssons farfars farfars mormors mor, och major Gyllenståhls första hustru, Maria Margareta Fahnehielm, var i sin tur dotter till Peder Jönsson Fahnehielm, adlad av Drottning Kristina

efter att svårt sårad ha räddat den svenska fanan under slaget vid Leipzig. Major Gyllenståhl fick i sina båda äktenskap endast döttrar, varför ätten Gyllenståhl slöts med honom. Dottern Maria Sofia Gyllenståhl, som är Eder anmoder, gifte sig med Amiralitetskaptenen Erik Ahlfort, och övertog Liljeholmens säteri, medan dottern Ulrika Christina Gyllenståhl, som är min anmoder, gifte sig med kaptenen Karl Du Rietz.
Då det alltid är särskilt roligt när en släkting gör sig bemärkt, tar jag med detta brev tillfället i akt att spörja om Ni skulle vara intresserad av ett vidare samtal med mig själv och min hustru, om släkten och annat, vid tillfälle som passar Er, kanske över en bit mat. Vi skulle känna oss oerhört hedrade.
Under alla omständigheter är det en stor glädje att få ha gjort Eder bekantskap på vita duken, och vi önskar Er all framgång i Eder fortsatta karriär. Vi kommer att följa den.

Utomordentligt högaktningsfullt,
Edvard Du Rietz
Kapten

Hon glodde på brevet. Var det någon som försökte driva med henne? I så fall var det ett synnerligen dåligt skämt på hennes bekostnad, från någon som förmodligen kände till hennes bakgrund. Hon kände sig förödmjukad och stod just i begrepp att slänga brevet när hon i sista sekund bestämde sig för att ändå visa det för sin mor. Hon gick in i köket.

”Mamma, vet du vem han är?”

Anna läste namnteckningen. Nej, hon visste inte vem han var. Vem var han?

Greta gav henne brevet.

Efteråt såg Anna lika häpen ut som hon, ja nästan irriterad. Hon räckte tillbaka pappret till Greta med orden:

"Det låter befängt." Så återgick hon till matlagningen.

Ja, det lät befängt. Ändå kunde hon inte låta bli att ... Men hur? Hur skulle hon kunna ta reda på om det fanns någon som hette "kapten Edvard Du Rietz" utan att göra sig till åtlöje? Vem skulle hon över huvud taget kunna fråga?

Hon kom genast på en person: Alf. Han var påhittig, han skulle kunna finna svar snabbt. Ja, hon skulle gå till Alf, och hon skulle avkräva honom ett absolut tysthetslöfte.

Alf kom tillbaka ett par dagar senare med ett stort leende på läpparna: Svaret var ja, och hans fullständiga namn var Constans Edvard Du Rietz. Han var född i Tångarp, Östergötland, och sedan 1917 gift med grevinnan Margareta Honorine Louise Stackelberg, född 1898.

"Greta", skrattade han, "vem kunde tro't? Du tillhör fiendelägret!"

Nej, hon trodde inte på det, inte ett dugg. Det var stört omöjligt.

Ändå tog hon brevet, stoppade tillbaka det i kuvertet, bar hem det och la det samma kväll i lådan till nattduksbordet invid den nya bäddsoffan på Blekingegatan 32.

***

Alva såg hon allt mindre av. Någon gång på helgen, ibland över en snabb kopp kaffe efter Alvas arbete och Gretas lektioner, om Greta inte staterade på kvällen. Ja, Alva var enormt stolt över sin syster men hon hade ett eget liv nu. Och Erik var en hemkär person, med en liten son.

Greta, i sin tur, var så glad över att Alva, som alltför ofta tänkte på andra och alltför sällan på sig själv, hade hittat en så kärleksfull man.

Men en eftermiddag på Avéns fick hon se något. Medan Alva tog av sig kappan, och en kort sekund innan hon fick på sig koftan igen.

Något mörkt, på höger överarm.

"Vad har du där, Lillan?"

Alva knäppte hastigt koftan.

"På armen", tillade Greta.

"Vad menar du?"

"Vad jag menar", sa Greta, "är att jag såg något mörkt på din överarm. Vad var det?"

Plötsligt brast Alva i gråt. Det tog en evighet innan Greta fick något vettigt ur henne.

Hon stirrar på systern. "Du stannar inte hos den mannen! Hör du det? Inte en dag till!"

Alva nickar tyst. "Men den lille krabaten ...", mumlar hon.

"Vilken djävla krabat? Du måste ta hand om dig själv! Hör du det? Inte en dag till!"

Ja, Alva lovar att hon ska packa ihop sina saker och flytta hem till Blekingegatan. Så snart hon bara kan. Ja, Alva lovar att när Greta kommer tillbaka från Karlstad efter påsk, då ska hon vänta på henne i vardagsrummet.

Och med det måste Greta låta sig nöja.

Fast hon berättar för mamma. Som blir ursinnig.

"Jag visste att han var en sån!" fräser hon. "Så falskt polerad. Jag visste det!"

60

Karlstad, efterlängtade Karlstad.

Ingen stoppade henne den här gången. Moje hade rest till Tyskland, varför hade han inte berättat. Inte heller på Dramaten ställdes några anspråk på henne under påsk.

Det hade gått nästan ett helt år. Men Greta var äntligen fri att åka.

Det fanns bara ett litet problem: Sten Lindgren. Eller snarare vad hon och Mimi lovat Sten Lindgren. Han var en söt Värmlandspojk i första årskursen, glad och troskyldig. Han kom liksom Mimi från Karlstad, och hade, när han hörde att hon och Greta också skulle dit under påsklovet, entusiastiskt föreslagit att de två skulle ge en uppläsningsafton i solstaden. Han skulle i så fall ordna arrangemanget. ”Vi kan nog tjäna ihop ett par hundringar.”

Utan vidare betänkligheter hade de svarat ja, pengarna lät trevligt. De fick prata mer om det senare, sa de, de skulle just in på tredje raden och se Tora.

Men sedan hade de glömt.

Inte minst därför att Sten åkte hem redan samma eftermiddag.

När de två veckor senare anlände till Karlstads station var det första de såg affischen.

> En helafton med två skådespelerskor från Kungliga Dramatiska Teatern: Greta Gustafsson Garbo och Mimi Pollak. Annandag påsk, kl. 19. Läroverkets aula, Stora torget i Karlstad.

Greta grep tag i Mimis arm. Men Mimi själv var på väg mot närmaste bänk.

”Åh, herrejesus …”, fick hon fram.

”Vill dom att vi ska kunna utantill?” flämtade Greta.

”Jag antar det”, svarade Mimi. ”Och jag tror inte några statistrepliker duger.”

”Åh, herrejesus …”, sa Greta denna gång. ”Vad kan du?”

”*Tomten* av Viktor Rydberg”, svarade Mimi.

Då började Greta skratta, ett sådant där rått, självömkande skratt som kan komma ur en när man har kniven mot strupen.

”I så fall får du ta den efter mig.”

Annandag påsk, det var om två dagar. Boklådorna var stängda över helgen. I Julius bibliotek fanns verk på tyska, franska, engelska och ryska. Inte på svenska. Vad skulle de göra? Det fanns bara en tillgänglig källa: Mimis gamla skolböcker. Där fanns, ville hon minnas, en del smått och gott.

Det blev två dagar inte i familjens sköte utan på golvet i Julius bibliotek. Greta vrålpluggade Anders Österling och så tog hon med lite *Fänrik Stål*. Mimi ägnade sig åt *Tatterskan* och *En sovereign* av Snoilsky. Och *De badande barnen* av Rydberg, för att lätta upp det hela. De skulle ju fylla en hel afton! Det enda inslaget i övrigt var en pianist som hette fröken von Goethe.

Det var först på annandagsmorgonen de kom på att de måste ha något på sig också.

Och i resväskorna fanns inget att hämta.

”Vi får titta i mammas garderob”, sa Mimi med ett snett leende.

***

Det var smockfullt av folk på Stora torget, kvarterslånga köer till biljettluckan. Det var nog inte bara på grund av det bristande nöjesutbudet i Karlstad annandag påsk. Mauritz Stillers film hade nått även denna stad.

Sten mötte dem innanför dörrarna. ”Det är utsålt”, sa han belåtet. ”Vaktmästaren undrade om dom fick sälja ståplatser. Jag sa att det gick bra. En krona för vuxna, femtio öre för skolungdom.”

Mimi nickade stumt.

En stund senare satt de bakom scenen och hörde fröken von Goethe spela Schumann.

Med knäppta händer. Inte fröken von Goethe alltså, utan Mimi och Greta.

”Jag tror jag ska börja tro på Gud igen”, viskade Mimi. Men Greta svarade inte, för nu hade fröken von Goethe slutat spela och publiken applåderade.

Från scenen hördes strax en basstämma:

”Nu, mina damer och herrar, kommer det vi alla väntat på. Två framstående skådespelerskor från Kungliga Dramatiska Teatern i Stockholm. Vi ska först få se och höra Greta Gustafsson Garbo, som nyligen skördat sådana framgångar som grevinnan Elisabeth Dohna i Mauritz Stillers Värmlandsfilm *Gösta Berlings saga.* Hon ska inleda med ett stycke ur Runebergs *Fänrik Ståls sägner.* Mina damer och herrar: Greta Gustafsson Garbo!”

Och så dånade applåderna.

Fast Greta satt kvar. Greta rörde sig inte ur fläcken.

”Gurra, det är du nu!” viskade Mimi.

”Jag kan inte. Jag har glömt alltihop.”

”Greta!” Det var Sten. ”Du ska in!”

Greta tittade förtvivlat på honom.

Då tog Mimi snabbt upp sin gamla slitna gula skolbok ur väskan, den det stod *Fänrik Ståls sägner* på. Hon räckte den till Greta.

”Läs innantill!”

Och så knuffade hon och Sten in Greta på scenen.

Åskådare, åhörare, kan vara en märklig samling människor. För när allt var över, och Greta likblek läst innantill ur *Fänrik Stål*, och Mimi utantill läst upp sin Snoilsky och sin Rydberg, då ville inte publiken sluta applådera.

"*Mera! Mera!*" hördes det från auditoriet. Men mera hade de inte att bjuda på, och Anders Österling innantill – nej, där gick gränsen. Så de knuffade ut Sten, som var en hejare på Fröding, och Sten deklamerade Fröding i hela femton minuter. Och när publiken ändå inte ville ge sig framförde han *Grisen* av Fredrek på Rannsätt.

De tjänade tvåhundraåttio kronor var – efter att Sten betalat hyran, fröken von Goethe och blomsterarrangemangen.

Men dagen efter uppträdandet åkte de hem, och inte ens detta besök i Karlstad hade hon fått ägna åt det hon så hett efterlängtat: vila, en alldeles kravlös värme. Och nu skulle det dröja länge innan hon kunde hoppas återvända till Pollaks. Sommaren skulle Mimi tillbringa med Mizzi hos sin moster, i Trieste i Italien.

***

Alva var inte där när hon kom hem. Hon fick tag i henne först nästa dag, på arbetet.

Ja, hon hade flyttat hem. Eller, ja, hon hade försökt. Men Erik hade blivit så fruktansvärt ledsen. Och barnet hade gråtit.

"Har han slagit dig?" frågade Greta stelt.

"Nej, nej", svarade Alva. "Han har lovat att aldrig göra det igen."

"Lovat?"

"Ja, på sina bara knän. Han älskar mig, säger han. Han kan inte leva utan mig."

"Nehej ..."

"Greta, jag kan inte lämna honom nu! Jag vill inte! Han är en fin man, det hände en gång, när han druckit för mycket. Det kommer aldrig att hända igen."

Greta var tyst.

"Lovar du – *lovar du* – att om han någonsin bär hand på dig igen så lämnar du honom? För gott!"

"Jag lovar", svarade Alva.

Och Greta bestämde sig för att nu – inte senare – skulle hon tala med Magnusson om Alva. Hon måste få bort henne hemifrån, hon måste få ut henne, hjälpa henne att få den uppmärksamhet och det självförtroende hon förtjänade och behövde.

Kanske skulle det hjälpa att hon själv nu blivit lite berömd?

***

Hon tog verkligen kontakt med Charles Magnusson. Och Magnusson berättade för henne att Elis Ellis, han som hade gjort *Sten Stensson Stéen från Eslöv*, stod i begrepp att göra en ny film. En som handlade om Gustav III och Bellman.

”Han söker folk”, sa Magnusson.

”Vem ringer jag?” utbrast Greta.

61

Mauritz Stiller kommer hem från Berlin. Mauritz Stiller fortsätter att bjuda ut henne på restaurang, fortsätter att ta med henne på tillställningar.

”Jag arbetar på ett nytt filmmanuskript”, säger han. ”Ett där du ska spela huvudrollen.”

Hon undrar vad det är för film.

”Den ska heta *Odalisken från Smolna*. Den utspelar sig i Konstantinopel.”

Konstantinopel? Hon vågar inte fråga var det ligger. Hon har en vag förnimmelse av att det ligger någonstans i Orienten. Ska Moje alltså låta bygga upp Konstantinopel på Filmstadens gård?

En kväll har han stor fest hemma hos sig, och innan har de köpt en ny klänning åt henne och han har skickat henne till Ewert Granholms frisersalong. När Moje tar emot gästerna behandlar han henne som vore hon värdinna, som vore hon hans fru. Hon säger inte mycket, hon förväntas inte säga mycket. Men han ser hela tiden till att ha henne vid sin sida, håller henne ofta om midjan.

Vid middagen sitter hon sedan mest tyst medan han håller låda. Fast mitt under desserten ber han henne plötsligt att sjunga en av Lili Ziedners burleska sånger. Då gör hon det. Rakt upp och ner, utan ackompanjemang.

Sedan sätter hon sig ner och är tyst igen.

Man skulle kunna säga att han styr och ställer med henne, att han beordrar henne och hon lyder. Men riktigt så enkelt är det inte. Hon har en egen vilja. Att plötsligt förvandlas från en tyst mus till en mustig revydam är dessutom inget okänt fenomen för Greta. Hennes klasskamrater kunde alla vittna om den gången då norske teaterchefen Halfdan Christensen gästspelade på Dramaten och eleverna efteråt inbjöds att närvara vid festen till hans ära – de fick sitta längst ner vid det långa bordet i Grand Hôtels Spegelsal. När supén till slut avätits vidtog en improviserad kabaré, där Christensen, de Wahl och de andra storheterna visade prov på sin konst för de beundrande kollegerna och eleverna. Plötsligt reste sig Greta Gustafsson upp, oombedd, och stegade fram mitt på golvet. Till kamraternas förskräckelse meddelade hon högt och ljudligt att hon ämnade framföra den ekivoka slagdängan "Frun från Hagalund". Vilket hon gjorde. Hon avslutade det synnerligen frivola framträdandet med en käck knyck på nacken. Varefter hon gick till sin plats, satte sig ner och var lika tyst igen.

Så kanske var det hon själv som hade föreslagit att hon skulle sjunga Lili Ziedner för Mojes smokingklädda gäster? Kanske var det bara ännu ett sätt för henne att försöka besegra sin blyghet?

***

Nästa morgon berättar han för henne att de ska träffa en tysk på eftermiddagen, en man som heter David Schratter. "Hans bolag är eventuellt intresserat av de tyska rättigheterna till *Gösta Berling*", säger han.

Hon undrar varför tysken behöver träffa henne. Det räcker väl att han ser filmen?

Då ler Moje lite hemlighetsfullt. "Jo, men dom är nog intresserade av *Odalisken från Smolna* också."

***

Hon lever två liv. Ett som ser ut som om allt ska återgå till vad det varit – med stateringar på Dramaten, med ett helt år utstakat som premiärelev, med dagar och kvällar tillsammans med Mimi och Alf och Vera och Funkan och Mona.

Ett som ser ut som om hon är på väg någon helt annanstans. Tillsammans med Moje.

Dessa två liv är förstås oförenliga, men hon väljer att låta dem pågå parallellt, eller, snarare, vid olika klockslag. Hon väljer att inte tänka på att de är omöjliga att förena. Eller så upplever hon inte att det är så. För än så länge vet hon ju faktiskt inte att David Schratter och hans bolag Trianon – ett av Tysklands största – just har skrivit på ett (förvisso handskrivet) kontrakt med Mauritz Stiller om att Stiller ska spela in minst två filmer för dem. I Tyskland. Och i Turkiet.

***

Hon är ännu bara arton år gammal. Mimi är tjugo. Även deras gemensamma liv är två liv. Ett innerligt, privat, alltmer komplicerat, som ibland är synligt men mestadels inte. Och så ett som ser ut som vanligt tonårsliv. Båda två är ibland utbjudna av unga, eller lite äldre, män. Båda pratar om det med sina väninnor – i elevlogen på Dramaten, på eftermiddagarna vid en kaffekopp på Söderbergs. De skojar och de jämför.

Men mestadels är det bara prat.

Mer än någon annan på elevskolan är det Greta som ständigt är föremål för männens uppvaktning. I slutet av vårterminen kommer den galante Johannes Poulsen, en av Danmarks största skådespelare, till Dramaten för ett gästspel. Han upptäcker nästan genast en av statisterna i andra akten, en vacker ung kvinna som spelar sköka. När kvällen är över frågar han henne om hon inte vill göra honom den äran att dela en supé med honom efter morgondagens föreställning.

Greta svarar ja. Det gör hon ibland. För att hon blir smickrad, men mest kanske för den kost som erbjuds.

De går till Strand, där Poulsen har beställt chambre separée. Efter en utomordentligt smaklig måltid, ackompanjerad av god champagne och charmerande konversation (i alla fall från Poulsens sida), ger kavaljeren under kaffet tecken till kyparen att dra sig tillbaka. Därpå reser han sig för att gå över till sin dam. Som rest sig nästan samtidigt.

”Ja, det var hemskt trevligt det här”, säger Greta innan Poulsen ens hunnit fram, ”tack å adjö!” Och så stegar hon ut ur rummet.

Vissa lät sig utsättas för detta gång på gång. Som Gösta, som både bjöd henne på middagar och erbjöd sig att bekosta allehanda nöjen och klädespersedlar. Men aldrig hymlade med sina känslor.

Det gjorde inte heller den unge Nils Asther. Han hade, trots sin huvudsakligen annorlunda inriktning, blivit dödligt förälskad i Greta. En dag utanför Fritzes Hovbokhandel tog han mod till sig och friade. Hon gav honom obönhörligt korgen, med förklaringen att hon beslutat att viga sitt liv åt konsten.

”Åh Mimi, nu tror jag att männen har ett litet helvete när de se en mjuk flott härlig kvinna och absolut inte kan på något sätt få henne”, skriver hon uppsluppet till Mimi senare den sommaren.

Det är bara Moje som inte avfärdas på samma lättvindiga sätt. Ändå har hon svårt att förklara, och tillgriper ibland självironin: ”Vi är likadana, ser du. Han är en feminin maskulin man med djup åskliknande röst och kvinnligt smala axlar. Det är jag också. Utom axlarna.”

Hon kunde ha tillagt att han liksom hon var uppväxt i en smutsig trappuppgång, att han liksom hon kämpade med ett förflutet som inte gick att integrera i levnadsbeskrivningen, att han liksom hon var två personer, på samma gång: öm och brutal, snål och storsint, naiv och briljant. Men så är det kanske med alla människor.

Även Mimi uppvaktas av kavaljerer. Framför allt är det en vars känslor verkligen väckts av den pigga och intelligenta Dramateneleven. Nils Lundell heter han, fast han kallas för Nizzi, och han är fjorton år äldre än hon. De har i sanningens namn stött på varandra flera gånger under de senaste två åren, då även Nizzi är skådespelare. Men den här våren tar han mod till sig och förklarar Mimi sin kärlek.

Hon blir glad, ja inte bara hedrad, för hon tycker om Nizzi. Men, berättar hon för honom, det finns någon annan i hennes liv. Så hon är inte tillgänglig.

Han blir förstås besviken. Men frågar om de ändå kan fortsätta träffas.

Och ja, det vill Mimi gärna.

62

Tiden går alltid, vad man än försöker göra åt saken. Vad som återstod av deras två år tillsammans på Dramaten var elevuppvisningen. Sedan var det obönhörligen slut.

Under våren hade de förberett några scener ur *Byggmästare Solness* av Ibsen. Alf skulle spela den gamle Halvard Solness, Mimi den unga och förföriska Hilde Wangel. Hon hade fått sig en blond peruk och en alldeles för vid kjol (det stod "Harriet Bosse" i linningen).

Balkongscenen i *Romeo och Julia* hade också övats in, och Barbro skulle spela Julia mot Arnolds Romeo. Ett självskrivet par.

Sedan skulle Lena vara Nora och Alf skulle dubblera som Raskolnikov. Och Tore var Hector i *Rococo*, en treaktare skriven av Gustaf Molanders far.

Greta då?

"Jag har inget tillräckligt bra att visa upp", sa hon när Molander frågade henne.

"Inget alls?" Han tittade misstroget på henne.

"Nä."

"Men *något* måste ni väl ha!"

"Nä."

Kunde det vara så att hon redan lämnat teaterscenen? Eller kunde det vara så att hennes självförtroende – tvärtemot vad alla hade anledning att tro – hade sänkts denna vinter?

"Nähä. Då får ni väl nöja er med att sekundera någon kamrat."

Ja, då fick hon väl det.

Hon blev gamla Katri i det finska skådespelet *Daniel Hjort*. En gumroll.

***

Det var sorgligt, och rusigt, och vanvettigt roligt, och hjärtskärande. För det var sista gången. Sista gången som Mimi och Alf skulle stå i ett hörn och gapa på varandra långt efter att Gösta Pettersson kallat. Sista gången som kulisserna skulle hissas och sänkas runt dem – i alla fall på denna scen, i alla fall tillsammans. Sista gången som Personne spände ögonen i dem och tilltalade dem som de unga människor de ännu var. Sista gången som Maria Schildknecht understod sig att förmana: ”Gå ut och skaffa barn – förr begriper ni ingenting!” och ingen av dem vågade svara tillbaka. Sista gången på tredje raden i en tom, kylig teatersalong med stora ögon fästa på människor de alltid beundrat och ännu inte kunde tro att de fick befinna sig i närheten av. Sista gången de ramlade in från Söderbergs, mitt i ett skrattanfall eller mitt i en vanvettig diskussion om Stanislavskij eller Dostojevskij eller Trotskij. Sista gången i en tillvaro som många av dem senare skulle komma att betrakta som sitt livs lyckligaste.

I alla fall en, nej två.

***

Och allra sist gjorde de det som alla avslutningsklasser på Dramatens elevskola gör den kväll de framträtt tillsammans för sista gången: de ställde upp sig i foajén för att låta sig fotograferas.

Det var samma bild, år efter år. Men olika människor varje gång. Människor som liksom kalvar på grönbete två år tidigare tassat in i Tornrummet – en mytomspunnen sal i den hemlighetsfulla översta delen av det stora teaterhuset – och nu, på pappret fullärda, skulle slängas ut i verkligheten. Vara vuxna.

De log, varje år. Eller så såg de propert stela ut. Eller ansträngt spontana. Detta foto skulle ju bli den kvarlämnade sammanfattningen av deras gemensamma tid här. Det skulle hänga på väggen i elevskolan i decennier.

Längst till vänster sitter Mona, på karmen till en rokokostol. Hon ler varmt, ser precis så där vän ut som hon brukar göra. Bredvid henne, i stolen, sitter Barbro med händerna i knäet, och bakom henne står förstås Arnold. Han ser lite för stel ut. Tore, däremot, smilar; han har stoppat handen innanför kavajen, som Napoleon (det är kanske fotografen som sagt åt honom att göra så?). Snett framför honom står ännu en rokokostol. I den sitter Funkan, ovanligt allvarlig, och på var sin karm Vera och Lena, som två keruber. Alf, som står bakom stolen, sneglar lite, det är klart att han inte bara kan sitta rakt upp och ner och se allvarlig ut, han måste se ut som om han är på väg någonstans. Så, till höger om honom och stolen, står Karl-Magnus och Johannes. Johannes har armarna i kors, ser lite nonchalant och dandylik ut.

Fotografen tycker om symmetri, det förstår man. Två stolar i mitten, och så några stående runt på var sida, ungefär som en solfjäder. Så är det oftast på dessa avslutningsfoton från elevskolan.

Fast något stämmer inte riktigt i symmetrin detta år. För till höger om gruppen står en person till, en mörklockig ung kvinna. Liksom de andra tittar hon in i kameran. Men hon sitter inte och hon står inte. Hon lutar sig mot någon. Någon som sitter ovanför henne, i ett slags alkov, och håller hennes hand. Nej, håller hennes båda händer.

”Titta in i kameran och sitt stilla!” ropar fotografen, som heter Rydén.

Ungdomarna runt stolarna sträcker på sig.

”Ett-två-tre!”

Psss. Blixten ovanför herr Rydén lyser i ett upp hela rummet.

Och i samma ögonblick slår hon som sitter i alkoven ner blicken. Hon slår ner blicken, och i stället för att titta in i fotograf Rydéns kamera tittar hon ner i den mörklockiga kvinnans nacke. Hon vars händer hon håller.

Vad kan hon ha tänkt?

***

Sedan då? Ja, sedan ska de ut och arbeta. Greta och Alf har ju sitt på det torra, åtminstone ett år framåt. Men de andra?

De har sprungit benen av sig de senaste månaderna, med varierande framgång. Mimi och Lena har nyligen fått audiens hos Stockholms teaterkung, Albert Ranft, som härskar över hela fyra teatrar: Svenskan, Södran, Vasan och Oscars. Fast Lena hade gråtit när hon kom ut, och Mimi hade all möda att låta bli.

”Ja, ja, ni är nog bra, men ni är så förbannade små i år”, hade Ranft suckat.

Så i sista stund har Mimi fått tillfällig anställning som varar fram till sommaren. Hon ska strax iväg på en turné, först till västkusten, senare ända till Norrland.

Greta beslutar sig för att följa henne till Göteborg, eftersom de sedan kommer att vara ifrån varandra i flera veckor – ja, knappt ens kommer att kunna ringa eller brevväxla. Under turnén är Mimi ständigt på resande fot, och direkt efteråt åker hon och Mizzi till moster Emma i Trieste. Greta ska under tiden statera på Dramaten.

Fast senare i sommar ska de förstås träffas igen – kanske redan i Wien, där Mimi stannar på vägen hem och besöker pappas släktingar.

”Där är vackert som i en film”, säger Mimi lockande, ”och bakelserna är ljuvligare än till och med på Strands terrass.”

Greta, som aldrig rest utomlands, blir upprymd vid tanken. Ja, hon ska försöka komma till Wien i juli, hon har ju en del pengar kvar på kontot – och kanske kan hon få låna till reskassan av snälla Gösta?

Sedan, efter sommaren, är de tillbaka i Stockholm. I alla fall

Greta. Och det vore väl själva den om inte Mimi ska lyckas få arbete på någon Stockholmsteater. Åtminstone tillfälligt.

”Vi ses i sommar”, viskar Greta när hon kramar om Mimi på Centralstationen i Göteborg. Och så ger hon henne en snabb puss på munnen.

Men så ska det inte bli. De ska inte komma att ses i sommar. Och inte i höst eller vinter heller.

De ska inte komma att ses igen förrän om fyra och ett halvt år.

❖

Hon har vant sig vid chauffören. Hon har vant sig vid poolen och roomservicen också. Det är konstigt hur fort man vänjer sig vid livets goda. Hur kan man längta efter något hela livet och sedan bara ta det för givet? Fast andra hållet går förstås inte lika lätt, en förlust av livets goda, det är något annat ...

Han, chauffören, släpper av henne i hörnet av California Avenue och Second Street, som vanligt. Efter en dag i studion vill hon inte promenera. Sedan kanske, när hon fått vila några timmar – när hon fått bort den där Elena ur sitt blodomlopp, när hon lyckats bli Greta igen – då kan hon ta en lång promenad på stranden, helst i mörkret, helst så att ingen ser henne.

Hon kastar en blick ut mot Stilla havet. Det är lugnt i kväll. Kanske skulle hon till och med våga sig på ett iskallt dopp senare?

"God kväll, Miss Garbo."

"God kväll, James."

En bugning, ett vänligt leende till svar. De har upprepat samma procedur i snart ett år, varje kväll. Det är som att de känner varandra, fast de förstås inte har växlat så många ord. Ändå bidrar nog portierens närvaro till att hon stannat kvar på Miramar så länge. En hygglig själ som finns nere i lobbyn, dygnet runt.

"God kväll, Miss Garbo." Det är Arnold, han som sköter hissen.

"God kväll, Arnold", svarar hon och kliver in.

"Åh, Miss Garbo ..." Det är inte Arnold. Det är James, just som Arnold ska till att stänga hissdörren bakom henne.

Hon stelnar till, men hon vänder sig inte om.

"Miss Garbo, jag har ett brev till er."

63

Det blev som en chock att komma tillbaka och ingen annan var kvar. En tom elevloge. Bara hon och bänkarna, speglarna, fönstervreden, ledstängerna. Döda ting. Lämningar efter ett förflutet som inte längre fanns. Som en ruin efter ett vackert slott. Hon fick ont av att vara där. Hon kände sig kvarlämnad.

Hon flyr till Moje. Till hans små tillställningar. Till hans berättelser om det stora nya filmprojekt han har på gång.

”Vad handlar det om, Moje?”

”Om en flicka av börd som rymmer från sin hemstad vid Svarta havet för att komma undan politiska konflikter. Hon gömmer sig på en båt som ska till Konstantinopel, i hopp om att där finna sin älskade. Men båtens besättning säljer henne under färden till ett harem som innehas av en turkisk prins. Och nu gäller det för henne att rädda sig själv.”

Hon är tyst.

”Flickan, är det jag?”

Moje skrattar och trycker fingret mot hennes näsa. ”Ja, din dummer. Det är klart att det är du.”

Konstantinopel, Svarta havet, hon visste knappt var det låg.

Och nu berättade Moje för henne, att om – *om* – filmen blev av, ja då skulle de filma i Orienten.

Orienten, det lät spännande. Betydligt mer spännande än att vandra omkring ensam i en ruin.

Fast ibland hände det spännande saker också den sommaren. Till exempel när Douglas Fairbanks och Mary Pickford kom till stan, inbjudna av Ivar Kreuger, som nästan ägde Svensk Filmindustri.

Mary Pickford kallades ju ”Hela världens lilla fästmö” och var en av de högst betalda skådespelarna i Hollywood. Hennes man Doug var knappast sämre han.

Flera tusen människor stod och väntade utanför Stockholms Central när de anlände den 21 juni. Biograferna hade den egenskapen – de gjorde människor världsberömda.

Och Greta fick träffa paret Fairbanks personligen, flera dagar i rad.

På skärgårdsturen med Kreugers lustjakt M/Y Loris.

På den stora banketten på Grand Hôtel Saltsjöbaden.

När filmstjärnorna förevisades Filmstaden i Råsunda.

Moje ville ju ha henne vid sin sida hela tiden.

***

Tror du att jag reser till Wien om tre veckor?

Har ingen aning om datum 1924.

Djävla älskade unge!
Blev hemskt glad över ditt brev, som inte är likt nåt jag fått från dig förut. Men det kanske Italien får ta åt sig äran för. Här går jag långsam, trött, tråkig och bryr mig inte om någonting. Så kommer ditt brev och väcker en storm av längtan inom mig. Jag kommer Mimi om du vill ge G. en liten påminnelse. Min lilla jänta och jag i Wien. Då hälsar jag inte på dig förrän en timme efter sen jag träffat dig. G. har bättrat sig något nu. Vi var på supén du vet med Fru Maja. Hon var underbart fin o stilig. Jag är mycket förtjust (som vanligt). Men det är föga hopp om att jag får träffa henne mera. Åh Mimi nu tror jag att männen har ett litet helvete när de se en mjuk

flott härlig kvinna och absolut inte kan på något sätt få henne. Skratta inte mer Mimi åt dom. Vi var hemma hos G. efteråt och där var han mycket förståndig. Han överlämnade mig helt åt fru Maja.

Så var jag på middag – filmmiddag hela Råsunda-tutten med Mary och Doug. Också en ovanligt trevlig kväll. Moje – bordskavaljer. Han o jag o Karl-Gerhard slutade uppe hos K-G kl. 6 fm. Dagen därpå fick lilla fru K.G. en son. Det var väl inte dåligt. Så där hör du att det alltid händer något. Så har vi varit ute litet med Bambi. Gammalt, vanligt. Vera och jag brukar dricka kaffe på Princess. För att jag skall få röka i fred. Så ränner vi på bio. Ja det vill säga sådana som det kostar 1,10 och 1,50 på. Måste också skvallra att Vera o Ernst C-son B. funnit varann, till husbehov förståss. Samma tjat o underhållande konversation som vanligt. Hur framtiden gestaltar sig för mig kan jag inte tala om därför att det vet jag inte. Min Älskade!!! Hoppas vi ses om tre veckor ingen skall vara gladare än jag.

Hälsa mamma många gånger
Gurra

Älskade!
Gud vad det regnar!
Mimi älskling.
Mimi Pollak.

Fru Maja, det var operettsångerskan Maja Cassel. Ja, henne var Greta också förtjust i.

***

Mimi hade kusiner som hette Xosa, Querida, Hamidje och Dina – eftersom hennes moster Emma var en lika påhittig kvinna som mamma Mizzi. Släkten bodde i det som var så många länder på en gång. Men just för tillfället bodde de – moster Emma, morbror Pompeo (som var Triestes bästa advokat och älskade Mussolini) och deras fyra döttrar – på ett lantställe i Lazzaretto, en timmes båtfärd från Trieste. Lazzaretto var Mimis andra Hammarö. Här hade hon tillbringat så många somrar att hon knappt kunde räkna dem. Mamma Mizzi längtade ju alltid till ett varmare klimat, och det gjorde nog Mimi ibland också.

Fast just nu hade hon mycket att tänka på. Saker som inte hade med Italien att göra.

Det var inte bara Greta som skrev brev till henne denna sommar. Nizzi skrev, mycket oftare än Greta. Nizzi skrev nästan varje dag. Om vad han gjorde, om vilka han träffade. Men framför allt om hur mycket han älskade henne. Om hur innerligt han önskade att hon skulle kunna älska honom tillbaka.

Och en dag fick hon ett brev från en annan person. Torsten Hammarén hette han. Torsten Hammarén, som var skådespelare och – så mycket viktigare i sammanhanget – chef för Helsingborgs stadsteater.

”Önskar Eder välkommen till vår teater”, skrev han. ”Högaktningsfullt, Torsten Hammarén.” Och så skrev han att de godtog hennes löneanspråk, hela fyrahundra kronor i månaden.

Hon visste inte om hon skulle bli stormande lycklig eller inte.

Nej, det var inte Stockholm. Men det var någon som ville ha henne på sin scen.

Liksom Nizzi ville ha henne i sitt liv.

64

Greta hade äntligen slutat statera för sommaren. Hon kände sig befriad. Befriad från Dramaten ... Livet var ändå bra märkligt.

Moje hade hyrt en liten stuga åt henne i skärgården. Hon åkte dit ensam, skulle få tillbringa dagarna bara med sig själv. Bada, promenera, läsa utomhus nästan till midnatt. I närheten bodde ett äldre par som lagade maten åt henne. Det var som en lisa för själen. Ensamheten skulle alltid förbli hennes bästa vän. I alla fall den självvalda.

Och så hade en annan sak hänt: Alva hade träffat regissören Elis Ellis, han som skulle göra filmen *Två konungar*. Och han hade kallat Alva till provfilmning!

Greta höll tummarna så hårt att de nästan vitnade.

Så det fanns saker som kändes bra även denna långsamma sommar.

Men någon Wienresa skulle inte längre bli möjlig.

”Gör inga planer för resten av sommaren”, hade Moje förmanat. ”Trianon har köpt de tyska rättigheterna till *Gösta Berling*. Vi åker till Berlin till premiären, du måste kunna packa med ett ögonblicks varsel.”

De skulle tydligen diskutera Mojes nya film i Berlin också. Den där om hur hon skulle rövas bort till ett harem.

Hon försökte njuta så mycket hon bara kunde av lugnet och solen och ensamheten.

Tids nog, det anade hon, skulle det börja väsnas runt henne.

65

Hon tittar sig storögt omkring. Det kokar här. Det pulserar. Det är som en Brobdingnag-version av Stockholm, samma men större, kraftfullare, brusande, sjudande. Människorna elegantare klädda, bilarna flottare. Restaurangerna lyxigare. Och fattigdomen ibland extrem. Det sitter människor i varje gathörn och tigger. Ja, mamma visste nog vad hon gjorde när hon smög in en påse mat i hennes resväska. Kontrasterna var så stora i denna stad att det nästan inte gick att ta in. Plötsligt såg hon något hon bara sett på teatern tidigare, och i sina egna lekar: En lång, kraftig, man. Det lyste rött om hans läppar, sjaletten som han svept runt sitt långa hår var instoppad innanför pälskragen. De höga klackarna klapprade mot gatstenen. Han – hon – slank in genom en port, försvann.

Nollendorfplatz, i stadsdelen Schöneberg. Det var här den tyska premiären av *Gösta Berlings saga* skulle gå av stapeln. Moje hade skrivit till skärgårdsön den 14 augusti och gett henne två dagar att förbereda sig för avfärd. Så var det med honom, hon skulle hålla sig beredd i veckor, sedan skulle allt ske med någon dags varsel. Och så pang, in i en ny tillvaro.

Teaterbyggnaden tronade över den stora öppna platsen. Vit, hög, majestätisk, med ett torn på vardera sidan och en minutiöst anlagd trädgård framför. Mozartsaal hette den. Den hade ettusenfyrahundratrettioåtta stolar.

Hon förstod varför Moje tyckte om Berlin. Han passade staden som handen i handsken.

De hade tagit in på eleganta Hotel Adlon den morgonen – hon, Moje och Gerda Lundequist – trötta efter tågresan. Hon hade visats till en egen svit, fylld med blommor. ”*Trianon Film AG heißt Sie herzlich willkommen, Fräulein Garbo.*” Kortet låg på kudden. Sängen var stor. Men Moje lät henne inte vila. Representanter för filmbolaget skulle visa dem både stan och bolagets moderna studioanläggningar den morgonen. Sedan, sa han, måste de ut och handla. Han och hon. Kläder till henne. Han hade ju ställt det som villkor till Schratter: Betalning inte endast för visningsrättigheterna, utan också rese- och uppehållskostnader för dem alla tre. Och femtusen kronor för fröken Garbos nya garderob.

Två dagar att klä upp henne, det var nästan för lite, sa Moje.

Det tog två dagar nästan precis. Hon var färdigekiperad fyra timmar före premiären.

Det enda som återstod var håret och manikyren.

”Är salongen i närheten?” Hon hade klätt om till vardagskläder och gjorde sig beredd att åter lämna Mojes svit.

Han skrattade: ”Du sitter ner!”

Hon tittade oförstående på honom.

”Men hade du inte beställt tid hos manikyristen om tio minuter?”

”Sitt. De kommer hit.”

”Nej.” Hon såg genuint förtvivlad ut. ”Det blir ju mycket billigare om jag går dit. Vi hinner väl?”

”Det handlar inte om att hinna.” Moje knackade med cigaretten på sitt guldetui. ”En filmstjärna ringer efter sin stab!”

Jaha …

Hon satte sig ner i fåtöljen och kände sig lite löjlig. Efter fem minuter ringde telefonen. Moje svarade.

”Det är manikyristen!” utbrast han hetsigt så fort han lagt på. ”Hon är på väg upp. Ta på dig morgonrocken!”

”Morgonrocken? Jag har ingen morgonrock.”

”Ta min!”

”Men varför? Den är ju alldeles för stor för mig.”

"Det syns inte om du sitter."

Han slängde till henne morgonrocken, som hon utan svårigheter fick på sig utanpå kjolen och blusen.

"När det knackar på dörren ska du inte resa dig upp och öppna, du ska bara säga 'herein'."

"'Herein'?"

"Det betyder 'kom in'."

Hon upprepade efter honom. "*Herein! Herein!*"

"Slappare!"

"*Herein ...*", mumlade hon.

"Bra. Lägg upp benen på den där pallen. Du ska vara trött. En filmstjärna är alltid trött. Det imponerar."

När den intet ont anande manikyristen en minut senare klev över tröskeln möttes hon av en slumrande diva, som icke desto mindre just innan lyckats klämma ur sig ett "herein".

***

Städer är som människor, de har en själ. Hon tyckte om Berlins själ. Den var rik, mustig. Den doftade. En fantastisk doft som hade allt i sig, hon hade känt den så fort hon kom in i staden. Som om hon känt den förut, utan att ha varit där. Det var de många människorna, de många varelserna som strömmade genom staden och skapade dess själ, blev dess själ.

Hon drog ner bilfönstret, trots att Moje sa att hon inte fick, trots att han sa att vinden skulle förstöra hennes frisyr.

De anlände till Mozartsaal precis på utsatt tid och blev anvisade den vänstra logen. Hon och Moje och Gerda. Väggarna runt hela salongen var klädda i mahogny (på Dramaten hade man tyckt att en spegel i mahogny var märkvärdig ...). Längst fram i logen stod tre fåtöljer. De gick fram och satte sig, och hon tittade nyfiket ut över människohavet. I samma ögonblick vände sig hela havet. Etttusenfyrahundratrettioåtta huvuden vände sig och tittade upp mot henne. Hon drog omedelbart fåtöljen bakåt. Moje sköt den framåt igen.

Så hördes gonggongen. Tre slag. Sedan gick ljuset ner och ridån gick upp.

***

Händer som slår mot varandra. Händer som slår i takt. *Pang pang pang.* Som om de tillhörde en och samma person. Fast de tillhör ettusenfyrahundratrettioåtta personer. *Pang pang pang.* De slutar inte, inte på flera minuter.

Hon har aldrig sett Moje så förnöjd, aldrig någonsin. Han kramar hennes hand hårt.

Människorna i salongen står upp, tittar på dem, som på kungen och drottningen. *Pang pang pang.*

Finns det inte en enda här som är lite missnöjd med deras film?

Nu tar Moje också Gerda i handen och så leder han dem nerför trappan.

Han måste ha tänkt ut det i förväg.

Ettusenfyrahundratrettioåtta par ögon tittar på henne när hon går upp på scenen, med Mojes hand i sin, ett hav av munnar ler mot henne. De ser ut som om de känner henne.

Nu bugar de, tre gånger. Så får de äntligen gå av. Men klappandet upphör inte. Då går Moje ut igen, ensam. När han kommer tillbaka puffar han på henne.

Hon tittar förskrämt på honom.

”Du måste”, viskar han.

Hon vill inte.

”Du måste!” väser han. Och knuffar till henne.

Hon kommer aldrig fram. Hon når aldrig mitten. Scenen tar aldrig slut. Till slut börjar hon småspringa, och stannar på något som ser ut som nästan mitten. Så nickar hon snabbt och springer av.

”Varför hade du så bråttom?” viskar han. ”Du måste suga applåd! Jag ska lära dig suga applåd.”

Efteråt befinner de sig i en gigantisk bankettsal. Långa, långa bord. Små kort med namn vid varje tallrik. Det måste ha tagit dagar, eller en armé, att duka.

Hon lutar sig fram mot Moje: ”Vad heter ’jag går hem’ på tyska?”

Han vänder sig tvärt mot henne. ”Du låter bli att smita”, väser han. ”Nu måste vi sköta våra kort!”

Så står plötsligt en okänd man bredvid henne.

”Fräulein Garbo”, säger han och kysser henne på hand. Han tar hennes arm och för henne till bordet. Minst fem stolar från Moje.

Gerda, som sitter snett emot, viskar att Greta sitter bredvid en av cheferna för Trianon.

Jaha …

Chefen från Trianon babblar oavbrutet. Hon förstår förstås inte vad han pratar om, och han tycks inte bry sig. Hon försöker höra vad Moje säger, fem stolar bort. Men också han talar tyska. Han berättar uppenbarligen något roligt. Alla skrattar.

Så serveras äntligen maten. Den ser god ut. Hon tar upp kniven och gaffeln. Då reser sig någon och håller tal och hon blir tvungen att lägga ner besticken igen. Plötsligt hör hon sitt namn nämnas, alla vänder sig mot henne, ler mot henne. Varför ler alla hela tiden mot henne? Det enda hon kan komma på att göra är att lyfta sitt glas. Det gör hon.

Nu börjar han bredvid henne, chefen från Trianon, prata igen. Samtidigt kommer någon bakom henne, lutar sig fram, börjar fylla på hennes glas.

”Taxi”, viskar hon.

”*Einen Wagen?*” frågar servitören, högt. Så högt att Moje hör.

Moje blänger varnande på henne. Det struntar hon i. Hon reser sig och går.

***

Gösta Berling blev en braksuccé. Den spelade in Trianons köpesumma på bara en vecka. Inte konstigt att man var nöjd på det tyska produktionsbolaget. Det var, sa Moje, läge att smida medan järnet var varmt. Nu skulle *Odalisken från Smolna* föras i hamn.

Under tiden han förhandlade fick Gerda uppdraget att ta hand om henne, visa henne runt.

Men Greta tyckte inte längre om Berlin. Staden bullrade, den gick henne på nerverna. Hon förstod inte språket. Hon förstod inte människorna han visade upp henne för.

Hon ville hem.

Nu var det så där igen, så där konstigt. Hela hennes liv hade det varit så. Ända fram till Dramaten. Hon svajade.

***

Fast en sak gjorde henne riktigt glad dessa sista dagar i Berlin. Brevet från mamma. Där stod att Alva hade provfilmat och att regissör Ellis blivit belåten. Nej, utomordentligt belåten. Alva hade fått rollen som Magdalena Rudenschöld, Armfelts älskarinna! En stor roll, ingen liten statistroll! Inspelningarna skulle börja till våren.

”Alva är så underbart lycklig”, skrev mamma. Mamma, som också ville få bort Alva från kontoret. Mamma, som nog börjat bli lite stolt över sina döttrar.

Och själv jublade hon. Äntligen! Och hon tänkte att den där Lars Saxon, han som börjat uppvakta henne, Greta, han skulle nog passa Alva. Ja, hon skulle ta itu med det så fort hon kom hem.

❖

Fresterskan Elena red omkring på sin häst. Utmanande, självmedvetet. Omkring henne uppträdde cirkusartister, springande på brinnande hjul, hängande från taket i linor.

"Bravo! Bravo!" ropade de församlade gästerna medan kameran rullade.

Men det var Elena de tittade på.

Regissören också.

Kvällen innan hade han skickat hem henne från sin bungalow. Det hade kommit någon och knackat på dörren, en ung man. Det såg ut som att den unge mannen hade ett telegram. Då hade Moje skickat hem henne.

Den vita hästen frustar, ruskar på huvudet. Men Elena har full kontroll över honom. Hon rider rak i ryggen runt manegen, omgiven av en beundrande publik, ackompanjerad av orkestern och artisterna. Det hoppas och studsas, det slås volter och det dansas. I flera minuter.

Till slut börjar hon undra. Varför ingen stoppar scenen. Den har ju pågått länge nu.

Men det kanske beror på att regissören har fått besök. En ung man som trängt sig igenom studion, förbi alla statister, förbi alla lampor, trängt sig förbi som om det vore tillåtet.

Hon sitter på hästen och hon sneglar bort mot Moje. Hon upptäcker att det är samme unge man. Samme unge man som hade knackat på Mojes dörr igår. Och nu räcker han fram ett telegram – ännu ett telegram? Eller är det samma?

Då höjer Moje dramatiskt handen.

”Stopp!” ropar han. Och sedan vinkar han omsorgsfullt Greta till sig.

”Kom!”

Och Greta stiger av hästen.

66

Mimi kommer tillbaka till Stockholm i mitten av augusti. Greta är i Berlin. Hon kan alltså inte möta på Centralen. Men det kan Nizzi. Han möter med ett stort fång blommor.

Samma kväll går han ner på knä framför Mimi och friar.

”Men Nizzi, jag är på väg till Helsingborg”, protesterar hon.

”Ja, men det är tillfälligt”, insisterar han.

”Nizzi ... det har funnits någon annan i mitt liv.”

”Man ska aldrig tänka tillbaka”, svarar han.

Och så ler han sitt alldeles förtjusande leende.

Anställningen börjar redan 1 september, så hon måste resa vidare nästan omedelbart. Hon måste dessutom åka via Karlstad, eftersom lakan och örngott inte ingår i den osedda lya teatern hyrt åt henne i Helsingborg. Och all hennes rena tvätt finns ju i Karlstad ...

Mimi Pollak lämnar Stockholm en av de sista dagarna i augusti, för ett år på en fin skånsk teater.

Några dagar senare återvänder Greta, Moje och Gerda. Förhandlingarna med Trianon har gått bra, produktionsbolaget tror på *Odalisken från Smolna*. Moje ska resa tillbaka inom bara ett par veckor.

Men Greta måste omedelbart till Dramaten. Hon är premiärelev.

Hennes två liv börjar gå på kollisionskurs. Eller slitas isär. Beroende på hur man ser det.

***

Moje är hemma hos Alma Söderhjelm den kvällen han gör det. Han brukar vara där rätt ofta, i hennes våning på Östermalmsgatan 75. Varför det är just denna kväll han gör det är svårt att säga. Kanske har han precis fått samtalet från Schratter.

Han lyfter luren och han ringer till Karin Gustafsson. Fru Karin Gustafsson på Blekingegatan 32.

"God kväll, jag skulle vilja tala med fröken Garbo", säger han.

Några minuter senare hör han hennes röst.

Hur kunde hon bli chockad? Vad hade hon tänkt – att hon skulle pendla mellan Konstantinopel och Nybrokajen? Att hon skulle leva sitt gamla liv och sitt nya liv samtidigt?

Men det han kräver av henne är omöjligt.

"Moje, jag skulle bränna alla mina broar till teatern!" säger hon med gråten i halsen. "Det går inte! Det kan du inte begära av mig!"

Men han är obeveklig.

"Moje, jag har skrivit på ett kontrakt! Jag har fått ett förskott på ettusentvåhundra kronor. Jag kan inte bryta det! Jag får inte!"

Nej, Moje Stiller ser inte logiken i hennes invändningar. Moje Stiller försöker bara få henne att ta ett absolut självklart beslut.

Ja, helst skulle han ringa Dramaten direkt.

Han bryter ner henne, som vanligt. Han hävdar att hon blir fast i staterande i resten av sitt liv om hon inte gör som han säger. Han hotar att med honom har hon satt sin sista potatis om hon inte gör som han säger. Han säger att de ska börja filma *Odalisken från Smolna* snart, men sitter hon på Galoschhyllan på Dramaten varje kväll kommer han givetvis att tvingas välja en annan huvudrollsinnehaverska.

Han tvingar fram hennes beslut.

Sedan ringer han Dramaten.

❖

Tårarna blandas med saltvattnet. Hon trycker sin kropp mot vågorna, späker den, forcerar det hårda vattnet. Nej, det gör inte ont, vågorna känns inte. Så hon pressar hårdare, kastar kroppen mot böljan. Men nej, det känns inte, ingenting. Hon har kommit långt ut nu, längre ut än hon nog någonsin simmat. Det är redan mörkt, fast man ser havet i månljuset. Vad ska hon göra? Hon dyker in i vågen, simmar under, långt, långt under vattenytan. Ja, om hon simmar hårt och blir väldigt trött och kanske förlorar all luft, då känns det nog.

Hon kommer upp efter en minut, hon har starka lungor.

"GREEE-TAAA!"

Det är Mojes röst, han har stark röst, den hörs.

"GREEE-TAAA!"

Tänk att han hörs ända från stranden.

"GREEE-TAAA!"

Hon fortsätter att kämpa mot det hårda vattnet.

Nu, snart, nu måste det väl kännas snart.

67

Immer und immer mein liepling.

Så skriver hon. ”För all evighet min älskling.” På nästan, men inte helt, felfri tyska. ”Tänk om Du och jag alldeles förlorar varann. Gör vad Du kan för att hindra det!” Greta ber henne att göra allt som står i hennes makt för att komma till Stockholm nästa säsong. Att inte bli fast i Helsingborg.

Men hur skulle det hjälpa? När Greta sagt att hon inte längre är premiärelev på Dramaten. När Greta sagt att hon ska ge sig av snart.

> *Ibland grips jag av vansinne, när man kommer på eftermiddagen på skolan och ser alla platser vi haft gemensamt. Anar Du hur det känns! Att veta att det aldrig kan bli som förr. Inte ett ögonblick! Naturvidrigt utan skämt. Älskling jag vill försöka vara tacksam för att två av mina elevår blev med en Mimi.*

Låter det som en inbjudan till Stockholm? Låter det som ”för all evighet min älskling”?

***

I oktober och november spelar Greta skökan (ständigt skökan) i Pär Lagerkvists *Den osynlige*, med Gustaf Molander i huvudrollen och Mona i en av de andra rollerna. Välsignade Mona.

Greta har en liten roll, men den märks.

> SKÖKAN (in drucken, med sitt följe): Vad det är härligt att leva, att älska! Är kanske inte världen full av kärlek, som om den skulle brinna opp! Ja, bara låt den brinna opp! Varför skulle den inte det? – Nu är det så skönt. Älskling, nu ska vi dricka och vara glada, i morgon ska vi dö!

Trots den lilla rollen får hon sin enda ordinarie Dramatenrecension. Daniel Fallström skriver i *Stockholms-Tidningen* att Greta är ”fräck, smidig och skön”.

> SKÖKAN: Ja, allihop får ni dö med mig. Allihop! Så skall det gå till. Mina älsklingar, nu ska vi leva och ha det lustigt! Aldrig har det varit så ljuvligt på jorden! Vad sa du? Nej, aldrig har det varit så mycket kärlek, en sån fröjd och försoning!

Under premiären blev pjäsförfattaren så nervös att han var tvungen att resa sig och gå, mitt under andra akten. Den unga skökan såg det från scenen. När ridån gått ner tog hon sig sålunda upp till artistfoajén, slog upp telefonkatalogen och ringde Pär Lagerkvist. Hon ville bara berätta, sa hon, att allt gått bra.

Pjäsförfattaren blev så rörd över omtanken att han grät.

***

Hon har brutit sitt kontrakt med Dramaten, hon har betalat tillbaka åttahundra kronor av förskottet. Nej, Moje har gjort det. Nu ska hon bara spela rollen i *Den osynlige* fjorton kvällar till, sedan bär det av till Tyskland och Turkiet.

Den tredje av dessa kvällar sitter Mauritz Stiller på sitt rum på Hotel Esplanade i Berlin och skriver ett brev. Egentligen skulle han ju befinna sig i Konstantinopel vid det här laget. Men han är sjuk.

Min kära lilla Greta!
Jag längtar så efter Dig, och ändå får Du inte höra ett ord från mig – kan du förstå det? Men nu för tiden skyller jag allt på min sjukdom. Jag är långt ifrån frisk. Jag flackar omkring här planlöst. Mitt humör växlar beroende på hur det är med min mage. Samtidigt försöker jag komma iväg till Konstantinopel inom några dagar. Jag plågas av förlusten av min tidigare energi. Tänk om jag aldrig får den tillbaka?!
I morgon bitti kommer Du äntligen att få dina femtusen kronor från Trianon. Det var mitt fel. Schratter antyder att jag aldrig sa ett ord om pengar. Det är möjligt att jag har varit så frånvarande att jag glömde säga till dom. Jag har så länge varit frestad att skicka efter Dig, det skulle lindra mitt lidande. Det är så hemskt förtvivlat att vara helt ensam. Ingen som stryker min mage … Åh, kära Greta, så underbart det kommer att bli att få ha dig här i främmande land! Om jag bara kunde må riktigt bra …
Skicka mig några rader. Och framför allt, glöm mig inte.
Kyss mig.

Moje

***

Nizzi har ringt till Helsingborg. Han har sagt att han väntar på Mimi.

”Gör du det?” har hon frågat.

”Ja, Mimi.”

”Trots vad jag har berättat?”

”Man ska aldrig tänka tillbaka”, säger han, för andra gången.

Men nu hör hon det. Och plötsligt blir hon så jublande glad.

Hon blir så glad att hon går ut på stan och köper en skär hatt. Och sedan går hon ner till hamnen och ställer sig och tittar på de vita färjorna, som tutar i ett kör. Och på Danmark, som ligger där på andra sidan vattnet. Och på Hamlets slott som avtecknar sig vid horisonten.

Och när hon har stått där ett tag slinker hon in på ett konditori och beställer varm choklad med vispgrädde.

Och sedan går hon hem till sin lilla lya och skriver ett brev, till Greta.

Ett brev där hon förklarar varför hon har bestämt sig för att tacka ja till Nizzis frieri.

Brevet når sin adressat den sjunde kvällen hon spelar *Den osynlige* på Dramatens scen.

Det besvaras samma kväll.

> *Du och M-e.*
>
> *Misse Du måste förlåta mig min oerhörda brist på energi. Jag har tänkt på Dig varje dag, men faktiskt inte kunnat samla ihop mig så mycket, att jag i ro och lugn kunnat slå mig ner att skriva. Det var inte snällt av Dig att slå mig med att jag inte står fast vid Dig. Jag gör mig inte besvär med att leta, så säker är jag på att det inte finns någon som Du. Du har inte en aning om vad här är tomt utan dig. Jag är alldeles ensam numera. Vera ser jag mycket sällan. Inga teatrar har jag besökt inte ens Dram. Jag är totalt borta från allt, jag tycker inte att jag hör hit mer. En ganska olycklig känsla må du tro. I Berlin var det inte roligt för språkets skull – så var där så stort, man kände sig litet övergiven. Då längtade jag hem, men när jag går på Dram. om dagarna och ser allt som stampar i samma takt år efter år jag vet inte vad man får för känslor. Schabbigt är det – jag vet inte hur allting har blivit! Så har det blivit svårt på ett annat håll också. Moje är krasslig, om*

han skulle bli liggande kanske allt går om intet. (Om + Men i livet) Men ordnar allt upp sig, Misse, då kommer jag och hälsar på Dig innan jag reser bort. Sen kommer Du till mig – om det blev så! Om det verkligen är sant att Du lovat bort Dig, men jag tror inte riktigt ännu, så vet Du att jag önskar Dig lycka (mycken). Sådant där är något som var och en skall klara upp själv (utan andra) men förlåt mig, jag tror inte att jag är riktigt glad. Men Du vet ju bäst själv! Mimse jag längtar mig sjuk efter Dig nu. Jag skulle vilja tala med Dig om så mycket. Det är tur för mig att jag fått litet att göra, annars tog jag min kappsäck och for till Dig. Jag läser tyska och provar massor av kläder på NK. Själsmördande må Du tro. Det är därför jag är så trött om kvällarna så jag skjuter upp att skriva. Det är kanske inte nytt för Dig. Knut M. prövade glänsande och är numera elev vid K. Dram. Jag beundrar hans energi, det gör Du också när jag gör det va? Älskade Misse ville krama den mjukaste sötaste minsta lilla hand världen valt. En värld av längtan ville jag lägga ned på detta papper för att visa –
Åh Du o M-e.

Hälsa alla hemma, säg åt mamma Mizzi att jag är så glad att hon är bättre. Mjuka lilla hand!

Gurra

***

Hon ska få en teaterroll till. En sista i livet. Den 13 november 1924 spelar hon den pyttelilla rollen som receptionisten Mariette i Jules Romains fars *Knock*. Hon ersätter Signe Enwall, som har ersatt Elsa Nilsson, som har blivit sjuk. Det är ett framträdande som går obemärkt förbi. Utom när man betraktar saken i efterhand.

Den 24 november sätter sig Greta Gustafsson Garbo ensam på tåget mot Berlin. Hon far genom ett höstregnigt Sverige, på väg mot kontinenten. Med sig har hon bagage för flera månader – vinterkläder, sommarkläder, vardagskläder, finkläder. Tåget tar henne genom Sörmland, genom Östergötland, genom Småland, genom Skåne. Hon byter i Malmö, så nära en annan skånsk stad, Helsingborg. Men hon hinner inte stanna. Hon ska nämligen bara göra ett kort stopp i Berlin och sedan åka vidare till Konstantinopel, en turkisk stad hon bara läst om i sagorna.

Är det spännande? Ja, det är klart att det är spännande. Om hon bara kunde komma ur sin förlamande trötthet. Om hon bara kunde komma ur sin förskräckliga håglöshet. Hon mår inte bra, hon har inte mått bra på ett tag nu.

Moje väntar på Stettiner Bahnhof. Men han har bråttom, säger han, och hinner inte följa med henne till hotellet. Han ska på möte.

"Med Schratter?" frågar hon.

"Nej, inte med Schratter. Jag ska träffa en amerikan som just anlänt med tåget från Rom."

"En amerikan?"

"Ja, han är chef för Metro-Goldwyn-Mayer i Hollywood. Går det väl så kanske jag skickar efter dig om några timmar."

Hon tittar konfunderat på honom. Vad har Hollywood med Trianon att göra? Vad har Hollywood med Konstantinopel att göra?

Hon frågar honom. Han ler lite.

"Man kan inte lägga alla sina ägg i samma korg."

Fast en sak framgår med all önskvärd tydlighet: i Charles Magnussons korg tänker Moje Stiller uppenbarligen inte lägga några fler ägg.

Moje Stiller är på väg mot solen.

Den 26 november 1924, en ganska kall och regnig dag även i Berlin, träffar Mauritz Stiller, och senare Greta Garbo, för första gången Louis B. Mayer, chef för Metro-Goldwyn-Mayer Studios. Det är bara ett sonderande möte, ett möte så där helt apropå.

Och även detta mötes betydelse ska förstås komma att bli uppenbar först i efterhand.

En bil hörs rulla i gruset utanför Mojes bungalow. Så stängs motorn av. En bildörr öppnas, man hör ett svagt ljud av röster. Så slår den igen.

Nu hörs steg i gruset, ganska släpiga steg. Det låter som om personen är gammal, eller så är han bara ganska tung. En "han" är det i alla fall, definitivt. Så försvinner stegen – det är tyst några sekunder. Sedan en knackning.

Någon öppnar, det måste vara Moje. Ja, det är Moje, man kan höra hans röst. Den andra rösten är också tydligare nu. Så tystnar båda. Återigen hörs bara ljudet av vågor mot stranden och enstaka skratt från förbipasserande.

Det är lugnt och stilla vid Mojes bungalow.

Men så kommer stegen igen, nu helt nära. Alldeles för nära. Och doften av blommor. Hon öppnar ögonen. Hon ser en groteskt stor blombukett.

"Jag beklagar sorgen." Det är Mayers röst.

Hon sluter ögonen, kryper ihop.

"Det var cancer, har jag förstått."

"Nej, din djävel!" skriker det i henne. "Nej, din djävel, det var en annan djävel som slog henne. Det var efter det hon blev sjuk!"

"Jag förstår hur det måste kännas. Din enda syster ..."

Så slemmig hans röst är.

"Får jag slå mig ner?"

Hon svarar inte.

Nu hörs stolsben skrapa mot träplankorna och så känner hon hans cigarrdoftande andedräkt.

"Tyvärr, Grettaa, så är det så att arbetet måste fortskrida."

Någon sätter på en grammofonskiva i huset intill. *"Daisy, you are dri-*

ving me crazy ..." Lustigt, just den ...

"Jag beklagar, Grettaa, men vi har en film som vi måste avsluta."

Nu skrattar det i henne. Och så gnolar det lite. "*Daisy, you are driving me crazy ...*"

"Fred Niblo är en utomordentlig regissör. Jag är alldeles övertygad om att ni kommer att komma överens."

Niblo-blo-blo-blo-blubb-blubb-blubb-blubb ...

Plötsligt skärper han tonen. "Grettaa, du har varit frånvarande i en vecka nu! Det får inte fortgå!"

Nu känner hon igen honom, ja det är så han brukar låta.

"Jag måste åka hem ...", viskar hon.

"*Grettaa! Låt mig tala klartext!*"

Han avbröt henne. När hon äntligen sa något.

"Jag måste åka hem ..."

"*Vi har en halv film! Om du bryter ditt kontrakt kommer du att vara skyldig MGM miljontals dollar! Har du förstått?!*"

Vad säger han?

"*Grettaa, du måste avsluta filmen!*"

Hon vänder sig om, utan att öppna ögonen. Nu öppnar hon ögonen. Hon önskar så innerligt att Moje ska stå där. Hon ber till Gud att Moje ska stå där.

Moje står där, i altandörren.

Han nickar åt henne.

"Ser du!" L.B. Mayer låter triumferande. "Maurice håller med. Och oroa dig inte för Maurice, han får jobb hos Paramount."

68

”Mr Stiller, I heard about your latest film.” Mannen framför honom plirar genom sina hornbågade glasögon och tar en banan från den välfyllda fruktkorgen. *”I understand it grossed 750,000 Reichsmark already.”*

Mauritz Stiller tittar frågande på amerikanen. Han förstår inte ett ord engelska och han vill inte hamna i underläge.

”Tsi redt ir jiddisch?”

Louis B. Mayer skrattar högt och börjar skala sin banan.

”Jo, ich red jiddisch. But we have a translator, don't we?”

Och så nickar han mot den rödnäste tysken i stolen bredvid.

Nej, Mauritz Stiller borde inte känna sig i underläge, det är inte han som har bett om detta möte. Det är Louis B. Mayer som har önskat det. Ja, Louis B. Mayer har till och med tagit en omväg från Rom på sin väg hem bara för att få träffa den andre store skaparen av det svenska filmundret. Den förste, Victor Seastrom, har han ju redan fått över. Mayer tycker inte om vad han nyligen hört, att den här Stiller är i färd med att rädda Tysklands filmindustri. Det går till och med rykten om att han och den svenske finansmannen Ivar Kreuger arbetar på något slags konsortium för internationell filmproduktion tillsammans med tyska UFA.

Mr Mayer tycker inte om konkurrens.

Mauritz Stiller är van vid att förhandla, han är duktig på det. Louis B. Mayer är också van vid att förhandla. Han är om möjligt ännu duktigare. Han går rakt på sak:

”Om ni kommer över till Hollywood redan denna vår, Mr Stiller, erbjuds ni ett arvode på ettusen dollar i veckan. Det är mycket, mycket mer än ni kan få hos ert lilla svenska bolag, det vet vi båda."

Mauritz Stiller har väntat sig ett erbjudande, ja han har sett fram emot det. Ändå ser han inte imponerad ut. Nej, han lyckas faktiskt förefalla nästintill uttråkad. För Mauritz Stiller känner Louis B. Mayer, eller snarare: han känner typen. Han känner igen den på långt håll - dyrbara kostymer, stora hotellsviter med fina cigarrer framlagda på soffbordet, ett entourage av sykofantiska medhjälpare. Louis B. Mayer är också uppväxt i en smutsig trappuppgång.

Mauritz Stiller lutar sig bakåt i soffan och lägger nonchalant armarna i kors. Han ska, förklarar han, precis påbörja ett projekt med Trianon Film AG, en film som ska spelas in i Konstantinopel. Vad han gör efteråt har han ännu ingen aning om.

"Aha", säger Louis B. Mayer och sträcker ut handen mot lådan som står på bordet. *Hoyo de Monterrey de José Gener, Habana*, står det ovanpå. Han öppnar locket, tar ut en cigarr.

"Så ettusen dollar i veckan lockar er inte?"

Han räcker fram lådan. Stiller låtsas inte se den.

I stället tar han en apelsin ur fruktskålen. Börjar omsorgsfullt skala den.

Nåja, säger han till slut, han vill förstås inte *utesluta* ett framtida samarbete. Man ska aldrig *utesluta* ett samarbete. Men innan de ens börjar diskutera saken måste Herr Mayer veta en sak. För att samtalet över huvud taget ska vara meningsfullt måste Herr Mayer känna till att han har ett absolut krav: att MGM - utifall man så småningom kommer överens - kontrakterar även hans nya stjärna, den nittonåriga skönheten Greta Garbo.

Nu ser Louis B. Mayer uppriktigt förvånad ut.

Så ler han stort.

"Mr Stiller, vi har många skönheter i Hollywood ..." Han fuktar cigarränden mellan läpparna. "Jag är övertygad om att ni kommer att hitta minst en eller två som faller er i smaken."

Då reser sig Mauritz Stiller.

”*Auf Wiedersehen!*” säger han. Och går.

Vad är det med den där besvärlige mannen? Är han kär i flickan? Det finns massor av liggvänliga skönheter i Hollywood, han kommer inte att lida någon brist.

”Mr Stiller, jag ber!” ropar Mayer när den temperamentsfulle regissören är på väg ut genom dörren. ”Låt oss diskutera saken!”

Moje är beredd. Han har redan förberett en privat visning av *Gösta Berlings saga* i UFA:s lokaler intill, på Potsdamer Platz. Han har bara väntat på rätt tillfälle.

”Har ni tre timmar?”

Ja, det är klart att Mayer har tre timmar. Har han tagit sig ända hit från Rom så får han väl lägga så mycket tid som krävs på den ohanterlige svensken, eller var han nu kommer ifrån.

Och medan de klär på sig ytterkläderna för att gå den korta biten till Potsdamer Platz lägger Louis B. Mayer armen om Mauritz Stillers axlar. Och så säger han, förtroligt:

”*Moishe, Berlin iz fain, ober California iz schenner.*”

❖

Hur kan man trösta från tusen mil bort? Det går inte, men hon försöker, söta Mimi. Med ord på papper. Berättar om filmen, *Två konungar,* hur bra den var, hur duktig Alva hade varit. Berättar om begravningen, hur vacker den var, vad prästen hade sagt om hennes syster. Försöker få Greta att känna att hon var närvarande. Mimi gör sitt bästa, med ord på papper. Och Greta är tacksam.

Men ingen kunde förklara för henne varför detta var det enda hon hade rätt att få.

Ingen kunde förklara för henne hur man kan hindra någon från att vara med på sin systers begravning.

Ingen kunde förklara för henne hur en person kan vara eftersökt och världsberömd och ändå fullständigt livegen.

Finns inte sorg i Hollywood? Finns ens kärlek? Annat än för att sälja lösnummer av *Variety*?

Rara Kära Mimi!
Tack för Ditt brev, för Din vänlighet, det känns alltid så gott att veta att Du finns om jag också ej får träffa Dig. Jag vill försöka jag har lovat mig själv att ej klaga och jag ville helst att detta ej skulle bli klagobrev. Jag tror att Gud sänt över mig allt detta tunga hemska som skett därför att jag varit olycklig kanske utan att behöva vara det. Vad som kommit över mig kan jag ej fatta ej förstå att det är sant och kan ej ändras. Det är plötsligt som om livet tagit slut, någonting har dött inom mig. Det är ej en tragisk känsla inte heller att jag går och skriker "nu är livet förstört för mig". Nej det är en sådan underlig lugn känsla precis

som att vad som händer angår inte mig den väcker inte upp mig och den söver inte, allt är så stilla. Jag vet ej vad det är men så underligt. Jag skulle ej klaga men att behöva vara här nu är inte roligt. Jag har väntat på brev eller telegram vari man sagt att allt som skett inte var sant någon hade endast velat vara elak, jag skulle be Gud välsigna den som gjort det onda bara att det inte vore så. Kan Du förstå att dom vi hålla kära går bort – om vi själva skulle leva i 100 år skall vi ändå aldrig här få återse dom. Aldrig – kan Du förstå det. Jag fick heller inte tid att göra något för henne. Jag fick aldrig tillfälle att vara god, bereda henne nöje, se henne lycklig. Den känslan man erfar när man säger att man ej fick tid den kan ingen mänsklig tunga uttala.

Jag har arbetat och arbetar mycket hårt, det är för mycket för en kvinna. Efter denna film ämnar jag ta följderna och be att få resa hem. Jag härdar ej ut jag måste till mamma och till Alvas grav, kanske kan jag få se henne. Jag får ändå ingen känsla för mitt arbete jag går till och från som en maskin. Om Du ändå kunde fatta hur jag lever. Du vet att Stiller skulle vara regissör för min andra film, alltså den jag gör nu. Endast en vecka efter min lilla systers död kom ett annat slag. Moje arma Moje har haft ett helvete här. Amerikanarna ha varit hemska, de vilja ej låta honom göra film som han är van att göra, lägga sig i allt, ta bort hans inspiration, stackars Moje var så slut och trött. Han gick ifrån alltsammans. Han var så hygglig vet Du skrek inte bråkade inte gav efter för dom och förstörde för sig själv. Det personliga hos honom ville de väl ta bort, han skulle alltså göra film som alla gör här. Jag har nu måst övergå till en amerikansk regissör. Jag visste faktiskt inte om jag skulle springa från allt. Alla veta ju också att jag står på Stillers sida men det rör mig inte. Vet ej vad som blir av alltsammans. Mimi vill Du inte när Du ser Gösta Kyhlberger ge honom en kyss från mig. Han är så söt lilla älskade Gösta. Han har gjort så mycket gott för mig, jag står evigt i tacksamhetsskuld till honom. Att få återse Dig och Gösta är ljuspunkten för mig. Hoppas innerligt att allt går som jag önskar, då kan jag vara hemma i september. Då måste Du väl vara i Stockholm igen. Är Du lycklig och är Nisse frisk?

Jag vet att Du är upptagen och hur det blir med att skriva, jag är ju ett exempel på det men jag tycker jag hör så sällan från Dig det är för att jag är likadan.
Kom över hit till mig älskling så gör vi sällskap hem det är en gudomlig sjöresa, gudomlig. Jag tänkte, vet Du, att jag skulle försöka få över de mina hit om min film lyckas, och så stanna här ytterligare 2 år. Jag har ju ingen lön nu förstår Du att tala om, endast så jag kan leva "all right" men om min film blir bra hoppas jag få mer. Hoppas jag blir rik. Om jag skulle få pengar en gång ville jag bjuda Dig på en resa till en plats dit Du gärna ville, om jag fick följa med förstås. Törs ej bygga något luftslott. Livet har oftast annat i beredskap, men vem vet kanske det kan bli. Mimi jag längtar så efter Dig, kan Du ej komma. Men kanske får jag dåligt samvete, här är ej roligt ser Du. Hur som helst jag hoppas ändå på att återse Dig innan årets slut. Det är ju skönt att få hoppas.
Jag ber Dig förstå att ingen är gladare över Din framgång än jag lilla Misse. Jag visste ju att Du har konstnärsblod, exotisk tycker jag också att Du är. Jag önskar att Du skall bli lycklig och berätta mig det. Skriv till mig igen om Dina planer för sommaren. Vill Du hälsa så mycket till Nisse och så till Din familj. Till Mona och Vera.

Min uppriktiga längtan följer dessa rader över till Dig och Europa.
Greta

P.S. När sänder Du mig Ditt foto som Du talade om?

Ingen hade berättat för henne att även Gösta låg för döden. Njurinflammation, precis som pappa. Gösta, som var bankdirektör och bodde på Blasieholmen. Han skulle också dö av njurinflammation.

Hon håller krampaktigt fast vid de få människor som kommit henne nära. Gösta och Mimi, säger hon. Och Moje. De som bryr sig om henne, älskar henne, har sett henne.

Men vem av dem har faktiskt sett henne? Verkligen sett henne? Hur mycket kunde en annan människa verkligen se henne? Hur mycket var hon själv förmögen att se, och ändå uthärda?

En dag, många år senare, ja ett helt liv senare, skulle en av hennes älskare skriva i sin dagbok:

"Jag antar att den kränkning hon utsattes för i sin ungdom har satt spår som kommer att vara ett helt liv."

Och då hade ingen annan än Alva sett henne.

69

Hon har aldrig skådat något liknande, aldrig någonsin. De magnifika kupolerna med sina smala höga torn. Det glittrande vattnet i fjärran och alla båtarna. Broar som tycks sträcka sig till en annan kontinent.

Hon springer ner till Mojes rum.

”Kom, låt oss gå ut! Moje, nu!”

Moje skrattar åt henne, pussar henne på kinden.

”Ta med dig Mouschin Bey. Jag har saker jag måste göra.”

Första morgonen i Konstantinopel går hon iväg med Mouschin Bey. Hon kan ingen turkiska och han kan ingen svenska, fast hon börjar förstå lite av hans tyska. Han visar henne Hagia Sofia, byggnaden ”som är gjord av Gud”. Han visar henne Blå moskén – den som är så rikt dekorerad att hon inte kan förstå hur ens hundra människor kan ha hunnit under en livstid. Han tar henne till en restaurang där de serverar delikat oljig mat. Hon skrattar förtjust.

Andra morgonen tar hon med sig Julius Jaenzon och Ragnar Hyltén-Cavallius – Mojes manusmedarbetare – och Einar Hansson, som anlänt dagen innan. De går ner till hamnen, till båtarna. De tar en tur på Bosporen, en som tar dem ända till Svarta havet och tillbaka.

Den tredje morgonen går hon ensam. För hon tycker ju egentligen allra bäst om att gå ensam, har alltid gjort det. Hon är barnsligt förtjust i att upptäcka människor bakifrån, följa dem, se vad de gör, hur de bär sig åt. Kanske till och med härma dem. Hon njuter av att vandra i obekanta miljöer, skönja detaljerna, känna lukterna, uppleva färgerna.

Konstantinopel erbjuder detta i så rikt mått.

Det är den fjärde morgonen hon hittar den smutsige gamle mannen med de konstiga byxorna. Hon följer honom i timmar. Han går och går, ingenstans. Precis som hon. Gata upp, gata ner, förbi kryddbutiker och urgamla snidade trähus som ser ut som om de ska kollapsa. Han pratar med ingen, stannar bara och köper en bit bröd en gång, går sedan vidare. Åh, så ljuvligt, tänker hon. Och känner sig omåttligt stolt över att han inte upptäckt henne. Men till slut blir det ändå hon som får ge upp.

Femte morgonen tar Moje ledigt från sitt hektiska schema. Han hämtar henne på Pera Palace Hotel och följer henne till den stora basaren. De har fått en inbjudan till konsulatet, han vill att hon ska ha något alldeles särskilt på sig. Han väljer ut en röd silkesklänning med guldbrokad.

Den kvällen dansar hon hambo med Hyltén-Cavallius på svenska beskickningen i Konstantinopel.

Greta har roligt i denna exotiska stad, i alla fall till att börja med. Men Moje har det körigt. Deras importerade utrustning – speciella lampor som han fått låna från SF – har fastnat vid turkiska gränsen. Han måste förhandla med tullen, och han måste samtidigt förhandla om att över huvud taget få filma i detta land. Det är inte det att han inte förberett saken väl – Moje är en utmärkt organisatör. Han har kontrakt med Trianon Film AG om finansiering av projektet och därutöver ett gage för honom själv på sjuttiofemtusen kronor. Han har fått löfte om att använda det turkiska filmbolaget Angorafilms ateljéer och han har anställt skådespelaren Mouschin Bey som tolk och alltiallo. Därutöver har han fått täckning för sina initiala omkostnader – samt lån av lamporna och annan utrustning – från Svensk Filmindustri, som i gengäld ska få de nordiska licensrättigheterna till filmen. Ja, Moje har tänkt på det mesta.

Men i Turkiet har det nyligen varit revolution, och i Turkiet får man plötsligt inte filma. Speciellt inte om man vill göra en film om en elak turkisk prins.

Moje vore dock inte Moje om han inte löste problemen. Det tar arton dagar. Sedan har han åter fått tillstånd att filma. Alla exteriörer har också hittats, alla statister anlitats, alla kostymer införskaffats. Moje har dessutom köpt två bilar och två lastbilar. Nu är det bara en sak som saknas: den tredje huvudrollsinnehavaren, han som ska spela den elake turkiske prinsen. Conrad Veidt heter han, han är tysk och har engagerats av Trianon. Veidt har ännu inte dykt upp, trots att han borde ha varit här för flera dagar sedan. Vid förfrågan har Trianon vid upprepade tillfällen meddelat att han är på väg. Men så lång tid kan det väl inte ta att resa från Berlin till Konstantinopel?

Moje telegraferar dem igen. Var är Veidt? Och så ber han dem samtidigt fylla på kassan. De pengar han haft med sig, huvudsakligen från SF, har ju förbrukats under dessa arton dagar och inspelningarna ska sätta igång vilken dag som helst.

Sänd omgående en million mark.

Denna gång får han inget svar från Trianon.

Och inte på nästa telegram heller. Eller nästa.

På julafton flyger Mauritz Stiller till Berlin för att undersöka vad som egentligen står på. Han säger till Greta och Julle och Ragnar och Einar – och alla andra också – att han återkommer snarast. Han lämnar kvar en samling överdådiga julklappar.

Den kvällen firar de julafton vid Bosporen utan Moje.

Tre dagar senare nås de av hans telegram:

Trianon i konkurs, Schratter flytt till London. Avvakta vidare besked. Stiller.

De blir kvar, ensamma, på stans finaste hotell (för vems pengar?). Greta tycker inte längre om Konstantinopel. ”Här får du ett par rader från en dyster turkinna", skriver hon till Vera. Och ber henne fråga Gösta om han inte kan skicka lite böcker, "några pjäser, inga struntromaner. Har inte en rad att läsa. Bara glo i taket."

Hon får pjäserna, *Paul Lange och Tora Parsberg*, av Bjørnstjerne Bjørnson, *Kvinnan på fyrtio år* av Sil-Vara.

Hon slukar dem på en dag. Sedan börjar hon vandra igen, i regnet, på Konstantinopels skitiga gator.

Hon begriper inte varför hon befinner sig i detta land. Hon begriper inte varför hon ska bo natt efter natt på ett överdådigt hotell och göra ingenting.

Den 20 januari kallas de till slut tillbaka till Tyskland.

"Du ska få se", säger hon, plötsligt upprymd, till Einar, "allt ordnar sig bara vi kommer till Berlin. Det ser Moje till."

❖

4 augusti, 1926

Ni ombeds härmed inställa er klockan 4:40 p.m. idag på Mr Irving G. Thalbergs kontor, för att motta instruktioner gällande den roll ni ska spela i "The Flesh and the Devil". I det fall detta krav inte efterlevs – alldeles särskilt med iakttagande av er hittillsvarande inställning och allmänna insubordination – kommer detta av oss att betraktas och behandlas som ett brott mot ert anställningskontrakt av den 25 augusti 1925, och vi kommer att se oss tvingade att agera för att skydda våra intressen.

Louis B. Mayer

Hon stirrade på brevet.

"Det är tomma hot, Greta." Moje lät trött.

Hon blundade.

"Jag orkar inte göra en film till nu", viskade hon. "Jag kan inte ..."

"Du behöver inte." Han sökte hennes blick. "Dom tar fram det tunga artilleriet bara för att dom ser dig som en svag liten kvinna."

Hon torkade tårarna med blusärmen.

Han la sin hand på hennes hand. "Följ med mig hem, Greta." Så log han sitt varma leende, som nu för tiden alltid såg så trött och sorgset ut. "Följ med mig hem, så börjar vi om på nytt."

"Det är bara ännu en vamp, en hemsk kvinna." Hon gjorde en grimas.

"Vad spelar det för roll", utbrast han. "När vi kommer hem kan vi göra vilka filmer vi vill!"

Hon var tyst.

"Greta!" Han skärpte tonen. "Han kan inte stämma dig, du är inte livegen!"

Nu läste hon brevet igen. För kanske tionde gången.

"Varför kan han inte låta mig vila lite?" mumlade hon.

70

Han har inkvarterat Einar Hansson och henne på Hotel Esplanade, i var sin svit. Och medan han själv fortsätter förhandla – om Gud vet vad – lämnas de vind för våg.

Ska de stanna kvar också i denna stad och göra ingenting? Julle har ju åkt hem. Ragnar har också åkt hem. Vad tänker Moje ska hända?

De driver omkring på Berlins gator, mer eller mindre planlöst. *Romanisches Café* besöker de ibland. På nätterna tar de sig – tillsammans eller var för sig – till *Kakadu* eller *Weisse Maus Cabaret* eller *Café Domino*. En kväll hör de Marek Webers orkester framföra *Das Lila Lied*. Det är en värld där luften alltid är kryddad och klädkoden mestadels säregen.

Till slut är det faktiskt någon som vill göra film av detta. Någon som vill rädda Greta och Einar ur deras sysslolöshet. Och det är inte Moje.

G.W. Pabst heter han. Georg Wilhelm Pabst. Han är en österrikisk regissör, verksam i Berlin, och han har sett *Gösta Berlings saga*. Ja, han har inte bara sett den, han har blivit fascinerad – av filmen men framför allt av den unga kvinnan som spelar Elisabeth Dohna. Han skulle göra nästan vad som helst för att få anlita henne i rollen som Grete, kvinnan som i hans nya film vägrar prostituera sig i hyperinflationens och dekadensens Wien.

Pabst har vetat om Trianons bekymmer, långt innan Moje gjorde det. Så redan innan de gick i konkurs försökte han få överta deras kontrakt med Fräulein Garbo. Trianon sa nej.

Nu finns inte Trianon längre.

Pabst tar alltså kontakt med Mauritz Stiller. Skulle Herr Stiller kunna tänka sig att släppa sin skådespelerska till honom, för en film som redan är finansierad? *Den glädjelösa gatan* heter den.

"Det kommer inte på fråga!" svarar Stiller bestämt. För sådan är hans ryggmärgsreflex när det gäller Greta. Hon är hans.

Men sedan måste han ju tänka om. Moje Stiller är i akut behov av pengar.

"Fyratusen dollar i arvode för Fräulein Garbo. Lika mycket för Einar Hansson."

Fyratusen dollar! Det var ju lika mycket som filmens huvudrollsinnehaverska, Asta Nielsen, fick. Och vem var Einar Hansson?

Men Moje Stiller är obeveklig. Det är han som ska hantera pengarna, och han behöver dem ofördröjligen.

Georg Wilhelm Pabst har förälskat sig i Elisabeth Dohna. Georg Wilhelm Pabst vill till nästan vilket pris som helst arbeta med skådespelerskan med det vackra, sköra ansiktet. Georg Wilhelm Pabst går med på Mauritz Stillers villkor.

Kontrakt utformas alltså, och Pabst och Stiller träffas för att skriva under. Men precis innan han ska sätta pennan till pappret hejdar sig Mauritz Stiller.

"Du kan få henne om du vågar ta risken", säger han. "Men jag måste varna dig. Bara om man kan sin konst kan man göra bra filmer med henne, för hon kan inte agera."

Varför säger han så? För att han menar det? För att han ändå inte vill släppa henne?

Pabst låter sig inte skrämmas, han har sett *Gösta Berlings saga.* Han ler och skriver under. Och då måste ju även Stiller göra det. Fast i samma andetag mumlar han: "Jag gav dig Greta Garbo bara för att göra pengar, men jag kan inte tillåta dig att förstöra henne."

De ska ju arbeta i Hollywood tillsammans sedan, han och Greta. Han kan inte låta någon annan regissör fördärva henne, lära henne dumma manér.

Just innan inspelningarna ska börja går Stiller ner till ateljén där Pabst ska göra sin film. Han försöker förklara för regissören hur denne bör regissera Fräulein Garbo. Sedan går han till mästerfotografen Guido Seeber, för att lära Seeber hur denne bäst ska ljussätta Fräulein Garbo. Snart blir Mauritz Stiller portförbjuden i Georg Wilhelm Pabsts studio.

Men han kommer ändå varje kväll att ta emot Greta på sitt hotellrum, för privata repetitioner. Han säger att hon inte klarar sig utan honom. Hon håller med.

Dithän har han fått henne.

Den 17 februari inleds inspelningarna av *Den glädjelösa gatan*, där Greta Garbo ska få spela sida vid sida med Asta Nielsen, sin allra största idol.

Men känslan från Galoschhyllan, den vill inte infinna sig. Och självförtroendet är som bortblåst.

Berlin, den 9.3.25

Lilla rara älskade Mimi.
Jag blev glad över Ditt brev må Du tro. Också jag har tusen gånger börjat på brev till Dig men aldrig sänt något. Jag har varit så nere så förstörd – det är min olycksaliga medfödda natur som gör sig gällande. O om jag fick skapa om mig själv och börja på nytt. Jag tror aldrig jag känner mig lycklig mer. – Men förlåt mej, som plågar Dig med detta – men Du är den enda Mimi som jag kan säga något åt. Om jag fick vara hos Dig nu – få gråta ut och känna hur det lossnade litet inom mig. Jag hör Din röst som säger "Jag förstår dig Gurra". Vad jag behöver det just nu. Men Du kära lilla Mimi är väl lycklig nu och det gör mig så glad. Du behöver det och jag hoppas det

varar för jag vet att Ditt lynne liknar mitt och då är det farligt med allt som stör för mycket. Du min kära kära lilla kamrat den bästa i världen och troligen den enda för mig – kanske kommer vi aldrig tillsammans som förr mera. Jag reser till andra världar och då vet man ju intet om framtiden. Jag tror inte jag orkar stå mig i kampen där borta men jag måste försöka. Här är jag med i en film som jag väl blir så djävlig i så Du känns inte vid mig om Du ser den. Ingen regissör, själv har jag ingen teknik ingen djärvhet. Jag glömmer aldrig i mitt liv dessa fyra månader jag levat utomlands så mycket ont har jag upplevat – eller får jag skylla allt på mitt eget lynne. Jag vet inte. Jag är färdig här i slutet av denna månad reser ögonblickligen till Stockh. Då måste jag träffa Dig. Behåll en liten liten del av Ditt hjärta för mig Mimi. Det känns så skönt om någon håller av en en liten aning. Du frågar om M. Jag kan inte säga Dig något om detta, därför att det är för svårt för invecklat att röra i. Men det är nog till stor del mitt eget fel – jag vill inte rätta mig efter livet som det är – jag är för nervös just nu. Jag dödar allt med mitt otäcka lynne. Men om det skall vara mitt sista ord – jag kan inte hjälpa att jag är sådan – kan inte. Man skapar sig inte själv. Mimi – jag känner att jag får träffa Dig om en liten tid. O vad det skall kännas underligt. Men Du känner nog inte igen mig såvida jag inte repar upp mig först.

Adjö älskling tillsvidare. Hälsa till Ditt hem när Du skriver – och till Din fästman. En kyss ger jag Dig också om Du vill ha – Och lycka o framgång.
Alltid Din kamrat

Gurra

Han får numera bara göra scener i andra regissörers filmer. Sist, till exempel, ville inte Emil Jannings ha Josef von Sternberg som regissör längre. Då fick Stiller ta över. Han fick förstås inte något inflytande över *The Street of Sin*, och snart blev han sjuk. Då tog en tredje regissör vid.

Det har sett ut så för Mauritz Stiller på Paramount ett bra tag nu. *Barbed Wire*, vars manus han heller inte kunnat påverka, hann han bara precis påbörja innan han blev krasslig. Ja, han har varit krasslig mycket på sistone – långdragna förkylningar som vid ett tillfälle till och med övergick i lunginflammation. När han återhämtade sig den senaste gången erbjöds han den redan färdigskrivna *The Woman on Trial*. Han tog uppdraget bara därför att Pola Negri bönföll honom. Och för att även Einar Hansson tillförsäkrats en roll. Sedan hade Einar Hansson kört ihjäl sig.

Hollywood dödar på så många olika sätt.

Men han håller sig ändå kvar här. Han håller sig kvar för att Greta är kvar. Greta kommer till honom nästan varje kväll för att repetera – eller så kommer han till henne på Miramar. Nu är det *Love* de repeterar, en film som egentligen är *Anna Karenina*, den film han själv så länge velat göra med henne. Men så blev det inte ...

Fast Greta bor inte jämt på hotellet längre. Ibland bor hon hos sin motspelare John Gilbert, i hans spanska hus på Tower Road i Beverly Hills. Hon säger att Jack, som han kallas, hjälper henne att kunna vara här, "i detta främmande Amerika". Att han blivit hennes tolk till filmvärlden och hennes skydd mot folkhopen utanför. Folkhopen skrämmer henne. Ja, det är mycket som skrämmer henne. Det är nog därför hon låter sig älskas av två på samma gång. Hon har den benägenheten. Det får henne att känna sig mer trygg, mindre sårbar. Fast hon vet att det är en illusion. Man kan bli övergiven på grund av den benägenheten.

Det värsta är att Jack är så fruktansvärt svartsjuk på Moje. Häromdagen, när Greta i ett svagt ögonblick accepterat hans frieri och sedan som vanligt backat, då hade Jack gått hem till kompisar och druckit en hel flaska av den där fruktansvärda smuggelspriten "Napoleon Brandy". Sedan hade han satt sig i sin bil och kört till Miramar, där Greta skulle repetera med "the big man", som han kallar Moje. Greta hade förstås vägrat släppa in honom, eftersom han var full. Då hade Jack börjat klättra uppför väggen, längs med en överväxt stupränna. Han lyckades faktiskt ta sig ända upp, men då hade "the big man" stått där och knuffat ner honom.

"Den djäveln försökte döda mig!" skrek Jack när poliserna kom och hämtade honom. De hade låtit honom sova i fyllecellen.

Fast Greta överser med mycket när det gäller Jack. När han är nykter är han hennes bäste vapendragare här i Hollywood, säger hon. I höstas presenterade han henne för sin business manager, Harry Edington. Det var efter att hennes trefilmskontrakt med MGM gått ut och Mayer ville skriva ett femårskontrakt utan löneförhöjning.

"Men det är ju löjligt!" utbrast Jack när han hörde om det. Edington hade hållit med: "Ni ska inte tjäna sjuhundrafemtio dollar i veckan. Ni ska tjäna tvåtusen. Och nästa år fyratusen, och året därpå femtusen, och året efter det sextusen, och sedan sjutusen."

Ja, även Harry Edington talade i termer av femårskontrakt.

På hans rekommendation höll hon sig sedan hemma, strejkade. Då bad Mayer skvallerkolumnisten Louella Parsons skriva hemska saker om henne.

Fast om han trodde att det skulle få henne att gå tillbaka till filmateljén hade han förstås fel.

Efter några veckor hade han sålunda kallat henne till sitt mahognybord och sitt flaggbeklädda lejon, och när hon kom hade han hotat henne med deportation.

Fast då hade hon bara rest sig upp och sagt:

"Jag tror jag går hem nu."

Hur kan man förhandla med någon som egentligen inte vill ha det man har att erbjuda?

Hon hade vunnit. Hon tjänade nu tvåtusen dollar i veckan. Nästa år skulle hon tjäna fyratusen, året därpå femtusen, och året efter det sextusen, och sedan sjutusen. I veckan.

Fast hon hade förstås skrivit på hans papper. Fem år, och ingen utlandsresa före utgången av nästa år.

"Tro mig, Greta", hade Emil Jannings sagt till henne, "i det här yrket håller man inte länge. Om fem, sex år är man ersatt av någon annan. Stanna kvar och arbeta så länge du kan."

Och vad hade Moje att sätta emot det?

71

Hon är hemma i Stockholm igen. Men hon har ingen aning om vad som händer.

Moje är också i Stockholm, fast hon har inte hört av honom på veckor. Hon får en känsla av att han själv inte vet vad han vill. Det gör henne fruktansvärt nervös.

Ska hon alltså stanna i Sverige?

Mimi har skrivit till henne. Mimi har skrivit till henne att hon fått anställning i Stockholm, på Komediteatern. Att hon kommer tillbaka 23 juli. Mimi, i Stockholm! Kan de hitta tillbaka till varandra? Ja, det måste de kunna. Hon känner det inom sig, hon vet det.

Men varför känner hon sig då så nervös?

Ska hon kanske åka till Karlstad? Just nu är Mimi på väg från Helsingborg till Karlstad, det skrev farbror Julius. Kan hon kanske åka ut till Hammarö och vara tillsammans med henne där? Fast det går förstås inte, Nizzi skulle också dit. Men sedan, senare, i Stockholm?

Stockholm den 5-6-25

Kära lilla Farbror!
Tack för de älskvärda raderna. Det var som att uppleva ett stycke forntid – jag tycker nu, att det var så länge sedan jag var i Karlstad. Vad jag gärna ville komma till eder igen – Jollie o grammophonen och allt som var förut. Men jag är litet nervös just nu, så det blev bara tråkigt att se mig. Jag vet ännu inte var jag skall hamna så det är

inte så lätt att vara lugn. Vad jag tycker ni borde ha härligt utan så mycket buller o film o teater jag tror att det är lyckligast att bo på landet. Jag kan riktigt se mig själv som liten gumma i en stuga för det blir nog det för mig. Lilla Julius farbror när Misse kommer hem bed henne skriva genast till mig – hon är nämligen den enda människa som kanske kan hjälpa mig med en sak av stor vikt för mig. Det låter som överord det vet jag – men farbrors lilla flicka är så mycket för mig hon kan också alltid ge mig tröst när jag behöver – hon är så klok så söt emot mig. Jag hoppas vi båda äro i St-m. nästa säsong, kanske kan jag vara till någon nytta för henne också. Jag skulle skrivit till henne men nu är det väl för sent de äro kanske redan på hemväg. Käraste lilla Farbror, jag önskar åt eder alla en härlig lugn sommar och hoppas att vi återses på Misses första premier i St-m. alltså mycket snart!

Hoppas att min puss till Farbror Julius och lilla Svennte blir mottagen.
Greta

Förlåt min slarviga stil?!!

Regnet piskar mot hennes fönster i Miramar Hotel. Det är början av november och ovanligt kallt för att vara Kalifornien.

Hon drar filten upp mot hakan. *A Divine Woman* är precis färdiginspelad, inget nytt sägs ännu vara inplanerat. Hon är ledig, äntligen.

Ändå vägrar Mayer och Thalberg att låta henne åka hem till jul. Trots att inget är inplanerat. Trots att hon har varit här i två och ett halvt år.

"Titta i ditt kontrakt", är den enda förklaring hon fått.

Fast hon vet varför de säger nej. De är rädda att hon inte ska komma tillbaka.

"Gyllene handklovar", kallar Nils Asther det. Nils Asther, som numera också bor i Hollywood. Fast han skrattar när han säger det.

Hon vänder sig i sängen. Hon ska stanna här hela dagen. Sova, det är skönt. Ja, sova är det bästa som finns.

Hon vaknar med ett ryck av en knackning.

"*Come in*", mumlar hon. Och tittar mot fönstret. Det har hunnit bli mörkt.

Nu öppnas dörren, försiktigt.

Vem är det? Hon ser inte i mörkret.

"*Who is it* ...?"

"Det är jag, Greta ..."

Åh herregud, så trött han låter!

Hon tänder lampan på nattduksbordet.

Han står precis innanför dörren, alldeles dyblöt. Han står kvar, han kommer inte längre fram till hennes säng.

"Åh, Moje!" Hon rusar upp. "Du är ju alldeles våt!" Så rycker hon åt sig en handduk och börjar ivrigt torka hans huvud och händer.

"Varför gick du ut i regnet? Du har ju varit sjuk!"

Han låter sig torkas av henne. Ja, han ser ut att njuta av det.

"Dumma Moje ...", mumlar hon medan hon drar av honom rocken.

"Jag åker, lilla Greta."

"Och byxorna måste vi också ta av dig ... Kom, sätt dig."

Hon leder honom fram till fåtöljen, hjälper honom av med de blöta byxorna.

Så sitter han där i bara kalsongerna. Och hon springer iväg för att hämta en filt.

"Jag åker imorgon."

"Vart åker du?" säger hon medan hon stoppar in filten under hans ben.

"Hem, jag åker hem ..."

Hon stannar mitt i rörelsen.

"Vad menar du?"

"Jag kan inte längre, Greta min."

"Vad? Vad kan du inte längre?" Hon hör att hon börjar låta hysterisk.

Så ser hon hans tårar.

"Åh, Moje!" Hon kastar armarna runt hans hals. Lägger sin kind mot hans våta kind, håller hans blöta huvud i sina händer.

"Åh, Moje, ska du lämna mig ..." Och det är klart att hon har vetat det. Att hon har vetat att det finns en nedre gräns under vilken ingen människa sjunker.

Hur har de lyckats göra detta? Hur har de lyckats döda den mest magnifika, kraftfulla eldsjäl hon någonsin mött?

Så släpper hon plötsligt taget om hans hals, om hans huvud, om hans axlar. Och hon böjer huvudet bakåt. Och hon tittar upp mot taket, där det speglade månljuset från havet dansar.

"Det är mitt fel", säger hon. "Det är jag som har förstört ditt liv."

Han skakar på huvudet, våldsamt.

"Nej, nej, nej, Greta ... Så är det inte. Det är jag som har förstört ditt."

72

Mauritz Stiller är i kris. Han är skuldsatt upp över öronen. Mest av allt är han skuldsatt till Svensk Filmindustri. SF hade lånat ut både pengar och utrustning till det turkiska äventyret. Nu var pengarna borta och utrustningen konfiskerad. Om problemet bara vore Charles Magnusson skulle väl Stiller kunna hantera det. Men Magnusson har vid sin sida den alltmer maktfullkomlige kassadirektören Olof Andersson, Kreugers handgångne man. Andersson är den person om vilken Vilhelm Bryde senare – när kassadirektören utmanövrerat Magnusson och själv blivit SF-chef – skulle säga: "Han var inte den som förlät en människa att han var konstnär."

Stiller är konstnär, och Stiller är skyldig SF stora pengar.

Han har bara en väg ut, i alla fall om han ska hålla fast vid sina USA-planer: att Mayer ger Svensk Filmindustri alla utländska distributionsrättigheter till de filmer han regisserar för det amerikanska bolaget.

Louis B. Mayer svarar nej.

Mauritz Stiller bestämmer sig för att hoppa av hela USA-äventyret. Han tycker inte om Mayer, han litar inte på honom. Har aldrig gjort det. Trots att han vet vem han är, eller kanske just därför.

> *Jag förstår av detta att jag inte behöver komma till USA och jag hoppas ni bekräftar till mig att detta är i överensstämmelse med er syn på saken.*

Mayer telegraferar omedelbart tillbaka:

Vi har kontrakt med er och förväntar oss att ni uppfyller det. Kontraktet kan inte kompliceras av ärenden som rör Filmindustri. Om ni har åtaganden gentemot Filmindustri måste ni justera dessa; ni var inte rädd för att komma till Amerika när vi talades vid; och för Seastrom går det mycket bra i Amerika. Alla dessa invändningar rör personliga spörsmål och vi kan inte ändra vårt ursprungliga förslag. Meddela mig när ni avseglar.

Moje Stiller är ett nervvrak. Vad ska han göra? Han är intecknad till hårfästet – han har förvisso förhandlat med UFA också, till och med skrivit på ett avtal för ”Greta Gabor”, men det nya konsortiet med UFA och Kreuger hänger i luften, och då gör nog hans avtal med UFA det också.

Han visar advokaterna på SF sitt kontrakt med Mayer – som egentligen är ett avtal om att skriva avtal. Och så visar han dem det andra avtalet, det med UFA. De rynkar på näsan. Visste han vad han gjorde? Skriva på två kontrakt så där …

Ingen vågar uttala sig om huruvida Mauritz Stiller kan bli skadeståndsskyldig.

❖

Han är full. Han sitter hos Nils, sin unge gamle älskare. Nils är också full.

"För Guds skull, lämna detta helvete!" sluddrar Moje. "Rädda din själ!"

Han har sagt det minst tio gånger. Minst hundra. Han har upprepat sig som en gammal gubbe. Hela natten.

Nils har nickat.

Fast Nils kan inte lämna detta helvete. Nils har ett kontrakt. Förresten har han just blivit god vän med Ida Koverman, Mayers sekreterare och högra hand. Ida har sagt att Mayer och Thalberg tycker att han är snygg. Att han kanske kan få göra en film mot Greta.

"Nils, ge dig av, för helvete! Här regerar Mammons drängar, dom kommer att förgöra dig! Döda dig långsamt. Oåterkalleligen ödelägga ditt liv. Vet du vad dom spridit för rykte om mig?" Moje tömmer glaset. "Dom har sagt att jag tvingade Greta att bli min älskarinna, gjorde henne med barn och sen tvingade henne till abort. Det är en förbannad lögn!"

Så fyller han sitt glas igen.

***

Hon följer honom till La Grande Station. Samma ställe dit de anlände tillsammans i förfjol.

Hon hjälper honom hitta tåget, betalar stadsbudet.

Så står de där, nedanför *The Chief.* Den stora maskinen som ska bära hennes Moje till Chicago, första anhalten på hans långa resa hem.

Hon tittar honom i ögonen och hon säger att hon ska komma hem snart, att de ska ses nästa år. *Senast.*

Han nickar. Han svarar att allt kommer att ordna sig.

Så ger de varandra en hastig kram och en puss på kinden.
Sedan stiger han på *The Chief.*
Och hennes Moje är borta.

Men han ska lämna något efter sig. Ett brev, på Ambassador Hotels brevpapper. *See America First*, står det tryckt längst ner.

Min kära före detta Greta,
Jag lämnar nu Hollywood, och det värsta är att jag lämnar Dig här. Lämnar Dig din frihet. Kanske kommer Du – när jag är borta – att kunna blomma upp igen. Kanske kommer Ditt ansikte att återfå sin fridfullhet, Din mun, Dina läppar få sin styrka åter. Kanske kommer Dina ögon inte att tåras så ofta mer – jag är borta, utplånad ur Ditt liv – Du är fri! Men mina tankar är hos Dig och jag ska be för Dig. Du ska skyddas från all ondska, sova gott, utan skuldkänslor. Livet är hemskt, men så kommer det inte att vara för Dig. Jag retas – Du är fri! Såsom du alltid har varit. Och Du skall inte tänka på mig. Du behöver inte ens upprepa "stackars Moje" varje gång vi ses. Du är fri! Och för att tala Ditt nya språk – Everything is all right.

Moje

73

Stockholm, 21-6-25

Älskling Mimosa.
När Du får detta är jag i ordning (tror jag) att resa till Amerika. Jag hade trott ett tag att vi skulle få vara tillsammans nästa säsong men ... För ett par dagar sedan ringde Moje till mig för första gången på två månader och meddelade Amerikaresan. Jag ger mig iväg som en ganska olycklig ung dam som Du förstår. Vad jag skulle velat tala med Dig innan dess. Tack min Älskling för Ditt förtjusande brev – om Du visste vad det känns gott att ha en människa som är så rar emot en. Jag älskar Dig, jag tackar Dig. Jag är glad å Dina vägnar Mimi, jag hörde i dag en människa som sa att Nisse var så gränslöst kär i Dig. Du är värd mer än någon annan att bli lycklig. Om jag kommer igen om ett år hoppas att jag då kan få sola mig i din tillvaro eftersom jag själv aldrig kan få litet sol. Du är den enda älskling som jag verkligt talat med om vad som gör ont och jag vill Mimi behålla Dig till min goda goda vän. Åh vad jag längtar efter Dig vad jag har längtat efter Dig. Jag har nog varit svartsjuk på Kilo därför har jag aldrig träffat honom. Hälsa honom Du ifrån mig, han tror nog att jag är en buffel. Mimi jag sänder Dig min adress senare om Du vill skriva fast jag är så långt borta. Tack för att Du bad mig hem till Dig

nu. Tack tack för allt Du gjort och varit för mig. På återseende Mimi. Glöm mig inte!

Alltid Din Greta

Mina innerligaste hälsningar till Dina föräldrar o syskon. Tacka i mitt ställe för all vänlighet!

***

Och en gång, när de ännu var tillsammans, när de ännu lekte men allvaret börjat kännas i huden, när en annan stig just korsat den stig hon befann sig på, då hade Mimi frågat henne: ”Gurra, vad vill du göra med ditt liv?”

Och Gurra hade först blivit tyst och sedan hade hon börjat gråta.

Mimi hade förstås blivit orolig och undrat vad som stod på. Till slut hade Gurra svarat:

”Jag har två röster inne i mig, och dom skriker åt varandra. Och dom blir aldrig tysta och dom låter mig aldrig få frid.”

Och tårarna rann.

”Men vad är det för röster?” frågade Mimi.

Kvinnan hon älskade hade svarat:

”Den ena kämpar förtvivlat för att finna något som ingen någonsin kan ta ifrån mig. Den andra skriker och skriker att jag inte får förlora det jag har.”

❖

De har castat henne mot Conrad Nagel, i någon smörja som heter *The Mysterious Lady.* "Divine", "Mysterious", "Temptress", det är ungefär samma sak. Det är inte Conrad det är fel på. Det är filmerna, så falska att det kryper i henne, och rollerna – förförerskor, halv- eller helprostituerade vampar. Hon har bett om att få spela Jeanne d'Arc, eller Salome, eller Drottning Kristina. Thalberg har skrattat henne rakt upp i ansiktet.

Varje kväll går hon till sängs redan klockan åtta, för att orka med nästa dag, för att förkorta nästa dag. Det är som om hon håller andan, räknar dagarna tills det ska ta slut. "Jag lever ej Misse", skrev hon häromdagen, när hon äntligen orkade fatta pennan. "Jag existerar väl eftersom jag arbetar, men jag är som en som ej har en aning om vad den gör eller varför."

Hon bor fortfarande på hotell. Vem bor på ett hotellrum i tre år? Hon går förstås inte på några fester längre, men ibland sover hon hos Jack. För att ha någon som bryr sig om henne, lite kroppsvärme. Och slippa vara ute bland folk. Hon är livrädd för pressfotograferna, de gömmer sig bakom varje buske, tycks alltid veta var hon är. Men uppe hos Jack är muren så hög och trädgården så stor att de inte kommer åt henne.

Till stranden går hon heller nästan aldrig längre. Människorna tittar så konstigt på henne där, beter sig, får henne att känna sig smutsig. De tror att hon är någon annan än hon är. Att hon är någon av sina roller, en vamp eller prostituerad eller älskarinna på dekis. Hon bryr sig inte om vad de tror, de känner henne inte. Men de tror att de känner henne! Häromdagen träffade hon en journalist – ja, studion hade tvingat henne till det. Då frågade journalisten henne vad hennes syskon hette. Hon blev alldeles förtvivlad. Varför skulle hon berätta vad hennes syskon hette? Vad hade journalisten med det att göra? Hon hade lagt handen över hjärtat och sagt: "Om jag skulle säga det skulle det göra ont. Ont här", och då hade journalisten - det var en kvinna, hon hette Ruth - då hade hon förstås börjat skriva så att pennan glödde. Allt intresserar dem, till och med det man inte vill prata om, alldeles särskilt det man inte vill prata om. Men de förstår inte att man inte *kan* prata om sig själv så där, inför människor som tror att de vet vem man är och inte vet vem man är. Man blir billig, smutsig, ens inre förlorar sitt värde, köps, äts upp, spottas ut.

Det var vad de hade gjort med Moje - köpt honom och spottat ut honom.

Nej, det är inte bättre med de andra showbusinessmänniskorna. De är likadana som de okända, fast värre, för de tror att de verkligen har tillgång till en. De beter sig likadant, vill frottera sig. De bjuder på flott middag och placerar en högst upp vid bordet, närmast sig själva, om man är tillräckligt åtråvärd. Och man är åtråvärd för att något annat gjort en åtråvärd, inte för att man är en fin människa eller generös och trevlig. Bara för att man värderas i något slags vågskål någonstans så vill alla ha en högst upp vid sitt middagsbord. Därför går hon inte på fester längre. Hon går bara om Jack ber henne på sina bara knän, då går hon någon gång. Det höjer hans status att ha henne med. Själv väger han nämligen inte lika tungt, två väger tyngre än en. Men det är sällan numera. Hon tackar regelmässigt nej till Marys och Dougs fester i Pickfair, trots att hon vet att Mary blir djupt besviken och att det drabbar Jack. Men hon kan inte hjälpa det. Hon måste ju överleva.

Hon måste överleva tills 1928 lider mot sitt slut och hon får åka hem.

74

På midsommarafton ringer hon upp Lisa. Sin barndomskamrat, flickan hon först spelade teater med. Det är två dagar innan biljetten säger att hon ska åka till Amerika.

”Har du något för dig?” frågar hon.

”Åh, Greta! Är det du!” säger Lisa upphetsat. De har inte setts på ett år, inte sedan Greta bjöd hem henne efter premiären. ”Nej, jag har inget för mig.”

”Ska jag komma förbi?”

”Ja, gör det!” säger Lisa lyckligt.

Tio minuter senare står Greta på hennes tröskel.

”Åh, Greta, vad elegant du är!” utbrister Lisa.

”Äsch”, säger Greta avvärjande. ”Hur mår du, Lisa lilla?”

”Jo, jag mår fint. Och du själv?”

”Jo …”

Greta tar upp en bulle ur kappfickan, räcker den till kamraten.

”Vill du ha? Mamma har bakat.”

Lisa tar emot, bullen är fortfarande varm. Hon tar en tugga och tittar förstulet på Greta. Hon är så mycket tystare än sist.

”Är du inte hemskt lycklig att du har blivit en så stor filmstjärna?”

Greta trycker hennes hand. ”Söta Lisa, vi talar inte om film, det är inte alls som du tror, förstår du.”

”Inte?”

Nu slår klockan sex slag i Katarina kyrka.

Greta stoppar händerna i fickorna.

”Du tycker nog det är konstigt att jag ringer dig en sån här kväll, men det var främmande hemma och plötsligt tyckte jag allting var så meningslöst. Så kom jag på att jag ville prata med dig ett slag."

"Javisst", svarar Lisa.

"Kan vi gå nånstans där vi får sitta riktigt ifred?"

Lisa tittar sig omkring.

"Ja, vi har också främmande, men det är bara min moster och min kusin ..."

"Nej, jag menar på någon restaurang."

"Men hittar man bord på midsommarafton?"

"Det tänkte jag inte på." Greta funderar en stund. "Vi går in i kyrkan."

Lisa tittar förvånat på henne, men följer förstås med. Hon har alltid följt med dit Greta har tagit henne. Fast nu är det ett tag sedan sist.

De går några kvarter, förbi glada ungdomar som redan börjat förfriska sig, förbi ett sällskap som sitter i parken och har picknick. Så kommer de fram till Katarina kyrka och går in.

De sitter där i kanske en halvtimme, mestadels tysta. Tittar på altartavlan och skulpturerna.

Sedan går de hemåt igen.

"Har du sett mig på bio?" frågar Greta plötsligt.

"Ja, det vet du väl!"

"Vad tyckte du?"

"Vad jag tyckte? Jag tyckte du spelade jättefint, precis så där naturligt!"

Så är de framme vid Lisas port. Greta tar hennes hand.

"Tack ska du ha, Lisa, för att jag fick prata med dig."

"Men ska du inte följa med upp och ta en kopp te? Vi struntar i dom andra, vi kan äta kakor och dricka te ändå."

Greta skakar på huvudet. "Det var snällt av dig, men det ska jag inte. Jag är lite trött, ser du, så jag tror jag tar en taxi hem."

***

Mamma och Alva och Sven. De blir de sista av de nära som ser henne innan hon far till Amerika.

De står runt henne på Centralen. De ska skiljas åt ett tag. Men bara ett kort tag. Tolv månader.

Hon tittar på Alva. Alva har just avslutat inspelningarna av *Två konungar*, det ryktas att det gått bra. Greta är stolt. Alva ser lite trött ut, hon har varit krasslig de senaste dagarna. Men det är väl en reaktion efter all anspänning, tänker Greta. Hon stryker systerns kind.

"Vi ses om tolv månader, Lillan", säger hon. "Eller tidigare."

Hon ska försöka se till att även Alva kommer till Hollywood. Dit hon går, dit går Alva.

Sven stöter till henne i sidan, han har skojat mycket med henne den sista tiden. Sagt att hela familjen kanske ska bli filmstjärnor.

Ja, vill han så ska hon hjälpa honom också. Hon ska hjälpa dem alla tre.

"Du, vilken tid …?" säger mamma.

"Snart", svarar hon. "Om några minuter."

Och då upptäcker hon att mammas ögon är svullna.

"Gråt inte!" utbrister hon. "Jag är tillbaka om ett år. Det är ju bara tolv månader."

"Ja", säger Anna och försöker le. "Bara tolv månader."

❖

Hon vaknar med ett ryck.

"Aaahm dreamin of a whiiiite Chrismis … Juss lark the ones ah use te know! Whea da treetops glisten …"

Hon tittar på väckarklockan. Hon är sex. Är han uppe redan?

"… an children lissen …" Det är från köket. Han låter onykter, nej han låter helt berusad.

" … to hear sleigh bells in da snow …"

Kan han ha varit uppe hela natten?

Hon tar sig upp ur sängen och ut till köket.

Jack står och hackar lök samtidigt som han skrålar för full hals.

"Flicka!" utbrister han (han kallar henne så, det är det enda svenska ord han kan). Och så slår han ut med armarna. Hon väjer i sista stund för kniven.

"Flicka, tänkte jag skulle fixa dig en omelett!"

"Jack, var har du varit? Varför gick du inte och la dig?"

"Hörde du mig inte!" Plötsligt är hans röst hård. "Jag sa att jag skulle fixa dig en omelett! Uppskattar du inte mina ansträngningar?"

"Jo, jo, Jack … Det är bara …" Hon sjunker ner på en stol.

"Aaahm dreamin of a whiiite Chrismis, with every Chrismis caad aah write …" Han har börjat hacka igen. "Jo, ser du", säger han. "Eftersom du inte ska åka till Sweedin, till *Sweeeedin*, till jul, så ska jag ge dig en svensk jul." Så börjar han hacka intensivt. "Den kommer inte att vara lika fin som 'the Big mans' förstås!" – nu bugar han – "men inget går ju att jämföra med 'the Big man'!" Han vänder sig tvärt. "Eller hur?"

Hon svarar inte.

"Eller hur?" Han sträcker fram kniven, säkert bara som betoning.

"Jack, snälla …" Hon tittar vädjande på honom. "Gå och lägg dig.

Snälla ... Vi firar senare."

Plötsligt sjunker han liksom ihop, ser ut som en liten pojke.

"Älskar du mig, Flicka?"

"Ja, ja, Jack, det är klart", svarar hon, och hon hör att hon låter trött. Hon sträcker på sig. "Det är klart att jag älskar dig, Jack", säger hon med stadig röst. Så reser hon sig upp, går fram till honom, tar honom om midjan och leder honom till sovrummet.

Nästa natt väcks hon av en orkester. Den spelar alldeles utanför, det måste vara i trädgården. Hon sträcker ut handen. Jack är inte där. Hon reser sig och går fram till fönstret, drar undan gardinen. Och spärrar upp ögonen. Runt swimmingpoolen står tio belysta nakna träd – eller något som ska se ut som träd – med fullt av bomull på grenarna. På marken ligger ett hav av vitt skum. Och mitt i skummet står en orkester, alla medlemmar iförda tomtedräkt och tomteluva. Det är Jack som dirigerar, *White Christmas*. Han viftar med händerna som om han aldrig gjort annat i hela sitt liv. Nu vänder han sig om, mot fönstret, mot henne. Och ler stort.

"*Merry Christmas!*" skriker han. "*Merry Christmas*, Flicka!"

Hon har hunnit göra både *The Mysterious Lady* och *A Woman of Affairs* på mindre än ett halvår. Den senare var aningen dräglig, eftersom Clarence Brown är en vänlig regissör. Men "aningen dräglig" på en skala mellan outhärdlig och förskräcklig. Hon är helt slut. Fast det är förstås inte filmerna. Hon har en kvar innan hon får åka hem – på besök, några månader. En hemsk historia som kallas *Wild Orchids*. Hon spelar mot Nils. Nils Asther. Han är överlycklig. Som en ung kalv. Han ska spela Prince de Gace – en sadistisk javanesisk prins. Hon ska spela Lillie Sterling, en ung kvinna gift med en äldre, föga kärleksfull, man som vill investera i teplantager på Java. Paret träffar prinsen på båten, där fru Sterling till sin förskräckelse får se den fagre unge mannen slå sin tjänare. Vilket förstås inte hindrar att hon senare blir attraherad av honom. Moraliskt och kittlande på samma gång, sånt gillar Hollywood.

Det är den 8 november och de har kommit till scenen där Prince de Gace ska visa paret Sterling sitt javanesiska palats. Skådespelarna är som vanligt kallade till studion klockan nio. Både Nils och Lewis Stone – herr Sterling – är där. Men hon är inte där. Inte Greta.

Det är inte likt henne.

"Låt oss då filma miljön först, Bill", säger regissören som heter Sidney Franklin och är expert på filmer i tropikmiljö.

Så Bill Daniels flyttar sin kamera, och elektrikerna sina lampor, och så gör de en panorering över det mödosamt planterade djungellandskapet.

När Bill är klar är klockan halv tio. Sidney Franklin tittar på klockan. Ännu ingen Greta? Någon säger sig ha sett henne på väg in till sin loge redan strax efter åtta. Men nu tycks hon som uppslukad av jorden. Nej, så brukar inte Greta bete sig. Franklin börjar se bekymrad ut.

"Vi tar en kort paus", säger han. Och folket i ateljén börjar röra sig mot bänkar och kaffebord.

Plötsligt ser någon henne. Hon är klädd i javanesisk bruddräkt, en kostym hon ska ha i en senare scen. Hon står framför en fullängdsspegel i bortre änden av studion. Det ser ut som om hon kontrollerar sin kostym eller sin sminkning. Plötsligt vacklar hon till. Några springer fram, stöttar henne. Hon återfår snabbt balansen och viftar bort dem. Så lutar hon ansiktet i händerna och står så i några minuter, alldeles stilla. Sedan ruskar hon lätt på huvudet och börjar långsamt gå över ateljégolvet. Hon kommer fram och ställer sig just där rekvisitan för denna scen ställts upp. Och tittar bort mot Franklin. Närmast uppfordrande.

Ja, de kan vara flexibla. Ja visst, de kan göra den scenen nu.

Inom tio minuter är alla klara att filma.

Greta arbetar hårt hela den dagen, precis som vanligt. Ingen får någon förklaring till hennes sena ankomst, och ingen frågar. Det är först framåt eftermiddagen som en rekvisitör hittar ett hopskrynklat papper på golvet. Han tar upp det. Det är ett telegram och det lyder:

Moje gick bort igår kväll lugnt och stilla.
Kära hälsningar. Edith och Victor.

***

Varför hade ingen förvarnat henne? Varför hade ingen berättat? Var det Moje som förbjudit dem? Förvisso hade hon och han skrivit till varandra. Hon, förvirrade brev om sin längtan, sin ensamhet utan honom. Han, uppskakad och plötsligt hoppfull. "Varför skriver du så till mig, Greta? Jag blev så upprörd, därför att det var du, och jag grät hela natten. Varför? Det är som om du var min, mitt barn, min älskade. Varje steg du tar, varje känsla du uttrycker, framkallar så oerhört starka reaktioner i mig; jag känner och lider med dig." Och så tillade han: "Om vi ska förbli tillsammans så måste vi – trots vad jag tidigare sagt – gifta oss. Om inte, så behöver du inte förklara – jag kommer att förstå, och behålla dig i mitt hjärta för evigt – men då vill jag att vi aldrig ses igen."

Han var en pendlare, lika god som hon. Om än av ett annat slag.

Och visst, han hade nämnt sina krassliga luftrör, och den återkommande lunginflammationen. Men han hade bagatelliserat det. "Jag ska inte skriva om min hälsa, för jag mår mycket bättre och om tre eller fyra veckor är jag säker på att doktorerna tröttnat på mig och vid det laget, min älskade Greta, kanske du vill låta mig få veta om dina känslor inför din Moje. Farväl!"

Kanske var det så enkelt att han hade velat verka både vital och viril inför henne. Inte ynklig, som en döende.

Ingen var där när han gick bort. Men någon hade varit där dagen innan. Victor Sjöström, hans kollega, hade varit på tillfälligt besök i stan med sin hustru Edith. Moje hade kallat på honom den sista dagen i sitt liv och Sjöström hade skyndat dit.

Han grät när Victor kom in i rummet. Han grät som ett barn. På hans nattduksbord stod minnen från hans liv, närmast sängen Genthes porträtt av Greta, det de hade tagit i New York. Och bredvid ett mindre porträtt, av en fransk bulldogg. Charlie hade dött när Moje var i Amerika.

Han var så lycklig över att ha Victor där, han ville inte släppa honom. De pratade i timmar, om allt möjligt – Moje pratade mest – och de drack till och med champagne i små sherryglas. På kvällen blev han trött och Victor gick hem.

Han hade precis kommit innanför tröskeln när telefonen ringde. Det var en sköterska på Röda korsets sjukhus. Herr Stiller hade något mycket viktigt att berätta, sa hon. Herr Sjöström måste komma tillbaka.

Så Victor rusade tillbaka. Men när han kom in i Mojes sjukrum tycktes denne ha glömt. Han pratade om hur mjuk hans undertröja var, hur länge han haft den på sig, han pratade om ett par skridskor som han haft i evigheter men aldrig provat. Till slut tog Sjöström hans hand:

"Syster sa att du hade något viktigt du ville berätta."

"Ja, ja, om ett ögonblick", sa Moje. Och somnade.

När han vaknade började han åter prata om trivialiteter, för att stunden efter åter domna bort.

Till slut sa sköterskan att herr Sjöström måste gå, det var sent, och patienten behövde lugn och ro – han hade just opererats för varbildningar i lungan men febern hade fortsatt att stiga. Så Victor reste sig och gjorde sig redo att gå.

Då blev Stiller plötsligt desperat och grep tag i sin väns arm.

"Nej, nej, jag har inte berättat vad jag måste berätta för honom!"

Men sköterskan tvingade Victor att gå mot dörren.

"Victor", ropade Moje, "det är min stora idé! Du måste höra!"

"I morgon, Moje. Du får berätta imorgon", försökte Victor säga.

Men nu var Mojes ögon fulla av tårar. "Nej, nej! Jag vill berätta om en idé för en film! Det blir en fantastisk film, en film om människor och du är den ende som kan göra den!"

Vännen tittade på honom, maktlös. "Ja, ja, Moje, jag kommer hit direkt imorgon bitti, och du får berätta för mig då."

"Nej, nej, Victor. Nu!"

När Victor Sjöström lämnade Moje grät han i sköterskans armar.

Nästa morgon var han död.

***

Den oändligt långa dagen är över. På almanackan i filmateljén står det den 8 november 1928. Och Nils Asther, som sörjer Moje nästan lika mycket som Greta, går långsamt genom korridoren på väg mot sin loge.

Plötsligt hör han någon skratta. Ett högt, gällt skratt. Han springer fram till Gretas dörr och öppnar den.

"Vad är det?"

Hon sitter framför spegeln, halvt omklädd, halvt avsminkad. I handen håller hon en liten medicinflaska från vilken det hänger ett kort.

"Titta, Nils!" säger hon och håller upp flaskan.

Han går fram. Flaskan är öppnad, och halvfull, det luktar konjak.

"Läs!"

Så han lyfter kortet och han läser:

Kära Greta, mitt djupa deltagande i din sorg.
Men arbetet väntar.
Louis B. Mayer

Och så skrattar hon igen, fastän hon gråter.

"Det är tur att du inte fick mig, Nils. Ser du, alla jag älskar, de dör."

❖ ❖ ❖

Solen reflekteras i det tunna vattenlager som bildats på däck. Det är kav lugnt, som genom ett trollslag. Nu börjar man uppfatta rörelse på det stora skeppet. Röster, människor som kommer ut ur sina skrymslen.

Greta reser sig ur kojen, där hon huvudsakligen vistats under de tre dygn stormen varat. Går fram till ventilen och tittar ut. Havet, det enorma, ursinniga. Nu ligger det så helt lugnt, så ofarligt och lockande. Fast stormen hade också varit lockande i sitt raseri. Till en början.

Plötsligt hör hon ljud utanför – mänskliga ljud, inte stormen. Någon spelar piano. Hon vänder sig om och tittar ut över sin väl tilltagna hytt. Hon ler. Ja, här hade stormen också dragit fram … Så tar hon sin vinterkappa, stoppar fötterna i kängorna och går ut ur hytten.

Hon vandrar omkring på däck länge, besiktigar miljön på det nya svenska skeppet Kungsholm. Nickar vänligt mot människor som nickar mot henne – fast det är förstås inte många som strövar runt där på däck i vinterkylan. Till slut ställer hon sig vid relingen och ser ut över vattnet igen, det väldiga, nyckfulla. Vad var väl makten i celluloidolympen mot detta? Ingenting! Hon kan inte låta bli att skratta till. Nej du, L.B., havet kan du inte tämja … Inte ens med en Irving Thalberg vid din sida. L.B. Mayer skulle dö och Irving Thalberg skulle dö, precis som Moje hade dött, och hennes far och hennes lilla syster. Hennes lilla, lilla syster … Så ofattbart. Att åka hem, men aldrig se dem igen, aldrig någonsin … Har Moje en gravsten redan? Nej, det kan han inte ha, det var ju bara fyra veckor sedan.

Hon hade inte varit där.

Hon, skulle hon också dö ensam?

Ibland kommer dock en liten dröm för mig. Här är den! Om en liten ungkarlsvåning. Med en god flaska champagne. I Stockholm!! Och i denna min dröm är Du alltid med.

Tankar hade alltid varit hennes bästa vänner. Drömmar kunde ingen ta ifrån henne. Inte ens om de fästes på papper.

Du är ju gift – och kanske mycket förändrad. Men jag har ej lust att ändra min dröm, jag är ju på andra sidan Atlanten och vet ingenting.

Hon tar ännu ett djupt andetag. Så är det plötsligt som om hennes lungor fylls av luft för första gången, riktigt fylls, på nästan fyra år.

***

"Nej, men är det inte Greta Garbo?"

Hon tittar upp från sin vilstol. Hon har förstås suttit där alldeles ensam i kylan.

"Jo, det är det", svarar hon försiktigt.

"Sigvard!" Den unge mannen sträcker fram handen, frimodigt. Inte som människorna i Amerika, som smög fram sina kameror eller viskade om henne eller plötsligt gjorde en tjurrusning mot henne med ett autografblock – *"Miss Garbo, I think you are wonderful! I love you!"*

Utan att fråga sätter han sig i vilstolen bredvid. Plötsligt tycker hon att hon känner igen honom.

"Är ni på väg hem?" undrar hon. För att vara artig.

"Ja", svarar han. "Jag och min bror har varit på bröllop. Vår kusin Folke gifte sig, med en amerikanska."

Och med ens vet hon vem han är! Hon har ju sett hans bild i tidningarna. Inte konstigt att han är så frimodig ...

"Ursäkta, ers kungliga höghet ... Jag såg inte ..." Hon halvreser sig ur stolen.

"Sigvard!" utbrister han. "Kalla mig Sigvard." Han tittar undrande på henne: "Får jag säga Greta?"

"Javisst", säger hon och rodnar. Varför rodnar hon? Varför fick hon en så konstig impuls att niga? Är hon redan tillbaka på Blekingegatan?

Hon sätter sig tillrätta igen. "Så då har ni inte varit borta så länge ..."

"Bara några veckor", svarar han.

"Vad jag avundas er."

Han tittar förvånat på henne. "Att vi varit på bröllop?"

"Nej, att ni bara varit borta några veckor." Hon fingrar på sin halsduk. "Säg mig, är Stockholm som förut?"

"Tja ... Det beror väl på vad man menar. Med förut, alltså."

"Tre och ett halvt år."

Han skrattar. "Ja, på den tiden har nog inte så mycket hunnit förändras. Lite fler bilar kanske."

"Lika många som i Amerika?"

"Nej, riktigt så många är det inte."

Hon nickar, tycks för ett ögonblick försjunken i tankar.

"Och Söderbergs konditori, finns det kvar?"

"Söderbergs ...?"

"Det är ett konditori nära Dramaten."

"Ja, Dramaten finns i alla fall kvar. Det lovar jag!" Han skrattar.

Hon ler lite förläget. "Vad skönt ..." Så stoppar hon händerna i kappfickorna. "Vet ni vad jag ska göra när jag kommer hem?"

"Nej", svarar han, "berätta."

"Först ska jag besöka min systers grav, och min allra bästa väns."

"Åh ... Jag beklagar."

"Sen ska jag gå till Skansens julmarknad och handla. Knäck och marsipan och hackkorv och brända mandlar och honung. Och så ska jag köpa en riktigt stor gran. Fast det inte riktigt är jul än."

"Nej, men man kan ju fira jul när man vill. Eller hur? Det står ju var och en fritt!"

Hon tittar förvånat på honom. "Ja ... inte sant!" Så skrattar hon till. "Och efter att jag har handlat ska jag vandra genom Stockholm och bara andas."

"Det låter skönt."

"Jag har längtat efter att andas så väldigt länge, ser ni. Så väldigt, väldigt länge." Hon tystnar igen, tittar ut över havet. "Och sen, eller kanske allra först ... ska jag träffa några mycket kära vänner ... eller framför allt en ..."

Han ler. "Ni har planerat er resa väl, fröken Garbo. Greta, menar jag ..."

Hon nickar, men nu tycks hon i egna tankar igen.

"Ursäkta att jag frågar", säger han och låter plötsligt försagd. "Har fröken Garbo ... har Greta ... funderat på att komma hem till oss igen? Till Sverige. Ja, till sitt hem. Jag menar, lite mera bestående ...?"

Nu är hon alldeles tyst. Så nickar hon, och till sin förvåning ser prinsen att hon har tårar i ögonen.

***

Det dyker upp en klippa, nej en liten, liten kobbe. Hon hajar till. Det är nästan beckmörkt, men något ligger där ute, hon kan inte ha misstagit sig. Eller?

Det är sent, det är isande kallt. Men hon står här sedan en timme. Hon vill vara med. För första gången på tre och ett halvt år vill hon vara med.

De är försenade, det har varit snöstorm. Men de ska komma in inatt, det har kapten lovat.

Nu ser hon något annat, ja hon ser det helt visst. Något som blinkar. Hon stoppar näsduken i munnen, vill skrika. Ljuset rör sig runt, runt. Ja, det måste vara en fyr! Åh, Gud ...

Hon är inte längre ensam på däck, ryktet har spridit sig i mässen, i korridorerna. Hon är inte den enda som vill vara med.

"Ser du, Kalle", ropar någon. "Vinga fyr!"

Hon är tvungen att sätta sig, benen skakar. Ja, hela kroppen skälver. Hon lutar huvudet i händerna.

"Jag ser kusten!" ropar en man. "Titta!"

Hon försöker samla sig. Hon vill vara med, vara med. Hon tar tag i karmen på stolen och reser sig. Så går hon fram mot relingen igen.

Ja, det är kusten, ja visst är det kusten.

Hur kunde hon ...? Hur kunde hon hålla andan så länge ...?

Snart skönjer man mynningen av Göta älv och skeppet glider in i det svenska landskapet.

Nu ökar bebyggelsen hela tiden, först små hus, sedan större. Lampor i fönstren. Lampor på gatorna. Till slut anar man lyftkranar i fjärran. Även de har små lampor fastsatta. Det måste vara hamnen. Hon springer in, vill försäkra sig om att hennes bagage är i ordning för att levereras till hennes hotell. Hon ska stanna en natt i Göteborg, på Grand Hôtel. Först imorgon tar hon tåget till Stockholm.

Mamma och Sven förstår, hon måste sova en natt i Göteborg innan hon orkar ta sig vidare. Och nej, de behöver inte komma ända hit, hon blir väl omhändertagen.

***

Det är nästan midnatt när m/s Kungsholm glider in i Göteborgs hamn. Orkestern spelar "Du gamla, du fria", och alla svenskar ombord sjunger med. Oj, vad det låter, var de så många? Fast det låter faktiskt inte bara från skeppet, det låter någon annanstans ifrån också. Hon tittar mot hamnen, där båten just håller på att förtöjas. Ja, det är därifrån det kommer. Står de och sjunger i hamnen? Hon tittar förvånat på prins Sigvard som står intill.

"Det är ers kungliga höghet", säger hon, "det är därför dom sjunger."

"Det tror jag inte", svarar han.

Nu börjar folket i hamnen röra sig, mot båten. Först nu ser hon hur många de är, det måste vara tusentals människor. Varför står de här i hamnen så sent? Är det för att det är Kungsholms första återresa? Ja, så måste det förstås vara.

Så läggs landgången ut. Och i samma ögonblick ser hon henne. Mimi. Är det inte hon? Jo, det är det ... Hon står bara tjugo meter från båten, intill en bil, hon står och tittar upp mot relingen, spanar. Åh, hjärtat mitt ...

"Här är jag!" ropar hon och vinkar. "Här, Misse! Här är jag!"

Folkmassan rör sig igen. Det susar liksom om den, så som det susar om publiken i en teatersalong.

Nu har Mimi sett henne. Hon vinkar! Hoppar lite, hon är ju så kort, gullet. Åh, Mimi, Mimi ... Så länge sedan ...

"Varsågoda, mina damer och herrar!"

Någon ur besättningen skjuter undan en bit av relingen framför landgången. Och så visar han att nu får de gå i land.

Hon rättar till baskern, stryker en hårslinga ur pannan. Så ställer hon sig i kön.

Långsamt går det. Det är nog halt på landgången, och en del av passagerarna är lite äldre. Hon spanar ut, försöker hitta Mimi igen. Nu ser hon henne inte längre.

Det tar nästan fem minuter innan det är hennes tur. Hon tar ett steg och börjar gå utför trappan.

I samma ögonblick är det som om folkmassan börjar röra sig igen.

"Garbo! Det är hon! Jag ser henne!"

Hon tittar sig förvånat omkring.

"Det är Greta Garbo!" Nu hör hon sitt namn komma från en massa olika håll, som ett eko: *Garbo ... Garbo ... Garbo ... Garbo ...* Hon tittar förskräckt ut. Och så kommer fotoblixtarna. Först en, sedan ännu en, så flera på en gång, och så tycks det som om hela hamnen exploderar i blixtar.

"Nej!" ropar hon, men ingen hör henne. Hon försöker vända om, springa upp på båten igen, men bakom henne trycker de andra passagerarna på.

Neråt, neråt. Åh, Gud, det är bara tio meter ner till marken. Nu trycker massan mot landgången, hon känner hur det skakar. "Hjälp!" skriker hon.

Nu sluter någon upp bredvid henne, någon i uniform. Det är en besättningsman, och så en på andra sidan. De tar tag i hennes armar, leder henne. *"Garbo! Garbo! Garbo! Garbo!"* De för henne neråt, mot den mörka massan därnere. Det är som om de försöker tvinga henne av båten, som om de inte vill ha henne där längre. Det är bara ett steg kvar. Nu tar hon det. Och plötsligt är det som om människomassan kastar sig över henne, slukar henne, äter henne levande.

"Nej!" skriker hon. *"Nej, nej!"*

Så blir det alldeles mörkt. Som i havet, det enorma, ursinniga.

”Bill ...”

”Ja, Greta.”

”Lite mer från sidan, tror jag.”

”Såhär?”

”Ja, det blir bra.”

”All right, jag flyttar lamporna. Sådär ... Hur är det?”

”Det är fint, Bill.”

”Ska jag be Clarence komma in?”

”Inte än. Vi gör den här scenen själva, bara du och jag, Bill.”

”All right, Greta.”

”Är du redo att filma, Bill?”

”Redo, Greta.”

”Bra. När jag närmar mig blommorna börjar du flytta kameran.”

”Hur nära?”

”Åh, kanske fem fot. När jag upptäcker rosorna, när jag förstår att dom är från honom, så fylls mina ögon av kärlek, och då ska du komma närmare.”

”Ända fram till dina ögon?”

”Ja, Bill. Mina ögon kommer att fyllas av kärlek. Se till att du filmar mina ögon.”

”All right. Jag ska bara flytta på kameran lite. Sådär ...”

”Bra. Säg 'action' när du vill att jag ska börja.”

”Jag rullar, är du redo?”

”Redo, Bill.”

”Och ... Action! Jag flyttar kameran nu, jag backar. Där ... Där ... Jag ser att du upptäcker rosorna nu. Jag kommer närmare. Åh, Greta, det är underbart. Ja, ja, Greta. Dina ögon! Ja! Så fulla av kärlek! Det är underbart! Underbart! Underbart!”

Efterord

Jag trodde att jag "kunde" Greta Garbo. Jag gjorde nämligen redan i slutet av 90-talet en tevedokumentär om henne, och fick då anledning att tillbringa många mentala timmar med den otillgängliga och – oftast – olyckliga kvinna som en gång var världens största filmstjärna. Kvinnan mest känd för att ha yppat de bevingade orden "I want to be alone", och som vid trettiosex års ålder bestämde sig för att plötsligt stiga av framgångståget och avsluta sin karriär. Men utan att därför bli en lyckligare människa. Jag trodde jag kunde henne …

Döm alltså om min förvåning när jag 2005 fick se breven från Greta Garbo till Mimi Pollak, ett fyrtiotal brev skrivna från början av deras gemensamma tid som studenter vid Dramatens elevskola till långt efter det att Greta avslutat sin karriär, brev som Mimi lär ha burit i sin handväska hela livet. Flertalet publicerades i faksimil i Tin Andersén Axells bok *Djävla älskade unge* (författaren hade fått fotostatkopior från Mimis son, efter Mimis död). Ur dessa brev steg det fram en helt annan Greta, en Greta som en gång levde ett annat liv och en gång hade andra livsval. Ur dessa brev steg också fram den process som vidtog när den unga, och då otvetydigt levnadsglada, Dramatenstudenten fick vad de flesta av oss skulle beteckna som sitt livs chans.

Jag insåg plötsligt att hon gäckat mig igen … Nej, hon lockade mig igen. Det fanns en gång en annan människa under den misantropiska ytan.

Jag hade precis avslutat arbetet med långfilmen *Ninas resa* och bestämde mig omedelbart för att inleda ett långfilmsprojekt om den unga Greta Garbo. Jag fick andra med mig, och under sju års tid skrevs hundratals filmmanusversioner, skådespelare provfilmades och filmen låg ibland ”på gränsen” till att finansieras. Men den tippade aldrig över den gränsen.

Jag hade varit med om detta tidigare, med just *Ninas resa*, som hade lagts ner två gånger innan vi till slut, efter fyra år, lyckades få finansiering och kunde gå till produktion. Men med Gretas berättelse var det något helt annat. Sju år är en lång tid, och till sist måste även den mest envisa ge sig. När sålunda jag, och andra med mig, slutligen gav upp om detta projekt kände jag mig verkligen färdig. Jag hade levt med berättelsen i åratal, jag hade skrivit så många manus, jag hade låtit projektet styra mitt liv så länge – utan att nå resultat. Ja, jag ville begrava denna historia under en jättelik jordhög och börja med något helt annat.

Och så kom min förläggare Eva Gedin med det befängda förslaget: ”Skriv en roman om Greta i stället.” Om jag minns rätt skrattade jag rått: ”Aldrig i livet! Det kommer inte på fråga! Glöm det!”

Men sedan gick det som det ibland går när någon planterar en tanke. Och jag kan bara förundras över hur den mänskliga hjärnan fungerar ... Dess förmåga till nytänk – eller kanske omtänk. Jag tog ett djupt andetag, jag slängde ut allt det gamla och jag började från början. Samma berättelse, samma människor, samma handling, och ändå, sällsamt nog, något helt nytt. Något alldeles, alldeles färskt.

Det var oerhört märkligt. Och oerhört tillfredsställande. Jag öppnade luckan igen, och sjönk ner i berättelsen igen.

Så fick jag till slut berätta den historia jag velat berätta, och jag fick till slut ändå omvandla den kreativa energi jag investerat i berättelsen om Gurra och Mimi och Moje till något som blev färdigt.

Jag vill med detta å det varmaste tacka Eva Gedin för hennes pockande (ja, hon föreslog det nog flera gånger innan jag nappade ...) och för hennes tro på denna bok, och också för hennes varsamma fortsatta slussande av mig in i skönlitteraturens värld. Det är trevligt att vara här!

Jag vill också tacka min redaktör Annika Hultman Löfvendahl, med vilken jag hade ett så underbart fint samarbete redan under arbetet med min första roman, *Siri*, och som jag bara kan tacka för att hon erbjöd sina tjänster även till detta projekt. Jag vill också tacka Nina Leino för det fina omslaget, Dag Kronlund för guidning på Dramaten och Ingegerd och Bo Fransson för Greta Garbos överraskande släktträd.

Blekingegatan 32 är en roman, om än inspirerad av verkligheten. För den som vill lära sig mer om verkligheten följer nedan mina viktigaste inspirationskällor.

Mimi Pollak, *Teaterlek. Memoarer.* Askild & Kärnekull, 1977.

Gösta Werner, *Mauritz Stiller. Ett livsöde.* Prisma, 1991.

Breven från Greta Garbo till Mimi Pollak, publicerade i Tin Andersén Axell, *Djävla älskade unge!* Fischer, 2005.

Karen Swenson, *Greta Garbo. A Life Apart.* Scribner, 1997.

Barry Paris, *Garbo. A biography.* Sidgwick & Jackson, 1995.

Alf Sjöberg, ”Elevåren tillsammans med Greta Garbo.” *Hänt i veckan* nr 2/1970.

Nils Asther, *Narrens väg. Ingen gudasaga. Memoarer.* Carlsson, 1988.

Fritiof Billquist, *Garbo, den ensamma stjärnan.* Natur och kultur, 1959.

Ingrid Luterkort, *Om igen, herr Molander! Kungl. Dramatiska teaterns elevskola 1787–1964.* Stockholmia, 1998.

Ruth Biery, Intervju med Greta Garbo 1927. *Photoplay Magazine,* april–juli 1928.

Ruth Biery, ”Hollywood's Cruelty to Greta Garbo”. *Photoplay Magazine,* januari 1932.

Åke Sundborg, ”That Gustafsson girl”. *Photoplay Magazine,* april–maj 1930.

Sven Broman, *Greta Garbo berättar.* Wahlström & Widstrand, 1990.

Frederick Sands och Sven Broman, *The Divine Garbo.* London, 1979.

Nicole Nottelmann, *Ich liebe dich. Für immer. Greta Garbo und Salka Viertel.* Aufbau Verlag, 2011.

Mercedes de Acosta, *Here lies the Heart.* Andre Deutsch, 1960.

Hugo Vickers, *Loving Garbo.* Cape, 1994.